唐宋诗词名家精品类编

杨柳岸晓风残月

柳永集

陈祖美 主编 陶然 编著

河南文艺出版社

图书在版编目（CIP）数据

杨柳岸晓风残月：柳永集/陶然编著. —郑州：河南
文艺出版社，2015.7（2017.4 重印）

（唐宋诗词名家精品类编）

ISBN 978-7-5559-0193-8

I.①杨…　II.①陶…　III.①宋词－选集　IV.①
I222.844

中国版本图书馆 CIP 数据核字（2014）第 295675 号

出版发行　河南文艺出版社
本社地址　郑州市鑫苑路 18 号 11 栋
邮政编码　450011
售书热线　0371-65379196
承印单位　河南省瑞光印务股份有限公司
经销单位　新华书店
开　　本　700 毫米×1000 毫米　1/16
印　　张　20.25
字　　数　324 000
版　　次　2015 年 7 月第 1 版
印　　次　2017 年 4 月第 2 次印刷
定　　价　39.00 元

柳永（约985—1054），初名三变，字景庄，后更名永，字耆卿。因其排行第七，故又称『柳七』。祖籍河东（今山西永济），徙居崇安（今属福建）。柳永出身书香仕宦家庭，早年屡次参加科举考试，都未能及第，遂放浪形骸于声色酒乐，在『纵游倡馆酒楼间，无复检约』的生涯中，度过了他的青年时代。这使得他和他的词闻名天下，但也因此被士大夫视为无行浪子，以致坎坷流落。宋真宗景间，他趁着『天书』事件的机会，写了好多应制颂圣之作，以求一售，可终究没有结果。宋仁宗景祐元年（1034）年过半百的柳永终于中举，曾为睦州团练推官、泗州判官，改著作佐郎、著作郎，迁太常博士，先后任余杭令、西京灵台令、监晓峰盐场等职。官终屯田员外郎，后世称之为『柳屯田』。致仕后转为屯田郎中，亦称之为『柳郎中』。他的后半生风尘仆仆、奔走驱驰，多游宦羁旅之作。最后身殁于润州（今江苏镇江）境况凄凉，二十余年后才有人出资将他安葬。其词自衍一派，被称为『柳氏家法』『屯田蹊径』，在当时影响极广，是宋代词坛最重要的词人之一。

总　序

⊙陈祖美

　　"一树春风千万枝,嫩于金色软于丝。"白居易描绘春日柳条迎风摇曳之态的名句,无形中似乎也道出了唐宋诗词千姿百态的风姿。从公元第一个千年的中后期到第二个千年的末期,在这一千三四百年的历史长河中,唐宋诗词作为人类精神文明的乳汁,她哺育和熏陶过多少人,她的魅力又使多少人为之倾倒,恐怕谁也无法数计。

　　然而,有一个事实却为人熟知,这就是在唐宋诗词作家中,特别是其中的名家如李白、杜甫、李商隐、杜牧、温庭筠、李煜、柳永、苏轼、周邦彦、李清照、陆游、辛弃疾等,且不说在他们生前身后所担荷的痛苦或所受到的物议和攻讦"罄竹难书",更令人难以思议的是,在21世纪的钟声即将敲响之际,竟发生过这样一件事:

　　这得追溯到1998年的国庆佳节前夕。那是一个不似春光胜似春光的金秋时节,四五十位专家学者从四面八方来到河南——唐代诗人李商隐的家乡,出席李商隐学术研究会第四届年会。由于东道主把此事作为一种文化建设对待,更由于成果斐然的诸位李商隐研究专家的莅临,此次年会的成功和人们的热诚是不言而喻的。但作为本套丛书最初的编撰契机,却是出人意料的:由于对李商隐的全盘否定和极力攻伐所引发的一种怅触——那仿佛是一位挺面善的老人,他历数李商隐种种"罪愆"的具体词句一时想不起了,大意则说李商隐是"教唆犯"。他不但自己坚决不读李商隐,也严令其子女远离这个"教唆犯",因此他的孩子都很有出息。听了这番话,有位大学女教师娓娓道出了她心目中的李商隐,而她的话代表了在座多数人的心声。不必再对那位老人反唇相讥,听了这位女教师的一席话,是非曲直更加泾渭分明。尽管这样,上述那种离奇的话,还是值

1

得深思和认真对待的。

刚迈出这个会场的门槛，时任河南文艺出版社编辑的王国钦先生叫住了我，以商量的口气询问：能否尽快搞一本深入浅出而又雅俗共赏的李商隐诗歌类编，以消除由于其作品内容幽深和文字障碍等所造成的对其不应有的误解，甚至曲解……联想到上述那位老人莫名其妙的激愤情绪，王国钦先生的这一建议，显然既是出自编辑出版人员的职业敏感，更是一种难能可贵的社会责任心。人非木石，对这种公益之举岂有无动于衷之理！后来听说，王国钦还想约请那位堪称李商隐知音的女教师撰写一本《走近李商隐》。这更说明作为编辑出版者的良苦用心，并进而激发了笔者的积极性和应有的责任感。

当我回京后复函明确告知愿意参与此事时，随之得到了王国钦大致这样的回音：一两本书难成气候，出版社领导采纳了王国钦以及发行科同人的倡议，计划力争搞成一套丛书，并将之命名为"唐宋诗词名家精品类编"。而且，还随信寄来了较为详细的丛书策划方案。方案显示：丛书除包括唐代的大李杜、小李杜和宋代的柳、苏、李、辛八卷作品集以外，唐、宋各选一本其他著名诗家词人的精品合集。整套丛书一共十本，每本约三十万字。我当即表示很赞赏这一策划，除建议将李清照换成陆游外，无其他异议。而换掉李清照，并不是因为她的作品达不到精品的档次（相反她的各类作品中精品比例比谁都大），只是因为她在中、晚年遭逢乱世，流寓中大部分著作佚失得无影无踪。后人陆续辑得的十多首诗和比较可靠的约五十首词，即使都算作精品，也很难编撰成一本约三十万字的书稿。当然，要是将评析部分写成两三千言的长文，字数达标是不成问题的。但是这样做，一则太长的文字不尽符合丛书"点评"的体例，二则主要是担心不合乎当今和未来读者的口味与需求。而号称"六十年间万首诗"的陆游，人呼"小太白"，其作品总和万数有余，古今无双，选择的余地非常大，容易保质保量。

双方很快达成了共识。在这里，我愿意负责地告诉读者："唐宋诗词名品类编"丛书，以创意新颖、方便读者为宗旨。所谓创意新颖，是指本丛书既不排除"别裁"式的分类方法，更知难而进地在全面吃透作品内容的基础上，从"题材"方面分门别类。类似的分类，以往只在有关唐人绝句等方面的多人选集中见到过，像这样既兼顾体裁又着眼于题材的分类，尚属前所未有。本丛书还在每类相同题材的若干作品中，均以画龙点睛的诗句作为小标题，每本书则以该作家作品中的最为警策之句加以命名，于是就有了《黄河之水天上来·李白集》《每依北斗望京华·杜甫集》等一连串或气势不凡或动人情愫的书名。从每集作者作品中选取一句最恰如其分的诗句,用作该集的书名——这一创意本身,无形中体现了出版社对"唐宋诗词名家精品类编"丛书的一种极为独到而又相当可取的策划思路。对整套丛书来说,则力求做到"以其昭昭使人昭昭",也就是说,同类精品都有哪些可以一目了然。由此所派生的本丛书其他方面的特点和适用之处,则在每一本书中都不难发现。

原先没有想到的是,出版社嘱我担任整套丛书的主编并撰写总序。对此,我曾经再三谢辞。直到最后同意忝于此事,其间经历了一个不算短的过程,延缓了编撰时间,使出版社在策划之际尚得风气之先的这套丛书,耽搁了一段时间优势。为了顾及一定的时间效益,我于酷暑炎夏中攻苦食淡,最终亦可谓尽力而为了!

最重要的是选择和约请每一集作品的撰稿人。

丛书的第一本是大李(白),其编撰者林东海先生,早在20世纪七八十年代就沿着李白的足迹进行过考察。这对深入研究李白、了解其诗歌的写作背景及题旨等,洵为得天独厚之优势。20世纪80年代问世的《诗人李白》(日文版)及近期关于李白的新著,无不体现出林东海对这位"谪仙人"研究的深湛造诣。因而编撰"唐宋诗词名家精品类编"丛书中的李白集,对林东海来说是轻车熟路、手到擒来之事;而对读者来说,则将有幸读到一本质量上乘的好书!

至于小李(商隐)诗歌编撰者黄世中先生,我在20世纪90年代初于天涯海角与其谋面之前,已有多年的文笔之交,而且主要是谈及李商隐。仅我拜读过的黄世中有关玉溪生的论著已臻两位数。他对人们所感兴趣的李商隐无题诗尤其研究有素,对李商隐著作的每种版本乃至每一首诗几乎无不耳熟能详,其家传和经眼的有关李义山的典籍,几乎难有与之相埒者。因此由黄世中承担本丛书的李商隐集,可谓厚积薄发,定能如大家所预期的那样,以深入浅出之作,引导人们沿着正确的途径走近李商隐,从思想性和艺术性两方面,说明其独特的价值之所在,从而向广大读者奉献一餐美味而富含营养的精神食粮。

人们所称"小李杜"中的小杜,指的是《樊川文集》的作者杜牧。关于杜牧诗歌的精品类编,之所以约请胡可先先生编撰,是因为早在他到南京师范大学做博士后之前的1993年,就已有专著《杜牧研究丛稿》出版,可谓对杜牧研究有素。同时,笔者自然也联想到曾经拜读过的胡可先的一系列功力颇深的论文。如他提供给中国唐代文学学会第九届年会的关于"甘露之变"与晚唐文学的论文,其中既有惊心动魄之笔,亦有细致入微之文。特别是其中把"甘露之变"对文人心态的影响,以及晚唐诗歌之被目为"衰世之音"的原因所在,剖析得很有说服力。"甘露之变"时,杜牧刚过而立之年。稔悉这一政治和文学背景的胡可先,对杜牧诗歌进行注释和评点自然易近腠理,能于深邃之中探得其诗歌之内涵,弘扬其精华,同时也就消除了人们对杜牧的某种片面理解。

丛书的宋代名家中,柳永的年辈最高,但对其生平事迹和作品系年,后人都曾有重大误解。而浙江大学文学院的吴熊和先生,对此曾做过令人深信不疑的考证和厘定。柳永集的编撰者陶然先生,自然会承祧其业师的这些重大的学术成果,贯穿于自己的编著之中,从而撰成一本甄误出新之作。再者,陶然虽说是这套丛书十位编著者中最年轻的一位,但他有着相当机智精练的语言功底。无论其何种著作,行文中总是既以流丽多姿的现代语汇为主,又不时可见精粹的文言成分,其用语既富表现力,又令人颇感雅洁可读。同时,他作为年轻的文学博士,在其撰著中很善于运用新颖的科学论析方法,兼具宏观把握和微观剖析两方面的优长。表现在此著中,既有对词学源流的总体把握,又能对柳永诗词做出中肯可信的注释和评析。

苏轼是古往今来文学家中最具魅力的人物。选评苏轼诗词精品的陶文鹏先生,则是名声在外的多才多艺之辈。在他相继撰写、出版的多种论著中,有不少是关于苏轼诗词方面的,堪称是东坡难得的知音之一。以其不久前结项的"国家社会科学基金项目"——《中国古代山水诗史》一书为例,关于苏轼的章节就写得特别全面深透。其中不仅有定性分析,还有相当精确的定量分析。在其他各种论著中,陶文鹏不仅对两千六百余首苏轼诗中的精品有所论列,对三百余首东坡词的代表作亦时有画龙点睛之评。在这样的基础上所撰成的本丛书苏轼集,更不时可见出新之笔。比如,书中引述"苏轼诗词创作同步说",以及对《念奴娇·赤壁怀古》中的"故国神游"等句的新解,都体现了苏轼研究的最新学术成果。

从编著者的组成来看,这套丛书最突出的特点是较多女性编著者的参与。人数虽然只有宋红、高利华、邓红梅、陈祖美四位,男女编著者的比例只是三比二,与"半边天"的比例还有些距离。但是请君试想:迄今为止,在有关古典文学作品的类似规模的丛书中,有哪一套书的女编著者或作者能占到这样大的比重?

在这里需要说明的是,编撰本丛书的初衷和着眼点,绝不是单纯地追求女作者的人头优势,主要还是在不抱任何性别偏见的前提下,使每位撰著者的才华和实力得以平等展现!

不妨先从宋红先生说起。她从北大中文系毕业来到人民文学出版社古典文学编辑室不多久,就主持编辑了一本《〈诗经〉鉴赏集》。我在撰写其中《〈邶风·谷风〉绌绎》一文的过程中,宋红在关于泾渭孰清孰浊的问题上提出了很好的建议。后来这篇标题为《借荠菲之采,诉弃妇之怨》的拙文,竟得到一些读者的由衷鼓励,这与宋红的建议有着密不可分的联系。她的才华在相当大的学术范围内几乎是有口皆碑的,这自然也与她所处的学术环境有关。以 20 世纪 80 年代初在出版界出现的"鉴赏热"为例,她所在的古典文学编辑室及时推出了规模可观、社会效益甚好的《中国古典文学鉴赏丛刊》。特别是较早出版的关于唐宋词、汉魏六朝诗歌和《诗经》等鉴赏集,对这一持续了约二十年之久的"鉴赏热",起了很好的导向作用。这期间,宋红在编、撰结合中得到了很实际的锻炼。所以,此次她在编撰本丛书杜甫集这一难度颇大的书稿时,一直是胸有成竹,甚至发现和纠正了研治杜诗的权威仇兆鳌等人的不少疏误。这种学术勇气和责任心是极为难能可贵的。

生在绍兴、长在绍兴的高利华先生,她喝的不仅是当年陆游喝过的镜湖水,而且与这位"亘古男儿一放翁"还有一种特殊的缘分——在她从杭大毕业回到绍兴任教不久,即参与筹办纪念陆游八百六十周年诞辰大型学术活动。这是她逐步走近陆游的一个难得的良好开端。此后每五年举办一次的同类学术活动,自然都少不了她这位陆游研究者的热心参与。直到今天,在她担负着绍兴文理学院中文系极为繁重的教学任务和该校学报执行主编的同时,她的身影还不时出现在陆游的三山故里及沈氏名园之中,进行实地考察、拍照,仿佛仍在时时谛听着陆游的创作心声……这一切,对于高利华正确地解读陆游均有着难以替代的重要作用。体现在她所选评的本丛书陆游集中,尤其值得一提的是,在"灯暗无人说断肠"一类中,她是把《钗头凤》作为陆游与其前妻唐琬彼此唱和的爱情悲剧之章收入的。这一点是有争议的。假如她一味按照自己的观点解读此词,无疑是片面的。好在高利华把这首词的有关"本事"及关于女主人翁是唐琬还是蜀妓的历代不同见解,在简短的文字中胪述得清清爽爽,洵可作为有关《钗头凤》词的一篇作品接受史和学术研究史来读。仅就这一点,没有对陆游研究的相应功力和对这位爱国诗人的一颗赤诚之心,是难以做到的。

　　人们如果很欣赏哪位演员的表演才华,往往夸赞说某某浑身都是戏。我初次与邓红梅先生在一次学术会议上谋面时,就明显地感觉到她浑身都透着活力。等到听了她的发言、看了她关于辛弃疾的文章之后,便感到这种活力远不止表现在触目所见的外形上,更洋溢其智能、业绩之中。所以在考虑辛弃疾集的编著者时,我便自然而然地想到了这位从江南来到辛弃疾故乡的、极富活力的女博士。当笔者与邓红梅在电话里初谈此事时,她二话没说,仿佛是不假思索地说:"我将写出一个与众不同的辛弃疾!"果然不负所望,她很快将辛弃疾六百余首词中的佳作按题材分为主战爱国词和政治感慨词等十一类,从而把人称"词中之龙"的辛弃疾,由人及词全面深刻地做了一番透视与解剖。这样,即使原先是"稼轩词"的陌路人,读了邓红梅的这一编著,沿着她所开辟的这十多条路径往前走,肯定会离辛弃疾其人其词越来越近,并从中获得自己所渴望的高品位的精神享受。

　　然而令人痛心的是应了那句"文章憎命达"的谶语,红梅竟在其春秋尚富的2012年离开了我们,我和不少熟悉她的文友都为之痛楚不堪!在她逝世两周年之际,"唐宋诗词名家精品类编"丛书(共十卷)得以重新修订出版。此系每位编撰者有所期待的良机,然而九泉之下的红梅对于她所编撰的辛弃疾集则无缘加以厘定。忝为这套丛书的主编,我有义务联手责编王国钦先生代替红梅料理她的这一学术后事。所以我在肠癌手术尚未痊愈的情况下,通校了辛弃疾集,从而深感红梅堪称辛稼轩的异代知音!她对每一首辛词的"点评"之深湛精到,令我不胜服膺。对于红梅出色"点评"的内容要旨,我未加任何改动。对于我在此次通校中所发现的问题,大致分以下两种情况:一是个别漏校或笔误,诸如"蛾眉"误作"娥眉","吟赏"误作"饮赏","疏"误为"书","金国"误为"全国","谕"误为"喻","询"误作"讯"等,径作改正。二是对于"惟"与"唯",想必红梅曾和我一样理解为此二字必须严格区分,就连"唯一"也必须写作"惟一";"唯"只用于"唯心""唯物"等少数哲学词汇,其他均写作"惟"。然而在红梅去世后问世的《通用规范汉字字典》(商务印书馆,2013 版)"惟"的第二义项与"唯"是相同的。所以我此次通校过的唐代合集和辛弃疾集中所用合乎《通用规范汉字字典》规定的"惟"字义项,都没有改动。

　　上述未经本人审阅的作者"小传",鉴于笔者了解情况不尽全面,表述又不见得很准确，所以不一定完全得到"传主们"的首肯。但是有一点，即使他们不予认可笔者也要坚持：这就是他们均为治学严谨的饱学或好学之士，对于唐宋诗词的研究尤为擅长。不具备这方面的优势，所撰书稿很容易误人子弟。因为不论是唐诗宋词或唐词宋诗，其老版本都曾存有各种谬误。即使一些很有影响、极受欢迎的选本，当初由于各种条件的限制，也都存在着种种不足之处。没有相应的学识，没有严谨的态度，不加深究，就很难发现问题，很容易以讹传讹。

本丛书的所有编撰者，在这方面都是可以信赖的。而他们的另一共同点是，大都具有与古代诗词名家发生共鸣的文学创作才能。仅就笔者经眼之作来说，比如林东海的《登戏马台》诗云：

> 当年戏马上高台，犹忆乌骓舞步开。
> 九里狂沙怜赤剑，八千热血恨黄埃。
> 时来竖子功名立，运去英雄霸业摧。
> 回首楚宫空胜迹，云龙山外鹤鸣哀。

此系诗人于彭城（今江苏徐州）凭吊项羽之作，其用事、用典何等妙合自然，感慨又何等遥深，早被旧体诗词的行家里手赞为"诗风沉郁，颇似杜少陵之抑扬顿挫"。笔者所拜读过的林东海的其他诗作还有七绝《过邯郸学步桥》、七律《吊白少傅坟》《马嵬坡怀古》等，也都是思覃律精，足见功力之深。

在黄世中只有十五六岁时，他就曾有感于一出南戏对陆游、唐琬爱情悲剧表现之不足，遂写了一个自己心目中的陆唐情深的南音剧本，且作词、谱曲一气呵成，后来又把陆唐之恋编成了电影文学剧本。当他将这一剧本寄到上海海燕电影制片厂后，不久就收到该厂回复的长信，希望他对剧本做一些加工修改以期拍摄。同时，黄世中还把剧本寄奉郭老（沫若）和朱东润先生求教，并很快收到郭老和朱先生加以鼓励的亲笔回信。笔者不仅细读过黄世中所写的历史小说和颇具规模的散文集，还亲耳聆听过其具有南昆韵味的自弹、自唱、自度之曲，其文艺才能可见一斑。

陶文鹏是新诗、旧诗俱爱，而且几乎是张口就来，出口成章。例如他的一首七律《晚云》：

岁月催人近六旬,经霜瘦竹尚精神。

胸中故土青山秀,梦里童年琐事真。

伏枥犹思腾万里,挥毫最喜绘三春。

何须采菊东篱下,乐在凭栏对晚云。

此外,陶文鹏还有一副高亢嘹亮的歌喉,每次在学术会议上总是属于最为活跃的一族。多年来,他一肩双挑,编撰兼及,硕果累累。当然,这一次他将再度奉送给读者一个惊喜。

宋红谙悉音律,对旧体诗词的写作堪称得心应手。其长篇五古《咪咪歌》,把她的宠物猫咪写得活灵活现,想必谁读了都得为之捧腹不迭。此诗被识者誉为:"神机流动,天真自露。猫犹人也,可恼亦复可爱,以其野性存焉。"

在20世纪60年代出生的那辈人中,旧体诗词的爱好者已不多见,擅长者更是凤毛麟角,而毕业于河南大学中文系的王国钦却对此情有独钟。20世纪90年代初,他曾写过一首题为《桂林赴上海机上偶得》的七律,诗云:

关山万里路何迢? 鹏鸟腾飞上九霄。

云海涛惊心海广,航空技越悟空高。

却思尘世多喧扰,莫道洪荒不寂寥。

笑瞰人间藏碧水,乾坤一点画中瞧。

此诗为老一代著名诗人所看重并为之精心评点:"……首联设问,引出壮志凌云;颔联设比,胸怀何其广大;颈联表现一种复杂的矛盾心理;尾联化大为小,小中见大,表现了作者对人间的无限依恋与热爱。作者融天上人间、喜乐忧烦、神话科技于一诗,别具情趣,也别有一种超乎时空的磅礴之气。"王国钦在诗词兼擅的基础上,还从1987年至今摸索、创造出一种新的诗歌形式——度词、新词,并得到当代诗词界人士的广泛称赏。当初他来京商谈丛书编选的诸项事宜时,我因为手上稿事过多等缘故,希望与他一同主编丛书。他诚恳地说:自己可以多承担一些具体的编辑工作,主编还是由社外专家担任,所以只承担了宋代合集的任务。之所以再三邀他负责宋代合集的编选,也正是由于他对宋词的偏爱和对词体发展的不懈努力。

20世纪90年代初,中州古籍出版社曾出版、再版过一本享誉海内外的《当代诗词点评》。在这本厚达六百七十多页的选集中,所有编著者均按长幼顺序排列。排头是何香凝,而高利华是其中最年轻的女编著者——在当时也是旧体诗词界最为年轻的新生代。此书选收了高利华的《浣溪沙·夜出遇雨》《菩萨蛮·雨过索溪向晚戏水》等篇,行家认为其词善于将"陈句融化,别出新意,既富造诣,又见慧心"。其《八声甘州·八月十八观钱江潮》有句云:"叹放翁、秋风铁马,误几回、报国占鳌头。休瞧我,凭栏杆处,欲看吴钩。"此作更被知音者推为:"上片写景,是何等气势!下片怀古,是何等襟期!山阴多奇女子,信哉!"

笔者之所以对丛书编著者们如此着意介绍,既不同于孟子所云"知人论世",也与胡仔所谓"知人料事"不尽相同。这里似乎略同于学术领域的"资格论证"和文化消费中的"品牌意识",或者说借重上述诸位的专长和才华,以增加读者对这套丛书的信任感,在假货无孔不入的情势下使精神消费者能够放心。虽说人们对某种"品牌"的喜爱和信任程度,最终要靠"品牌"本身的质量说话;虽然即使声势浩大的"广告",最终也不见能抵得过下自成蹊的"桃李"的魅力,但是还有一种"话不说不明,木不钻不透"的更为通俗和适用的道理——被埋在地下的夜明珠人们尚且看不到它的光芒,而一个新问世的"品牌",多少也需要自我"表白"一番的。

本套丛书初版于2002年8月,之后已陆续重印多次。随着时间的推移,虽然丛书在封面设计、版式设计及印刷质量等方面略显尽不人意之外,但在内容的编选和点评方面却依然值得肯定。因此,丛书的本次重印,除由编选者对内容进行了个别的修订、勘误之外,还由出版社对封面、版式进行了重新设计,将印刷质量进一步提高。同时,本着"把辛苦留给自己,把方便提供给读者"的编辑初衷,丛书又在一些体例方面做了进一步规范。比如对于词牌、词题在目录或引述时的表述方式,无论是在学术界或是在出版界,并无明确而统一的规范形式,所以不同的编选者就不可避免地出现了不同的表述。而这对于一套丛书来说,就出现了体例上不统一的问题。经过多方的交流、咨询和讨论,出版社在修订时提出了统一规范的建议,笔者认为十分必要。

具体来说,规范之前的一般表述形式大约分为三种情况:(一)原作既有词牌又有词题:"词牌·词题",如周邦彦《少年游·感旧》;(二)原作只有词牌却无词题:"词牌",如秦观《鹊桥仙》;(三)原作只有词牌却无题:"词牌(本词首句)",如秦观《鹊桥仙》(纤云弄巧)。

本次规范之后,实际上是把第二、第三种无词题的情况合并为了一种形式,也就是说把原作无词题的情况统一都表述为"词牌(本词首句)",如姜夔《暗香》(旧时月色)。进行这样的规范,起码有这样两点好处:(一)对现在并不太了解古典诗词(尤其是词)表现格式的读者来说,能够将有无词题的作品进行一目了然的区分;(二)对于一般读者和研究者来说,方便对同一作者同一词牌的多首作品进行准确表述及辩识。而出版社的这些建议和规范,恰恰是丛书初衷的自觉践行。作为本套丛书的主编,笔者当然表示尊重和欢迎。

一言以蔽之,这套丛书的最大特点和长处是策划独到、思路新颖,它仿佛为每位编选者提供了一双崭新的"鞋子"。穿上这双"新鞋",是去"走世界"还是到唐宋诗词名人家里"串门子",抑或是像"脚著谢公屐"似的爬山登高,那就该是因编选者各自不同的"心气"而有所不同的事情了。但我可以夸口的是:他们全都没有"穿新鞋走老路"!

初稿于 1999 年 10 月,北京

改定于 1999 年 12 月,郑州—北京

厘定于 2015 年元月,北京

目　录

浪子心曲·衣带渐宽终不悔

离情别绪·杨柳岸晓风残月

羁旅愁思·路遥山远多行役

四时节序·灯月阑珊嬉游处

承平赞歌·太平时朝野多欢

前　言

在中国文学史上，柳永是一个很特殊的人物。和其他文学名家相比，不仅他的生平仕履情况至今仍有很多谜团，而且对其人其词，历来也褒贬不一，褒者誉之为"学诗当学杜，学词当学柳"（宋张端义《贵耳集》卷上引项安世语），贬者讥之为无行浪子、淫词秽曲。对同一文人出现如此截然两歧的评价，是不甚多见的。然而尽管以柳词比附杜诗，可谓推许过当，比拟失伦，但柳永词的地位和影响，实不能因其浅近卑俗而过于轻视。柳永不仅在宋代词坛是杰出的第一流作家，放在整个文学史上来观照，也绝对称得上是开宗立派、影响一代的大家。如果没有柳永，宋代词坛的艺术趣味和审美理想就缺失了重要的一极，而他在词体发展等方面所做的贡献，更是促进宋词繁荣和俗文学演进的强大动力之一。

一

柳永，初名三变，字景庄，后更名永，字耆卿。因其排行第七，故人称"柳七"。祖籍河东（今山西永济），徙居崇安（今属福建）五夫里金鹅峰下。他的祖父柳崇，五代时以儒学著名，终生不仕，老于布衣，"行义著于乡里，以兢严治于闺门"（王禹偁《小畜集》卷三〇《建溪处士赠大理评事柳府君墓碣并序》）。柳永的父亲柳宜，生于后晋天福四年（939），曾仕于南唐，任监察御史，"多所弹射，不避权贵，故秉政者尤忌之"（王禹偁《小畜集》卷二〇《送柳宜通判全州序》）。入宋后，先后任山东雷泽、费县、任城令，通判全州，赞善大夫，官终工部侍郎。柳宜有三子：柳三复、柳三接、柳三变，三变最幼，与二兄均负文名，时称"柳氏三绝"。柳永即出身于这样一个书香仕宦的家庭中。

由于《宋史》无传，柳永的事迹多见诸野史杂著中，且有不少互相抵牾之处。

因此关于其生平仕履,虽经后人多方考辨,但仍难以确知。柳永生于何时,各家说法不一。唐圭璋先生《柳永事迹新证》(《文学研究》1957年第3期)推断柳永生于宋太宗雍熙四年(987),而吴熊和先生《从宋代官制考证柳永的生平仕履》(《吴熊和词学论集》)一文,则推定柳永的生年还应提前至雍熙二年(985)之前,应当是可信的。

柳永的一生,以他在宋仁宗景祐元年(1034)中举为分界线,大致可以分为两个阶段,前期多流连于汴京的秦楼楚馆,恣情浪游,而后期则游宦四方,驱驰行役。这种生活经历在他的创作上也留下了深刻的烙印。柳永的家世出身决定了他并不是一个淡泊功名的人,他早年曾屡次参加科举考试,但都未能及第,如其《鹤冲天》"黄金榜上,偶失龙头望"之词,便是落第后的自遣自慰之语。或许正是科场的蹭蹬,使得他从此放浪形骸于声色酒乐之中,与平康巷陌的歌伎乐工们结下了不解之缘。宋代叶梦得《避暑录话》卷三中记载,柳耆卿"为举子时,多游狭邪,善为歌辞。教坊乐工每得新腔,必求永为辞,始行于世,于是声传一世",从此文学史上便多了一位风流才子。柳永词中经常可以看到对自己早年这种浪游生活的回忆:"暗想从前,未名未禄,绮陌红楼,往往经岁迁延"(《戚氏》),"帝城当日,兰堂夜烛,百万呼卢。画阁春风,十千沽酒"(《笛家弄》),"常是因酒沉迷,被花萦绊"(《凤归云》)。柳永在其《如鱼水》词中说自己"艺足才高,在处别得艳姬留",他所眷之歌伎"艳姬",仅在其词中提到的,就有心娘、佳娘、虫娘、酥娘、师师、秀香、瑶卿、香香、英英等十余人,他的不少词,就是为这些歌伎所写的,有些歌伎还能同他以词相唱和。在这种"纵游倡馆酒楼间,无复检约"的生涯中,柳永度过了他的青年时代。这成就了他和他的词闻名天下的声望,但也为此而付出了不小的代价,不仅是科举中的挫折,如吴曾《能改斋漫录》卷一六云:"柳三变好为淫冶讴歌之曲,传播四方。尝有《鹤冲天》词云:'忍把浮名,换了浅斟低唱。'及临轩放榜,(宋仁宗)特落之,曰:'且去填词,何要浮名!'"而且在他后来的仕宦经历中,也屡屡因为这种狭邪生活,而被士大夫们视为无行之人,以致坎坷流落。实际上,柳永的此种生活方式,一方面固然是与其个性气质有关,另一方面,在某种程度上未必没有可能是为生活所迫的结果。柳永并非出自大富之家,罗烨《醉翁谈录》丙集卷二中说:"耆卿居京华,暇日遍游妓馆。所至妓者爱其有词名,能移宫换羽,一经品题,声价十倍。妓者多以金物资给之。"以一个文人的身份,而需歌伎的"资给",其间自有不少凄凉与辛酸吧。柳永词中有那么多描写歌伎的作品，应该说是与此有关系的。柳永前期即汲汲于功名科第，宋真宗年间，还趁着"天书"事件的机会，写了好些应制颂圣之作，以求一售。但又流连于坊曲之间，过着纵情游冶的生活，这种看似两歧的生活方式，实则是其内在心理矛盾的体现，也预示了他一生的悲剧命运。

宋仁宗景祐元年（1034），为了替自己亲政扩大影响、延揽声誉，宋仁宗增加了进士及诸科的名额，并且特开恩科，对历年来举场沉沦失意的士人，格加放宽尺度，规定"进士五举年五十，诸科六举年六十；尝经殿试，进士三举，诸科五举；及尝预先朝御试，虽试文不合格，毋辄黜，皆以名闻。"（李焘《续资治通鉴长编》卷一一四）柳永终于在这次科举中及第了，有可能就是以恩科特奏名，而得到"同进士出身"之身份的。此时他已年过半百了。中举后的柳永，官运并不亨通。他的首任职位是睦州（今浙江建德）团练推官，属初等幕职官。据叶梦得《石林燕语》及《续资治通鉴长编》卷一一六载，柳永到任方月余，知州吕蔚即具状荐举之，但侍御史郭劝以其与制不合，加以驳回。对柳永来说，初入仕途，即改官受阻，已经开始感受到了宦游的艰辛，再加上幕职官风尘作吏、供人驱使的境地，使他产生了对官场的厌倦之意，如他在睦州所作的《满江红》中说："游宦区区成底事，平生况有云泉约。归去来，一曲仲宣吟，从军乐。"就是这种情绪的流露。此后整整八年，柳永都未得升迁。直到庆历三年（1043），朝廷下诏举幕职、州县官充京朝官，为柳永磨勘改官提供了一次机会。但这次仍然没有成功，据张舜民《画墁录》载："柳三变既以词忤仁庙，吏部不放改官，三变不能堪，诣政府。晏公（晏殊）曰：'贤俊作曲子么？'三变曰：'只如相公亦作曲子。'公曰：'殊虽作曲子，不曾道针彩慵拈伴伊坐。'柳遂退。"但此后不久，柳永终于由泗州判官改为著作佐郎，得以升为京官，结束了"久困选调"的处境。柳永改官后，循资而迁，三年一转，由著作佐郎迁著作郎，再迁太常博士，官终屯田员外郎，故后世称之为"柳屯田"。此时柳永当已是六十九岁的老人了。宋代官员七十岁致仕，柳永致仕后荣誉性地转了一官，为屯田郎中，故亦称之为"柳郎中"。上述官职在宋代都属于寄禄官，并非是实际职务，按照宋代制度，改官后的京官必须先外任县令，柳永当也不例外。《余杭县志》卷一九职官表上载柳永曾任余杭（今属浙江）令。明代万历《镇江府志》卷三六引柳永之侄所作《宋故郎中柳公墓志》残文，谓柳永改官后曾任西京灵台（可能是指陕西渭南县）令。罗烨《醉翁谈录》庚集卷三谓柳永曾宰华阴（今属陕西）。《乾道·四明图经》卷七记载柳永尝监晓峰(在今浙江定海)盐场。但具体何时则都难以确考。这些职务宋代叫"差遣",是官员实际所担任的职务,可以看出,柳永所任的多是地方小官,而且他宦游的地域范围是比较广的。因此柳永后期作品中,虽不免仍多怀旧之词,但早年的风情明显减退,如《长相思》中所云"又岂知,名宦拘检,年来减尽风情"。于是游宦羁旅便成为一个最重要的主题,其中又以作于江淮和两浙一带的居多。另外他在任晓峰盐场官时还写过一篇《鬻海歌》,是反映盐民生活疾苦的诗作,这与他早年风流浪子的面目就有很大的不同了。

柳永的卒年,一般都遵从唐圭璋先生之说,定在皇祐五年(1053)。而吴熊和先生则认为,柳永应卒于至和元年(1054)之后的一二年间(《柳永与孙沔的交游及柳永卒年新证》),亦可信从。柳永最后身殁于润州(今江苏镇江),死后境况也很凄凉,殡葬无着,棺木搁置于僧寺之中,直到二十余年后王安礼知润州时,才出资为柳永择地安葬,并由柳永的侄子撰写了墓志铭(明万历《镇江府志》卷三六附记)。宋元话本中谓是由众歌伎醵钱安葬,虽属小说家言,不可为据,但也说明了一代词人的不幸命运。

二

柳永一生所经历的太宗、真宗、仁宗三朝,正是北宋社会承平之时。随着社会的稳定,都市经济得到迅速发展,家家弦唱,处处笙歌,这种社会环境为专供娱乐消遣的词的发展,提供了丰厚的现实土壤。柳永词就在这种时代氛围中应运而生。他改变了词自五代《花间集》以来的传统发展方向,继承和发展了词在初起阶段作为民间俗文学的特征,大量采用俚俗浅近的市井新声入词,与当时文人词日趋雅淳之风便有所不同了。但柳永一方面采用市井新声,一方面又进行加工提高,形成了柳词所特有的"柳氏家法"、"屯田蹊径",创造出了其自身的独特风格,从词调到作法,都代表了宋词发展的一个新阶段,以至于后人誉之为"宋词革命巨子"(薛砺若《宋词通论》)。具体而言,柳永词的艺术成就主要体现在以下几个方面。

首先,柳永以其创作发展了慢词。慢词即慢曲子,调长拍缓,在音乐上变化繁复,悠扬动听,一般字数较多。唐五代词调基本上都是短小的令曲,虽偶有慢词出现,但影响不大。入宋以后,市井新声竞起,"新声巧笑于柳陌花衢,按管调弦于茶坊酒肆"(《东京梦华录·序》)，这种新声勃兴的盛况使词调获得了大量的新增与扩充，而所增者大都为慢曲长调，从此令词小曲就退居次要地位了。在此转变过程中，柳永词所起的作用功不可没。柳永在宋代是以精通音律而著称的词人，他致力于尝试新曲，以新的词风来推动新的乐曲的流行。柳永词中屡提及这种"新声"，如"风暖繁弦脆管，万家竞奏新声"(《木兰花慢》)、"是处楼台，朱门院落，弦管新声腾沸"(《安公子》)、"帘下清歌帘外宴，虽爱新声，不见如花面"(《凤栖梧》)等。一部《乐章集》中大部分就是这类新声。柳永词作共存二百余篇，凡用十六宫调，一百五十余曲，其中除十余调是沿用唐五代旧曲外，其余的都是首见于柳永词的。论创调之多，两宋词人无出其右。这其中又有两种情况，一是直接采用当时的市井新声入词，一是将前代令曲改造而成的。而所创之调中，又大都是慢曲，有些曲调在教坊曲、敦煌曲中本为小令者，柳永亦衍为长调。如《长相思》本双调三十六字，柳永度为双调一百零三字；《浪淘沙》本双调五十四字，柳永度为三叠一百四十四字。这就开辟了词曲由小令进入长调的新阶段，词调从此也就日趋丰富和繁盛了。

其次，柳永词多用赋体，发展了慢词的艺术技巧。晚唐五代以来的令词，由于受到篇幅短小的局限，遂以"深"、"细"、"小"而见长，注重含蓄朦胧地表达心灵深处隐约幽微的情感体验。而慢词勃兴之后，传统的令词作法已与慢词庞大的结构、繁复的声律不相适应了。而柳永不仅在词调和音律上发展了慢词，在技巧上亦打破传统，创造性地采用赋体笔法，为慢词长调的创作开辟了一条新的道路。赋者，铺也。长调即宜于铺陈。柳词善于铺叙，无论是叙事写景，还是抒情议论，都能做到委婉曲折，层层深入，细腻妥帖，淋漓尽致地揭示人物的心理活动和情感历程。结构上大开大阖，回环往复，一唱三叹。如他的《望海潮·东南形胜》一词，便可以说是一篇用词体写就的杭州赋，而其不少描写汴京繁盛的词作，又何尝不是一篇篇具体而微的《汴都赋》呢？另一方面，柳永的不少词还表现出强烈的故事化倾向。即在一首词中，首尾俱足地铺写一个完整的故事情节，犹如一部独幕甚至多幕的歌剧。像他脍炙人口的名作《雨霖铃》，就是一个典型的例子，全词由饯别写到催发，到泪眼相对，到执手告别，到别后的酒醉，到次日清晨的酒醒，到对将来的悬想，依次层层叙述离别的场面和双方惜别的情怀行动，如同一首带有叙事性的剧曲，写出了动人的惜别一幕。它的细腻感、故事性和直接面对市井民众的感染力，就不是令曲所能够达到的。宋代李之仪谓唐五代词,"大抵以《花间集》中所载为宗,然多小阕。至柳耆卿始铺叙展衍,备足无余。形容盛明,千载如逢当日。"(《跋吴思道小词》)就是从词史的角度肯定了柳词以赋体作长调对宋词发展的贡献。

第三,词格上的雅俗并存。宋人多言柳永词近俗,或谓"虽协音律,而词语尘下"(李清照《词论》),或谓"虽极工致,然多杂以鄙语,故流俗人尤喜道之"(徐度《却扫编》卷五),或谓柳永"长于纤艳之词,然多近俚俗,故市井之人悦之"(黄昇《唐宋诸贤绝妙词选》卷五)。可以看出,他们虽承认柳永词艺术技巧上高妙,但对其浅近俚俗的词格颇有异词。实际上,柳词这种世俗化的倾向,代表的是一种新的审美趣味和艺术风范,是城市市民阶层的生活理想与精神风貌在艺术领域的反映。作为与高雅的文人词相对的一极,它是构成宋词丰富多彩面貌的重要组成部分。同时,柳永词也并非一味浅俗,他的一些名作,大都俗中有雅,可谓俗不伤雅,雅不避俗。如其名作《八声甘州·对潇潇暮雨洒江天》一阕,其中既有"想佳人妆楼颙望"这样的"俗极"(清陈廷焯《白雨斋词话》卷五)之语,也有着被苏轼赏识的"霜风凄紧,关河冷落,残照当楼"这样的高雅之句。雅俗杂陈,正是柳词之所长。而从接受和传播的层面来看,柳永的许多名作,也是雅俗共赏的,并非仅仅在市井民众中流传。宋人笔记中有不少关于文人偏好吟唱柳永词的记载,甚至和尚、道士也都爱好柳词,如《皇朝事实类苑》中所记的邢州开元寺僧法明,金全真教祖师王重阳等,都几乎从柳词中参禅悟道。不仅如此,柳永词还远传至异域,叶梦得《避暑录话》卷三记西夏国"凡有井水饮处,即能歌柳词",罗大经《鹤林玉露》卷一三记金主完颜亮闻歌柳永《望海潮》,"欣然有慕于'三秋桂子,十里荷花',遂起投鞭渡江之志。"在两宋甚至历代词人中,作品能流播如此久远,是不多见的。

第四,柳永词所开创的"柳氏家法",真正代表了词体的本色与正宗。关于词的正宗与别调问题,历代词论家讨论得很多。但词在唐宋时代,就其实质而言,是随市民文化而兴起的一种通俗音乐文艺,要讨论词的本色,便不能脱离这个根本性质。词本起于民间,文人参与词的创作之后,雅化与文人化是一个必然的趋势,从这点来看,无论是周邦彦、姜夔也好,苏轼、辛弃疾也好,他们的创作都是为这个趋势添砖加瓦,都可谓是别调。惟有柳永词,却仍然保持了民间通俗文艺的本来面目。柳词上承敦煌曲,下开金元曲子,在其间起着重要的桥梁和中介的作用。清代况周颐《蕙风词话》卷三中说:"柳屯田《乐章集》为词家正体之一,又为金元已还乐语所自出。"金代董解元的讲唱文学作品《西厢记诸宫调》,体格即与《乐章集》为近。元曲中的大量作品,在格调和气质上都与柳词十分类似。因此在词、曲的风会转移中,柳永词所发挥的影响是非常巨大的。过去对这一方面重视不够,值得加以进一步的研究。

三

柳永词集名《乐章集》。宋黄裳《演山集》卷三五《书乐章集后》云:"余观柳氏乐章,喜其能道嘉祐中太平气象,如观杜甫诗,典雅文华,无所不有。是时予方为儿,犹想见其风俗,欢声和气,洋溢道路之间,动植咸若。"则《乐章集》宋神宗元丰年间已经行世。南宋陈振孙《直斋书录解题》歌词类著录有《乐章集》九卷,乃长沙刘氏书坊《百家词》本。毛扆《汲古阁珍藏秘本书目》著录有"宋版《柳公乐章》五本",但都未见流传。今传《乐章集》有九卷本和三卷本两个系统。九卷本见诸陈第《世善堂藏书目录》、朱彝尊《词综·发凡》、朱㳇《结一庐书目》所著录,俱未见。毛晋汲古阁《宋六十名家词》本《乐章集》一卷,书前总目中注云:"原本九卷。"光绪年间吴重熹《吴氏石莲庵刻山左人词》中的《乐章集》一卷,覆刊毛本,附以缪荃孙和曹元忠的校记。这两种一卷本,当皆自九卷本出。三卷本系统则有明吴讷《唐宋名贤百家词》本、梅鼎祚藏本、赵元度校焦弱侯藏本、毛扆校紫芝漫钞《宋元名家词》本。康熙年间,毛扆借涂元文含经楼所藏宋本校汲古阁本,又从孙氏、周氏两钞本校正,由劳权(巽卿)传钞。三卷共一百九十四首,又续添曲子一卷十二首,皆依宫调编次。近代朱祖谋《彊村丛书》即以此本为底本,并参校各本,附以校记,成为今日通行之本。后《全宋词》亦以《彊村丛书》本入录,并补六首,合计二百一十二首。另外明代陈耀文《花草粹编》中共收柳词一百六十余首;清代江都秦恩复之子秦潜所著《词系》中亦收录了大量柳词,并据一宋刊《乐章集》本作有校记,这些都可以为整理柳词提供新的材料,笔者目前也正在从事这项工作,希望能重新校订出一部较为完善的《乐章集》。

本书分类编排,按照柳永词的内容分为九类。以下就各类稍作说明。

1.彩线慵拈伴伊坐:青楼幽怨

这一部分主要收录的是描写歌伎心理活动、佳人体态以及歌伎们精妙技艺的作品。

2.衣带渐宽终不悔:浪子心曲

其中主要收录了柳词中以男性口吻表达对歌伎的眷恋之情和相思情意的作品。

3.杨柳岸晓风残月:离情别绪

其中主要收录了描写离情别绪的作品,不仅是这种生离,另处还包括了几篇描写死别的悼亡之作。

4.路遥山远多行役:羁旅愁思

柳永在中举之前似即有南北漫游的经历,中年之后,为宦四方,驱驰不已,游宦羁旅之感遂成为他创作的一个重要内容。描写这种经历和情绪的作品收录于此。

5.灯月阑珊嬉游处:四时节序

其中主要收录了描写四时节序和时令的作品。

6.太平时朝野多欢:承平赞歌

北宋经济繁荣,物康民阜,特别在当时的一些大都会中,富庶繁盛的景象尤其明显。本类中主要收录了柳永描写这种承平气象的作品,可谓是都市风光的赞歌。柳词中的不少投赠之作,也在表达投赠之意同时,描写了当地的太平景象,故亦附于此类中。

7.人间三度见河清:应制颂圣

这一类中收录的都是应制颂圣之作,主要是呈献给宋真宗与宋仁宗的作品,有的与当时著名的"天书"事件有关,有的是祝贺皇帝生辰的寿词。在一定程度上也反映了北宋的盛世气度。

8.游宦区区成底事:人生感慨

本类中收录的都是表达人生感慨的叹歌,具有强烈的北宋市民文化氛围。

9.天然淡泞好精神:咏物抒怀

这类主要收录了柳词中的几篇咏物之作。

以上九类篇幅不一,各类所录作品或多或少,依柳词实际面貌而定,不强求匀称一致。九类共选录词作一百四十六首,手此一编,可以说柳词的大致面目已略具于是了。每首之下,先作简注,注文力求精确简约。复缀以点评,有话则长,无话则短。虽不敢说能做到不负古人,总是希望能不诬古人吧。但注评不过是著者一己的体会,终是不可替代原作的,因此还是重在使读者能循此去体味原作，古人讲"如人饮水，冷暖自知"，"得鱼忘筌，舍筏登岸"，注评的最高理想是使读者能舍弃注评，直接与古人的心灵相交流，本书能起一些铺路的作用，则足可宽慰矣。另外，书末附有《柳永简明年谱》，以供读者参考。

在编写本书的过程中，得到了丛书主编陈祖美先生的大力支持，她对后学的热情鼓励与关怀，令人铭感无已。本师吴熊和先生多年来耳提面命、传道解惑，没有先生的关爱和指导，本书也不可能顺利完成。同时，本书的写作，参考了薛瑞生先生的《乐章集校注》，姚学贤、龙建国两位先生的《柳永词详注及集评》，谢桃坊先生主编的《柳永词赏析集》等大著，得益匪浅。另外我的妻子樊葵女士不仅不辞辛劳地操持家务，支持我的工作，而且也是本书的第一位读者，提出了不少有价值的修改意见。谨此一并致以衷心的感谢。

由于本人学力有限，在词作的分类和注评中，一定存在不少舛陋和失误之处，敬请方家斧正和广大读者赐教。

青楼幽怨

彩线慵拈拈伴伊坐

斗百花

　　煦色韶光明媚,轻霭低笼芳树。池塘浅蘸烟芜,帘幕闲垂风絮。春困厌厌^①,抛掷斗草工夫^②,冷落踏青心绪^③。终日扃朱户^④。

　　远恨绵绵,淑景迟迟难度^⑤。年少傅粉^⑥,依前醉眠何处。深院无人,黄昏乍拆秋千,空锁满庭花雨。

[注释]

①厌厌:谓倦怠、百无聊赖之意。

②斗草:古时的一种游戏。宗懔《荆楚岁时记》:"五月五日,四民并踏百草,又有斗百草之戏,采艾以为人,悬门户上以禳毒气。"

③踏青:古时自元宵节后至清明节,有相伴出城至郊野游春的风俗,又名采春。孟元老《东京梦华录》:"放灯毕,都人争先出城采春……红妆按乐于宝榭层楼,白面行歌近画桥流水。举目则秋千巧笑,触处则蹴鞠疏狂。选胜寻芳,花絮时坠金樽,折翠簪红,蜂蝶暗随归骑。于是相继清明节矣。"

④扃(jiōng):关闭。

⑤淑景:美景。

⑥傅粉:三国时魏人何晏俊美肤白,面如傅粉。后世用以代称美男子。

[点评]

　　柳永词中的女性形象丰富多彩,她们的身份绝大多数是歌伎。西方的古典文学中,妓女的形象往往都是"被污辱与被损害的",作家笔触所及,体现了对于下层女性的同情和对其命运的关注。但在中国古典文学中,却有许多光彩照人的妓女形象,这在宋元话本小说和戏剧中表现得尤为突出,而宋词中的歌伎形象可谓导夫先路。柳永之词笔所关涉的常常是这些女性心灵深层的情感空间,体现她们的哀乐,她们不再只是单纯的、被描写的、和词人相对待的客体,而是与词人处于同一时空、置于同一社会心理环境的主体,情感的交流使得柳永笔下的歌伎显得那么鲜活而生动。这固然与柳词的创作视角及功能分不开,但不可不谓是传统女性文学的一种新创造。仅以艳靡一言而蔽之,未免有点辜负古人了。

此词场景在一片明媚的春光中展开,时近清明,远树含烟,柳条拂水,柳絮飘绵。"蘸"、"垂"二字,轻灵而不着痕迹,正与春深时分的氛围相合。如此韶光,本为斗草踏青之佳时,然而词中的这位女子,却被浓厚的倦怠之意所包围,以至于无心出游玩赏,终日闭门长坐。"抛掷"、"冷落",既见无聊,又见无奈。上片春光之美好与人物心理之黯淡适成对照,而结以"终日扃朱户"一语,则将前四句所描绘的轻快气氛一笔抹倒,顺势转入下片。换头点明主旨,此女子之所以"春困厌厌",正因为"远恨绵绵",所思在远道,争得不销魂。时虽佳,景虽美,而其心中但觉"迟迟难度"。游子既不顾返,浮云恐蔽白日,年少情郎,此时不知又醉眠何处了吧。一种又爱又恨、又痴情又忧虑的复杂情绪跃然纸上。日长难挨,而真到黄昏时分,愁绪与暮色交织,只怕更令人难以排遣。独对此无人深院,遥想当年秋千架下的欢娱,徒然陡增伤感。花谢如雨,飘飞还坠,流年似水,一去不回。无限的怅惘与忧伤仿佛随着时光凝固在此一片黄昏的迷蒙之中。此词上片由景至情,下片由情至景,结构十分匀称。上片的春景只是外在的环境,而结拍处的暮景则是融合了人物情感的意境了。在情感的抒发方面,情虽深挚却出之以平和,"醉眠何处"一语,与其说是"怨",不如说是"念"。世言柳词发露,好作尽头语,但此词尤其是下片,却显得非常含蓄婉转,足见大家手段。

昼夜乐

洞房记得初相遇。便只合、长相聚。何期小会幽欢,变作离情别绪。况值阑珊春色暮①。对满目、乱花狂絮。直恐好风光,尽随伊归去②。 一场寂寞凭谁诉。算前言、总轻负。早知恁地难拚③,悔不当时留住。其奈风流端正外,更别有、系人心处。一日不思量,也攒眉千度④。

[注释]

①阑珊:指衰落迟暮之状。
②伊:古时口语中的第三人称代词,相当于"他"或"她",视上下文而定。
③恁:如此,这样。地:语助词。拚(pàn):舍弃。
④攒(cuán)眉:皱眉,蹙眉。千度:千回,千次。

[点评]

　　此词主旨是典型的闺怨之作,这是中国古典文学最传统的题材之一。然而本词与"自伯之东,首如飞蓬。岂无膏沐,谁适为容"中的那种平淡而坚贞之意不同,与"少妇城南欲断肠"中的凄恻与悲慨之意也不相同。它表达的是一位市井女子的闺情,而且是"思"、"怨"、"悔"等种种情绪交织在一起的复杂感触。这类词在柳永的词作中颇为典型,也正是它们与文学史上汗牛充栋的同类题材的区别,确立了柳词的特殊地位。

　　词以追忆而起,当年初遇,两情相悦,一见倾心,这经历给词中女子留下的记忆是如此强烈，以至于终生难忘，同时这也是寂寞独处中的她所极力寻觅的一种心灵慰藉。本应长相厮守，孰料事与愿违，那次"小会幽欢"之后，竟成为永久的分离。"幽欢"之情愈浓愈美好，"离情别绪"亦愈发难以排遣。从这数句来看，很明显词中女子是市井歌伎的身份。落花有意，流水无情，佳人空怅望，荡子终未返。"况值"二字一转，将追忆转入现实，可谓映带无痕。春色阑珊，春事已暮，乱花狂絮，漫天飞舞。无限美好的春光亦随情郎而去，那些快乐的往事呢？甜蜜的"幽欢"呢？似水的年华呢？恐怕也都随之而去，渺不可寻了吧。春归人去，寂寞难言，亦无人可言。当初的山盟海誓、种种缠绵情意、"前言"旧事，皆随那负心之人归于空幻。并不是不想狠下心肠，割断这一片恼人的情丝，可是既不能割舍，亦复不忍割舍。早知如此，当初就应该不顾一切将他留住，以免如今无穷的悔意。词笔倒折，加倍层叠地展现了此女子的深情厚谊。而此情意究从何起呢，不仅是由于其人之品貌端正、风流俏傥，更是由于其"别有"的"系人心处"，其实也就是一种不可言传的魅力吧，或为温柔体贴，或为善解人意，总归是牵系人心、使她无法忘怀之处。种种转折，逼出这正话反说的结句，因"思量"而愁眉深锁、"攒眉千度"，此为正话。"一日不思量"，尚且"攒眉千度"，是为反说，则日日思量之时又是如何，便不言而喻了。语曲而情深，似俗而实雅，这正是柳永词的一大特色。

西江月

凤额绣帘高卷①，兽环朱户频摇②。两竿红日上花梢。春睡厌厌难觉。　　好梦狂随飞絮，闲愁浓胜香醪③。不成雨暮与云朝④。又是韶光过了⑤。

[注释]

①凤额:指帘幕横额饰以凤凰图案。

②兽环:金属所制的兽头门环。

③香醪(láo):美酒。

④雨暮云朝:宋玉《高唐赋》记楚王在高唐梦见巫山神女,离去而辞曰:“妾在巫山之阳,高丘之阴。旦为朝云,暮为行雨,朝朝暮暮,阳台之下。”后以比喻男女之情。

⑤韶光:美好的春光。

[点评]

　　这是一首传统的闺怨词,描写闺中女子的寂寥以及对情郎的思念之情。晚唐五代温庭筠等人的词中,常以女子所处环境的精美来反衬人物内心的孤独,此词起笔“凤额绣帘”和“兽环朱户”也是类似的手法。“绣帘高卷”而不是深闭,隐隐然暗示了一种企盼,而“朱户频摇”,疑是故人来,凝神谛听,却是风吹环动之声,自是令人失望和失落。这两句不仅勾画了这位女子所处的环境,同时也微逗其内心情绪,含蓄委婉,正是典型的《花间》词作法。然而下面却直入正意,又是柳词面目了。“两竿红日上花梢”,写日已高悬而人犹未起,原因则是“春睡厌厌难觉”。这和温庭筠《菩萨蛮》中“懒起画蛾眉,弄妆梳洗迟”的意思有相通之处,只是更加直露罢了。“难觉”二字,也颇值得玩味,细致说来,有三层意思,一是春睡懒起,人无情绪;二是昨夜无寐,天晓方眠,故难以醒来;三是梦中情事,令其留恋,故不愿醒来。因此下片换头就直承以“好梦狂随风絮”一句,所谓“好梦”,自然是指与情郎欢聚之梦,梦中无限温馨,醒来一片凄凉,绮梦、欢情,尽同飘飞的柳絮一般,无定无准,难以捕捉。西方一位哲人曾说:梦如尘沙,握得越紧,它从指缝中漏得越快。这位闺中女子极力想要回念梦中情境,想要再重温梦中的欢馨,终归是渺不可寻了。愁情如此,欲借酒浇愁,然而“闲愁浓胜香醪”,酒不但未能敌愁,反而更加重了人的愁绪。“不成雨暮与云朝”,是说与情人隔绝,再难相聚,而所用典故又与梦境相关,十分贴切。“又是韶光过了”,一声感叹,无限悲凉。自己无心赏春,只能空令如此大好春光白白流逝。同时在古典作品中,春光又往往喻示着人的大好年华,春花春草,自开自落,而自己的青春时光,亦在孤独和无望的等待中空自流淌,年华逝水,情何以堪。既是伤春,又是自怜自伤。短短六字感慨,蕴含着丰厚的意味。可以想像,在弦管轻幽的伴奏声中,一位色貌如花的歌伎,低声吟唱此曲,真可谓如怨如慕,如泣如诉,那是怎样一个凄美的场景! 柳永的这类小令词,已经脱离了晚唐五代和宋初词专意讲求含蓄委婉的美学追求,而是大胆直露地加以表达,如此词中的"春睡厌厌难觉"、"不成雨暮与云朝"等句,可以说是把慢词的意境和手法引入了令词之中。当然,从"凤额"二句以及"又是韶光过了"等句来看,两者之间演进的痕迹还是明显可辨的,反映了词风发展的过程。

鹤冲天

闲窗漏永①,月冷霜华堕②。悄悄下帘幕,残灯火。再三追往事,离魂乱、愁肠锁。无语沉吟坐。好天好景,未省展眉则个③。

从前早是多成破④。何况经岁月,相抛亸⑤。假使重相见⑥,还得似、旧时么。悔恨无计那⑦。迢迢良夜,自家只恁摧挫⑧。

[注释]

①漏永:犹言漏声迢递,暗示夜已深。

②霜华:指霜,或谓指寒凉的月光。

③未省:未知。则个:表示动作进行时的语助词,无实义,近似于"着"或"者",又作"子个"、"只个"。有加强语气的作用。

④早是:已是,本是。

⑤亸(duǒ):同躲,抛亸,本指舍弃,此处有分离的意思。

⑥假使：即使。

⑦那（nuò）：语助词，无实义。

⑧自家：自己。摧挫：折磨，困扰。

[点评]

　　这首词描写一位女子静夜相思之情及愁怨之感。上片以萧疏冷落的夜景衬托人物的愁思。起二句写景，而"闲窗"已见出独坐之态，"漏永"已见出夜深之况。"月冷"句再顺势勾勒，月色凄清，霜凝露重，一片幽冷之气跃然纸上。窗外冷清，而室内也同样冷清，帘幕旁，残灯一缕，光焰暗淡微弱。通过这些工笔细描之景，衬出人物内心的寂寞不安。以下遂由景入事，转而叙写她的举动与形象。"再三追往事"是总冒，往事美好，但追往事便令人神伤了，而"再三追往事"，更是她愁怀难遣的真正缘由。"离魂"三句，浓墨重彩，已是"离魂"，复又"愁肠"，已是"乱"，复又"锁"，以不避重复之笔写出她的复杂情绪和深沉愁思。"无语沉吟坐"一结，托出人物的形象，而"好天"二句，则是对上句的渲染，见出其不仅无言独坐，反复沉吟，且对着如此良辰美景，却始终是未展愁眉。上片由景物描写引出人物心理，但毕竟有所克制，感情深沉而不激烈，宛现步步沉吟之态。而下片则放笔为直干，紧承过片，似乎她已抑制不住情感的煎熬，不得不迸发出来了。"从前"句为一层，谓当初相识相聚时即有不如意之事；"何况"二句为一层，谓何况岁月迁延，相隔久远，心事如何，更不可知；"假使"二句为一层，谓即使真能有缘重见，但当初两心相知、两情相悦的那份情感是否依旧未变呢？这三层意思环环紧扣，复又跌宕多姿，淋漓尽致地表达了主人公煎熬于猜测疑虑之中，而又情思缠绵不能自已的特殊心理。"悔恨"句一收，悔恨何事，却未明言，是悔不当初轻易地为情所牵？还是悔不把雕鞍锁，让情人轻易离去？或许两者兼而有之吧。但不管如何悔恨，总是归于无奈，良夜何其漫长难度，自怨自伤复又自怜自艾，但也只能自己独自忍受这无法摆脱的心理折磨与烦扰了。这首词在表现人物的心理方面，可谓是十分出色的一篇佳作，全词基本运用白描，细致地传摹人物心灵深处的细腻情感和复杂思绪。在表现手法上，既直抒胸臆，坦率自然，而又婉转深沉，曲折回环。同时多用民间口语入词，而能自如贴切，恰切地传达了人物的口吻和语气、身份，而这些也正是所谓"屯田蹊径"的构成因素。

法曲第二

青翼传情^①，香径偷期^②，自觉当初草草^③。未省同衾枕^④，便轻许相将^⑤，平生欢笑。怎生向^⑥、人间好事到头少。漫悔懊^⑦。细追思，恨从前容易^⑧，致得恩爱成烦恼。心下事千种，尽凭音耗^⑨。以此萦牵，等伊来、自家向道。洎相见，喜欢存问^⑩，又还忘了。

[注释]

①青翼：青鸟。神话中西王母的使者，后用以称传信的使者。

②香径：采香径，本在吴中，此处泛指。偷期：私下约会。

③草草：草率，马虎。

④省：明白。

⑤相将：相与，相共。

⑥怎生向：怎奈。

⑦漫：空自，枉自。

⑧容易：轻易。

⑨音耗：音信。

⑩洎(jì)：及，到。存问：问候。

[点评]

这首词中的主人公是一位多情的女子，整首词不假描景，不须叙事，全是她的情感倾诉，这在唐宋词中比较少见，却正是柳永擅长的地方。起句便以追述语气直抒情愫,"青翼"二句,写当年之偷期暗会。本以为以下便应叙写欢会之甜蜜情事,然而笔锋一转,便折入如今的追悔,"草草"者,是指草草定情。"未省"三句,是对"草草"的具体铺叙,"未省同衾枕",实际上是指相处未久。可自己却轻率地托以终身,从此将一生的欢笑苦乐与情人紧紧牵系在一处了。可怎奈"靡不有初,鲜克有终",人生不如意事常八九,情人一去便再也没有了音信,令她独自烦忧,空自悔懊。换头词意不断,细想从前轻易地让情人离去,以至于无限恩爱尽成满怀烦恼。千种心事,系于一怀,却又无法当面向情人倾诉,只能托之于微茫难达的吟笺赋笔,在纸上倾吐了。"以此萦牵"二句,设想等情人归来,定当向他尽情发泄心中的苦闷愁怨,问问他"今后敢更无端"。"泪相见"三句,词意突转,翻出一层,谓等到真的相见时,只顾得上欢喜爱怜、体贴存问,原来设想的种种惩罚措施全都忘到了脑后,哪里还想得起什么数落、发泄呢?作为慢词却通篇直描心愫的写法,应该说是要冒些风险的,很容易显得单调刻板。而此词却通过结构上的环环相扣,一气贯注,令人沉浸入主人公的心理活动中。结句的翻转,以平常之语展现人物情感的变化,将日常生活中的细微处写得极其传神,同时也使得词意更加起伏动荡,姿媚横生。词语也明白家常,口吻毕肖,"喜欢存问,又还忘了",这的确就是普通人的心态和口吻,可谓神形兼备。

荔枝香

甚处寻芳赏翠①,归去晚。缓步罗袜生尘②,来绕琼筵看③。金缕霞衣轻裉④,似觉春游倦。遥认,众里盈盈好身段⑤。　　拟回首,又伫立、帘帏畔。素脸红眉⑥,时揭盖头微见⑦。笑整金翘⑧,一点芳心在娇眼。王孙空恁肠断。

[注释]

①甚处:何处。

②罗袜生尘:用曹植《洛神赋》中的名句:"凌波微步,罗袜生尘。"形容女子步履轻盈。

③琼筵:盛筵。

④金缕霞衣:饰以金线的轻薄彩衣。褪:脱下。

⑤众里:众人之中。盈盈:仪态姣美貌。

⑥红眉:或认为是唐张泌《妆楼记》中所云的"倒晕眉",是一种眉妆。或以为是在霞衣、盖头的映衬下,眉呈红色。疑皆不确,记此存疑。

⑦盖头:宋代周煇《清波杂志》卷二:"妇女步通衢,以方幅紫罗障面蔽半身,俗谓之盖头。"指女子行路蔽尘用的面巾披肩。

⑧金翘:即翠翘,古时女子的一种首饰,状如翠鸟尾上的长羽。

[点评]

这首词是对一位歌伎体态神情的描绘,恍如一幅工笔细摹的美人图。起句写她赏春寻芳而归,以"甚处"领起,词笔空灵。"缓步"二句,写其轻盈的体态,独立琼筵,有矜持之意。以下从席上观者眼中,见其轻解罗裳,丽质天成。"似觉"一句,以疑似之词出之,显得摇荡委婉,牵惹人之绮思遐想。在一群如花似玉的妙龄少女中,她的盈盈身段,独压群芳,显得风流而蕴藉。下片直承续写。上片的侧重点在其姿态,下片则侧重于其神韵。"拟回首"以下四句,一步一旋,有百步九折之势。先谓其飘入后堂,却又止步不前,"拟"字,乃见神采之处。但见她伫立在绣帷侧畔,垂首低眉。虽无一字形容她的容貌,而容貌的倾国倾城已经可以想见了。陡然间,盖头微揭,回眸一瞥,而"素脸红眉",也若隐若现。是好奇?是娇羞?总归是迷离惝恍,令人不能自持。复又"笑整金翘",顾盼传情,虽是"搔首弄姿",却全不觉其俗滥,但觉美艳无匹,令"王孙们"空自肠断。这首词风格艳丽,对这位女子的描写能意态俱到、形神兼备。但从美学趣味上来说,它又是一首典型的似雅实俗之词,词雅而意俗,在柳永词中也可谓别具一格了。

锦堂春

坠髻慵梳,愁蛾懒画^①,心绪是事阑珊^②。觉新来憔悴,金缕衣宽。认得这疏狂意下^③,向人诮譬如闲^④。把芳容整顿,恁地轻孤,争忍心安^⑤。　依前过了旧约^⑥,甚当初赚我,偷剪云鬟^⑦。几时得归来,香阁深关。待伊要、尤云殢雨^⑧,缠绣衾、不与同欢。尽更深、款款问伊,今后敢更无端^⑨。

[注释]

①蛾:即蛾眉,指女子修长弯曲之眉。

②是事:事事,凡事。阑珊:本指衰残,此处形容因心绪不振而无精打采之状。

③疏狂:风流放浪之意,此指风流放浪之人、浪子。

④向人:犹言"对我",此处"人"为自指。诮譬如闲:犹言"直是视若等闲"。诮:诨,直。

⑤恁地:如此。孤:辜负。争忍:怎忍。

⑥依前:和从前一样。

⑦甚:为何。赚:骗。剪云鬟:古代情人相别,女子有剪发以赠的习俗。

⑧尤云殢(tì)雨:指情人欢会。

⑨伊:他。无端:本指无心无意,此处借指浪子之无行薄幸。

[点评]

此词是一位市民妇女的内心独白,词人通过对其心理的细致描绘,充分表现了她热烈追求情欲，不拘封建礼法的市民意识。起句即摹状其精神状态，发髻松散欲坠，却无心梳理，蛾眉含愁不展，更无心描画。正因为心绪黯淡，无精打采，不仅是梳妆打扮，凡事都打不起精神来做。内心的慵懒导致了身体的憔悴消瘦。金缕衣宽，可见瘦减腰围，这也就是柳永《凤栖梧》词中"衣带渐宽"，为伊憔悴之意。而慵懒憔悴的原因则在于，所思所念的那风流放浪之人根本不看重自己，只知荡游而不知返，实令人又恼又恨。此女子怨怼的口吻如跃纸上。然而市民妇女对待情感，与传统的温柔敦厚之女子有所不同。她并未长久地沉溺在忧伤之中，自怨自艾，而是积极地采取行动。故她又重新振作精神，整顿芳容，毕竟仅因那负心薄幸之人，便导致容颜枯槁，如此轻易地辜负了大好青春年华，自己怎能心安呢？他怎能心安呢？二义不妨并举。词意先抑后起，结束上片，同时也暗示了下片的意旨。下片皆写此女子之心理活动与盘算。追念当年之山盟海誓，深情款款，恍在耳边，然而旧约无凭，"依前过了"，说明她日日盼望而终不来，一片痴心，转成怨恨，既然不守约定，当初又为何骗取自己剪发为赠呢？在这里剪发相赠即是定情之意。怨之切正因为爱之深，可见她仍然觉得对方迟早会回到自己身边的。"几时"以下，则是她的盘算了，等他归来后，一定要狠起心肠，让他再也不敢失约无信。然而她真能做到吗？且看她所设想的三个措施，一是"香阁深关"，不许他入房门；二是"缠绣衾、不与同欢"，不许他进被子；三是更深人静之后，慢慢数落，让他保证再也不敢无行薄幸。但香阁不开，如何能有"尤云殢雨"之要求，"不与同欢"，如何会有"更深"之"款款问伊"，可见即使是在设想之中，她也无法真正狠起心肠。若情郎真的来到，恐怕欣喜宽慰之下，这些措施全都抛至脑后了吧。

此词从内容到形式都有十分强烈的市民气息。词中女子的性格，既有泼辣大胆、无所顾忌的一面，又有深情柔婉的一面。词的结构绵密，一气倾泻而层次分明。语言浅近通俗，大量使用了当时口语中的俗词，如"是事"、"诮"、"恁地"、"赚"、"无端"等等，增强了词的表现力，同时也更切合市井女子的口吻和心理，这也是柳永词天下传诵的原因之一。

定风波

　　自春来、惨绿愁红,芳心是事可可①。日上花梢,莺穿柳带,犹压香衾卧。暖酥消,腻云亸②。终日厌厌倦梳裹③。无那④。恨薄情一去,音书无个⑤。　　早知恁么⑥。悔当初、不把雕鞍锁。向鸡窗、只与蛮笺象管⑦,拘束教吟课。镇相随,莫抛躲⑧。彩线慵拈伴伊坐。和我。免使年少,光阴虚过。

[注释]

①是事:甚事,何事。可可:恰恰。此句为反问语气,犹言"无一事可人心意",即事事皆平淡乏味。

②暖酥:此指女子暖润如玉的身体。消:消减,消瘦。腻云:指头发。亸(duǒ):下垂。

③梳裹:梳洗打扮。

④无那:即无奈。

⑤无个:一点也没有。

⑥恁么:如此,这样。

⑦鸡窗:据《艺文类聚》卷九一引《幽明录》载,晋代时有人买得一长鸣鸡,养在窗前,能作人语,与主人谈诗论艺,终日不辍。后遂以鸡窗指书窗、书斋。如唐罗隐《题袁溪张逸人所居》诗云:"鸡窗夜静开书卷。"蛮笺:指纸。唐代时高丽、四川等边远地方时常进贡上等好纸,故以"蛮笺"称之。象管:指毛笔。

⑧镇:犹言"整日"。抛躲:此处指分离,离别。

[点评]

　　此词的主旨仍然是传统的闺怨题材,但艺术趣味和以往的同类之作却并不相同。词为代言体,起句先由时令说起,春光明媚,百花盛开,本是一片红绿缤纷之景,然而在愁人眼中,绿为惨绿,红为愁红,用"惨"、"愁"二字来形容柳绿桃红,此前还无人用过,然而又确实显得刻画精当,不可移易,后来李清照《如梦令》词中的"绿肥红瘦"适堪媲美。绿叶红花本无知无识,但在情感的投射下可使其尽化为触目伤心之色。这也就是王国维所说的"有我之境"。一颗芳心,无处安置,但觉无一事可人心意。以至于窗外虽是红日高照,花柳韶美,却无心观赏,只管懒洋洋地躺在香衾绣被之上。相思之苦,已令其暖润肌肤,消减瘦损,如云乌发,蓬散乱垂。连起床都不愿意,哪里还有心思梳妆打扮呢? 整日倦怠,百无聊赖。所有这些举动、心绪全是因为那薄情人一去之后,音信全无,不知何时才能重返,怎不叫人徒唤奈何。下片是此女子心曲的直接流露。早知如此,悔不当初,为何就没有牵绊住远行人的雕鞍,让他永远地留在自己身旁呢? 如果真是那样,定当终日相伴,永不分离,他在书窗前铺纸提笔,吟诗诵文,而自己则手拈针线,为他缝衣补袜,陪他说话。在她看来,这种平平淡淡的生活却是那么的甜美温馨。那就决不会像如今这样,在愁苦之中虚耗了美好的青春年少。

　　关于此词还有一则颇为戏剧化的故事,宋代张舜民的《画墁录》中记载,柳永曾因作《醉蓬莱》词而得罪了宋仁宗,故一直得不到提升,于是他只好去求见当时的宰相、同时也是词人的晏殊,晏殊故意问他是否作曲子(即填词),柳永却回答道:"只如相公亦作曲子。"晏殊也写词,为何却能做宰相,自己却因填词而沉沦下僚,恐怕当时柳永有些不服气吧。晏殊当即道:"殊虽作曲子,不曾道'彩线慵拈伴伊坐'。"柳永遂只得告退。这说明在当时上层的文人士大夫眼中,柳永的这一类词是难登大雅之堂的,是典型的俗词。但实际上,它们正是反映了市民阶层的理想,唐宋以来,随着都市经济的发达,出现了一个新兴的市民阶层,他们的人生追求、道德理想与上层文人都不甚相同。他们由于社会地位的低下,不可能进入官僚体制和政治层面,故此转而追求现世的幸福。功名仕途,经邦济国,对他们来说,都太遥远,青春年少,才子佳人,男欢女爱,才是现实的,也是最宝贵的。此种理想与愿望在晏殊这样的上层文人看来,自然显得俗不可耐。而从时代发展来看,柳永的这类未能免俗的词篇中却有着一些不俗的思想底蕴。浓艳的词笔,口语化的字句,真挚而发露的情思,将人物的心理活动描写得活灵活现,跃然纸上,这也正是柳词"以俗为美"的特征所在。

少年游

　　一生赢得是凄凉①。追前事②、暗心伤。好天良夜,深屏香被,争忍便相忘。　　王孙动是经年去③,贪迷恋、有何长④。万种千般,把伊情分,颠倒尽猜量⑤。

[注释]

①赢得:落得。
②追:追忆。
③王孙:本是对贵族子弟的通称。此处指远行的游子。动:动辄。经年:整年或年复一年。
④有何长:犹言有何益处。
⑤颠倒:反复。猜量:揣测。

[点评]

　　这首词以一位歌伎的口吻,描写了她的痛苦与痴情。首句"一生赢得是凄凉",颇为沉重。唐宋时代,虽然歌伎凭其技艺可以赢得人们的喜爱甚至尊重,但毕竟歌伎的身份还是属于另类之人,社会地位不可能很高,有时还不得不强颜欢笑,周旋应酬于各种场合之中。就其本意来说,可能大都想要早日从良,觅一有情人过正常的生活。但这种命运又是难以期待的,更多的人所得到只能是"一生"的"凄凉"。这句词在本词中或许只不过是这位歌伎自己的自怨自艾之词,但却在一定程度上揭示了当时歌伎们的普遍命运,故此很有感染力量。之后追忆往事,黯然神伤。往事为何?即是下面的"好天良夜,深屏香被",是指当年与情人度过的一个个幸福的良宵。如此往事,怎忍相忘,亦不能相忘。而往日两情欢聚之乐,与今日独处深闺之苦适成对照,苦乐相形,而愈见其乐亦愈见其苦,故不能不感慨系之,复又泪落魂伤了。上片写其痛苦,而此痛苦来源于对情人即所谓"王孙"的痴情,故下片侧重写她的痴。情人动辄是一去经年,杳无音信,或许早已将她遗忘。她自己也不是不知道这种思念的无望,故而说"贪迷恋、有何长",只会使自己陷入更深的痛苦中。但在理智与情感的交战中,向来便是情感占上风,所以即使知道这种思念不会有什么结果,她还是"万种千般,把伊情分,颠倒尽猜量",仍然沉溺在对情人的怀念之中,而且还要把他的"情分",翻来覆去地揣测猜量,为对方的一去不归寻找自己能够想象得出和可以接受的理由,或许在绝望中仍要猜量出一点侥幸吧。这种爱怨交织之感令人不能不生出对她的同情之心。此词只写"苦"、"痴"二字,看似平淡而内蕴丰厚,特别是对女子心理的把握尤其准确而生动,感人至深。

诉衷情

　　一声画角日西曛①。催促掩朱门。不堪更倚危阑②,肠断已销魂。　　年渐晚,雁空频。问无因。思心欲碎,愁泪难收,又是黄昏。

[注释]

①画角:古时的一种军乐器。外有彩绘,故名画角。其声悲凉高亢,军队中用以做昏晓之号。这里不过是泛指日暮时分的号角。曛:指黄昏。

②危阑:高栏。

[点评]

　　此词将女子之思愁与黄昏、秋色打成一片,着意刻画了她内心的黯淡情绪。首句展现的便是一个黄昏时分的典型景象,画角悲吟,斜日西坠,暮色渐起,当此薄暮之时,本就最容易令人产生莫名的愁绪,更何况又处于离情别绪的煎熬之中。这位女子恍如被画角声惊醒,突然意识到已是黄昏了,可见她实是整天都在楼头凝神眺望,总盼望着远行的游子早日归来,然而正如温庭筠词中所说的"过尽千帆皆不是",就是不见念兹在兹的那个身影。无奈中只能静掩朱门,独归小阁了。日日盼望,日日失望,哪里还有勇气再去倚阑守候呢,这般情怀,怎不令人柔肠寸断、黯然魂销?自从江淹在《别赋》中说出"黯然销魂者,惟别而已矣"的名句之后,这便成为描写离别之最典型的修饰语了,效颦者既多,往往俗滥不堪,不过在此词中,经过前面数句的转折铺垫之后,便显得非常自然了。下片由一日之黄昏过渡至一年之秋晚,此一"年"字,即实指时节,也暗指逝水之年华,日已暮,秋已晚,斯人独憔悴,她想要托南北频飞的大雁传音递耗,然而雁有情,人无情,不但无片言只字回返,就连游子游至何处,亦杳无消息,直令她欲问无因。一颗思心,牵之萦之,两行清泪,为伊暗淌。结句"又是黄昏"之"又是"二字,尤其沉重,此日之黄昏如彼,则日日之黄昏亦在同样的怅惘与思念中度过。全词以凝重的笔调勾勒了一幅佳人秋暮倚楼图,氛围的渲染和人物心理的描摹都恰到好处,用语也注重典雅适度,体现了柳永词风中接近传统的一面。

望远行

　　绣帏睡起。残妆浅,无绪匀红补翠①。藻井凝尘②,金梯铺藓③,寂寞凤楼十二④。风絮纷纷,烟芜苒苒⑤,永日画阑⑥,沉吟独倚。望远行,南陌春残悄归骑⑦。　　凝睇。消遣离愁无计⑧。但暗掷、金钗买醉。对好景、空饮香醪⑨,争奈转添珠泪。待伊游冶归来,故故解放翠羽⑩,轻裙重系。见纤腰,图信人憔悴。

[注释]

①匀红补翠:此指女子梳妆打扮。
②藻井:指绘有文采、状如水井栏干形的天花板,一般有荷菱等图案。
③金梯:指金饰之楼梯。
④凤楼十二:此指女子绣楼上的曲曲栏干。十二,言其多。
⑤芜:丛生的杂草。苒苒:指芳草茂盛的样子。
⑥画阑:即雕栏,指经过装饰的栏干。
⑦陌:指郊野。
⑧凝睇:凝望。消遣:此指排遣。
⑨香醪(láo):美酒。
⑩故故:犹言特特,指故意,特意。如唐代薛能《春日使府寓怀二首》其一云:"青春背我堂堂去,白发欺人故故生。"解放:解开。翠羽:此指系裙之带。

[点评]

　　《望远行》本为唐教坊曲,后入词为小令,柳永此词是首次将之衍为长调。

全词实为一美女伤春念远图,其意旨与词调名倒也颇为符合。起句写清晨之绣帏鸳帐中,此女子从梦中初醒,但见她睡眼蒙眬,残妆退尽,一派慵懒惺忪的娇态。本是盛饰严妆之时,然而她却全无心绪去梳洗打扮,这正是温庭筠《菩萨蛮》中"懒起画蛾眉,弄妆梳洗迟"之意的深化,温词中的美人虽"懒"、虽"迟",可毕竟还是在描眉梳洗,而柳词中的这位女子恐怕索性就素面朝天、不施粉黛了吧。如果说起笔三句是重在描其态,那么以下六句则侧重于描写她所处的环境。"藻井"也好,"金梯"也好,都只不过是修饰性的词汇,不可看得太认真了,以为柳永笔下的这些歌伎生活在如此优裕、如此金碧辉煌的环境中。实际上这些看上去富贵堂皇的字眼,在真正的上层人眼中反而显得俗不可耐。如《青箱杂记》曾载,北宋宰相晏殊观某人《富贵诗》中有"轴装曲谱金书字,树记花名玉篆牌"之句,遂曰:"此乃乞儿相。余每言富贵不言金玉锦绣,惟说气象。"他举出自己的几句诗如"梨花院落溶溶月,柳絮池塘淡淡风"等,并谓:"穷儿家有此气象也无?"其实说白了就是真正有钱有地位的人不谈钱,只有穷酸者才会因羡慕而望梅止渴,或是暴发户为了夸耀而津津乐道。温庭筠、柳永等词人,都很喜欢将其笔下的歌伎置于精美得有点庸俗的环境中,这一方面和作者的社会地位有关,另一方面也反映了当时市民阶层的欣赏趣味。就词本身来说,这类场景的描写却也有助于反衬主人公的心境,她们心理的灰暗、落寞与环境的明亮、堂皇形成对照。而在此词中,藻井落满灰尘、楼梯已生苔藓的环境,说明这座小楼久已无人造访,当然并不是真的无人造访,只是因为所思所想的那个游子一去之后,便再也没有回来,此女子对于梳妆打扮尚且"无绪",自然更是懒下楼了。这三句描写的是主人公所处的近处环境,"风絮"数句则是远处的外在环境即远景,时近春暮,柳絮随风飘荡,天边芳草萋萋,日日沉吟,画阑独倚,沉吟、独倚,无不都是因为那个远行的游子。然而小楼上的遥望,只见到一片春残景象,却悄然不见那归来游骑的身影。这几句让我们既联想到《楚辞》淮南小山《招隐士》中的名句"芳草兮萋萋,王孙游兮不归",又暗用江淹《别赋》中"闺中风暖,陌上草薰"之语,总之都是和离别、盼归有关。下片以转接见长,随承随转。游子既不归,终日凝望又有何用?此种离愁最难排遣,但总须设法排遣吧,于是只好以金钗换酒买醉,以酩酊大醉换取从愁绪中片刻的脱逃。此为一转;可古往今来,酒最多只能暂时掩盖愁,却从来就消不了愁,李白不是早就说过"举杯消愁愁更愁"吗?对此良辰美景,孤独地自斟自饮,怎奈反而更禁不住两行珠泪无言流淌。一个

"空"字,已道出其中消息。此为二转。"待伊"以下则是三转,转而去设想将来与情郎重聚之时的情事,等他归来之后,要故意解开罗带,重系衣裙,让他亲眼看看,自己为相思而消减了多少娇弱的小腰围,到那时他总该相信自己"为郎憔悴盼郎怜"的心意了吧。全词层层迤逦而下,随扫随生,虽为慢词却不觉繁冗,这主要靠着词意转折和修饰处所下的功夫,从中可以看出柳永词长调的组织之功。

望汉月

　　明月明月明月。争奈乍圆还缺①。恰如年少洞房人,暂欢会、依前离别②。　　小楼凭槛处,正是去年时节。千里清光又依旧,奈夜永、厌厌人绝③。

[注释]

①争奈:怎奈。乍圆:刚圆。

②依前:与从前一样。

③奈:这里是"怎奈"之意。永:长。厌厌:指厌倦无聊之状。

[点评]

　　这是一首描写女子月下相思的词。词牌名《望汉月》,又叫《忆汉月》,宋初李遵勖、晏殊等人皆有同调之作,但衬字互有差异。欧阳修词中始名《忆汉月》,后来却成为此调的正名了。它原为唐代宫廷教坊曲,本意是写成守边关的将士思念故乡的情感。但唐代以之写成配乐可歌的声诗时,如李绅"花开花落无时节"一首,便已和调名的本意有所不同了。这支曲子在唐代颇为盛行,白居易

《对酒行》中即有"合声歌汉月,齐手拍吴歈"的诗句。北宋时此曲入词为长短句。不过柳永此词之意旨和调名倒也不是全无关联。只不过望月的主体由戍边之人转变成为闺中思妇了。起句连叠三个"明月",显得很有民歌风味。月本自圆自缺,然而古人偏爱将月之圆缺与人间之离合对应而观之。这以苏轼《水调歌头》中"人有悲欢离合,月有阴晴圆缺"二句最为著名。但此词的角度却稍有不同,取意于月之"乍圆还缺",一月之中,月之盈满不过一日,而剩余的都是缺月之象,词中女子正是由此而联想到和情人的"欢会",也如这圆月般短暂,匆匆小聚,又是经年的离别。"争奈"二字,透露出她那种满怀期冀又无可奈何的心绪。相聚之乐愈美好难忘,分离后的相思愁闷也便愈发令人感伤。读者仿佛看见,如水的月光下,一角小楼的栏边,一位孤独的少妇,正凭栏凝望,显得那么凄婉。去年的此时,大概她正和情人共倚危阑,同赏明月吧,可如今月色一如往昔,那令人魂牵梦系之人却不知身在何处,只能相隔千里,共此一轮明月。月色令人感伤,不看也罢,可长夜漫漫,辗转难眠,这般况味怎不教人魂断愁绝呢? 通观全词,意思并不复杂,但通过层层转折与反复渲染,将思妇之情铺叙得颇为精细,值得玩味与推敲,词笔亦清丽可喜。柳永的一些小词在结构和笔势上常有慢词长调的法度,这首词便是其中一例。

临江仙

　　梦觉小庭院,冷风渐渐[①],疏雨潇潇。绮窗外,秋声败叶狂飘。心摇。奈寒漏永,孤帏悄[②],泪烛空烧。无端处[③],是绣衾鸳枕,闲过清宵。　　萧条。牵情系恨,争向年少偏饶[④]。觉新来、憔悴旧日风标[⑤]。魂销。念欢娱事,烟波阻、后约方遥。还经岁[⑥],问怎生禁得⑦,如许无聊⑧。

[注释]

①淅淅(xī):象声词,形容风声。

②帏(wéi):帷帐。

③无端:无奈。

④争向:唐宋时俗语,犹言怎奈,奈何。争,即怎。向为语助词,起加强语气的作用。饶:此指多、丰富。

⑤新来:犹言最近。风标:指风度、风范。

⑥经岁:即经年,指整一年或多年。

⑦怎生:怎么。生为语助词,无实际含义。禁得:经受得住。

⑧如许:如此。

[点评]

　　此词调名《临江仙》,但实为《临江仙慢》,柳词中首见,入仙吕调(夷则羽)。《彊村丛书》本《乐章集》刻作《临江仙》,《词谱》卷二三据《花草粹编》校定作《临江仙慢》,《词律》卷八则将此调附于令词《临江仙》之后作又一体。

　　这首词中的主人公是一位在秋声秋雨中因思念而百无聊赖的女子,词的场景定位于夜深人静的中宵。上片叙事,描写这位女子从梦中惊醒,窗外的风声、雨声、败叶随风飞舞之声合成一片秋声,正是这秋声将其从甜美之酣梦中催醒,令人心魂俱摇。长夜漫漫,独宿孤帏,只见烛泪无言淌落,"泪烛"这一词汇,很自然让人联想起李商隐那千古传颂的名句:"春蚕到死丝方尽,蜡炬成灰泪始干。"李诗中那种虽然绝望然而炽热的爱,在此词中表现得貌似平静但却同样炽热。过片处直接点明她的心理:最令人无奈的是,只有绣衾鸳枕为伴,在百无聊赖中度过漫长的清宵。整个上片实际上是写她从梦中醒来之后,便再也无法成眠的状况。词人虽没有说出她美梦的内容,但或许就是一个与情人相聚的绮梦吧。梦中的温馨被现实的风雨无情打断,醒来后残酷的现实更令她怀念梦中的欢会,欲待再入佳梦,怎奈好梦难成。

　　词的下片则纯粹是这位女子情感的迸发。"萧条"二字,既是外在环境的氛围,也同样是她的心理氛围,两个字,便为整首词定下了基调。她不禁发出了无奈的慨叹,年少之人本就多愁善感,却偏偏为何会有这么多的情感上的牵系袭上心头?自觉旧日美好的风度正在逐渐减退、憔悴,年光似水,容颜亦复似水,皆是一去不复返之物,转念及此,真是教人黯然魂销。而这一切全都是因为:当年那个给自己带来无数欢娱的年少情郎,正在天涯飘荡。千里烟波,阻隔了往来的音信,更阻隔了当年殷勤订下的旧约。下一次的相聚,不知更在何时。经岁迁延,又是秋深,一年一年皆在失望中度过,试问如何消受得起这无穷无尽的相思、这挥之不去的无聊情绪?全词亦在这种情感的倾诉中结束。

　　柳永词常常不惜篇幅地对所要表达的事物或思绪加以大力渲染,浓墨重彩地进行刻画。这首词在柳词中虽然算不上是非常著名的作品,但却是一个很不错的例子。上片所叙之事与下片所抒之情,实际上都并不复杂,三言两语即可说完,但柳永却描摹再三。"冷风"二句与"绮窗"二句意复;"寒漏"以下与"绣衾"二句亦差别不大。上片如果裁剪为"梦觉小庭院,秋声败叶狂飘。孤帏悄,闲过清宵"四句,似乎意思上并没有损失太多。下片也是类似的情况。柳永之所以乐于采用这种描写手法,一方面和他发展慢词的思路有关,由短小的令词过渡至慢词长调,篇幅的增加必然带来描写性句子的增多,即"赋"的笔法。另一方面,这种浓墨重彩的渲染方式恐怕更容易得到市井民间的歌者和听众的接受。柳永后来的很多慢词的确能够做到不易增减、不可移易,就和此词中还略显稚嫩的手法有所区别了。

促拍满路花

　　香靥融春雪①,翠鬟蝉秋烟②。楚腰纤细正笄年③。凤帏夜短,偏爱日高眠。起来贪颠耍,只恁残却黛眉,不整花钿④。　　　　有时携手闲坐,偎倚绿窗前。温柔情态尽人怜。画堂春过,悄悄落花天。

最是娇痴处,尤殢檀郎⑤,未教拆了秋千。

[注释]

①靥(yè):本指脸上的酒窝。这里的香靥即指美人之面容。春雪:形容其肤色之白皙。

②軃(duǒ):下垂。秋烟:形容女子鬓发飘飘之状。

③楚腰、笄年:皆见《斗百花·满搦宫腰纤细》词注。

④颠耍:玩耍。花钿(diàn):女子所戴的一种金属首饰。

⑤尤殢(tì):即尤云殢雨,指男女之间的缠绵欢爱。檀郎:晋代潘安貌美,小字檀奴。故"檀郎"成为女子对所爱男子的称呼。或谓檀者,喻其香也。

[点评]

　　这首词描写一位芳龄女子处于青春萌动时期的特殊心理状态。起笔三句写其外貌之美艳,"春雪"的比喻,既形容其肤色之白皙,也是形容其肌肤之娇嫩。鬓发闲垂脸际,如秋烟横空。发之乌黑亮丽与肤之白嫩适成对照,而纤细之小腰身更衬托出其娇美之体态。对于整日相思成疾的思妇来说,自觉"长夜漫漫何由彻",但对于年纪幼小、无忧无虑的这位女子而言,却是常愁夜短,偏爱日高犹眠。起床之后,又是贪玩好动,四处游嬉,以至于黛眉不扫,花钿不整。上片"凤帏"句以下,活脱描画出一个娇憨活泼、天真烂漫的少女形象。下片则转而描写其情窦初开之心理,与情郎"携手闲坐","偎倚""窗前",百般温柔,惹人怜爱。春尽花飞,暗示着她春心的萌动。结句谓其最娇痴之处,是缠着自己的情郎,让他莫因春尽而拆秋千,大概这秋千既是她"贪颠耍"时的玩物,而秋千架下也是她和情郎一见定情或是他们时常互倾情愫、带给她无限欢乐之处吧。

　　唐宋词中的女子形象常常都是那种戚戚哀哀、缠绵幽怨的,柳永不少词中的女子也不例外。并不是说这种形象就一定缺乏艺术美感,而是看得太多之后,感觉都变得麻木起来。但是此词中的这位女孩却活泼好动而心境开朗,初解风情而娇痴温柔,她的出现,使整首词都显得阳光明媚。因此,本词虽未享重名,却不能不令人有耳目一新、心眼俱明之感。

减字木兰花

花心柳眼^①。郎似游丝常惹绊。慵困谁怜。绣线金针不喜穿。

深房密宴。争向好天多聚散^②。绿锁窗前。几日春愁废管弦。

[注释]

①柳眼：柳叶初生时，细长如人之睡眼初展，故云。
②争向：即怎向，怎奈之意。

[点评]

　　此词写一歌伎在烂漫之春光中因相思而烦闷慵懒的情绪。起笔即由春景入手，"花心"、"柳眼"皆是初春时的典型物象，而牵绊缠绕于"花心"之中、"柳眼"之上的"游丝"，也是春天的常见景物。然而这些物象在这里又都有着比拟的涵义。"心"、"眼"两个象征性的字眼，说明"花心柳眼"喻指女子自身，而"游丝"之"游"，与"游子"之"游"亦属同义，故以之喻指远行的情郎。其中有三层含义可供发掘："游丝"飘拂不定，而"游子"也是行踪漂泊无准，此为其一；"游丝"随风而转，落于"花心柳眼"之上，可谓"游丝"无意，"花柳"有情。而"游子"与词中女子又何尝不是流水无情，落花有意，此为其二；但"游丝"之不定，依然牵绊花、柳，而"游子"之不归，更是惹动思妇之愁绪，此为其三。境、义相生，使得词意有着广阔的想像空间。愁意袭人，慵懒无聊，虽有良辰美景，却无赏心乐事。然而此番情绪，又有谁能理解？本想"彩线慵拈伴伊坐"，怎奈能理解、能深怜痛惜自己的情郎不在身旁，以至于"绣线金针不喜穿"，无限的自艾自怜之意溢于行间。换头回溯，当年那欢宴上的眼波流动、深闺中之互通情衷，种种欢爱情事涌上心头。奈何人生不如意事常八九,聚散离合之苦,悲欣交杂之味,已是经惯尝遍。"绿锁窗前",可见时近春深,已是"绿肥红瘦",暗示着时间之推移,而游子仍不返,则女子的慵困越发难耐了,吹管弹弦、轻歌曼舞本是她的职业和谋生手段,然而无穷且恼人的愁绪,使得她再也无心重理管弦,"岂无膏沐,谁适为容",更何况又能弹奏给谁听呢? 词虽篇幅不长,但词意并不单薄。每两句组成一个意义单位,转接从容,在结构上也可谓针脚细密。

西 施

　　自从回步百花桥①。便独处清宵。凤衾鸳枕,何事等闲抛②。纵有余香,也似郎恩爱,向日夜潜消。　　　恐伊不信芳容改,将憔悴、写霜绡③。更凭锦字,字字说情憀④。要识愁肠,但看丁香树,渐结尽春梢⑤。

[注释]

①百花桥:此处指与情郎离别之地。
②等闲:犹言随便。
③憔悴:此指憔悴的容颜。写:此指图绘。霜绡:白色的绫缎。
④锦字:据《晋书》窦滔妻苏氏传载,前秦秦州太守窦滔被徙流沙,其妻苏蕙思之,织锦为回文璇玑图以赠滔,题诗二百余首,共三百四十字(一云八百余字),可宛转循环而读。故后世常以锦字代指夫妻或情人之间的书信。情憀(liáo):谓忧郁悲伤之意。唐陆龟蒙《自遣》诗云:"谁使寒鸦意绪娇,云晴山晚动情憀。"
⑤"但看"二句:丁香结,即丁香花蕾,古人多用以比喻愁思之固结不解。

[点评]

　　《西施》这个词调在柳永《乐章集》中首次出现，他另有"苎萝妖艳世难偕"一首，即咏叹西施故事，当属柳永的创调。此词写一女子的相思之情。起笔谓自从与情郎离别之后，便孤栖独宿，夜夜辗转难以成眠。这里是化用了《续仙传》中的一个典故，据说唐代元和年间，元彻、柳贯二人赴浙右省亲，中途遭遇海风，漂流至一孤岛，岛上有仙人南溟夫人，二人遂求其帮助回归中土，南溟夫人命一侍女相送。二人问侍女乘坐什么返回，侍女回答说："有百花桥可驭二子。"临别之时，夫人赠以玉壶一枚，并题诗云："来从一叶舟中来，去向百花桥上去。若到人间扣玉壶，鸳鸯自解分明语。"本词中用这个带有神话色彩的故事，既点明了离别之意，又暗示着主人公的身份，因为唐宋时常以女仙指代歌伎。情郎来去匆匆，一去更无消息，当初和他共享之"凤衾鸳枕"，何等温馨香艳，为何他就如此狠心地随便舍弃了呢？这里的"凤衾鸳枕"无疑也即是此女子温柔体贴之心性的象征。流光似水，枕被之上即使还留有当初欢娱时的"余香"，恐怕也难免日日消退，而情郎对自己的思爱之情，是否就一定能长久不变呢？由孤独自然产生担心和忧虑之念，种种情事交织缠绕，扰人思绪。词人将这位女子复杂的心理活动刻画得非常精细，尤其是枕被"余香"的比拟，颇有新意，又十分自然贴切。下片谓于此日日的相思和等待之中，人的容颜也在渐渐改换，她企盼着情郎早日回返，可光靠书信看来还不足以见出自己急迫的心情，靠什么来打动他呢？又担心他不知自己是如何的思念，还担心情郎不相信自己"为郎憔悴"之意，故此她决定将自己日渐清瘦的面容画在白绫之上相寄，作为催他归来的有力武器，同时再以书信表达自己的忧闷愁苦的心境，在信中，她要告诉情郎，欲知她愁肠如何，只需看看丁香树上花蕾吧，已渐渐全都卷曲成结了，而自己的相思想念之情正如这丁香结一般固结缠绵、不可开解。这里的"丁香结"一词，让读者联想到李商隐的名句："芭蕉不展丁香结，同向春风各自愁。"（《代赠》二首其一），李诗中以"芭蕉不展"喻愁眉不展，以"丁香结"喻愁肠难解。而《花间集》中所录牛峤的《感恩多》词，其中云："自从南浦别，愁见丁香结。"则与此词在意旨上更为接近。此词层次清晰，抒情深细，语虽平易浅显而耐人寻味。另外，在虚字的运用上也很见功力，"自从"、"便"、"纵"、"也"、"向"、"恐"、"更"、"但"、"渐"等，鲜活响亮，而又传神入微，更好地刻画了主人公的形象。

安公子

梦觉清宵半。悄然屈指听银箭①。惟有床前残泪烛,啼红相伴。暗惹起、云愁雨恨情何限。从卧来、辗转千余遍。恁数重鸳被,怎向孤眠不暖②。　　堪恨还堪叹。当初不合轻分散③。及至厌厌独自个,却眼穿肠断。似恁地、深情蜜意如何拚④。虽后约、的有于飞愿⑤。奈片时难过⑥,怎得如今便见。

[注释]

①银箭:刻漏之箭,古代计时器漏壶之上的一种设备。

②恁:如此。怎向:犹言怎奈,奈何。向为语助词,无实意。

③不合:不应,不该。

④恁地:这样的。拚(pàn):舍弃。

⑤后约:将来之约。的有:确实有。于飞:《诗经·邶风·雄雉》云:"雄雉于飞,泄泄其羽。"原指鸟之比翼双飞,后用以喻指夫妻之和美。于飞愿即指结为夫妇之心愿。

⑥奈:怎奈。片时:片刻。

[点评]

《安公子》本是隋唐教坊曲,用作词调,也是在《乐章集》中首次出现。据唐崔令钦《教坊记》载,隋炀帝大业末年,炀帝将幸扬州,乐人王令言因年老不去,其子则随行。其子在家弹琵琶,王令言惊问:"此曲何名?"其子谓是宫廷中新制之曲,名《安公子》。王令言流涕悲怆,并谓:"此曲宫声,往而不返。"预示着隋炀帝将死于扬州。看来这支曲子的声情基调或是偏于感伤的,此词也正是描写一位歌伎在与情郎分手之后的怅惘苦闷之情。清宵夜半,她从睡梦中醒来,漏箭之声在寂静的夜里显得格外响亮,一声声仿佛都击打在她的心头,令其再也无法成眠,只能屈指细数更漏,盼望着早点天明。孤栖情绪,人何以堪。相伴她的惟有床前的红烛,而红烛似知人心意,亦暗流残泪,人泪烛泪,已浑然莫辨。由此烛泪,遂惹起无限的"云愁雨恨",夜夜皆为此辗转千回,尽管坐拥重重叠叠的"鸳被",可仍觉清寒难耐,真正的原因则是"孤眠"单栖。并非身不暖,实是心不暖。若有情郎同眠共枕,直是"抱着日高犹睡",而如此情状,只能是深夜的辗转了。上片叙事,下片则转为抒情,既"堪恨",复又"还堪叹",怪只怪当初不应轻易地与情郎分别,真该将他牢牢地锁在身边。以至于如今独自忍受着这无限的倦怠与愁闷,日日望眼欲穿,日日魂牵肠断。欲待狠下心肠,割舍这无奈的情思,可只要一想到当初那温柔旖旎的日子,那种种"深情蜜意",又如何能割舍得断呢?尽管他临别之时,的确也曾许愿回来迎娶自己,从此双宿双飞。怎奈自己已无法再忍受这种长久而无望的企盼,只愿他立即出现在自己眼前,一切的烦忧都可一扫而空,哪怕不能天长地久,自己也是心甘情愿吧。通观全词,以透彻直露见长,不论是叙事还是抒情,都不避重复地回环描写。上片全讲孤眠,下片全讲思念,这种抓住一点,从不同的角度全力描摹的手法,正是柳词"赋笔"的特色。另外,从这首词中也可以看出当时市民阶层人生理想上追求俗世快乐的一面。词中的这位歌伎,虽然也想从良和情郎结为夫妻,但在难耐的寂寞中,她宁愿以此来换取与情郎的"如今便见"。可见在她看来,将来的幸福再美好,也总带有虚幻性,事实上她心有所属的情郎所许下的誓言就一定可信吗?"痴心女子负心汉"的例子在任何时代都屡见不鲜,又何况以她"任人攀折"的身份,那种"于飞愿"的实现显得更加渺茫。而现世的欢乐才是可以期望和掌握的,才是实实在在的。柳永的不少词作正是因为体现了这种特殊阶层的社会心态,引发了他们的强烈共鸣,因此而受到他们的欢迎并被广泛传播的。

祭天神

忆绣衾相向轻轻语。屏山掩①、红蜡长明,金兽盛熏兰炷②。何期到此③,酒态花情顿孤负。柔肠断、还是黄昏,那更满庭风雨。

听空阶和漏④,碎声斗滴愁眉聚。算伊还共谁人,争知此冤苦⑤。念千里烟波,迢迢前约,旧欢慵省,一向无心绪⑥。

[注释]

①屏山:即屏风。

②金兽:指铜制兽形香炉。兰炷:指香炉中所燃之香料。

③何期:怎能想到。

④漏:此指漏壶滴水之声。漏壶是古代的一种计时器。

⑤争:怎。

⑥一向:同"一晌",此处指多时。

[点评]

《祭天神》之调亦首见于《乐章集》,本词八十五字,上片七句四仄韵,下片七句三仄韵,入歇指调(林钟商)。柳永另有"叹笑歌筵席轻抛弹"一首,八十四字,上片六句四仄韵,下片九句四仄韵,入中吕调(夹钟羽)。二者截然不同,宫调亦别。从调名来看,或许取自民间祭祀之曲。但填者不多,故清代的邹祇谟对这首词还读不断,认为它"不分换头"(见其《远志斋词衷》,后丁绍仪《听秋声馆词话》卷一四中已有所订正)。

本词中的主角也是一位因相思而愁苦的女子。上片分为两层,一为记忆中与情郎相聚时分的欢乐,一为如今分别后的凄苦。首句"忆"字领起以下三句,皆为追忆的内容,当年同倚绣衾,灯下相看,轻声低语,互诉着款款情衷。曲曲之屏山,长明之红烛,青烟袅袅之香炉,既是当时之实景,又通过这些带有暖色调的典型闺中物件,营造了一个温馨香艳的氛围,来烘托当年二人美满的心境。"何期"二字一转,由当日之和美陡转入今日之凄凉,对比极其鲜明。而"何期"之语气,更是体现出一种莫可名状、无可奈何的情绪。当年酒边花下之种种情事,无限温柔,皆随风而去,如今再也无心玩赏,辜负了这"酒态花情"。时近黄昏,暮色无边,更何况风雨潇潇,满庭秋色,景色的暗淡与人物心理的黯淡融为一片,这般情致,实令人柔肠寸断。下片之情感倾诉又分为三层:"听空阶"二句是第一层,时间由上片之黄昏过渡至深夜,闺中独宿,辗转难眠,门外阶前的雨滴之声和着漏壶滴水之声,一声声仿佛都击打在愁人的眉间、心上。这一层是上片到下片的自然衔接与过渡。"算伊"二句是第二层,情绪则由相思转到担忧与埋怨,自己在这里独自忍受着相思之苦,而情郎此刻与谁相伴呢,会不会在他乡拈花惹草?他是否知道、是否能理解自己此时的"冤苦"呢?"念千里"以下为第三层,总束全词,并继续渲染情绪。与情郎相隔千里,烟波茫茫,临别之时所许下的种种约定,现在看起来是那么渺茫、那么难以企盼。当年两人相聚的欢娱尽管甜美,可重重的愁绪,已使人无心去重忆,亦不忍重忆,还是不去想的好,可又怎能做到不想呢?于是全词在她的一声深长而浓重的叹息中结束——"一向无心绪"!纵有千言万语,都已不想说,也不必说了。这首词结构简洁,层次鲜明,抒情氛围浓厚,词风亦介于雅俗之间,在柳词中应属中上之作。

十二时

晚晴初,淡烟笼月,风透蟾光如洗①。觉翠帐、凉生秋思。渐入微寒天气。败叶敲窗②,西风满院,睡不成还起。更漏咽、滴破忧心,万感并生,都在离人愁耳。　　天怎知、当时一句,做得十分萦系③。夜永有时,分明枕上,觑着孜孜地④。烛暗时酒醒,元来又是梦里⑤。　　睡觉来⑥、披衣独坐,万种无憀情意⑦。怎得伊来,重谐云雨⑧,再整余香被。祝告天发愿,从今永无抛弃。

[注释]

①蟾光:指月光。古代传说月中有蟾,故以之代称。

②败叶:指落叶。

③做得:犹言使得。

④觑:看,瞧。孜孜地:高兴状,如喜滋滋、乐滋滋。

⑤元来:即原来。

⑥睡觉来:犹言睡醒后。

⑦无憀:即无聊。

⑧云雨:指男女之间欢爱好合。

[点评]

此阕毛晋汲古阁本、朱祖谋《彊村丛书》本《乐章集》皆未收录,吴氏石莲庵本以为柳永逸词,录自明顾汝所《类编草堂诗余》卷四。另或谓为周邦彦作,见沈际飞《草堂诗余正集》卷六。不过现在一般都认为是柳永所作。《十二时》又名《十二时慢》，本是皇帝出行时夜里演奏的警夜曲。柳永此词所描写的也正是从黄昏至深夜女主人公的情感体验。

词分三片，第一片描景兼叙事。起笔三句，描写秋夜之月，夜空晴朗，只有一抹微云如淡烟般轻笼明月，风过云开，月光如水，洗尽大地。然而对独宿翠帐的这位女子来说，却感到阵阵凉意袭人，秋思暗起，方陡觉已"渐入微寒天气"，窗外落叶乱卷，庭中西风萧萧。词意已由起句静谧优美的月下景致，过渡到带有紧张氛围的萧瑟秋景了。夜中不能寐，只好起来独自闷坐了。低沉的更漏声如人之哽塞凄咽，声声入耳，更何况是"离人"之"愁耳"。百感万汇，同生并起，一齐涌上人的心头。这里运用了类似"枕流漱石"的句式，本应是"更漏"声"都在离人愁耳"、"万感"齐集"忧心"。然而经过词人的有意倒装之后，句法顿显挺拔健朗，而"滴破"、"愁耳"二语，用字亦颇新奇可喜，值得玩味。

第二片由一声感叹引起，当时一句情话，惹起了多少魂牵梦系，天亦不知，情郎怎知？句中似已略有埋怨之意，然而怨之深正因爱之切。长夜漫漫，有时枕上分明见到情郎前来相会，灯下相看，喜不自胜。可烛燃尽、酒已醒之后，便知不过又是一场南柯春梦而已。这几句运用倒折笔法，本欲借酒消愁，可酒醉之后，却因此而入梦，这梦还是与情郎相会之梦。词人先描写梦境，却将入梦的原因——醉酒，藏在后面来说，主要也是为了造成一种情感上的落差，让读者更好地体会主人公的失落感。试看"元来又是梦里"一句，"又是"一语极其沉重，包含了多少失望、惆怅、忧伤和落寞！

第三片换头"睡觉来"一句双承，既远接首阕之"睡不成还起"，又近承次阕之"又是梦里"。披衣独坐，愁闷难耐，亦百无聊赖。怎样才能让情郎早点归来呢？到那时定当再次好好整理尚留余香的枕被，和他"重谐云雨"，并且要向天发愿，"从今永无抛弃"！从"再整"句可以看出，自与情郎分别之后，一则是因为分离之痛苦使她再也无心整理床被，一则是因被上的"余香"是与情郎欢会所留，这使她亦不忍"再整余香被"。可见这女子的痴情到了何等地步。大凡女子对情感一旦投入，总比男子更多，游子往往一夜风流之后便荡而不返，只留下这些女子在无望的等待中度过无数的日日夜夜。而她们的愿望不过是"重谐云雨"、"永无抛弃"，这种对现世幸福的深切渴求正是其共同的心声，故而柳永的词才能够得到她们的强烈共鸣而传唱不辍。柳永精通音律，此词在音律上的特色也值得注意,周笃文先生曾指出:"二、三片之四、五、六句,句尾各字均为平、上、去声,属对工整。'觑着孜孜地'与'再整余香被'二句,皆为去上平平去,纤悉毕合,去上之辨甚严。"(见谢桃坊编《柳永词赏析集》)这种音律上的谐婉调利之美,对于词意的表达也起到了相当重要的作用。

凤凰阁

匆匆相见,懊恼恩情太薄①。霎时云雨人抛却。教我行思坐想,肌肤如削②。恨只恨、相违旧约。　　相思成病,那更潇潇雨落。断肠人在阑干角③。山远水远人远,音信难托。这滋味、黄昏又恶。

[注释]

①懊恼:犹言恼恨。
②肌肤如削:指肌肤日渐消瘦。
③阑干:即栏干。

[点评]

　　《凤凰阁》又名《数花风》,调始于柳永。不过这首词各种版本的《乐章集》皆未收录,《全宋词》录自《花草粹编》卷一○引《天机余锦》,是柳永的一首逸词。此词描写女子"相思成病"的心理。起句谓与情郎相见匆匆,短暂欢会,"霎时云雨"之后,便再次分携,怎不令她恼恨"恩情太薄"。而分别之后,更是行也思,坐也想,举动不宁,辗转难安,肌肤瘦损人如削。爱之愈深,期望越大,故情郎失约未来之后，失望也越大，恼恨之意也更强烈。上片直叙情事，下片则借景渲染。本已相思成疾，哪堪再见此潇潇细雨，蒙蒙飘落，雨丝恰如情丝，绵绵密密，无有已时。但见一位娇弱的女子孤独地倚靠在小楼栏干之角，山遥水远知何处，就算写就无数情意缠绵的书信，又能寄往何处呢？时近黄昏，暮色渐起，"这滋味"即是相思愁苦之味，"又恶"者，更恶也。整日遥望而不见归骑，于是只能回到闺中，独自去忍受相思之苦与无边的寂寞了。这首词口语化的特色十分明显，上片中的"懊恼"、"霎时"、"教我"、"恨只恨"，下片中的"那更"、"这滋味"、"又恶"等都是当时通行的俗语，然而"断肠"二句的韵味却又颇有一种传统的雅致，正是这种雅不避俗、俗不伤雅的手法使柳永词能够雅俗共赏、传诵一时。

昼夜乐

秀香家住桃花径①。算神仙、才堪并。层波细翦明眸，腻玉圆搓素颈。爱把歌喉当筵逞。遏天边，乱云愁凝②。言语似娇莺，一声声堪听。　　洞房饮散帘帏静。拥香衾、欢心称。金炉麝袅青烟③，凤帐烛摇红影。无限狂心乘酒兴。这欢娱、渐入嘉景。犹自怨邻鸡，道秋宵不永④。

[注释]

①秀香：歌伎名。

②"遏天边"二句：据《列子·汤问》载，薛谭向秦青学习歌唱，觉得把老师的本领都学到手了，便告辞归乡。秦青在郊外为他饯行，席中"抚节悲歌，声振林木，响遏行云"，薛谭于是谢罪请求留下，终身不敢言归。后世以这个典故形容歌喉的

精妙。

③金炉:指铜制香炉。此句谓炉中所燃麝香飘出袅袅青烟。

④永:长,久。

[点评]

柳永词中记载了不少歌伎的名字,她们虽然在当时或许是一代名妓,但若无柳词之揄扬,恐怕在历史的长河中同样会湮没无闻。本词中的"秀香"亦是其中之一。有的研究者认为,柳永词中之所以有这么多歌伎之名,就是因为柳永早年在青楼楚馆中混迹时,以填词为生活手段,是卖词为生的专业词曲作家。故此对这些词也不可看得太认真,有的只不过是应景延誉之作。不过描写的动人、词笔的高妙总是令人钦佩的。

此词上片可谓美人赞,下片则是青楼游。起笔直写,"家住桃花径",令人联想起《史记·李将军列传》中的话:"桃李不言,下自成蹊。"虽有点比拟不伦,但也不乏相通之处。唐代人常以女仙称呼歌伎,这里却说惟有仙家才堪比并,正是同样的意思,总归是将社会地位并不高的、俗世中的歌伎比为高不可攀、餐风饮露、风华缥缈的仙子。随后二句描摹其容貌,一谓其明眸如秋水横波,一谓其素颈光洁如玉。"腻"字、"搓"字,皆是用力处。平心而论,"层波"句尚有境界,"腻玉"句则未能免俗,不过这种"俗"正是其身份的恰切展现,也是当时深受一般人欢迎的品位。然而描摹容貌毕竟是"宾",状其歌喉才是上片之"主",看来这位秀香必是一位以歌艺闻名的佳人。唐宋时代,各类官府宴会、文人雅集、家庭聚筵甚至市井酒席等场合,往往皆需有歌伎当筵表演,她们所唱的便是词,这本身也是唐宋词得以兴盛的原因之一。故当时之妓无不能歌善舞,尤须以歌见长,在唐宋词中也留下了不少描写歌唱技艺的作品。词中的这位秀香偏好当筵逞其歌喉,一个"逞"字,便见出她对于自己技艺的自信程度。而事实上,其歌喉也的确是极其精妙,高亢处振空而去,乱云为之凝留,这也就是响遏行云的意思了。唱得好听,说得更好听,语声轻柔婉曲,如聆娇莺低诉。看来只要是意中佳人所歌所云,便无不动听至极了,故不能不发出"一声声堪听"的慨叹以束起上片。

看到下片,方知上片之描摹与叙述全是出自于一男子的口吻,是对情人的礼赞,下片则写二人之欢会。宴席中一见倾情,饮散之后则相携相偎,洞房温馨,帘幕低垂,青烟袅袅,红烛高烧,灯影帐映,佳人倍显清丽。暖玉满怀,共枕香衾,得遂凤愿,同入佳境,已是人间仙缘。然而笔锋一转,虽说春宵一刻值千金,但得与意中情人共享好梦,不管春夏与秋冬之宵,都值千金万金,故"怨邻鸡"之催起,故"道秋宵"之"不永"。或许此夜过后,就是不可避免的分离吧。其后之种种情事与回味,便留待读者去猜想了。清代沈雄《古今词话·词评下卷》谓:"此词丽以淫,为妓作也。"主要即是因为下片这一段描写确实有些不雅,宋代黄昇《唐宋诸贤绝妙词选》卷五收入此词,主要即是因为苏轼《满庭芳·香叆雕盘》词中引用了其中"腻玉圆搓素颈"一语,还特意注明:"此词丽以淫,不当入选,以东坡尝引用其语,故录之。"但市井民间的情感表达本来就不以文人化的雅致为美,本来就是这么直露爽快,甚至毫无顾忌的,这并不影响我们去体会其中那种纯美的意境。

木兰花

心娘自小能歌舞①。举意动容皆济楚②。解教天上念奴羞③,不怕掌中飞燕妒④。　　玲珑绣扇花藏语⑤。宛转香茵云衬步⑥。王孙若拟赠千金,只在画楼东畔住。

[注释]

①心娘:歌伎名。

②济楚:又作"齐楚",干净整齐之意。

③解教:犹言"可使"。念奴:唐代天宝年间的著名歌伎,以善歌为当时所重。见元稹《连昌宫词》自注。因其经常为唐玄宗表演,故云"天上念奴"。

④掌中飞燕:指汉成帝皇后赵飞燕,据说她身轻如燕,能作掌上舞。

⑤花藏语:谓其歌声从如花般绣扇后传出。

⑥香茵:指地毯之类。云衬步:形容舞步轻妙,如云中漫步。

[点评]

　　柳永写有四首《木兰花》,每首分咏一位当时的著名歌伎,她们有的以歌见长,有的以舞擅誉,而此词中的"心娘"看来是歌舞兼善的。起笔总写,谓其少小学艺,即能歌善舞。"举意动容"犹言举止、容态,皆着意修饰,整齐姣好。以下即分写其歌喉舞艺,念奴含羞,飞燕生妒,词人以这种稍带夸张的语调高度赞誉了她的才华。下片换头不换意,紧承上片继续描写,玲珑绣扇之后,传出娇媚婉转的歌声,不需见面,已是令人魂销;香茵地褥之上,回旋着她轻妙的舞姿,恍如云中漫步的天上仙子。如此佳人,足令王孙公子一掷千金,然而去何处寻觅呢,"只在画楼东畔住",词亦在这绮丽的遐想中结束。可以想见,以柳永词受欢迎的程度,作此一篇,会给这位"心娘"带来多大的声誉。从某种意义上来说,这类词都是当时的"软性广告"吧。

木兰花

　　佳娘捧板花钿簇①。唱出新声群艳伏②。金鹅扇掩调累累,文杏梁高尘簌簌③。　　莺吟凤啸清相续。管裂弦焦争可逐④。何当夜召入连昌,飞上九天歌一曲⑤。

[注释]

①佳娘:歌伎名。板:指唱词时用以击拍的拍板。花钿(diàn):女子的一种首饰。

簇:丛聚。

②新声:指新词,新曲。群艳:指其他歌伎。伏:通"服",指服低或佩服。

③金鹅扇:此处不过泛指精美之扇。文杏梁:司马相如《长门赋》云:"饰文杏以为梁。"文杏是一种香木。此处亦泛指漂亮的雕梁。尘簌簌:汉刘向《别录》云:"鲁人虞公发声,清晨歌动梁尘。"后遂以此典形容歌声之高亢响亮。

④争:怎。逐:追逐。

⑤"何当"二句:用唐代名妓念奴故事,参见前首《木兰花·心娘自小能歌舞》一词注③。

[点评]

此词中的"佳娘"以擅歌而得名,而且看来是一位女高音,以歌喉的高亢清亮而见长。试观其拍板轻执,花钿攒簇,新词一唱,群艳雌服。金鹅扇掩,声如贯珠,绕梁不绝,音振尘落。其清亮如鸾吟、如凤啸,直上云霄,"管裂弦焦",极言其声之高,以至于连乐器都无法跟上她的歌声。结句以念奴拟之,谓其才足以供奉宫廷,受到皇帝的赏识。全词虽然都不过是捧场揄扬之语,但词句新颖,刻画精巧,对这位"佳娘"来说,可谓是"喜托龙门"了。

木兰花

虫娘举措皆温润①。每到婆娑偏恃俊②。香檀敲缓玉纤迟③,画鼓声催莲步紧④。　　贪为顾盼夸风韵。往往曲终情未尽。坐中年少暗销魂,争问青鸾家远近⑤。

[注释]

①虫娘：歌伎名。举措：犹言举止。

②婆娑：指舞姿轻妙。偏恃俊：这里有加意卖弄、加意表现的意思。

③香檀：指檀木所制的拍板。玉纤：指美人之手。

④莲步：指美人的舞步。紧：快速。

⑤青鸾：本指古代神话中可传信通好的神鸟。如李商隐《无题》诗中"蓬山此去无多路，青鸟殷勤为探看"，即用此意。后遂以指可传信通好之人，如侍女等。

[点评]

　　词中的这位"虫娘"，又叫"虫虫"，在柳永笔下曾多次出现，如《征部乐》云："虫虫心下，把人看待，长是初相识。"《集贤宾》云："就中堪人属意，最是虫虫。"可见是一位与柳永交往颇多的歌伎。虫娘以擅舞见长，词亦专赞其舞姿。起笔谓其举止温润娴雅，而每至舞姿精妙之处，更是加意卖弄其俊美之身影。以下二句，一写其纤纤素手，缓敲檀板；一写其凌波微步，急随画鼓。身姿风韵妩媚，眉间顾盼含情，乐曲已终，柔情未尽。遂使坐中年少皆为之魂销，争问其家何处，直欲随之而去矣。从侧面写出了虫娘舞艺的才华及其吸引力。此词结句在如今的读者看来，未免有些不雅，但在当时民间艺人的生活环境中，这便是很高的赞誉了。

木兰花

　　酥娘一搦腰肢袅①。回雪萦尘皆尽妙②。几多狎客看无厌，一辈舞童功不到。　　星眸顾拍精神峭。罗袖迎风身段小。而今长大懒婆娑,只要千金酬一笑。

[注释]

①酥娘:歌伎名。

②回雪:曹植《洛神赋》中以"飘飘兮若流风之回雪"来形容洛神之身影,这里用来称赞酥娘。萦尘:据说是燕昭王时的舞曲名。取其身姿轻妙,与尘雾相乱之意。见《拾遗记》。

[点评]

酥娘同样是一位以舞技见长的歌伎。她腰肢柔细,如弱柳迎风,而舞姿精妙,如风吹雪舞,如薄雾迷尘,直是人间仙子。她的舞蹈技艺不仅令人百看不厌,而且也是难以模仿的,一般的舞女用一辈子的工夫都未必能到她这种境界,可谓神乎其技矣。且看其目光清莹,闪闪如星,回眸顾盼,妩媚含情,精神峭拔,罗袖飘飘,身态娇小。两个对句已将其舞技写到了极致。结句一转,原来以上所云皆是其当年之风采,而如今年纪长大,种种热闹、捧场早就见惯,已轻易不上场表演了。千金置前,亦不过只能买其一笑而已。看来这位酥娘的身价的确是远非一般歌伎可以比拟的。词笔描摹精细,尤其是下片"星眸"二句,真有所谓"玉树临风"之态。

柳腰轻

英英妙舞腰肢软①。章台柳、昭阳燕②。锦衣冠盖,绮堂筵会③,是处千金争选④。顾香砌、丝管初调⑤,倚轻风、佩环微颤。   乍入霓裳促遍⑥。逞盈盈、渐催檀板⑦。慢垂霞袖,急趋莲步⑧,进退奇容千变。算何止、倾国倾城⑨,暂回眸、万人肠断。

[注释]

①英英:歌伎名。

②章台柳:孟棨《本事诗》记载了唐代诗人韩翃与妓女柳氏的爱情故事。韩翃曾寄诗给柳氏云:"章台柳,章台柳,往日青青今在否。纵使长条似旧垂,亦应攀折他人手。"章台,本为汉代长安街名。后世常以"章台柳"比拟青楼女子。昭阳燕:汉成帝皇后赵飞燕腰肢纤细,柔若无骨,且身轻如燕,据说能作掌上舞(参见伶玄《赵飞燕外传》及秦醇《赵飞燕别传》中所载)。这两句都是形容英英的身态婀娜美好。

③锦衣冠盖:指衣着光鲜的公子王孙们。绮堂:装饰精美的厅堂。

④是处:到处,处处。

⑤顾:回望。砌:台阶。丝管:指各类乐器。调:此指演奏。

⑥霓裳:指唐代著名乐舞《霓裳羽衣曲》。此曲在宋代实已失传,这里是借指。促:促拍。一般指乐曲将终时的急拍。遍:乐曲一章为一遍。《新唐书》卷二二《礼乐志》载:"河西节度使杨敬忠献《霓裳羽衣曲》十二遍,凡曲终必遽,惟《霓裳羽衣曲》将毕,引声益缓。"

⑦檀板:檀木所制拍板。拍板是音乐表演时击打以应节拍之具。

⑧霞袖:指彩袖。莲步:指美人之步。

⑨倾国倾城:《汉书》卷九十七《外戚传》载李延年歌曰:"北方有佳人,绝世而独立,一顾倾人城,再顾倾人国。宁不知倾城与倾国,佳人难再得。"后世遂成为形容美人的典故。

[点评]

　　此词中"英英"当是其时一位以舞蹈擅誉的歌伎。全词皆围绕其舞技来写。但凡舞者,全在腰处得力,故词也就从其腰肢之美写起。腰肢柔软,弱如细柳,轻如飞燕。用赵飞燕的典故正切合其技艺。身段婀娜,姿态姣好,于华堂盛宴之中,盈盈独立,吸引了无数的公子王孙,一掷千金,但求一睹其芳容,一观其"妙舞"。至此尚皆属虚处盘旋,以下便入正题,描写其舞艺。阶下弦管齐作,音声初起,堂前佳人微动,闲倚轻风。轻风如何能"倚"？实则正是用字之妙,其轻盈飘忽的舞姿,惟有"轻风"二字方能形容,而"佩环"不过"微颤",则舞步之轻柔和缓可想而知。以上都是摹其轻歌曼舞之状,换头直承,乐曲渐终,檀板催拍,而其舞步亦由缓转急,然身姿之盈盈依旧,丝毫不显急促。彩袖轻垂,莲步急趋,快慢交错,或进或退,"奇容千变",可见舞姿的变化多端,莫可名状。瞠之在前,忽焉在后,直令人目不暇接,然而一板一眼、一姿一态又交代得极为清楚,毫不含糊。仿佛纵笔狂草,实有章法可循。舞艺如斯,可谓已是极致。作者却又在结处翻出一层新意,舞姿佳妙,毕竟有迹可循,神韵天成,实乃无迹可求。而此神韵,正在佳人之眼。看来这位歌伎不只是容貌的倾国倾城,其眼波中流动的光彩,更是令人心动神摇。美人回眸,向来是极美的,"回眸一笑百媚生",是眼中含笑,"怎当他临去秋波那一转",是眼中含愁。而词中的"英英"只是"暂回眸",不须笑靥,亦不须愁怨,然而已是万人为之魂销肠断,若真是"回眸一笑",若真是缠绵幽怨,结果如何,恐怕不堪设想吧。词人正是用这种反差极大的对照构筑了一个丰富的想像空间。唐宋词中直接描写歌舞技艺的作品并不是很多,此词,尤其是下片,精美生动,是其中不可多得的佳作。

瑞鹧鸪

宝髻瑶簪。严妆巧,天然绿媚红深。绮罗丛里,独逞讴吟[①]。一曲阳春定价,何啻值千金[②]。倾听处,王孙帝子,鹤盖成阴[③]。

凝态掩霞襟。动象板声声,怨思难任[④]。嘹亮处,迥压弦管低沉[⑤]。时恁回眸敛黛,空役五陵心[⑥]。须信道[⑦],缘情寄意,别有知音。

[注释]

①绮罗:本指绫罗绸缎,此处指歌伎。讴吟:指歌唱。

②阳春:即《阳春白雪》,出自宋玉《对楚王问》,据说是调高和寡之曲。何啻(chì):何止,何仅。

③鹤盖:指古代马车上的车篷。刘孝标《广绝交论》:"鸡人始唱,鹤盖成阴。"这句谓公子王孙皆停车倾听其歌,以至于车马云集。

④象板:指象牙所制拍板。难任:犹言难胜,难堪。

⑤迥(jiǒng):远。迥压,犹言远远压过。

⑥敛黛:即敛眉。役:此指牵系。五陵:汉代皇帝立陵墓时,常把四方富家豪族和外戚迁至陵旁居住,其中最著名的是高帝长陵、惠帝安陵、景帝阳陵、武帝茂陵、昭帝平陵五陵。后世诗文中遂常以五陵为豪门贵族聚居之地。词中的五陵指五陵年少、五陵公子,即上片中的"王孙帝子"。白居易《琵琶行》:"五陵年少争缠头,一曲红绡不知数。"

⑦须信道:犹言"要知道"。

[点评]

　　这首词中的主角是一位以歌喉擅长的歌伎。起笔三句写其出场时的装束,乌髻高耸,玉簪斜插,虽是盛妆而出,貌美如花,却显得雅洁自然,神韵天成。尚未一展歌喉,已是风度榘然。以下即写其歌唱,但仍从侧面渲染。"绮罗"二句,写其迥出流俗。而其所歌之曲,亦是调高和寡的《阳春白雪》,这是化用了战国宋玉《对楚王问》一文中的典故,据说有人在楚国都城中高歌,开始唱的曲子名《下里巴人》,大概是比较易唱之曲,故和者数千人;后又转为高雅一点的《阳阿薤露》之曲,这时能跟上唱的只有数百人了;而最后唱《阳春白雪》曲时,和者只有数十人。故得出"其曲弥高,其和弥寡"的结论,这也是成语曲高和寡的来源。自然,战国时即使真的有此一曲《阳春白雪》,到宋朝时也不可能留存了,这里只不过是形容主人公精妙的歌艺而已。一曲定价,何止千金,然而却仍然吸引了无数的公子王孙,倾盖相从,竞相前来欣赏其美妙的歌喉。下片换头以下,即细致地描摹其歌容舞态,"凝态"句状其矜持,"怨思"句状其心境,真是楚楚动人。拍板一动,四座屏息,一声嘹亮,直上云霄,相比之下,伴奏的弦管之声显得是那么低沉。时而敛眉,若有隐忧;时而回眸,百媚横生。一曲未终,已令座上王孙魂牵梦系,不能自已。然而一个"空"字已透露出转折之意,结句翻出一层:须知她的种种柔情,全是为了她自己的意中知音而设,并非尔辈五陵年少所能一亲芳泽的。看来这位歌伎的身价和名望真是不低,不过就全词而言,都只是捧场揄扬之语而已,柳永对这些歌伎技艺和容颜的赞誉向来是不吝笔墨的。此词写的虽是一位歌伎的精妙技艺,但除了上片的"独逞讴吟"和下片的"嘹亮处"二句以外,并没有更多地对其歌声的直接描摹,而是通过王孙帝子之倾盖而至、五陵年少之为之心魂摇荡这样一些侧面来展现,另外就是通过其举动与外貌来烘托。结句陡转,一方面,全词之意顿时就由单纯地描写歌艺深化了一层,她的心态凸现了出来,另一方面也自见其不同流俗的品格。

凤栖梧

　　帘下清歌帘外宴。虽爱新声①,不见如花面。牙板数敲珠一串②,梁尘暗落瑠璃琖③。　　　桐树花深孤凤怨④。渐遏遥天,不放行云散⑤。坐上少年听不惯⑥。玉山未倒肠先断⑦。

[注释]

①新声:指新制之曲。

②牙板:指象牙所制的拍板。珠一串:形容歌声清丽如贯珠。

③梁尘暗落:汉刘向《别录》云:"鲁人虞公发声,清晨歌动梁尘。"后遂以此典形容歌声之高亢响亮。瑠璃琖:即琉璃盏,此代指酒杯。

④桐树句：以凤鸣形容其歌声。梧桐乃凤凰所栖，故云。

⑤渐遏句：用响遏行云的典故。参见《昼夜乐》(秀香家住桃花径)词注②。

⑥听不惯：此指不忍听。

⑦玉山未倒：《世说新语》中谓嵇康"其醉也，傀俄若玉山之将崩"，后世遂以玉山倒形容酒醉。

[点评]

　　这首词咏一歌伎精美的歌喉，但角度与柳永为数不少的同类之作略有不同，它咏的是隔帘听歌，虽只写歌声而人之神韵自见。首句点明场景：帘下，犹言帘内也，帘内清歌婉转，曲皆新声；帘外则盛筵连席，宾主都屏息静神，却不得一见帘内之如花美眷。但闻帘内牙板轻敲，传出清丽的歌声，气脉不断，音如贯珠，绕梁不绝，故"梁尘暗落"，而听者神为之移，故浑然不觉。这两句一正写，一侧写，淋漓尽致，似乎已无以复加。然而下片却能再翻一层，《诗经·大雅·卷阿》中说："凤皇鸣矣，于彼高冈。梧桐生矣，于彼朝阳。"凤凰齐鸣于高冈，自是高亢之声，这里却说"孤凤"，孤凤求凰，乃作怨鸣，自是掩咽婉转，故用以比拟歌声之低回凄抑。而一"渐"字，可见声已渐转，愈转愈清亮，直至声振林木、响遏行云。这里也暗用了"云雨"的典故，以和"孤凤怨"相应。结句浓墨重彩地渲染其歌声之感染力——直令座中少年不忍卒听，酒未醉人，人已自醉，玉山未倒，肠已先断。这首词全自歌声见出其人之神态，运用一连串的比拟状其歌喉，颇有目不暇接之感。词意亦恍如她的歌声一般，愈转愈高，愈转愈奇。

浪淘沙令

　　有个人人①。飞燕精神②。急锵环佩上华裀③。促拍尽随红袖举④,风柳腰身。　　　簌簌轻裙。妙尽尖新⑤。曲终独立敛香尘。应是西施娇困也,眉黛双颦⑥。

[注释]

①人人:宋代俗语,此处为表单数的特指代词,犹言人儿、那人,多用以指亲近昵爱者。

②飞燕:指汉成帝皇后赵飞燕,据说她身轻如燕,能作掌上舞。

③急锵环佩:指女子身上的首饰,因其舞蹈动作而互相碰撞,发出清亮的声音。华裀:此指精美的地毯。

④促拍:即催拍,又称簇拍。指乐曲节奏加快,促节繁声之意。或引《珊瑚钩诗话》"乐部中有促拍劝酒"之语,以为指佐酒之乐,非是。

⑤尖新:形容舞姿之尖巧新颖。

⑥应是二句:《庄子·天运》篇中说西施曾因病心而颦眉,而同里之丑人以之为美,也颦眉捧心而归。这是著名的东施效颦故事的来源。黛:青黑色,古代妇女以青黑色的黛石画眉,故用以指女子之眉。颦(píng)眉,即皱眉,蹙眉。

[点评]

　　这首词写的是一位舞妓。起笔即点明其身份,以汉代最善舞的赵飞燕拟之。"人人"一语,不仅是亲昵的口吻,同时也让人觉得她的娇小玲珑之态。随后直至篇末皆描摹其舞技,初上华裀,环佩叮咚,节奏明快,先声夺人。舞步回旋,急管繁弦声中,但见红袖轻举,如掌上彩云;纤腰款摆,似风中杨柳。换头直承,不闻人声,但闻衣裙簌簌,舞姿尖巧新颖,极尽能事,动人心魄,令人如醉如痴。一曲终了,香尘尽敛,独立中堂,四座无声。恍如西施娇困,美目似开还闭,黛眉微蹙含情。词亦戛然而止,用笔含蓄,余味无穷。此词最明显的特征是动静结合的描写手法。自"急锵环佩"句以下,都是动感极其鲜明的场景,词意亦如急管繁弦,一气贯注;而"曲终"句以下,则以一极具雕塑感的静景结束全词,时光仿佛在这一刻凝住,一切都凝结于这一纯美的境界之中。用动如脱兔,静如处子的老话来形容她的精妙舞技可谓是再恰切不过了。

迷仙引

才过笄年①,初绾云鬟②,便学歌舞。席上尊前,王孙随分相许③。算等闲④、酬一笑,便千金慵觑⑤。常只恐、容易蕣华偷换⑥,光阴虚度。　　已受君恩顾。好与花为主。万里丹霄,何妨携手同归去。永弃却、烟花伴侣⑦。免教人见妾,朝云暮雨⑧。

[注释]

①笄(jī)年:十五岁。笄,簪子。古时女子十五岁举行戴簪的成年礼。

②云鬟:谓高耸如云的发髻。古时女子成年后,发式由原来的下垂状改为绾结耸起。

③随分:照例。

④等闲:随便。

⑤慵觑:懒得看。

⑥容易:轻易。蕣华:即木槿,因其朝生暮落,被用以借指美好而易逝的年华或容

颜。《诗经·郑风·有女同车》云:"有女同车,颜如舜华。"

⑦烟花伴侣:青楼中的同伴们,这里借指青楼生涯。

⑧朝云暮雨:用宋玉《高唐赋》中,楚王与巫山神女梦中相会的典故。但这里同样也是借指身不由己的青楼生涯。

[点评]

这首词是一位年少歌伎向其情郎的真心倾诉,哀婉动人。全词皆以此小歌女的口吻来写,起笔三句,即自叙其少小学艺。这大概不出两种情况,一是父母因家境贫寒或遭受天灾人祸,不得不将其卖入勾栏瓦肆,艺成之后,便成为歌伎。还有一种情况是她可能本就出生于乐籍之家。宋代将专门从事歌舞杂剧表演的艺人另编成户籍,以使世传其艺,轻易不许改变身份。因此这位歌女刚刚成年,便必须学歌习舞,开始烟花生涯。柳永写女性,总是不吝惜笔墨对她们的容颜与美貌大加称赏的,然而在这首词中,对此歌女的外貌始终没有进行正面描写。然而从"席上"以下四句可以看出,她必定是一位容貌美艳、才艺出众的佳人,以至于公子王孙们趋之若鹜,争着为她一掷千金。然而对她来说,这些繁华热闹都只如过眼云烟,一笑置之,即便面前摆着千金重宝,也懒得多瞧一眼。这一方面体现了她对于风尘生活的厌倦,另一方面也说明了她内心企盼的是真实的感情而非外在的荣华富贵。词笔和缓而其人之品格自见。然而对她来说,最令人烦忧的是仍然没有找到可以终身厮守的情郎,没有得到一份永不褪色的真情。流年似水,一去不回,要知道在时间的淘洗之下,再美的容颜也终有枯萎凋谢的一天啊。上片即在这无限的怅惘中结束。下片笔锋一转,"已受君恩顾",看来这位歌女已有意中情郎了,遂再也忍不住发出了真心的呼唤,"好与花为主",愿以终身相托。"万里"二句,更是明显地希望他能拔救自己于风尘之中,携手同归,从此后便再也不用辗转于烟花岁月,再也不会身不由己地过那痛苦的生活了,这心愿是那么的真诚与善良,态度更是那么的决绝而不悔。词亦在她这种情感的迸发中戛然而止。通观全词,上片自叙,下片抒情,话语平淡而真切感人,词完意足而余味深长。因为古时的风尘女子,恐怕没有一个是愿意终身沦落于此的,她们最大的心愿往往是觅一有情有义的男子,托以终身。只要看看《杜十娘怒沉百宝箱》等话本小说,便可以明白她们的真实想法了。然而"易求无价宝,难得有情郎",真能实现自己愿望的可谓少之又少,《琵琶行》中的琵琶女嫁给茶商,只落得独守空船。杜十娘亦因李甲的负心薄幸而绝望地赴水而死。而此词中小歌女最终的命运如何呢？词中并没有去写其情郎的答辞，宋代歌伎从良并不是一件很容易的事，貌美才高者尤其不易，对男子来说，既有经济压力，更有社会风气的压力。同时，痴情女子负心汉的例子实在是太多了，词中的歌女即使能顺利脱籍，难道就一定能得到他一生不变的爱情吗？大概也是不可知的吧。词人留下了种种联想，再回头去看看词中歌女含着无限憧憬的恳求、誓愿和呼唤，使人对这位善良美丽却又纤弱无助的小歌女，不能不心中牵萦，满怀同情之意。这是此词的余味所在，也是作者笔下人性的光辉。

斗百花

满搦宫腰纤细①。年纪方当笄岁②。刚被风流沾惹，与合垂杨双髻。初学严妆，如描似削身材，怯雨羞云情意。举措多娇媚③。

争奈心性④，未会先怜佳婿⑤。长是夜深，不肯便入鸳被。与解罗裳，盈盈背立银釭⑥，却道你但先睡。

[注释]

①满搦：满把，满握。宫腰：据说楚灵王喜欢细腰的女子，故楚王宫中的妃嫔宫女皆节食以求宠幸。《后汉书》卷二四："楚王爱细腰，宫中多饿死。"后世即以比拟女子的细腰。

②笄(jī)岁：十五岁。笄，簪子。古时女子十五岁举行戴簪的成年礼。

③举措：举动，行止。

④争奈：怎奈。

⑤未会：不懂，不明白。

⑥银钉(gāng)：指灯。

[点评]

　　此词是对一位年少歌伎的描绘，从道学家的眼光看，恐怕不堪入目，从传统的审美角度来看，似乎也有些格调低级。不过就柳永的经历而言，他长期和这些歌伎频繁往来，而且这种格调的文艺形式在当时的市井民间也是最受欢迎的，他描写的只不过是自己生活中比较熟悉的人物及其情感。对后人来说，这类词的价值或许一方面体现在对当时社会中某一层面的展露，另一方面即是艺术技巧上的炉火纯青了。

　　此词全部主旨都集中在两个字上——"娇羞"，在不同的场景、从不同的角度倾力表现了词中女性的这一心理状态。上片着眼于其外部神态，下片则描绘一特殊场景。起句"满搦"、"宫腰"、"纤细"三词，皆令人联想到"纤腰一把"的娇弱形象，随即点明其年纪之幼小，更令人顿生怜爱之情。"被风流沾惹"，谓其已得意中情郎；"合垂杨双髻"，谓其已改少女梳妆。严妆初成，容光明艳，"如描似削"，呼应"满搦宫腰"；"怯雨羞云"，呼应"风流沾惹"。"举措多娇媚"一句，则总束上片。其中"方"、"刚"、"初"等字眼，皆暗示了娇羞之意，遂使一楚楚动人、千娇百媚的女性形象展现在读者面前。下片描写闺房中的温馨香艳之景，初会"佳婿"，而心下又喜又忧，不知如何举措，此为一重"娇羞"；门已闭，夜已深，却"不肯便入鸳被"，此为二重"娇羞"；罗裳初解，倩影盈盈，却背灯而立，催郎"先睡"，此为三重"娇羞"。随着时间的推移，层层展开，其心理活动的复杂与丰富活现纸上，令人顿生我见犹怜之感。通首香艳至极，却不堕恶趣。在主题上虽未能免俗，但其对女子心性之感悟能力、描写之笔力都足以弥补这一缺憾。

少年游

　　世间尤物意中人①。轻细好腰身。香帏睡起,发妆酒酽②,红脸杏花春。　　娇多爱把齐纨扇③,和笑掩朱唇。心性温柔,品流详雅④,不称在风尘⑤。

[注释]

①尤物:原指特异的人或物,后常用以指美人。
②发妆:梳妆。酽(yàn):本指酒色浓郁,此指脸色红润。
③齐纨扇:以齐地所产之绢织成的团扇。
④品流:品级,等级。详雅:安闲温雅。
⑤不称:不合适。风尘:指歌伎生涯。

[点评]

　　此词描写一位美貌惊人的歌伎形象,词笔灵动细致,勾勒了她的形貌和风韵,如同一幅精美的美人图画。起句总写,先撇开具体的形貌,而以"尤物"拟之。《左传》中有"夫有尤物,足以移人"的句子,可见这位歌伎的美也是惊才绝艳,足以令人心荡神移的。随后再细写其体态形容,先写其腰身轻细,可作掌上之舞。再写其容颜,睡起之后,淡淡梳妆,面色红润,娇脸生春,如杏花美酒。古代常以春字做酒名,如现在还有的剑南春、五粮春等,杏花春自当也是一种美酒,但同时,春字又引发春意、春光等联想,于是一个容彩照人的美女形象如在眼前了。下片转而侧重写其神韵。汉乐府《怨歌行》云:"新裂齐纨素,鲜洁如霜雪。裁为合欢扇,团团似明月。"这里讲她"爱把齐纨扇",也是以扇的洁白暗示美人纤手的洁白如玉。苏轼《贺新郎》词中"手弄生绡白团扇,扇手一时似玉"之句,亦同此意。"和笑掩朱唇",以扇掩唇,背人偷笑,娇羞之态可掬,又不失端庄大方。而其双眼之中神光流动、眉目传情的风韵更可以想见了。"心性温柔,品流详雅"二句,由外貌透入内心,心性温柔,自然善解人意,品流详雅,自然很有教养,得如此红颜知己,夫复何求?故结句感叹说"不称在风尘",表达了强烈的倾慕之意。柳永的这类词完全是以平等的姿态来描述和展现那些风尘歌伎的生活和命运,往往真切动人,虽然未必都是柳永本人的口吻,但至少是反映了当时市民阶层的思想意识中,富含人性光辉的一面。

浪子心曲

衣带渐宽终不悔

玉女摇仙佩

佳人

　　飞琼伴侣①，偶别珠宫②，未返神仙行缀③。取次梳妆④，寻常言语，有得几多姝丽。拟把名花比。恐旁人笑我，谈何容易。细思算、奇葩艳卉⑤，惟是深红浅白而已。争如这多情⑥，占得人间，千娇百媚。　　须信画堂绣阁，皓月清风，忍把光阴轻弃。自古及今、佳人才子，少得当年双美⑦。且恁相偎依。未消得⑧、怜我多才多艺。愿奶奶、兰心蕙性⑨，枕前言下，表余深意。为盟誓。今生断不孤鸳被⑩。

[注释]

①飞琼：指仙女许飞琼，据说是神话中西王母的侍女。

②珠宫：指仙女所居之宫。

③行缀：行列。

④取次：犹言随便，草草。

⑤奇葩：奇花。

⑥争如：怎如。

⑦当（dàng）年：指年纪相称。

⑧未消得：犹言抵不得，比不上。

⑨奶奶：宋代俗语，对妇人的尊称。兰心蕙性：兰、蕙皆为香草，用以形容其心性

之聪慧温柔。

⑩孤：同辜负，负恩。

[点评]

这首词可谓是一首代表了市民阶层人生理想的恋歌。全词以一男子的口吻向一位歌伎发出真心相爱的倾诉，有人认为这就代表了柳永自己生活经历的一个侧面，不过我们宁愿把它视作代言体，因为这些词都是写出来让歌伎们去演唱的，其中固然不乏词人之生活和情感体验的影子，但更主要是反映了一个阶层的心态和理想，这是读柳永的这一类作品所应该注意的。

上片是对这位女子的热烈赞歌。唐代以来，文人们就常常以女仙来比拟歌伎，这首词起笔三句亦是如此，谓其本与许飞琼一样，同为珠宫仙女，偶别仙界，来到人寰，便"未返神仙行缀"，这很容易让我们想起七仙女下凡这个动人的古老故事，同时无形中也提升了这位女子的身份标格，让人不由自主地须与词中的男子一样仰视她了。她只需草草梳妆，已是神韵天成，明艳不可方物；只需寻常言语，已是动人心魄，从此梦系魂牵。她的美迥出流俗，无人能比。那只好以国色天香的名花来相比吧，可又怕别人笑我唐突佳人，因为不论是牡丹还是芍药，要想与她相比，又谈何容易！细细想来，那些争奇斗艳的奇花异草，只不过是靠着点"深红浅白"自相夸耀而已，怎及得这多情的人儿，直是占断了人间的千娇百媚！自"拟把名花比"以下，大段铺叙，然而词意于透彻之中又仍有婉转。清代沈谦在《填词杂说》中云："'云想衣裳花想容'，此是太白佳境。柳屯田'拟把名花比，恐旁人笑我，谈何容易'，大畏唐突，尤见温存，又可悟翻旧为新之法。"李白在《清平调》中以牡丹比杨贵妃，而此词却透过一层，以花拟人，尚畏唐突，则人之美艳，已超出想像之外了。

下片是对这位女子的感情倾诉。画堂绣阁，清风明月，这般良辰美景，怎忍轻弃？这是与佳人同赏。古往今来的才子佳人中，又有几人能像你我这样年纪相称又郎才女貌呢？这是以自身条件打动对方。你我如此相偎相依，虽是情深，但实是抵不得你怜我才艺之情尤深也。本是要说自己如何情深，却偏偏去说你对我情深意真、慧眼识才，而我自知你这一番心意所在，则自己之心意遂不言而喻。这是用"诛心"之法来感动对方。在如此强大的攻势下，自是两情相悦，情投意合了。然而尚不止此，他还要在"枕前言下，表余心意"，就以合欢共枕之

"鸳被"为誓,天长地久,永不相负。感情的炽热、对爱的专注,无不表达得淋漓尽致,令人感动。不过在有正统观念的后世词评家看来,这种词就显得很不雅观了,如清代沈雄《古今词话·词品下卷》中即认为"愿奶奶"三句是"谀媚之极,变为秽亵",王国维在《人间词话删稿》中也说:"屯田轻薄子,只能道'奶奶兰心蕙性'耳。"但在当时市井民间的人们心里,"才子佳人"、"当年双美",这是人生最为幸福的境界;今生今世,永相偎依,这是他们追求的目标。柳永的词正集中地反映了这种理想,竟谓其为"轻薄子",未免不公。而词意之透彻直露,多用俗语,本为柳词面目,倒也无可厚非。

两同心

伫立东风①,断魂南国。花光媚、春醉琼楼②,蟾彩迥③、夜游香陌。忆当时,酒恋花迷,役损词客④。　　别有眼长腰搦⑤。痛怜深惜。鸳会阻⑥、夕雨凄飞,锦书断⑦、暮云凝碧。想别来,好景良时,也应相忆。

[注释]

①伫立:长久地站立。
②琼楼:指华美的楼宇。
③蟾彩:即蟾光,指月之光辉。古时传说月中有蟾,故云。迥:远。此句形容月之高挂。
④役:犹言牵,引。损:煞。役损:此指完全被牵绊住。词客:词中主人公自指。
⑤搦:把。腰搦:指纤腰一把,言其细也。

⑥鸳会:指男女欢会。

⑦锦书:指书信。

[点评]

　　《两同心》之调亦始见于《乐章集》。此词表达了对心中佳人的深沉思念。词中主人公看来远游于南方,春光明媚,他却孤独地在风中久久伫立。时光倒折回当年,花前月下,日日醉倒琼楼,夜夜相随紫陌。那段迷花恋酒的日子,叫人牵系,永远难忘。上片基本上是对往事的追忆,下片则直抒情愫。眉眼细长、楚楚纤腰一把的那位意中佳人,令人怎忍不怜爱有加。然而好梦难成,欢会犹阻,黄昏时分的蒙蒙细雨,黯淡了人的心绪。分别以来,书信全无,天边的一抹碧云,恍如人之愁眉不展。这里化用了南朝江淹的诗句:"日暮碧云合,佳人殊未来。"故词中"暮云凝碧"一语,已暗寓佳人不来之意。遥想别后的她,对此良辰美景,是否也像我念她一样思念自己呢? 此处用意颇有点类似李商隐《夜雨寄北》诗中的名句:"何当共剪西窗烛,却话巴山夜雨时。"李诗是在时间上设想由将来回忆现在,此词则是在空间上设想佳人相忆自己。《两同心》这个词调总共不过六十八字,然而上下片却共七韵十四句,可见其节奏并不慢,但此词虽用以表达急迫的相思之意,语气仍是舒缓自如,恰当地展现了思念的深沉与专注。

女冠子

　　断云残雨。洒微凉、生轩户。动清籁①、萧萧庭树。银河浓淡,华星明灭,轻云时度。莎阶寂静无睹②。幽蛩切切秋吟苦③。疏篁一径④,流萤几点,飞来又去。　　对月临风,空恁无眠耿耿⑤,暗想旧日牵情处。绮罗丛里⑥,有人人、那回饮散,略曾谐鸳侣⑦。因循忍便睽阻⑧。相思不得长相聚。好天良夜,无端惹起⑨,千愁万绪。

[注释]

①清籁:本指清朗的响声,这里指风吹树响。

②莎阶:长满莎草的台阶。

③蛩(qióng):即蟋蟀。

④疏篁:稀疏的竹丛。

⑤耿耿:不安貌。

⑥绮罗丛里:此指歌伎丛中。

⑦人人:那人,人儿。谐鸳侣:代指男女欢合。

⑧因循:轻率,随便。睽阻:本指乖离,违背,此处即指离别。

⑨无端:无心无意,犹言莫名的。

[点评]

　　这首词描写夏夜相思之情。上片纯为写景,下片全是抒情,这在唐宋词中是一种十分常见的结构,但此词章法虽简洁,却并不单调,主要是因为在景物与情感的内在层次与相互生发方面颇费经营之功。上片写的都是夏末秋初的清夜之景,但细审之,则可分为四个层次。起笔三句写夏日傍晚,微雨过后,丝丝凉意袭人。轻风拂树,声如清韵,响如天籁。这是由天气引出总束全词的一种既清爽又略有萧瑟之意的整体氛围,是作为总写的第一层,以下则通过视角的转换,分三层来细致描摹凉夜之景。"银河"三句,写在微云的映衬下,星河浓淡明灭,乃目尽遥天之所见,是远景;"莎阶"二句,写台阶间一片寂静,只传来蟋蟀的"切切秋吟"之声,这是阶前之所闻,乃近景;"疏篁"二句,写在稀疏的竹林间往来飞动的流萤,则可谓是中景了。虽然同是写景,角度却有不同,层次感亦强。下片的抒情也有类似的特征:"对月"二句,写对此良夜,却空自辗转无眠,遂不由人不回想当初之种种情事,这是由现今倒折回过去;"绮罗"三句写当年二人于宴席上一见倾心而得谐鸳侣,成其好会,这是对过去的深情回忆;"因循"二句,写别离之因,也就是"当初不合轻分散"的意思,以至于"一种相思,两处闲愁",再聚亦不知何日,这是又由过去折回了如今。最后"好天"三句,写虽有良辰美景,怎奈更莫名地惹起了"千愁万绪",则是以这个带有浓厚感伤色彩的字眼来总束全词。这首词的意思,用一首令词也完全可以表达清楚,但柳永却偏好用慢词长调来写,既然篇幅增加了,则在笔法与结构上也自须有所变化,而不能再像小令那样点到为止、一沾即走、不即不离了。柳词一方面运用赋笔,大力铺叙渲染景物与情感,一方面是在章法结构上注重层次感以及层次之间的关系,像这首词的上片即是一个在空间展开的结构,以视点的推移来确立对象的位置;而下片则是一个在时间上加以描述的结构,由今入昔,又由昔返今,以记忆与现实的跳接来确立彼此的情感定位。这种手法使得柳词的慢词长调有了更加丰富的内涵,而不至于仅仅是小令的简单放大。不过这些结构方式的运用要一直到北宋后期的周邦彦手中,才可谓是到达了一个登峰造极、几乎是无以复加的地步,和周邦彦词中章法的吞吐变幻、开合莫测相比,柳永词毕竟还显得有些稚嫩,然而筚路蓝缕,其功终不可没。

慢卷䌷

　　闲窗烛暗,孤帏夜永①,敧枕难成寐。细屈指寻思,旧事前欢,都来未尽②,平生深意。到得如今,万般追悔。空只添憔悴。对好景良辰,皱著眉儿,成甚滋味。　　红茵翠被③。当时事、一一堪垂泪。怎生得依前④,似恁偎香倚暖⑤,抱著日高犹睡。算得伊家⑥,也应随分⑦,烦恼心儿里⑧。又争似从前,淡淡相看,免恁牵系。

[注释]

①夜永:夜长。

②都来:算来,算起来。

③茵:衬垫,褥子。

④怎生:本指怎样,此处有务须设法之意。依前:从前。此句犹言怎样才能和从前一样。

⑤香、暖:此指女子如香似玉之身体。

⑥算得:也是算来、料想的意思。伊:此指她。家:用于人称代词后的助词,无实义。

⑦随分:照样。

⑧烦恼心儿里:即心中烦恼。

[点评]

　　《慢卷䌷》之调亦始见于《乐章集》。这首词描绘的是一名男子的暗夜相思之情。起笔自其辗转难眠之况说起,长夜漫漫,独处孤帐,将枕头翻来倒去,依旧无法入睡。以下则追叙原因:细细寻思,当初短暂的欢会,怎能尽数表达出对她的"平生深意"?而轻易地分别,只留下如今的"万般追悔",令人空自憔悴。"对好景"三句则又折回现在,对良辰美景,而愁眉深锁,此中滋味,也只有独自体会了。换头则又由眼前的"红茵翠被",联想到当年那些"一一堪垂泪"的往事,不禁喟然长叹,如何才能再和从前那样,抱着温香暖玉的人儿,日日高眠不起呢?料想此刻的她,也同自己一样,心内烦恼吧。如此两处相思,怎比得上从前的"淡淡相看"呢?因为即使是无言相对,也是"相看两不厌"呀!虽然"相见亦无事",然而"不来忽忆君",毕竟那不会有这样令人痛苦的魂梦牵系。此词除了在情感表现上的真挚与透彻之特征以外,最明显的就是口语俗字的大量运用,全词仅有起笔三句还比较书面化,其余的几乎没有一句不是口语化的句子,然而这种俗字的情感表现力完全不比"雅字"差,有时还越而过之。例如下片"怎生得依前"三句,如果试图用很文人化的字眼去表达,总会觉得隔了一层,还不如索性这样毫不掩饰地说出来,更符合市井中人的口吻。因为词中展现的本来就不是君子淑女之爱情,柳永词中的主人公们往往追求的是完全感性的幸福与世俗的快乐,有时简直就是赤裸裸的欲情,什么温柔敦厚,怨悱而不乱,全用不着了。这倒是和20世纪末的某些文化倾向颇为吻合,摇滚歌手郑钧唱出的"我的爱,赤裸裸",不也正是对传统语境的一种颠覆与消解吗?

征部乐

　　雅欢幽会,良辰可惜虚抛掷。每追念、狂踪旧迹。长祗恁^①、愁闷朝夕。凭谁去、花衢觅^②。细说此中端的^③。道向我、转觉厌厌^④,役梦劳魂苦相忆。　　须知最有,风前月下,心事始终难得。但愿我、虫虫心下^⑤,把人看待,长是初相识。况渐逢春色。便是有、举场消息^⑥。待这回、好好怜伊^⑦,更不轻离拆^⑧。

[注释]

①祗:只。恁:如此。
②花衢:本指花市,此处以花代人,即是绮罗丛中的意思。
③端的:宋代俗语,此处指情节或事实、情事。
④向:此犹言爱。如陆游《朝中措》词云:"总是向人深处,当时枉道无情。"可参见张相《诗词曲语辞汇释》。厌厌:指倦怠,百无聊赖之意。
⑤虫虫:当时歌伎名。
⑥举场:指科举考试时的考场。
⑦怜:怜爱。
⑧轻离拆:轻易地分离拆散。

[点评]

　　《征部乐》之调始见于《乐章集》。词中的"虫虫"在柳永词里屡屡出现,从下片所反映的情事看来,这首词颇有可能写的即是柳永自己的情感经历,时间则是早年中举登第之前的作品。起笔先点明自从那次"雅欢幽会"之后，便情难自控，无数的美景良辰，尽成虚掷，这是由昔至今。以下二句则是具体渲染，结构仍是由昔至今，每每追念的是"狂踪旧迹"，此乃呼应"雅欢幽会"；朝夕独处，日日愁闷，这是呼应"良辰可惜虚抛掷"。此数句点染结合，定下了全词的基调。"凭谁去"四句，是愁闷中人的凭空想像：谁能为我至绮罗丛中，寻得伊人的消息，代我向她细细诉说自己的此番相思情意。终于等到使者的回音，原来她也同样因爱我而心绪烦闷，倦怠无聊，梦萦魂牵，苦苦相忆。这种想像毋宁说是他的一种真切愿望吧。下片笔势不换，"须知"三句，谓风前月下，款款心曲难表。"但愿"四句，希望对方仍如初见时看待自己，即初心不变之意，大概二人当年初次相见，都是风流倜傥美少年吧。"况渐"三句，谓春光渐近，不久将入京相见。古时参加科举考试的举子，于当年秋季经过地方上的乡试录取之后，即于次年春天至京城参加省试，或许词中男子前次即是在京城应试时与"虫虫"相识，此后落第而归，遂成两地相思。今番又将入都，则相见有期矣。"待这回"二句，则是说经过长久的分隔之后，终究情不能已，意之所属，念兹在兹，这回相见，定当深怜痛惜，终日厮守，再不轻易别离了。最后这几句，既可谓是对自己，也可谓是"虫虫"所许下的深深誓愿。全词尤其是下片，叙事与抒情融为一体，委曲转折，情感真挚，颇有些温柔口吻。可以想像，经过几年"离拆"之后，风采依旧的他深情款款地奏起此曲，而"虫虫"则依声轻唱，自是一番温存旖旎之风光。宋代都市经济发达，外地进京赶考的举子，往往自去年秋天即到京城，而考完了以后，又须等候发榜，因此一住就是大半年。而这些风流才子，自然免不了要到秦楼楚馆中，去享受享受京城的繁华热闹。狎妓而游在传统观念中本是韵事，实际上，宋代就连国子监的太学生也可以传召官府管辖下的官妓，来为其宴会助兴。故此才子与歌伎的故事屡见不鲜，这在宋元话本小说中记载得很是不少，连柳永自己也往往成为小说戏曲中的人物，这首词正是当时这种具有普遍性的社会风习的反映。

御街行

前时小饮春庭院。悔放笙歌散。归来中夜酒醺醺,惹起旧愁无限。虽看坠楼换马^①,争奈不是鸳鸯伴。　　朦胧暗想如花面。欲梦还惊断。和衣拥被不成眠,一枕万回千转。惟有画梁,新来双燕,彻曙闻长叹^②。

[注释]

①坠楼:用晋代石崇与绿珠的典故,绿珠是石崇的侍姬,美艳而善吹笛,权贵孙秀想要横刀夺爱,被拒绝后,陷石崇于死罪,绿珠遂在石崇面前坠楼而死,以示不负故主。换马:即以美妾换马。据说酒徒鲍生多蓄声妓,而韦生则好乘骏马,一日相遇而各易所好。这里用坠楼换马都是代指秦楼楚馆中的美妓。
②彻曙:指整夜直至清晨。

[点评]

　　这首词也可谓是一首情歌,其主人公是一位深情的男子,在清夜中思念着意中佳人。起笔二句非常深沉,当人在热闹的盛宴上时,常常会有一种如此繁华终将逝去的感觉,这也就是王勃在《滕王阁序》中所说的"胜地不常,盛筵难再"的意思。词中此句谓"悔放笙歌散",从字面上看,固是讲想要留住宴饮的热闹,而实际上要表达的是,之所以要留住这种繁华,正是因为宴席上的笙歌与美酒,可以暂时掩盖住他内心刻骨的相思之情,可以让他暂时忘了分别的痛苦与忧伤。句意颇值得玩味。然而笙歌终散,热闹终于消歇之时,于是只好形单影只,带着浓浓的醉意,独自归来,然而夜半酒醒之后,无边无际、无法排遣的"旧愁"也即是思念之情,又不可遏止地涌上心头,令人辗转难眠,魂断心伤。这两句可以说是对前两句的说明或具体展开。"虽看"二句,谓虽然眼前不乏像绿珠那样既美艳多才又忠心为主的女子,也不乏值得以名马相换的美妓,但对他来说,皆如过眼云烟,因为没有一人能像那个"她"那样,是他心中值得以一生相许的"鸳鸯伴"。这两句也仍然是在起笔二句基础上的继续生发,这些"坠楼换马"的女子,不就是笙歌欢宴上的歌伎们吗?从中也可以看出柳永词追求直露的创作特征,如果是讲究含蓄的词人写来,有了"前时"二句,即可点到为止了,"归来"以下几句的意思不妨留给读者去联想。但柳永却喜欢把话说清楚,点明之后,往往还要再渲染一番,把句中隐含的意思讲透。下片承接前面"中夜"之意,写欲在梦中与如花美眷的佳人相会,可好梦难成,终成朦胧虚幻。本是因酒醉而和衣而睡,此刻则更是难以成眠,"一枕万回千转",和《诗经·关雎》中"求之不得,辗转反侧"的意思完全一样。结句腾挪,跳空一笔,谓只有画梁双燕,整夜听见自己的长叹之声,了解自己的相思之苦。整个下片笔势流转,一气呵成,与上片所呈现的深沉凝重之感又自不同。

秋夜月

　　当初聚散①。便唤作、无由再逢伊面②。近日来、不期而会重欢宴。向尊前③、闲暇里,敛著眉儿长叹。惹起旧愁无限。　　盈盈泪眼。漫向我耳边④,作万般幽怨。奈你自家心下⑤,有事难见。待信真个⑥,恁别无萦绊。不免收心,共伊长远。

[注释]

①聚散:此处偏指散,即分别之意。

②唤作:这里有以为的意思。无由:无缘。

③尊:酒杯。

④漫向:空向,徒向。

⑤你自家:你自己。

⑥待:将,打算。

[点评]

此《秋夜月》调始见于《尊前集》载五代尹鹗词,其作起句为"三秋佳节",下结为"深夜,窗透数条斜月",故此而得名,它和作为《相见欢》别名的《秋夜月》全然不同。这首词描写一对旧日恋人久别重逢时的特殊心态。起句回溯,写当年分别之后,便以为缘分已尽,相见无期了。近日却不期而遇,邂逅相逢,于是有了重开欢宴,细诉旧情的机会。然而在这颇有些尴尬的尊前席上,两人又都相对无言,一个敛眉,一个蹙额;一个长吁,一个短叹,无限旧愁重又映上心头。上片是对情事的真切描写,下片则传摹主人公心态上的变化,那位女子含着盈盈粉泪,在他的耳边细细倾诉着别来的思绪,声娇语颤,万般幽怨。"奈你"二句,是她倾诉的内容,原来她担心的是他心里"有事难见",即担心他另有新欢,对她的情意是否还能像从前那样没有改变。"待信"二句,则明显是男子的答词,直欲指天为誓,保证除了她之外,更"别无萦绊"。结句则是他的内心独白,既已重会,自当收拾心思,与她厮守,再无分离。这首词上片还只是单纯的叙事而已,精彩之处是在下片,通过极其口语化的词句,传达小儿女"恩怨相尔汝"的口吻,两人语气中的虽因重逢而喜,而又担心忧虑、患得患失、惴惴不安之情,如聆于耳,如现眼前,让读者也不禁情为之动,柳永不少词的魅力也正在于此吧。

婆罗门令

　　昨宵里、恁和衣睡①。今宵里、又恁和衣睡。小饮归来，初更过、醺醺醉。中夜后、何事还惊起。霜天冷，风细细。触疏窗、闪闪灯摇曳。　　空床展转重追想②，云雨梦、任敧枕难继③。寸心万绪，咫尺千里。好景良天，彼此空有相怜意。未有相怜计④。

[注释]

①恁：如此，这般。
②展转：即辗转。
③云雨梦：用宋玉《高唐赋》中巫山神女的故事，据说楚王梦见神女来荐枕席，临别之时辞云："妾在巫山之阳，高丘之阴，旦为朝云，暮为行雨，朝朝暮暮，阳台之下。"后世遂成为男女欢合的典故。这里的云雨梦即是这种意思。
④计：办法。

[点评]

　　这首词通过羁旅者中宵酒醒之情景，抒写其离愁与相思。上片写孤眠惊梦。起笔二句劈空而来，谓昨夜如此和衣而睡，而今夜又如此和衣而睡，除"昨"、"今"二字外，几乎逐字重复，一个"又"字，写尽了他的苦辛与孤眠况味。这两句似拙实巧，传神地表达出因生活的单调重复而腻味烦恼的情绪。感情奔泻之后，"小饮"三句倒折回入睡之前的景况，既是"小饮"，却饮至"初更"，可见愁绪难消。独自归来，醺醺醉倒，这也是承上说明了和衣而睡的原因，同时又拎起下文的追寻梦境之意。"中夜后"一句，点明梦中惊醒，以设问语气，传出惊梦人的满腔幽怨。以下几句跳开转写景物，这些景致可谓全是惊梦之因。窗外霜冷风细，窗内灯光摇曳，风"触疏窗"一句，把前面的触感与后面的视觉感受联系起来，以浑成之语，构筑成一个凄清的氛围，这也同样是词中主人公的心理氛围。下片承接写他醒后不能入睡之苦。空床独宿，辗转难眠，刚才在梦中与情人同衾共枕、欢洽好合，而醒来后再想要重温旧梦，无论他如何"追想"，已不可复得了。梦中之欢娱与现实的冷酷适成对照，一晌贪欢与相见无期比起来，也越发令人神伤。"寸心"两对句，以鲜明的对比把他复杂的心理写至极处：心不盈寸，而万绪缠结，则其感情负荷之沉重难堪可知；梦中咫尺相伴，醒来悬隔千里，则梦醒后的无限惆怅可知矣。词意盘旋至此，蓄势已足，"好景"三句遂顺势而下，一气蝉联，此"好景良天"，对彼此两人而言，均是虚设，只能辜负了这良宵清夜。而萦绕他们心曲的全是说不尽的相怜相爱之情、相思相望之苦，可天各一方，只能是无奈无言地体味"一种相思，两处闲愁"而已，词意由一己之相思说到了彼此之相思。结句和起句类似，都是以更换一二字的重复修辞方式来对照或类比，突出了"有意"与"无计"的矛盾，既颇有民歌风味，又耐人玩味。全词层次丰富而不觉呆滞，用语质朴而语意浑成，在柳永词中可属上乘之作。

凤栖梧

　　伫倚危楼风细细①。望极春愁，黯黯生天际②。草色烟光残照里。无言谁会凭阑意③。　　拟把疏狂图一醉④。对酒当歌⑤，强乐还无味⑥。衣带渐宽终不悔。为伊消得人憔悴⑦。

[注释]

①伫:久立。危楼:高楼。

②黯黯:忧伤的样子。

③凭阑:即凭栏。

④疏狂:散漫,狂放。图:求取。

⑤当:应当,合宜。

⑥强:勉强。

⑦消得:值得。

[点评]

　　《凤栖梧》又名《蝶恋花》。这是一首抒写离情别绪的怀人之作,漂泊异乡的落魄与怀恋情人的缠绵交织一处。上片写景,主人公自己仿佛也成为这环境中的一景。他独自久立在高楼上,四周春光和煦,暖风轻柔。极目天涯,但见芳草萋萋,烟光迷离,不可遏止的春愁亦如这刬尽又长的春草,黯然而生。《楚辞·淮南小山·招隐士》中说:"王孙游兮不归,春草生兮萋萋。"这里正是借用"春草"之喻,以表达其倦游和怀人之情。"残照"一语,既营造出一个凄美迷蒙的黄昏景象,为以下的抒情烘托气氛,同时又点明了主人公伫立之久、痴情之深。他凭栏无语,满怀春愁,无人领会,无可诉说,孤单寂寞之意蕴于句中而复溢于言表。上片伤离念远,含蓄地通过环境描写,表现了主人公凄凉、孤单、怅惘、思恋、悲愁诸多情绪层层交织的内心感受,引起下片的离思。下片笔势吞吐,换头宕开,谓本拟借酒浇愁,以求一醉,然而无论是对着欢盛的筵席,还是席上的歌乐,都只能强颜欢笑,索然无味。"对酒当歌"出自曹操《短歌行》中的"对酒当歌,人生几何"。对者,当也,二字同义。或谓此句指自己之痛饮高歌,并不很准确。酒、歌,皆是欢宴之物,痛饮香醪美酒,欣赏皓齿清歌,本是欢乐之事,而自己全无心思于此,只图一醉,故云"无味"。以上层层盘旋,蓄势已足,心理描写亦细腻充分,遂逼出最后两个缠绵执著的千古名句,衣带渐宽,则人之消瘦可知,然而终于无怨无悔者,全是"为伊"而甘愿憔悴。这两句直抒胸臆,以平常语出之,表现出主人公对伊人的执着追求和坚贞不渝的深情,历来评价极高,如清代王又华《古今词论》中说:"小词以含蓄为佳,亦有作决绝语而妙者,如韦庄'谁家年少足风流,妾拟将身嫁与,一生休。纵被无情弃,不能羞'之类是也。牛峤'须作一生拚,尽君今日欢',抑其次矣。柳耆卿'衣带渐宽终不悔,为伊消得人憔悴',亦即韦意而气加婉。"所谓"决绝语",也就是尽头语,把话说得不留余地,本来在讲究含蓄的古典诗词中是须加以避免的,但适当运用,更可以把人物的心理表达得淋漓尽致。"衣带"两句,不仅仅是展现了一种至死不渝的爱情,同时也被后人抽象成为对于那种专一执着之精神境界的表达,所以王国维在《人间词话》中将这两句作为"古今成大事业、大学问者"所必经过之三种境界中的第二境。

凤栖梧

蜀锦地衣丝步障①。屈曲回廊,静夜闲寻访。玉砌雕阑新月上②。朱扉半掩人相望③。　　旋暖熏炉温斗帐④。玉树琼枝⑤,迤逦相偎傍⑥。酒力渐浓春思荡。鸳鸯绣被翻红浪。

[注释]

①蜀锦:三国时成都出产的锦闻名天下,故以蜀锦代指锦帛。地衣:即地毯。步障:在路的两旁立竹以张帐幕,作为屏障,用来遮尘土,类似于屏风。

②玉砌:实指白石台阶。雕阑:即雕栏。

③朱扉:朱门。

④熏炉:香炉。斗帐:即帷帐。

⑤玉树:比喻才子。琼枝:比喻佳人。

⑥迤逦:曲折绵延之状。此处用以形容二人相依相偎之态。

[点评]

　　这首词在词意上固可谓是一典型的艳词,然而在词语上却仍出之以含蓄婉曲,倒也颇值得一读。上片写"寻访"。此佳人之所居,幽静而华贵,地衣乃名贵的蜀锦织成,步障也是丝绸所制。晋朝时,王恺与石崇斗富,王恺用紫丝做了个四十里长的步障,石崇则用锦帛做了个五十里的步障。于是步障的典故从此就与豪门贵族联系在一起了,这首词中的佳人虽然实际上很有可能即是一位歌伎而已,但词人向来喜欢以富丽的装饰衬托她们的高雅气质,上片中的"蜀锦"句、"玉砌"句皆是如此。词中的主人公穿过屈曲转折的长廊,在静静的夜里前来寻访自己的意中佳人。以下忽接以两个写景的句子,描写了一个略带凝固性的场景,画面感非常强烈。天外一钩新月,月光如水,照在玉砌雕栏之间,静悄悄的闺阁朱门半开半掩,门内佳人隐约间正隔帘相望。则寻访已有结果了。下片遂直接写两人的欢会。古代女子闺房中常置有香炉,既可营造幽香的气氛,又可熏暖被帐。以下就渐渐是传统上所谓的靡艳之句了,写帐中之温馨,才子佳人,相依相偎,酒力渐浓,春思荡漾,锦被上所绣的鸳鸯成双成对,绣被之下的"鸳鸯"也被翻红浪,双宿双飞了。从结构上来看,这首词的意思非常简单,基本上是一个按时间顺序的发展过程。值得关注的是此词以一男子的口吻来写,此女子的风采本应通过他的视角来展现,实际上却并非如此。例如上片在对环境的层层铺垫渲染之后,这位女子的形象终于出现,但仍然是半遮半掩,一片朦胧,令人始终不识庐山真面目。下片全去写欢会之景,也不对她进行正面描写。而这正是词人的高明之处,上片没有一个字是写她的相貌,但她秀美明艳的形象却如现眼前;下片亦无一字写其举动,但其温存旖旎之神态却呼之欲出。可谓不着一字,尽得风流。

集贤宾

　　小楼深巷狂游遍，罗绮成丛^①。就中堪人属意^②，最是虫虫^③。有画难描雅态，无花可比芳容。几回饮散良宵永，鸳衾暖、凤枕香浓。算得人间天上，惟有两心同。　　近来云雨忽西东^④。诮恼损情悰^⑤。纵然偷期暗会，长是匆匆。争似和鸣偕老^⑥，免教敛翠啼红^⑦。眼前时、暂疏欢宴，盟言在、更莫忡忡^⑧。待作真个宅院^⑨，方信有初终^⑩。

[注释]

①罗绮：代指身着罗绮、浓妆艳抹的歌伎。

②就中：内中，其中。属意：留意。

③虫虫：歌伎名，又名虫娘。

④云雨西东：这里用以比喻情人之间的分散。

⑤诮：浑，直，有简直或完全之意。情悰(cóng)：情绪。

⑥和鸣偕老：此指结为夫妻。

⑦翠：指翠眉。红：指沾有脂粉的红泪，即女子之泪。

⑧忡忡：形容愁苦之状。

⑨宅院：此指姬妾。

⑩有初终：有始有终。

[点评]

　　这首作品可以视作是词中男子向心爱的歌伎所作的一番劝慰之辞。这位

"虫虫",在柳永的词里多次出现,应当是实有其人的,看来与柳永也的确有着一段因缘,此词在一定程度上或许便是柳永的自叙传,当然也可说是当时那种带有普遍性的社会现象与社会心理的展现。

上片追叙与虫虫的相爱经历。起笔即盛赞她的不同流俗,这位浪子在"小楼深巷"即平康坊曲、青楼楚馆间"狂游"殆遍,可谓赏尽名花,看足芳丛,然而其中最让他留意的却只有虫虫,这是第一层,写初见倾心。"有画"两句顺势渲染,说明自己对其倾心的原因,一句谓其风流雅态,画笔难描;一句谓其芳容秀色,名花难比。这是第二层。"几回"两句是第三层,写与虫虫定情,几次欢宴之后,遂得以共度良宵,凤枕鸳衾,温香满怀。以下二句也是渲染,写情之深、意之浓,许下了"在天愿为比翼鸟,在地愿为连理枝"的誓言。上片两层叙事夹以两层渲染,张弛有度。词句也深沉而不轻浮,体现出两人和一般狎客歌伎之间的逢场作戏不同,而是发自内心的真实爱情。过片"近来"二字,一笔兜转,词意由昔日的美满过渡到现实的冷酷。因为种种缘故,两人无法时常见面,云雨西东,直令人情怀恼煞。从后句来看,或许就是由于他困居京都,千金散尽,故无法再会。即使偶尔"偷期暗会",也只能来去匆匆,愁颜相对,翠眉深锁,红泪暗流。只有真正能鸾凤和鸣、白头偕老之后,这种不幸才会结束。至此两人的现状与理想都已点透,于是以下便以他的劝慰之语作结,为了避开各种压力,暂时两人须得疏远一些。但山盟海誓,犹在耳旁,更在心里,劝她宽遣心怀,莫要忧心忡忡,自己决不相负,等到前来赎身迎娶之时,她就会真正相信自己并非无情浪子,而是个有始有终之人了。这里的"宅院",是宋元时的俗语,指侍妾,宋代吴曾《能改斋漫录》卷十七载无名氏《雨中花》词,中云:"五愿奴哥收因结果,做个大宅院。"苏轼《减字木兰花》赠徐君猷宠妾胜之云:"天然宅院,赛了千千并万万。"皆可证。对于歌伎而言,能成为士人的"宅院",已是得遂所愿了。这首词章法严整,格调俗中见雅。尽管他们的誓愿最终未必真能实现,但那种柔婉而决绝的语气,已足以令人感动。这种对于市民阶层特殊心态的把握,其前或其后的任何一位词人都比不上柳永体会之真切、感受之丰富,此词亦是典型的一例。

少年游

层波潋滟远山横①。一笑一倾城。酒容红嫩，歌喉清丽，百媚坐中生。　　墙头马上初相见，不准拟②、恁多情。昨夜杯阑③，洞房深处，特地快逢迎④。

[注释]

①层波：指眼波。潋滟：本指水波荡漾，此指眼波流动。远山：指女子之眉，古时有所谓远山眉之妆。

②准拟：料想。

③阑：尽。杯阑，指酒尽席散。

④特地：特别。快：此指纵情，恣肆。逢迎：指欢会好合。

[点评]

这是一首记冶游的作品，全词作男子的回忆口吻。上片写他和一位歌伎在筵席上初见时的倾心，起句写她的容貌，眼波流动，眉黛含情，回眸一笑，足可倾国倾城。面容娇嫩，微带酡红，歌喉婉转，清丽动人。经过这四句外貌上的描写，"百媚"句总束上文，则是对其神态的描绘了。下片叙事，记叙了两人定情好合的经过。"墙头"句是用白居易诗中的句意，白居易《白氏长庆集》卷四《井底引银瓶》诗中云："妾弄青梅凭短墙，君骑白马傍垂杨。墙头马上遥相顾，一见知君即断肠。"后来元代的白朴也是本着白居易的这首诗为题，创作了写李千金与裴少俊之爱情故事的杂剧《墙头马上》。这里是用此来暗示当初与这位歌伎相识的过程。一见之下，没想到却如此多情多爱，令人魂牵梦系。在昨夜的"洞房深处"，杯尽酒残，欢筵初散之后，终于得以和意中佳人纵情怜爱，恣意欢会了。这首词就词意而言，略显轻浮，不过词风倒能够像词中歌伎的歌喉一般，清丽婉转，艳而不靡。又如上片的容貌描写，虽然用的都是常见的形容语，但由外而内，由貌至韵的结构方式，使其很有脱俗之感。这样再引出下片欢会场景的描绘，就显得非常自然了。

少年游

佳人巧笑值千金。当日偶情深①。几回饮散，灯残香暖，好事尽鸳衾。　　如今万水千山阻，魂杳杳、信沈沈②。孤棹烟波③，小楼风月，两处一般心④。

[注释]

①偶情：指相互投合之情。
②沈沈：即沉沉。
③棹：船桨。这里的孤棹，即指孤舟。
④一般：同样，相同。

[点评]

这首词描写一位男子对心中佳人的思忆之情。上片回忆，然而并不是从初次相见时的情景说起，却直接描绘佳人的"巧笑"，可见在他记忆中印象最深刻的，便是她那倾国倾城的"巧笑"，一笑岂止千金？或许正是因为她的笑靥，才吸引了他的注意，才有了后来的种种情事吧。次句回溯至当日相聚之时，"偶"，在这里并非偶然、不期而遇之意,而是相投、相合的意思。偶情深即是谓一见倾心、两情相悦,此情此意,蕴于胸中者独深,所以才会有如今无尽的思念。"几回"三句作具体描绘,酒尽人散之后,"灯残香暖"之夜,一对情人共入鸳被,成其好事。下片则转入"如今",两人"各在天一涯",千山万水,遥相阻隔。已是梦魂牵系,更何况音信全绝。此时此刻,自己江湖漂泊,一叶孤舟泛于烟波之上;而伊人想必独处闺楼,凭栏远眺于斜阳日暮之间。虽处两地,心实相连。全词在结构上是明显的今昔对照之法,而在意境方面,上片起笔"巧笑"一句,令人顿觉阳光灿烂,以下几句转入香艳,但绝不恶俗。下片则营造出略带萧瑟的氛围,与上片对比,以见相聚之乐与相离之苦,更见出相忆之深。"孤棹"三句,两相绾合,结得稳健而巧妙,颇见功力。

驻马听

凤枕鸾帷①。二三载,如鱼似水相知。良天好景②,深怜多爱,无非尽意依随。奈何伊。恣性灵、忒煞些儿③。无事孜煎④,万回千度,怎忍分离。　　而今渐行渐远,渐觉虽悔难追。漫寄消寄息⑤,终久奚为⑥。也拟重论缱绻⑦,争奈翻覆思维⑧。纵再会,只恐恩情,难似当时。

[注释]

①凤枕:绣凤之枕。鸾帷:绣鸾之帐。皆是泛指而已。

②良天:犹言良辰。

③恣性灵:犹言放纵性情。忒煞:太甚,太过分。些儿:少许,一点儿。

④孜煎：折腾。

⑤寄消寄息：寄送音信。

⑥奚为：何用，有什么用。

⑦缱绻(qiǎn quǎn)：情意缠绵，此指欢会。

⑧争奈：怎奈。翻覆：反复。辗转。思维：考虑。

[点评]

这首词写一位男子对意中佳人的刻骨相思。上片忆旧，下片伤今，结构非常明晰。"凤枕"三句总写，相聚之日虽只有"二三载"，但因两心相照，"如鱼似水"，故尤感幸福难忘。看似平淡无奇，但情感之悠长浓烈已在句中。以下分写，"良天"三句从男子的角度写他对佳人的倾倒与怜爱。良辰美景，是相聚之环境，深怜多爱，状恋情之甜蜜。"无非"、"尽意"二个虚词，形象地见出他对伊人的百依百顺。"奈何"以下则从女子的角度写其性格与娇态。她撒娇任性，无拘无束，放纵恣肆，无缘无故地发小脾气，百般折腾，甚至令人觉得有点太过分。但这在男子的心目中看来，却也许正是她的可爱之处，而在追忆之中想来，更是令人心动的甜美回忆了，故此这几句也全都是欣赏的笔调。这种娇纵恣肆的女子形象和温存宽容的男子形象，在唐宋词中还是不多见的。过片"怎忍分离"一句，既写足两人的深情蜜意，也带出下片的分离之主旨。下片陡折入现今，由往日之思转为眼前之悲。"渐行渐远"，让读者联想起同样也是表达游子离愁的名句"渐行渐远渐无穷，迢迢不断如春水"（欧阳修《踏莎行》），这里承以"渐觉虽悔难追"，所悔者，正是轻易地与佳人离别，点明了这是一首远行旅途之中的作品，同时细腻地展现了他难以遏制的相思之情。以下词笔吞吐翻腾，转出三意。离别之后，只好以书信相慰，这本比"锦书空托"要好得多了，但这里却透过一层说"终久奚为"，以见这种相思空靠书信往返，终究无法疗饥，此为一意；"也拟"二句又作进一步想，渴望重新聚首，再叙缠绵，怎奈不仅是关山阻隔，内心也有一重阻隔，故有所顾虑，此为一意；但顾虑的内容却是在第三层中表达：即使再次重逢，只怕长期分离之后，两人是否还能保有当初相恋时的那份纯真、深挚的感情呢？或许不再相见，反而可以在心中永远留下一段美好的回忆吧。词意至此，这位男子之痴情痴意、敏感多情的性格，其感情与理智的矛盾都展现得可谓淋漓尽致了。

这首词采用了最为常见的线性方式展开，由昔至今，而且词语亦浅俗平易，但是它不入俗套之处在于全词几乎全部都是男子的内心独白，既无景物的衬托渲染，也无事件的前后映带，就是直陈内心的情感，不求含蓄，直率明快，完全靠着情感转折的内在脉络来组织全篇，靠情感的真挚来打动读者。这在讲究情景交融的诗词作品中可谓另辟蹊径，而这也正是柳词风味的显著特长之一。

击梧桐

香靥深深①，姿姿媚媚，雅格奇容天与②。自识伊来，便好看承③，会得妖娆心素④。临歧再约同欢⑤，定是都把、平生相许。又恐恩情，易破难成，未免千般思虑。　　近日书来，寒暄而已，苦没忉忉言语⑥。便认得、听人教当⑦，拟把前言轻负。见说兰台宋玉⑧，多才多艺善词赋。试与问、朝朝暮暮。行云何处去⑨。

[注释]

①靥(yè)：脸上的酒窝。

②天与：天给，即天生、天赋之意。

③看承：看待，看护，关照。

④会得：懂得，理解。心素：即心愫。

⑤临歧：指分别。

⑥忉忉(dāo)：忧心忡忡的样子。

⑦认得：辨认出，判断出。教：教唆。当：语助词，犹"着"也。听人教当：即听了别人教唆。

⑧见说:听说。兰台:地名,在今湖北钟祥市东。宋玉:战国时楚国人,屈原之后最重要的楚辞作家。其《风赋序》中云:"楚襄王游于兰台之宫,宋玉、景差侍。"故后世常称宋玉为兰台公子。此处借以指朱儒林,详见下点评中所引本事。

⑨行云:用宋玉《高唐赋》中巫山神女故事,这里借指词中的这位歌伎。

[点评]

　　关于这首词,有着一件有趣的故事,《绿窗新话》卷上引杨湜《古今词话》云:"柳耆卿尝在江淮倦一官妓,临别以杜门为期。既来京师,日久未还,妓有异图,耆卿闻之快快。会朱儒林往江淮,柳因作《击梧桐》以寄之。妓得此词,遂负愧竭产,泛舟来辇下,遂终身从耆卿焉。"可见这是一首思中带怨的作品。上片忆旧。起笔三句,描写对方的丽容媚态,深深酒窝,姿态姣好,天生一副高雅的格调,出众的容颜。"自识"三句,是对过去相知之时的回忆。自从与她相识以来,便一见倾心,对她特别留意关照,更重要的是自己能够理解她的一番真挚心意与娇娆情愫。"临歧"二句,是对分别时分的回忆。这也就是《古今词话》中"以杜门为期"之意,所谓杜门,即杜门不出,是说这位歌伎因为与他的恋情,决心"把平生相许",再也不出去接客了。"又恐"三句,是新别之后的忧思。担心相别容易重聚难,所谓"恩情",实指恋情,只是因为当时歌伎社会地位低下,故称之为"恩情",担心对方的情感随着时间的推移逐渐淡化,所以"未免千般思虑"。下片直承,写如今。近来书信虽也依旧往来不绝,但与往日之书已有不同,只剩一些寒暄应酬之语,却没有了过去信中因相思而忧心忡忡、愁闷苦恼的诉说。而恋爱中人的心理,对此又特别敏感,故他不能不怀疑对方是否已打算"轻负""前言"、移情别恋了,这即是本事中"妓有异图"的意思。不过句中虽略有埋怨之意,但仍留有余地,"听人教当",说明非其本意,"拟把",说明尚未恩断情绝,颇得敦厚忠恕之致。"见说"以下,是托朋友朱儒林去江淮,代自己表明心迹,所谓"兰台宋玉",在这里指的是朋友朱儒林,或认为是自指,在柳永的其他词中固多此例,但此词若作自指解,则未免词意不惬,扞格难通。实际上"见说"二字,已明确表明这不可能是自指。"多才"句,则顺笔一赞朱儒林之才华。"试与问"二句,方是全词主旨,借巫山神女的典故,询问对方的打算,同时也表达自己的关爱之情。语句含蓄婉转而深情自现,故能够使她感动得倾竭全部家产,来到京城和他相会,终身厮守。这则故事或许并不完全是真实的,但之所以会有这类故事流传,一方面说明了柳永词在当时的社会影响,另一方面也说明这篇作品非常典型地体现了柳词注重叙事性的特色,全词从初见说到定情,再说到离别分手,再说到两地相思,再说到情感的变化,再说到自己的对策,构筑了一个完整的故事框架,层次非常清晰。同时在心理表现方面也能细腻入微,自然委婉,不失为柳词中的佳作。

燕归梁

织锦裁编写意深①。字值千金。一回披玩一愁吟②。肠成结、泪盈襟。　　幽欢已散前期远,无憀赖③、是而今。密凭归雁寄芳音。恐冷落、旧时心。

[注释]

①织锦裁编:即织锦回文,据《晋书》窦滔妻苏氏传载,前秦秦州太守窦滔被徙流沙,其妻苏蕙思之,织锦为回文璇玑图以赠滔,题诗二百余首,共三百四十字(一云八百余字),可宛转循环而读。故后世常以锦字代指夫妻或情人之间的书信。
②披玩:翻阅欣赏。
③无憀赖:即百无聊赖之意。

[点评]

此词描写与佳人离散之后的怅惘之情。首句用前秦窦滔妻苏蕙织锦回文寄夫的典故,本来此典一般是专用以指夫妻之情的,不过在此词中恐怕未必是指怀念妻子,从下片"幽欢"等语来看,可能还是泛指意中佳人。这里的"织锦裁编"也是泛指书信,不必实指回文诗。本词从在外漂泊的游子角度落笔,先写收到远方佳人寄来的书信,信中自然表达的是相思相念的深情厚谊,因此在他看来当然是一字千金,情义无价。"一回披玩一愁吟"句十分贴切,既说明了在游子羁旅途中,这种远方来信是他惟一的心灵安慰,故屡屡"披玩"而不倦,同时也写出了他内心的愁思,遂不由得愁肠百结,泪落满襟。下片"幽欢已散前期远"一句,异常沉重,应一字一顿地来读。先以"幽欢"二字稍作追溯,这种"幽欢"正是他念兹在兹而永难忘怀的深情往事,随即以"已散"二字承接,顿时让人觉得欢会短暂,无限惆怅,堕入一片凄凉境地之中。"前期"即指将来重聚之期,似乎给人带来一点希望,随即以"远"字顶接,又沉入灰暗无望之中。词意盘旋曲折,起伏动荡。"幽欢"既不可寻,"前期"又不可期,于是一切欢事和希望都已渺茫,如今的心境只能是百无聊赖、寂寞无聊。无奈之中,盼望"归雁"能替自己传音递信,时时得到佳人的消息,也让佳人时时得到自己的消息,这只能是绝望中的希望了。"恐冷落、旧时心"一句,也十分沉重,这种感觉是双向的,既担心佳人因失望而"冷落旧时心",同时也是对自己的担心。因隔绝日久,而担心另生他念,这是热恋中人常有的感受。结句的逆转,反而更加重表达了游子的相思之深和思归之切。这种词看似平淡无奇,却非常耐得起咀嚼玩味,正是功力深湛的体现。

满江红

万恨千愁,将年少、衷肠牵系。残梦断、酒醒孤馆,夜长无味。可惜许枕前多少意①,到如今两总无终始②。独自个、赢得不成眠,成憔悴。   添伤感,将何计。空只恁,厌厌地。无人处思量,几度垂泪。不会得都来些子事③,甚恁底死难拚弃④。待到头、终久问伊看⑤,如何是。

[注释]

①可惜许:即可惜。许:虚词,作词尾,无实义。

②两怂:即俩,两人。无终始:无结果。此处指未能成为夫妻。

③不会得:不能理解。都来:算来,或不过。些子:一点儿。

④底死:即抵死,终究,或分外。拚(pàn)弃:割舍,舍弃。

⑤终久:终究。

[点评]

　　从词中"酒醒孤馆"之句来看,这首词是一位男子在羁旅途中的相思之作,但侧重点全在相思,而并非羁旅。上片写别后离愁之深。"万恨千愁",极言愁恨之多且广。"年少",此处为自指,九曲回肠,全为此"恨"、此"愁"所牵系。词中起句即如此浓墨重彩地直抒胸臆的并不常见,而在这里实为全词总冒,为以下定出基调。"残梦"二句,写其愁苦之状,本是借酒浇愁,堪堪入梦,然酒醒梦断,独对客馆,长夜难眠,总归是百般无味。词中所用的"残梦"、"酒醒"、"孤馆"等词,都促成了冷清寂寥、形影相吊氛围的表达。既不能眠,则前尘旧事涌上心头,当年枕边衾下,多少甜蜜往事、缠绵情意,然而往事只以"多少意"微微一逗,重在写如今,"可惜许",是如今的感受;"两怂无终始",是如今的结果。纵有山盟海誓,怎奈劳燕分飞!"独自"二句,则是如今自己的苦况:只落得个空床辗转,为伊憔悴。前面"残梦"一句也是写孤枕难眠,但经过对旧事的追忆之后,这两句中的伤感甚至无望之意明显更加强烈了,词意也更深细。下片以直笔铺写人物心理,如同其内心的独白。内心伤感无尽,此情又无计可消除,只能空自如此沉溺于萎靡不振的怏怏情怀之中。"无人"二句,写出月冷风清无人处,几番思量,几番泪垂之况,看似一般的闲笔渲染,实则精细而传神。"不会得"以下,全是口语俗调:算来不过是这么一点点小事,为何如此教人终是难以割舍?这两句作反问语气,实际上是自叹情深而无法自拔,心理刻画非常细致。结句谓要想脱离此相思苦海,终究还是要待回到伊人身边,问问她,如何才好,正所谓解铃还须系铃人。然而一旦相聚,恐怕自然就不再烦恼,毋须开解,亦不必了吧。此词明白如话,朴质自然。情感的表达看似浅近,而实深厚真挚。对人物心理的描绘极为细腻妥帖,可谓抉隐发微,与词中人物的性格和身份都很相称。

木兰花令

　　有个人人真攀羡^①。问著洋洋回却面^②。你若无意向他人,为甚梦中频相见。　　不如闻早还却愿^③。免使牵人虚魂乱^④。风流肠肚不坚牢,祇恐被伊牵引断^⑤。

[注释]

①人人:那人。多用作对女子的昵称。攀羡:犹言令人仰慕。

②洋洋:同佯佯,假装。回却面:转过脸去。却:语助词。下片"还却愿"中的"却",与此相同。

③闻早:趁早。

④虚:空,枉,徒然。

⑤祇恐:即只恐。

[点评]

　　这首词描写一位男子对意中人的相思之情,而且看来还是单相思。上片写其多情,他对那位女子仰慕备至,然而换来的却是她的避过脸去,佯装不识。这或许是她的绝情,但在被爱情冲昏头脑的少年人心中,可能反而把这看成了女孩子的娇羞或者欲擒故纵吧,这更使得他情难自已,甚至发出了痴痴的自问:她如果对自己全无情意,心向他人,那为何夜夜梦中都来与我相会呢? 既然自己夜夜好梦,那自然她便是与我有意了。不要说这没有逻辑,因为恋爱中人本就是无逻辑可言的。下片顺势转入对他焦急痛苦心理的描写。但见他在那儿喃喃自语:不如趁早了此心愿吧,以免我空自魂牵梦系,心乱如麻,因为我这风流性情的人儿再也受不了这种单恋的痛苦了,只怕不只是肠一日而九回,而是要被她牵扯得寸寸断绝了。语气如痴如狂,似乎不可理喻,而实是情深而难以自控的表现。唐宋词中描写女子对男子相思之情的作品可谓汗牛充栋,描写男性对女子之恋情的作品也不是没有,但像此词中,把这位男子因仰慕而神不守舍、因相思而急不可待的心态,描写得这么真切和生动的,却不太多见。同时这首词的情节性也很强,语言浅俗,声情毕肖,颇有谐趣。

长相思
京妓

　　画鼓喧街,兰灯满市,皎月初照严城①。清都绛阙夜景②,风传银箭,露霭金茎③。巷陌纵横。过平康款辔④,缓听歌声。凤烛荧荧⑤。那人家、未掩香屏。　　向罗绮丛中⑥,认得依稀旧日,雅态轻盈。娇波艳冶⑦,巧笑依然,有意相迎。墙头马上,漫迟留、难写深诚。又岂知、名宦拘检⑧,年来减尽风情⑨。

[注释]

①画鼓:饰有龙凤等装饰性图案的鼓。兰灯:以兰香为燃料的灯,这里泛指华贵之灯。严城:此指守卫严密的京城。

②清都绛阙:本指天帝所居的宫阙,这里借指京城。绛:深红色。阙:皇宫前面两边的楼台,中间为道路。

③银箭:即漏箭,古代计时器上的一种设备。霭(ǎi):本指云盛的样子。此指露气很盛。金茎:据说汉武帝时在建章宫造承露台,台上有铜制仙人舒掌捧铜盘玉

杯,以承云表之露。此处不过是借用这个与京城有关的典故而已。

④平康:即平康坊,本为唐代长安里名,为妓女聚居之处。宋代汴京亦有平康里,南宋罗烨《新编醉翁谈录》丁集卷一云:"平康里者,乃东京诸妓所居之地也。自城北门而入,东回三曲。"后遂泛指妓女之所居。款:缓,慢。辔:马缰。款辔即谓驻马停留之意。

⑤凤烛:雕有凤形的蜡烛。荧荧:光闪烁的样子。

⑥罗绮:此代指歌伎。

⑦娇波:指女子娇媚的眼波。

⑧名宦:功名官职。拘检:拘束,束缚。

⑨年来:宋时俗语,指近来。风情:指男女相悦之情。

[点评]

　　这首词从词意上推测,应当是柳永中年以后的作品,词中颇有着一股浓浓的沧桑之感。柳永中举之后,在各地游宦,江湖羁旅之情,漂泊无依之感常常萦于胸中,此词即写其在繁盛的京都之夜,与意中人相逢却又无法欢聚的特殊情事。上片自起句至"巷陌"句,全是渲染都城的气氛,恍如一幅京都夜景图。鼓声喧天,彩灯密布,人声鼎沸,皎洁的月色与灯光相互辉映,一片热闹景象。以下三句则描写了京城中的另一番氛围,夜色笼罩之下,晚风传来清脆的漏箭之声,露气萦绕着高大的承露金茎。两种场景一动一静,一者喧闹,一者恬静,形成鲜明的对照,体现了京城景致的不同方面。"巷陌"句收束上文,同时引出下面的"过平康"以转入正题,主人公回到久别的京城,来到平康巷陌,他有意让马儿慢慢行走,因为这里正是他当年旧游之地,风中又传来熟悉的歌声,一灯闪烁,香屏未掩,那让自己魂牵梦萦之人正在灯下守候吧。下片跳开,不去写立即相会,而是写眼中的伊人形态,这说明他在门外徘徊了很久,也观望了许久。如花似玉的秀女丛中,她的美丽和当年一样依然是最为耀眼的,这种美不仅是容貌之美,更主要的是所谓"雅态",即神采和风韵。以下才真正写到重逢,但仍从伊人一面落笔,但见她眼波流动,娇媚艳冶,笑靥依旧,情意缠绵。词笔至此,已是风情万种,一片旖旎了。然而下面气氛却陡然一转,由温馨转为惆怅与苦叹。白居易《井底引银瓶》诗中云:"妾弄青梅凭短墙,君骑白马傍垂杨。墙头马上遥相顾,一见知君即断肠。"这里侧重取其"遥相顾"、"即断肠"之意,虽有重逢的机会,却再也没有欢聚的缘分了。而其中原因又难以向她解释,故云"难写深诚"。结句点明无法欢会的真正缘由是受到职务官位的拘束,近来已"减尽风情"了。宋代官员在官府宴会等场合固然可以召妓助兴,但却不允许与歌伎产生私情,否则有可能受到处分。柳永早年正是因为混迹于青楼楚馆的经历,对他的仕途影响很大,后来改名才得以入仕。而且他多在外地州县游宦,随着步入中年,少年时的风流放荡也收敛了很多。因此与其说词中表达的是无奈与失望之情,倒不如说主要是人生的沧桑感。上片中对京城夜景的描绘,反衬了他的孤寂凄凉;下片对伊人美貌的摹写,也正是反衬了他内心的难言之隐。就全词而言,"墙头"句以上,以精丽的词笔进行描写叙述,而此句以下,则以平实的言语表现情感,这也是一种反差。实际上,这首词与柳永早年之作相比,确实有一种"减尽风情"的感觉,但是外在语言的平实正暗示了内心情感的深沉而丰富,全词也随之而更显得凝重厚实。这可谓是柳永后期作品的主要特征之一。

离情别绪

杨柳岸晓风残月

雨霖铃

　　寒蝉凄切。对长亭晚①，骤雨初歇。都门帐饮无绪②，留恋处、兰舟催发③。执手相看泪眼，竟无语凝噎④。念去去⑤、千里烟波，暮霭沉沉楚天阔⑥。　　多情自古伤离别。更那堪、冷落清秋节。今宵酒醒何处，杨柳岸、晓风残月。此去经年⑦，应是良辰、好景虚设。便纵有、千种风情⑧，更与何人说。

[注释]

①长亭：古代送别之所。
②都门：京城之门，此处指汴京东城一边的东水门。帐饮：在郊外设帐幕，宴饮饯别。无绪：心情不好，没有情绪饮酒。
③兰舟：木兰木所制之舟，此为船的美称，并非实指。
④凝噎：喉头哽塞，说不出话来。
⑤去去：去而复去，重复言之，以示远去。
⑥楚天：此指长江中下游一带，春秋时属楚国。
⑦经年：年复一年。
⑧风情：男女相悦之情。

[点评]

　　柳永的青年时期是在汴京度过的。在景祐元年（1034）中进士之后，就离开汴京，在江淮、两浙等地任幕职官。在这之前和此后的游宦生涯中，也多次南来北往,出入京师。这首词的写作年代虽然难以考定,但无疑是柳永离开汴京,南下江浙时写的。

《雨霖铃》这个词调,相传是唐玄宗在蜀道中思念杨贵妃时所创,从声情上来说,本即是非常哀怨之调,宋代王灼《碧鸡漫志》卷五中说:"今双调《雨淋铃慢》,颇极哀怨,真本曲遗声。"这首词用以抒发离情别绪,与词调的声情正相吻合,柳永精通音律,当非泛设。此词上片记别,从日暮雨歇,送别郊外,设帐饯行,到兰舟催发,泪眼相对,执手告别,依次层层叙述离别的场面和双方惜别的情怀举动,犹如一首带有故事性的剧曲,明白晓畅,情事俱显。"寒蝉"句,点明时令,"长亭晚",点明离别之时间地点,同时也以这些景物渲染了离别的氛围。"都门帐饮",是送别之地,"兰舟催发",说明柳永这次离京南下,并非车马陆行,而是在都门坐船走的。北宋时,自汴京到江南,主要是走水路。汴京本倚汴水建成,从汴京上船,经汴水入淮,再经运河,渡江到江南。此词中写的行程,就是走的这条航线,是汴京通往东南的水运干道。词中对于离别心理的描绘也十分精细,已是"无绪",正当"留恋",然而"兰舟催发"。"执手"二句,可谓写尽古往今来的离别情状。"念去去",推想别后,指明了舟行所至的方向,自汴京东水门登舟,沿汴河一路南行,即是向"楚天"进发。下片设想别后的冷落凄清景况。由别后之当晚设想到别后之次日清晨,再到别后之"经年",总是皆因离散而令人销黯。顺势展衍,最后以情收结,余味不尽。词句清和朗畅,语不求奇而意致绵密,凄婉动人。

这首词在历来描写离情的文学作品中,称得上是负有盛誉的名篇,在宋代即天下传唱,特别是其中"今宵"二句,被人们视为可与苏轼"大江东去"相媲美的一代名句。"杨柳岸、晓风残月"这个孤舟夜泊,离心凄寂的典型环境,固然是柳永笔下的艺术创造,但也正是数百里汴河所特有的风光,隋炀帝时,在御河两岸广植柳树,这就是唐诗中常提及的"御河柳"或"隋堤柳"。白居易《隋堤柳》诗云:"西自黄河东至淮,绿阴一千三百里。"北宋承平,作为京城连接东南的主要水上通道,汴河两岸的杨柳自当也是十分繁盛的。清代刘熙载《艺概》卷四中说:"词有点、有染。柳耆卿《雨霖铃》云:'多情自古伤离别,更那堪、冷落清秋节。今宵酒醒何处,杨柳岸、晓风残月。'上二句,点出离别冷落。'今宵'二句,乃就上二句意染之。"有点缀有渲染,本是中国画用于衬托背景,加深层次的画法,此词中"多情"二句是点意,"今宵"二句是造境,以景色渲染来表达和体现

"多情"二句所点明的情意,融情入景,以景赋情,从而创造了一个凄清冷落的怀人境界。它们既是景语,又是情语。残月寒柳、孤舟野泊的画面,沉浸在深深的离愁别恨之中,从一片寂静中传达出离人内心的无限哀怨。同时"今宵"句,以设问出之,除了含有与昨夜之欢聚对比的意味,主要也是为了顿笔蓄势,使下面推出的句子更显得惊心醒目,倍见警策。在声情上,这首词前呼后应的句法也别具摇曳顿挫之美。不仅如此,这两句居然还成了佛道中人参禅悟道的偈语真言,如宋江少虞《皇朝事实类苑》卷四四载,邢州开元寺僧法明,落魄不检,嗜酒好赌,每饮至大醉,惟唱柳永词,其临终偈语云:"平生醉里颠蹶,醉里却有分明。今宵酒醒何处?杨柳岸晓风残月。"金代全真教祖师王喆也爱看柳词,其《解佩令》词云:"《乐章集》,看无休歇。"又云:"词中味,与道相谒。一句分明,便悟彻,耆卿言曲:杨柳岸,晓风残月。"这些都足以说明此词对当时及后世的巨大影响。

殢人娇

当日相逢,便有怜才深意。歌筵罢、偶同鸳被。别来光景,看看经岁①。昨夜里、方把旧欢重继。　　晓月将沉,征骖已鞴②。愁肠乱、又还分袂③。良辰好景,恨浮名牵系④。无分得、与你恣情浓睡⑤。

[注释]

①看看:转眼,形容极短的时间。经岁:经年,整年。
②征骖:远行的车马。鞴(bèi):本指车马上的装备物。此句谓车马已准备好了。
③分袂:指离别。

④牵系：牵绊。

⑤无分：犹言无缘，无此福分。恣情：纵情。浓睡：酣睡。

[点评]

　　这首词描写一位男子迫于"浮名牵系"，而不得不在与情人的短暂重逢之后，便又离别的情事。词句平淡而实精警，带有强烈的叙事性。起笔三句，交代当日初见之倾情，这是在一次歌筵之上，她娇美的歌喉吸引了他的注意，并且更进一步引发了他的"怜才深意"，故曲终席散之后，他们便相携相伴，同衾共枕了，这也表明此女子的身份是一位歌伎。"别来"二句，写初见之后，便是长久的离别，转眼间就是经年了。"昨夜"句，则谓此次重逢，再续旧欢。整个上片，层次十分明晰，由当年之相识写到相隔，再到重逢。而下片则由重逢说到再次离别。"昨夜"方"重继旧欢"，清晨就将分别，"晓月"句，点明时间，"征骖"句，出发在即。此时此刻，令人愁肠百折，无奈中只得黯然"分袂"。"良辰"以下直至篇末，都是男子情感的迸发。如此良辰美景，可恨被那些虚浮的功名利禄所牵绊，不得不四处游宦，江湖漂泊。以至于竟无缘与意中佳人享受一个完整的夜晚，更不用说能够纵情酣睡、日高犹眠了。柳永的另一首词《慢卷䌷》中云："怎生得依前，似恁偎香倚暖，抱著日高犹睡。"意思实际上和此词类似，都反映了当时市民阶层的人生理想，在他们看来，追求功名利禄还不如追求现世的快乐与幸福。然而在这首词中，主人公尽管也想要与情人"恣情浓睡"，但最终还是选择了远行，这或许暗示了柳永作为一个文人，虽然在市井青楼中长期混迹，但仍然还是保有着士人的人生理想，与纯粹的市民阶层有所不同。事实上，柳永的生活轨迹与创作轨迹，都介于上层雅文化与下层俗文化之间，他的作品可谓是两个文化圈交叠的部分，这也是使其词得以雅俗共赏的根本原因。

采莲令

　　月华收，云淡霜天曙。西征客^①、此时情苦。翠娥执手送临歧^②，轧轧开朱户^③。千娇面、盈盈伫立，无言有泪，断肠争忍回顾^④。

　　一叶兰舟，便恁急桨凌波去。贪行色^⑤、岂知离绪。万般方寸^⑥，但饮恨，脉脉同谁语^⑦。更回首、重城不见^⑧，寒江天外，隐隐两三烟树。

[注释]

①西征客：本指西行之人。北宋人所谓"西征"，一般都指由江淮西行入汴京。

②临歧：本指至岔路口。古人送行常送至岔路口而分手，故临歧也成为送别分手的代称。这里的"送临歧"，也即是送行的意思。

③轧轧：象声词，形容开门声。

④争忍：即怎忍。

⑤行色：此指宦游行程。

⑥方寸：本指心，此指心绪。

⑦脉脉：眼中含情之状。

⑧重城：即层城，指高耸的城阙。

[点评]

　　这也是一首抒写离情之作，有可能是柳永由江淮一带回到汴京，行前与情人分别时的作品。古人远行，多赶早出发，如温庭筠的"鸡声茅店月，人迹板桥霜",即是描写早行的名句,此词起句也是从清晨落笔,"月华收"、"霜天曙",都见出天已渐明。"西征客、此时情苦"一句,实际已把全词的主旨囊括俱尽,"西征",是"情苦"之原因,"情苦",是两人共同的心理状态。以下便具体叙写送别的场面。朱门轧轧而开,佳人执手相送。以下三句实写远行者在离别之后的回头所见,但见百媚千娇的伊人盈盈伫立在门前,无言凝噎,有泪如倾,此情此态,令他为之肠断而不忍再回顾。下片将抒情与叙事打成一片。扁舟一叶,"急桨凌波",疾行如箭,这已是离别之后的舍岸登舟了。"贪行色",即贪行役,实指贪功名,为官职功名所迫,而不得不四处转徙飘荡,然而内心何尝不也是浓浓的离愁呢?况且这种离愁对他们两人来说都只能独自忍受,相隔的遥远,使他们无法一吐衷肠,尽情倾诉。回首遥望,高城已不见,何况是城中朱门旁的佳人?能隐约望见的,只有江边笼罩在寒烟中的几株稀疏的柳树。尾韵以景结情,是词中惯伎,通过这个带有凄凉萧瑟气氛的景况,来渲染离情对人心理氛围的影响。这种在叙事和描写过程中夹以浓挚而又略带压抑的情感抒发的手法,也是柳永词的显著特色。

倾 杯

离宴殷勤,兰舟凝滞①,看看送行南浦②。情知道世上,难使皓月长圆,彩云镇聚③。算人生、悲莫悲于轻别,最苦正欢娱,便分鸳侣。泪流琼脸,梨花一枝春带雨。　　惨黛蛾、盈盈无绪。共黯然销魂,重携纤手,话别临行,犹自再三、问道君须去。频耳畔低语。知多少、他日深盟,平生丹素④。从今尽把凭鳞羽⑤。

①凝滞:受阻而停留不进。

②看看:转眼,表示时间极短。南浦:泛指送别之地。《楚辞·九歌·河伯》:"子交手兮东行,送美人兮南浦。"江淹《别赋》:"送君南浦,伤如之何。"

③镇:常。

④丹素:赤诚之心。

⑤鳞羽:指能传书的鱼雁,此代指书信。

[点评]

　　这也是一篇离别之词,但和《雨霖铃》等名作不同的是,此词没有花太多的篇幅去设想离别之后的情境,而是把笔触集中在离别时的这一刻,倾力描摹与情人难舍难分的场景,宛如一场精彩而令人感伤的独幕剧。起笔从"离宴"写起,"殷勤"二字,已见出恋恋之意,正因为即将面临别离,情人间自然尤其珍惜这最后的一次欢宴。"兰舟凝滞",是说船尚未"催发",时间似乎还是充裕的。但尽管"殷勤",尽管"凝滞",离别总归是近在眼前了,别宴上的欢乐始终无法抵挡即将离别的阴影,这种别宴是怎样的况味也就可以想见。王实甫《西厢记》长亭送别一折中,也曾描述崔莺莺为张生进京赶考送行时的一场别宴,在崔莺莺心目中,"将来的酒共食,尝着似土和泥。假若便是土和泥,也有些土气息、泥滋味。"(《快活三》),而"煕溶溶玉杯,白泠泠似水,多半是相思泪。眼面前茶饭怕不待要吃,恨塞满愁肠胃。蜗角虚名,蝇头微利,拆鸳鸯在两下里。一个这壁,一个那壁,一递一声长吁气。"(《朝天子》)柳词中的离别之人恐怕也同样是这种心情吧。正在"殷勤"、"凝滞"之时,转眼就真的到了离别时分。"看看"二字,转折十分有力。但下文却并没有立刻去讲离别情景,而是大段铺叙离别之人的心情,章法与其他同类之作颇有不同。"情知道"三句,看似自我宽慰之词,实是极其沉痛之语。月难常圆,云雨易散,人生的离别,何时无之。但苏轼能够从"人有悲欢离合,月有阴晴圆缺"中,看透人生从而善处人生,达到心理的自我调适,而对于柳永来说,却很难从这种痛苦中轻易解脱出来,故云"算人生、悲莫悲于轻别"!《楚辞·九歌·少司命》中说:"悲莫悲兮生别离,乐莫乐兮新相知。"柳词即从此意化出。离别苦,而最苦的是从"欢娱"之中陡然跌入劳燕分飞的境地。"欢娱"

二字,远指情人间往日的欢好情事,近指"离宴"之上的"殷勤"。此情此景,怎不令人黯然魂伤,泪满衣襟。"梨花一枝春带雨",是用白居易《长恨歌》中"玉容寂寞泪阑干,梨花一枝春带雨"的成句,既是指女子"泪湿春风鬓脚垂"的忧伤之状,又以这个楚楚动人的形象暗示了她的美貌,同时还引发人对"长恨"二字的联想,唐玄宗与杨贵妃之生离死别固然令人伤感,而人间小儿女的别离也同样是"长恨",这也就是清代袁枚诗中"莫唱天上别离歌,人间亦自有银河"之句的意思。下片才正式讲到离别时情景,先从送行的女子角度写起,离怀愁惨,"帐饮无绪",二人都黯然魂销,执手话别,终于到了不得不分携之时了。"犹自再三、问道君须去。频耳畔低语",是传神妙语,真切表达了送行女子不忍分离的情感,一切留恋都在这再三的低问中流露出来。"知多少"三句,写叮咛后约,丹心一片,只能全靠鱼雁传情了。全词一气转下,而又步步流连,转折处非常精巧,特别是下片临别时分的情景描述,已到了一片神行而无迹可寻的境界,看似无技巧可言,实则自然见出功力之深湛。

引驾行

虹收残雨。蝉嘶败柳长堤暮。背都门①、动消黯②,西风片帆轻举。愁睹。泛画鹢翩翩③,灵鼍隐隐下前浦④。忍回首、佳人渐远,想高城、隔烟树。　　几许。秦楼永昼⑤,谢阁连宵奇遇⑥。算赠笑千金,酬歌百琲⑦,尽成轻负。南顾。念吴邦越国⑧,风烟萧索在何处。独自个、千山万水,指天涯去。

[注释]

①背都门:指离别京城而去。

②消黯:黯然销魂。

③画鹢(yì):饰以鹢鸟图案的船。鹢是一种水鸟,古代船头常绘之。

④灵鼍(tuó):俗名猪婆龙,即扬子鳄。其皮可蒙鼓,故常被用来指代鼓。如李斯《谏逐客书》云:"建翠凤之旗,树灵鼍之鼓。"隐隐:指鼓声。

⑤秦楼:指歌伎所居之楼。

⑥谢阁:谢娘之阁,亦代指妓楼。

⑦百琲(bèi):成串之珍珠。珠五百枚或十贯为一琲。

⑧吴邦越国:指吴越之地。

[点评]

　　离别,这个中国古典文学的基本母题之一,令历代无数的才子词人,骋辞弄笔,写下了大量的优美篇章,说明这个母题本身具有广泛的生发性和包容性。就单个作家来说,也往往就此一个主题写出不少同样精美的名作。柳永词中表达离别情怀的,除了《雨霖铃》等脍炙人口之作以外,这篇《引驾行》也是颇为耐读的一首。此词在结构上,前阕侧重写景状物,后阕侧重抒情写怀。从上片的"都门"和下片的"南顾"诸语来看,词中主人公出行的路线和《雨霖铃》词基本类似,也是自汴京由汴河、大运河至江南吴越一带。起笔二句,渲染离别的气氛。"蝉嘶败柳",以见秋季物候;"虹收残雨",以见薄暮时分;"长堤",是分携之所。"背都门"二句紧承,顺写离别,由离别前内心之愁苦凄黯,写到离别时已无可奈何地迫近,船已行,人已去。"愁睹"三句,从送行者角度落笔,以其愁眼见出船行之渐远。前面刚说"片帆",此处又言"画鹢",或许又要被讥笑为"语意颠倒如是"了吧(参见《轮台子·一枕清宵好梦》词点评),不过亦不必深究,总归是指行舟而已。"泛画鹢"二句,是典型的词中句法,"泛"字领起,"画鹢翩翩"与"灵鼍隐隐"相对,"下南浦"顺接,这也只有在词中或后来的曲词里,才能看到如此灵动活泼的句法。"忍回首"二句,又从行者角度落笔,"佳人渐远",略同于后来周邦彦《兰陵王》词中"望人在天北"之意,但周词还是描写对方静态地在岸边遥望,柳词中用"渐远",则表现了恋恋不舍的情态。"高城"句,用欧阳詹《初出太原寄有所思》诗"高城已不见,况复城中人"句意,高城已为烟树所隔,何况是城中佳人呢?下片写别后凄凉与怅惘之情。首先折入当年旧事,"秦楼"、"谢阁"数语,可见这位"佳人"也是青楼女子的身份。永昼相从也好,连宵共度也好,在行者看来,皆是难以忘怀的"奇遇"。"算赠笑"三句,将当初之热闹与如今之冷清对照,以见"轻负"之恨、惆怅之怀。所谓"千金"、"百琲",自然是夸张之笔,一方面为了强调佳人之美貌与万种风情,另一方面,这也是柳永词中的习惯写法,如《长寿乐》中说:"况有红妆,楚腰越艳,一笑千金何啻。"这种带有世俗气的夸耀之语,也是柳永词的一个特色。"南顾"以下,转回现实,续写别后。"吴邦越国",是所往之地,"风烟萧索",衬托羁旅之情。"独自个"二句作结,是游子满面风尘而又不得不踽踽独行的深沉叹息。句中的孤独凄凉之意,与当初两人相聚时的温馨热闹,用语的清疏与前面的丽词,都形成鲜明的对比,则相思之情自然更见强烈。纵观全词,与《雨霖铃》确有不少类似之处。"虹收残雨",即"骤雨初歇";"蝉嘶败柳",即"寒蝉凄切";"长堤暮",即"长亭晚";"背都门动消黯",即"都门帐饮无绪";"片帆轻举",即"兰舟催发";"吴邦越国,风烟萧索",即"暮霭沉沉楚天阔"。但是此词的独特之处在于,下片中引入对往事的追忆,并把它和现今的情事作对比,表达羁旅愁情。这便和《雨霖铃》纯以设想行文有所不同,词意顿生跳荡曲折之感,更加耐人寻味了。它虽然不如《雨霖铃》那么精美真切、铺叙详尽,但也不失为一篇精美之作。

临江仙引

　　上国①。去客②。停飞盖③、促离筵。长安古道绵绵。见岸花啼露,对堤柳愁烟。物情人意,向此触目,无处不凄然。　　醉拥征骖犹伫立④,盈盈泪眼相看。况绣帏人静,更山馆春寒⑤。今宵怎向漏永⑥,顿成两处孤眠。

[注释]

①上国:此指京城汴梁。

②去客:指离开京城之人。

③飞盖:指车盖。这里指代车马。

④征骖:此指坐骑。

⑤山馆:山乡驿馆。

⑥怎向:怎奈。

[点评]

　　这首词所描写的也是汴京城外的一次送别,同样是一段难舍难分的凄恻经历。起处"上国。去客"二句,点明地点和离别的情事。"停飞盖"句,写自城中至此停车,长亭边,设下离宴,摆酒饯别。一个"促"字,却透露出匆忙短促之意,这当然是离别的实景,但更是离人的心理感觉,分手转眼在即,最后的一刻相聚便显得越发短暂了。从音律和句法上来看,《临江仙引》的首二句本可不用韵,如柳永另两首同调词"渡口、向晚"和"画舸、荡桨"就都没有押韵,而此词却在"国"字和"客"字上,都用上韵字,显得节奏特别短促急骤。而起处皆用上很短的二字句和三字句,同样也造成了急管繁弦的感觉,用这种句式来表达分手之前的惜别情绪,就非常贴切了,这正是柳永精通音律、调协句谐的典型体现。"长安古道",是游子将行之地,看来这是在汴京西面的离别。"岸花啼露"、"堤柳愁烟",是"以我观物,物皆著我之色彩"(王国维《人间词话》)的绝好例证,也是从杜甫《春望》诗中"感时花溅泪,恨别鸟惊心"二句化用而来。"物情"三句,直写内心的"凄然"。"物情"就是"岸花"、"堤柳"、"愁烟"、"啼露"之情,"人意",自是游子与佳人的离愁别绪。物我一体,故"无处不凄然"了。上片都写离别之前的种种情事,下片却没有承以离别时分的执手相别,而是直接便跳到了刚刚离别之后,这是结构上的匠心独运处。首先展示了两幅静止性的画面:远行的游子迟迟而去,却又忍不住停下,回头遥望,久久伫立;送行的佳人,也是盈盈凝望,不胜娇弱,终于忍不住泪眼蒙瞳,柔肠寸断。但再怎么留恋,离别终是无可挽回,再怎么遥望,终是不能再拨转马头。怕就怕再见到那种凄凉哀怨的眼神,只能强忍悲情,踏上征程。写到这里,离别之苦已是铺写得淋漓尽致,然而最令人痛苦的还不止此。离别时分的痛苦如夏日暴雨,而分别之后的孤寂却是绵绵秋雨，一丝丝、一滴滴在离人心头撕扯，那才是真正痛苦之所在。因此下面便接以对此情此意的设想：一个是独守空闺静，一个是孤馆闭春寒，两处皆辗转难眠，怎奈那漫漫长夜！词意凄苦，尤见出情感的深挚缠绵，耐人寻味。

忆帝京

薄衾小枕天气①。乍觉别离滋味。展转数寒更②，起了还重睡。毕竟不成眠③，一夜长如岁。　　也拟待、却回征辔④。又争奈、已成行计。万种思量，多方开解，只恁寂寞厌厌地⑤。系我一生心⑥，负你千行泪。

[注释]

①薄衾：薄被，单被。
②展转：即辗转，指辗转无眠。
③毕竟：终究。
④拟待：打算。却回：转回。辔：马缰，此代指马。
⑤厌厌地：精神不振的样子。
⑥系：牵系。

[点评]

柳永创作了不少描写羁旅途中对景相思之作，但这首词却有所不同，它写的是一位男子刚刚与情人分别之后的心理，刚刚分别已是如此的相思难耐，则日后的相思之苦也更可以想见了。"薄衾小枕天气"，点明时值夏末秋初的季节，天气微有凉意。同时"衾"、"枕"二词,也点明了主人公相思的时间背景,是在拥衾独卧的夜间。"乍觉",有"突觉"、"猛觉"之意,白天风尘仆仆地赶路,尚无精力去想得太多,到了夜间,清寒难耐,孤枕难眠,顿时相思之情涌上心头,再也难以消减,感情的波澜令他心潮涌动。这两句看似平平叙述,实则已为全词定下了基调。以下遂铺叙所谓"别离滋味",空床辗转,静数寒更,盼望早点天亮,结束这孤寂凄凉的相思之夜。可天亮还早,于是又只能时而起来徘徊,时而又"重睡",这十个字非常精彩地把主人公烦躁不安、起卧难平的失眠情状表达出来了。一夜过去,终究未成眠,此夜之长,恍如隔岁。而此后的日日夜夜,又将何以自处,其中情味,可以想像。上片叙情事,下片则直抒情愫。不是不想就此拨转马头,回到情人身边,去共享两情相悦、两相厮守的欢乐。怎奈已经踏上征程,如何再能回头?或为求取功名,或是迫于生计,总归是不得不驱驱行役了。"万种思量,多方开解",都是承"已成行计"而言,谓想方设法要找一个理由返回,但终是找不到;想方设法要开解排遣自己的离愁,同样也是无法做到。欲归不能,欲行不忍,于是只能是"寂寞厌厌地"。结句"系我一生心,负你千行泪",一生之真心,皆系于彼;而彼之千行思泪,又不得不辜负。此恨绵绵,无有了期。在这种带有自责的语气中,主人公对伊人的真情厚意表现得淋漓尽致,婉曲动人,可谓是全篇之警策。这首词流畅自然,平淡而朴厚真挚,语虽作尽头语,但意脉却更加淳雅,而这都来源于由性灵肺腑中流出的至真之性情。

法曲献仙音

追想秦楼心事①,当年便约,于飞比翼②。每恨临歧处③,正携手、翻成云雨离拆。念倚玉偎香,前事顿轻掷。　　惯怜惜。饶心性，镇厌厌多病④，柳腰花态娇无力。早是乍清减⑤，别后忍教愁寂。记取盟言，少孜煎、剩好将息⑥。遇佳景、临风对月，事须时恁相忆⑦。

[注释]

①秦楼：原指传说中秦穆公的女儿弄玉与其丈夫萧史吹箫引凤的凤楼。后世转指女子之所居，又转指妓馆。

②于飞比翼：《诗经·邶风·雄雉》云："雄雉于飞，泄泄其羽。"原指鸟之比翼双飞，后用以喻指夫妻之和美。此处即指结为夫妇。

③临歧处：即指分手离别之处。

④镇：常，久。厌厌：倦怠状。

⑤乍：此指正，恰。清减：清瘦削减。

⑥孜煎：煎熬，愁闷。剩：多。将息：将养，保养。剩好将息，犹言多多保养。

⑦事须：事事必须。此句犹言事事时时皆须常相忆念。

[点评]

　　这是一首情人临别时的相赠之词。上片写离别之际的多情多感，下片预想分手之后的相思相忆。起句以"追想"二字领出离别前的往事，一句"秦楼心事"，已概括了两人之间的无数温柔旖旎风光，而此"心事"最集中的表现即是"于飞比翼"之愿，可见他们已有从良成婚之约，则关系之亲密、情感之真挚可知。以下三句即点到离别，从"每恨"二字可见，这样的分离已不止一回，每每匆匆相聚，云雨缱绻，转眼又是离别，每次分别总令他们感伤愁闷。如今又至分携之期，那些玉体依偎、温香满怀的"前事"，又将不得不"轻掷"了。下片并不顺承，而是另起一意，"惯怜惜"一句总领，相怜相惜已惯，怎堪又逢别离。"饶心性"三句倒折回去，叙述那位女子在他心目中的形象：饶者，多也。饶心性，即心眼多、心思灵巧之意。然而又常是多愁多病之身，腰如细柳，面如桃花，总是一番娇弱无力之态。这种神韵可谓是中国古典美人的标准造型，前有西施捧心，后有黛玉颦眉。"饶心性"，故知人情意；"娇无力"，故惹人怜爱。"早是"二句，过渡到主题上来，未至离别，已是清瘦了娇面容，消减了小腰围，而真到别后，那种愁苦寂寞,让她一个弱女子怎么能承受得起? 可无论如何不愿,离别总是到眼前了,于是他只能好言相慰,让她别忘了两人之间的山盟海誓,也是表明自己不会忘了终会回来与她比翼齐飞。且莫独自忍此煎熬愁寂,好好将养身体。语意谆谆,足见深情厚谊。结句谓每当遇上良辰美景,临清风、对朗月之时,切莫忘了时时忆念自己这远方的游子。这首词上片从别前情事讲到临别情态,下片通过几句描写性的词句,展现其意中佳人之形象,稍作铺垫,以下即顺势设想到别后之愁闷,逼出最后充满深情的一番嘱咐。章法结构颇为严整,同时又往往以口语俗字领起句意,造成全词中流动的气韵,二者相辅相成,实为经典之作。

离别难

花谢水流倏忽,嗟年少光阴。有天然、蕙质兰心。美韶容、何啻值千金①。便因甚、翠弱红衰,缠绵香体,都不胜任。算神仙、五色灵丹无验,中路委瓶簪②。　　人悄悄,夜沉沉。闭香闺、永弃鸳衾。想娇魂媚魄非远,纵洪都方士也难寻③。最苦是、好景良天,尊前歌笑,空想遗音。望断处,杳杳巫峰十二④,千古暮云深。

[注释]

①何啻:何止。

②中路委瓶簪:白居易《井底引银瓶》诗:"井底引银瓶,银瓶欲上丝断绝;石上磨玉簪,玉簪欲成中心折。瓶沉簪折知奈何,似妾今朝与君别。"本指情人之间的生离,这里是指死别。

③洪都方士:指为唐明皇上天入地寻找杨贵妃魂魄的道士。白居易《长恨歌》

云:"临邛道士鸿都客,能以精诚致魂魄。为感君王辗转思,遂教方士殷勤觅。"

④巫峰十二:即巫山十二峰。用宋玉《高唐赋》中记楚王梦中与巫山神女相会事。

[点评]

这是一首悼亡词,不仅在柳永词中,在整个唐宋词中也是一首颇为特殊的作品。传统的悼亡之作,所悼念的对象全是妻子,如潘岳、元稹、李商隐等人的悼亡诗以及后来苏轼的悼亡词《江城子·十年生死两茫茫》等。而此词所悼念的却是一位聪明美貌的歌伎。仅从这个题材来看,就可以说明柳永与这些歌伎之间情感的真挚和相待的平等了。《离别难》本为唐代教坊曲,词人故意选用了这个带有悲慨意味的词调,人间的生离尚"难",更何况是人天永隔的死别呢!

此词与柳永的大多数词一样,也是一个上下顺序的结构,上片叙写伊人生前,下片抒发自己对她死后的追念。"花谢"二句,亦赋亦比,揭示全词的主旨。花落水流,倏忽而逝,而正值青春年少、如花似玉的伊人也如这水中花一般,永远地离去了,怎不令人慨叹伤怀?以下"有天然"二句写其可爱之处,她既有着天生的兰蕙一般的高雅气质、聪慧心性,又有着姣好韶秀、一顾倾城的美丽容颜,而在词人的追忆中,这些可爱之处也越发显得可爱难得了,然而爱之愈深,则永别之后,心灵的创痛也愈深。"便因甚"一转,"翠弱红衰",娇弱的体质益显憔悴,"缠绵香体",病榻辗转,顾影伶俜,弱不胜衣。"算神仙"二句,则点明她的去世,沉疴不起,即使有神仙所炼的灵丹妙药,也毫无效验。终于如瓶沉簪折,情爱正浓而中道弃捐了。下片追思。在她的故居处,人声悄悄,夜色沉沉,香闺紧闭而绣被闲抛,物虽依旧而人已无踪,一片凄凉氛围。"想娇魂"二句深入一层,悬想或许泉路未遥,魂魄未散,可别说没有所谓洪都方士可供驱遣,即使真有,他能替唐明皇在东海仙山上找到杨贵妃,但对于自己而言,恐怕只能是"上穷碧落下黄泉,两处茫茫皆不见"吧,足见其无可奈何而又难以自解之悲情。"最苦"三句,又遇良辰美景,重见"尊前歌笑",当年正是在这样的场合,和伊人举杯相对,笑语频传,那种欢乐时光恍如昨日,然而一个"空"字,已把这些欢乐一笔抹倒,当时的欢乐无非是更增今日之凄凉与销黯罢了。结拍"望断"三句,用宋玉《高唐赋》中巫山神女故事,既点明了她的身份,也通过这个迷离恍惚的神幻境界转入虚想,十二巫峰,朝云暮雨,杳杳仙山,神女何处?"此情无计可消除",惟有怀此一段缠绵,如巫山暮云,终古遥望而已。这首词语言质朴本色,不事雕琢。依次展开,娓娓道来,铺叙尽致。看似平静,而对伊人的缠绵情意、深怜厚爱自见,似乎毫不费力,而感染力却特别强烈。

秋蕊香引

　　留不得。光阴催促,奈芳兰歇,好花谢,惟顷刻。彩云易散琉璃脆,验前事端的①。　　风月夜,几处前踪旧迹。忍思忆②。这回望断,永作终天隔。向仙岛,归冥路③,两无消息。

[注释]

①端的:真个,明白。
②忍:即怎忍。
③仙岛:喻指成仙。冥路:喻指阴司地府。

[点评]

　　这首词也是一首悼亡之作,从词意来推测,悼念的对象应该也是一位歌伎,不过是否与前一首词所悼念的是同一人,就不得而知了。起句开门见山,"留不得"三字,语气朴拙而词意凝重,实是百转千回之后所逼出的一句,令人想见其感悼哀痛之状,无法说亦不忍说,所有的情感都凝结在这带有绝望的一声呐喊之中。"光阴"四句,以"芳兰"、"好花"比拟这位歌伎,在光阴的催促下,花儿转眼凋谢殆尽,伊人也倏忽而逝。这同前一首词中"花谢水流倏忽,嗟年少光阴",实为同样的意思。"彩云"句,出自于唐白居易诗《简简吟》,在这首悼念"苏家小女名简简"的诗中,结句云:"大都好物不坚牢,彩云易散琉璃脆。"以易散的彩云和易碎的琉璃比拟娇弱的伊人。另外李白《宫中行乐词》诗亦云："只愁歌舞散,化作彩云飞。"所谓"验前事端的",即是古已如此之意,红颜总是薄命,上天易妒佳人。下片换头,回忆过去相聚之乐,夜色朦胧,风月情深,"前踪旧迹",宛然如初,可物是人非,令人怎忍思忆? 这一回之望断,比过去的各在天一涯还要令人伤怀,因为这次是永远的诀别,是人天永隔,即使望穿双眼,也无法再一睹芳容了。由此逼出结句的深切慨叹:"向仙岛,归冥路,两无消息。"她的魂魄归向何处,不论是化作蓬莱仙山上的绰约仙子,还是坠入阴曹地府,都杳无音信,这和白居易《长恨歌》中"上穷碧落下黄泉,两处茫茫都不见"意思类似,总归是一腔幽恨,如何排遣之下的痴情之语。这首词最大的长处在于情感的真挚,毫不矫揉造作,词语质朴无华,闪耀着人性的光芒。

羁旅愁思

路遥山远多行役

曲玉管

陇首云飞①,江边日晚,烟波满目凭阑久②。一望关河,萧索千里清秋③。忍凝眸④。　　杳杳神京⑤,盈盈仙子⑥,别来锦字终难偶⑦。断雁无凭,冉冉飞下汀洲⑧。思悠悠。　　暗想当初,有多少、幽欢佳会,岂知聚散难期,翻成雨恨云愁⑨。阻追游。每登山临水,惹起平生心事,一场消黯,永日无言⑩,却下层楼。

[注释]

①陇首:陇头,山头。

②凭阑:即凭栏。

③萧索:萧条冷落。

④忍凝眸:谓不忍注目观赏。

⑤杳杳:遥远貌。神京:指京城汴京。

⑥盈盈:仪态美好貌。

⑦锦字:据《晋书》窦滔妻苏氏传载,前秦秦州太守窦滔被徙流沙,其妻苏蕙思之,织锦为回文璇玑图以赠滔,题诗二百余首,共三百四十字(一云八百余字),可宛转循环而读。故后世常以锦字代指夫妻或情人之间的书信。难偶:意谓锦书难托,音信断绝。

⑧断雁:离群孤雁。冉冉:缓慢状。

⑨期:期盼,约定。翻:反。

⑩永日:长日,整天。

[点评]

《曲玉管》本为唐教坊曲名,词为三叠之"双拽头",即前两片句法相同,于第三片为双头,如二马共拉一车,故名"双拽头"。此词写羁旅愁情中的别离之恨。第一片,写眼前所见之景。起句"陇首云飞",当出自梁柳恽的名句"亭皋木叶下,陇首秋云飞",然全无沿袭痕迹。此句为仰视,下句"江边日晚",则是俯观。"凭阑"二字,可见飞云、寒江、斜日、烟波,皆是凭阑所见。烟波满目,徒增怅惘,勾勒出一幅凄清的秋江晚眺之图。"一望"二句,由近及远,纵目骋望,但见关河冷落,千里高秋,可望而不可尽睹,遂逼出"忍凝眸"三字,极写触景伤怀、不堪入望之意,"忍"即"怎忍",表现了再也看不下去的激动情感。情由景生,情景融汇。第二片,写怀人之感。"杳杳"三句,承"一望"、"千里"诸语而来,天涯望断,而思绪已飞至遥远的汴京,所思之佳人正在彼处。"盈盈仙子",也点明了佳人的身份,唐人常以仙女来指代歌伎或女道士,这里无疑所指的也是一位汴京城中的歌伎。当年一别之后,音信全无,锦书难托,一种相思,两处闲愁。"锦字",用窦滔、苏蕙夫妻的故事,这里只是取这个典故中"寄锦"之字面,不必拘泥。"断雁"二句,承"锦字"而来,非常巧妙,它既与前面的典故相关,鸿雁本可传递"锦字",而曰"无凭",就表达了惆怅之意;同时这个意象又是眼前实景,所谓"断雁",即是离群之孤雁,它满怀忧郁寂寞地"冉冉飞下汀洲",自然使得漂泊游子睹物兴怀,而不得不"思悠悠"了。这三字,也是对第二片的总结,与上片结尾处的"忍凝眸"相呼应。一、二两片音律齐整,词意则各有侧重,有分有合。第三片承"思悠悠",继续铺叙。"暗想"二句,回溯当年之"幽欢佳会",随即折入相离相别的痛苦,再写如今"雨恨云愁"这种难以言说的酸辛。"有多少"、"岂知"、"翻成",三个虚词,十分传神,它们使得词意不流于平铺直叙,而是波澜起伏,动荡曲折。"阻追游"三字,横亘于中,突兀有力。"每登山"以下,急管繁弦,以细腻之笔抒写缠绵之情。"每"字,可见这种相思之苦与羁愁之感,早已非一朝一夕,而是"惆怅还依旧"。故只能黯然凝伫,长日销魂。"无言",可见悲痛的深沉。"却下层楼",遥接上片"凭阑久",在残照西落,暮色苍茫的背景下,这位游子独自走下楼来。以景结情,余味不尽。在章法上也显出结构的回环照应。这首词境界开阔,感情深沉,情景互为生发。层次井然不乱。清代刘熙载讲柳永词"善于叙事,有过前人"(《艺概》),此词正是一个较为明显的例子。

尾 犯

夜雨滴空阶,孤馆梦回^①,情绪萧索。一片闲愁,想丹青难貌^②。秋渐老、蛩声正苦,夜将阑^③、灯花旋落。最无端处,总把良宵,祗恁孤眠却^④。　　佳人应怪我,别后寡信轻诺。记得当初,翦香云为约^⑤。甚时向^⑥、幽闺深处,按新词、流霞共酌^⑦。再同欢笑,肯把金玉珠珍博^⑧。

[注释]

①梦回:梦醒。

②丹青:图画。貌:此指描摹。蛩(qióng):蟋蟀。

③阑:尽,残。

④无端:无奈。祗恁:只如此。却:语气词,犹言"了"。

⑤香云:代指女子头发。古代情人相别,女子常剪发相赠。

⑥甚时向:何时。向为语助词。

⑦流霞:神话中仙酒名,此泛指美酒。

⑧博:换取。

[点评]

　　此词乃游子于漂泊途中,独处孤馆,凄凉难耐而忆念佳人之作。时令为深秋,地点是孤独的驿馆。窗外潇潇的暮雨,透过屋檐洒落空阶,点点滴滴都落在离人心头。短短五字而意蕴丰厚、意境浑成。在这样的环境中,游子被滴答的雨声从梦中陡然惊醒,顿觉寒意袭人。所梦何事,在词中并未明言,但从下文来看,很可能就是在梦中回到了佳人身旁,正与她共度美好时光吧。梦中温馨如彼,而醒来冷落如此,自然是"情绪萧索",惆怅不已。这种愁绪只能以一"闲"字当之,不仅是因为它的无边无际、无法排遣,更是因为它无法捉摸,正所谓剪不断,理还乱者是也,故云"丹青难貌",理得清、画得出的东西就不是"闲愁"了。"秋渐老"两句,工整凝练。深秋蛩鸣凄厉,似在牵动人的愁绪;深夜灯花掉落,似在暗示人的命运。上片结拍三句,再归结到眼前,最令人无奈的是,如此良宵,却只能日日这样在孤眠独宿中度过了。上片情景兼写,表达游子之苦况,下片则专抒深情。"佳人"二句,为对方设想,略有自悔口吻,但自己何尝不想早日归去,只是漂泊生涯身不由己罢了。"记得"二句,回溯当年分别时的恋恋不舍,佳人剪发以约归期,可谓情深意厚,一别之后,虽然发在怀里,人在心中,但终是归期难卜。"甚时向"二句,是游子内心的深切盼望。对落拓之人来说,才子佳人,风流欢畅,是他们最好的安慰,哪怕只能在想像中实现。结句谓宁愿以"金玉珠珍"换取"再同欢笑",这自是痴情至极之语。然而游子最大的悲哀在于,即使有了"金玉珠珍",也未必就能换来往日的欢娱,从这个角度来说,又是悲凉至极之语了。此词上片的前半段,辞情和意境都比较文人化,而自"最无端处"以下,便明显传达出市民化的倾向,较好地体现了柳词雅俗并陈的特色。

倾杯乐

皓月初圆,暮云飘散,分明夜色如晴昼。渐消尽、醺醺残酒。危阁迥①、凉生襟袖。追旧事、一饷凭阑久②。如何媚容艳态,抵死孤欢偶③。朝思暮想,自家空恁添清瘦④。　　算到头、谁与伸剖⑤。

向道我别来⑥,为伊牵系,度岁经年,偷眼觑⑦、也不忍觑花柳⑧。可惜恁、好景良宵,未曾略展双眉暂开口。问甚时与你,深怜痛惜还依旧。

[注释]

①危阁:高阁。迥:远。此句谓登楼远望。
②一饷:指示时间之词,或指多时,或指暂时。这里指多时。
③抵死:宋代俗语,意为总是,老是。孤:同辜,辜负。欢偶:指欢会偶合。
④自家:自己。
⑤谁与:即谁为。伸剖:申诉表白。
⑥向道:此指向佳人说。
⑦觑:斜视,窥视。
⑧花柳:此处代指妓女。

[点评]

　　柳永词多以女性为描写对象,但也有不少作品是出之以男性口吻的,描写他们对歌伎的深沉真挚的情感,刻画他们细腻而丰富的内心世界,表达他们对幸福和爱情的渴求。这些男子虽未必即是柳永自己的化身,但也可以说在一定程度上体现了作者的人生理想。这首词即是描写一位男子对离别经年的远方佳人的刻骨思念。起三句从月色落笔,圆月高悬,月华如水,夜色清丽。在这样的背景中出现了主人公的形象,但见他月下独倚高楼,"渐消尽"句,可见早已是试图借酒消愁,然而酒虽醒而愁未消,故再登楼远眺,"凉生襟袖",见寒凉之感骤生。无限往事,涌上心头,就在对过去之欢乐生活的回忆中,不知不觉已是久立中宵了。这三句与起笔三句相应,共同展现了一个孤独悲凄的环境和内心感触。以下遂以白描手法,放笔直抒情感。佳人之"媚容艳态",令人心动思忆,可为何自己却总是辜负了那相聚时的欢会偶合呢? 这实际上表达了对江湖漂泊生涯的厌倦和无奈,以至于"朝思暮想",空自为伊憔悴清瘦,见出他的情深而思切。下片直承续写眼前的思绪,"到头",即到底,最终之意,"谁与伸剖",即无人为自己向佳人表白倾诉。"向道"以下直至篇终皆是表白的内容。这里又可分为三意:

"为伊"三句是表白忠心,即别后对她的魂梦牵系,度日如年,且年复一年以来,从未再流连于烟花巷陌,即使是偷眼瞧都没有瞧一眼,可见其用情之专一。"可惜"二句是表白现今的感受,虽有良辰好景,对离别中人来说,全是虚设,因离情所苦,双眉从未舒展,笑口从未开过,此种孤寂悲伤,人何以堪。这两句见出其用情之真挚。"问甚时"二句,则是表白对将来的渴望和内心的呼唤:何时才能再次重逢,像过去一样对她"深怜痛惜",欢爱无限。这又见出其用情之深厚温婉。缠绵悱恻,凄楚动人。柳永词铺叙的功力在此词尤其是下片中体现得也很充分,本来不过是"相思"这一个简单的意思,但却以"谁与伸剖"句一领,分三层来铺叙描写,把人物心理活动的各个层面都加以尽情抒发,淋漓尽致,真可谓是有必显之隐,无难达之情。

梦还京

夜来匆匆饮散,敧枕背灯睡①。酒力全轻,醉魂易醒,风揭帘栊,梦断披衣重起。悄无寐。　　追悔当初,绣阁话别太容易②。日许时③、犹阻归计。甚况味④。旅馆虚度残岁。想娇媚⑤。那里独守鸳帏静⑥,永漏迢迢⑦,也应暗同此意。

[注释]

①敧:倾斜。敧枕:指斜靠着枕头。

②容易:轻易。

③日许时:犹言日许多时,指时间很久。

④甚:什么。况味:境况情味。

⑤娇媚:此指所思的女子。

⑥鸳帏:绘有鸳鸯图案的帏帐。

⑦永漏:即漏久,指长夜。迢迢:长久貌。

[点评]

　　《梦还京》,属大石调(黄钟商),《钦定词谱》依《词纬》之说订为三叠,首叠六句两仄韵,次叠四句三仄韵,末叠六句四仄韵。而《彊村丛书》本《乐章集》、《花草粹编》、《词律》诸书并作双调。《梦还京》之调宋词中仅此一首,无他作可校,只能阙疑了。今从《彊村丛书》作双调词。此词写客中思恋佳人的苦怀,但全词既不借助景物的触发或烘托渲染,也未采用传统的比拟手法,而是直写感受。上片盘旋曲折地写尽了心绪烦忧、辗转难眠之苦况。起句"夜来匆匆饮散",饮酒而曰"匆匆",可见词中主人公既非是在欢宴歌席上痛饮高歌,亦非是细斟慢品、悠然自得的小酌,而是由于逆旅无聊,借酒浇愁,猛饮几壶以求速醉,以求沉酣不醒。故下句即接以"敧枕背灯睡",敧枕,可见匆匆之意,背灯,可见生怕灯色扰人,惟望早早入眠。一副落拓潦倒的游子苦状如现眼前。然而这企求一醉入梦的可怜心愿却偏偏得不到满足,"酒力全轻,醉魂易醒",正是因为漂泊生涯无休无止、愁苦之思太过浓重,故酒难胜愁,梦易惊散。"易醒",可见即便可以通过痛饮暂时入眠,但仍然敌不过那种足以驱散酒力、惊破梦魂的烦忧。李清照《声声慢》中的"三杯两盏淡酒,怎敌他晚来风急",与这两句异曲同工。"风揭"二句,写梦醒之后的无奈,未醉之前,尚有以酒消愁的希望,梦醒之后,凄凉落寞的心境已是不堪忍受。"风揭帘栊",寒气袭人,满天萧瑟,满耳秋声。主人公只能"披衣重起",在灰暗的情绪中独自咀嚼着羁旅况味。"悄无寐"一句,仿佛将这个悄然独坐、孤寂悲凉的画面定格放大,浓缩着人物内心的痛苦,以引出下片的抒感。"追悔"二句,谓悔当初,与佳人轻易地离别。然而"太容易"是今日之所感,当初分袂之时,恐怕也同样是难舍难分、恋恋缠绵的,只是如今回想起来,觉得"太容易"而已,如此一转,就更增重了如今的思念之切。古人云"别易会难",李商隐《无题》诗云"相见时难别亦难",柳词此句,却从后日之追悔着笔,又转入一境,可谓各擅胜场。"日许时"二句,谓隔绝之久和归期难卜,与"太容易"相对,继续写相见之难。"甚况味"二句,是加倍写法,本已愁苦难堪,何况又是在逆旅之中独守"残岁","虚度"二字,抒发了归心似箭而又不得不东西飘荡的痛苦。"想娇媚"以下，从揣摩对方的角度着笔，颇显温存。谓佳人肯定也在"鸳帏"之中，空床独守，静数寒更。此时此刻，她的心境必然也与自己息息相通，都在忍受着心灵的孤寂吧。所谓"一种相思，两处闲愁"正是指此而言，这样既表达了两人心心相印的深情厚谊，同时也更凸现了游子梦绕魂牵之情重和漂泊生涯之苦恨。此词真挚深沉，虽是以直笔写柔情，但却能虚实相间，曲折尽致，白描之中自有停蓄，并不是一览而无余蕴的。语言以俗为雅，明朗之中自见匠心独运处，充分体现了柳词俗美的特征。

归朝欢

别岸扁舟三两只。葭苇萧萧风淅淅①。沙汀宿雁破烟飞②，溪桥残月和霜白。渐渐分曙色。路遥山远多行役③。往来人，只轮双桨④，尽是利名客⑤。　　一望乡关烟水隔。转觉归心生羽翼。愁云恨雨两牵萦，新春残腊相催逼。岁华都瞬息。浪萍风梗诚何益⑥。归去来，玉楼深处，有个人相忆⑦。

[注释]

①葭苇：芦苇。淅淅：形容风声。

②沙汀：指水边沙洲。

③行役：本指因服役或公务在外奔走，后泛指行旅。

④只轮：代指车马。双桨：代指舟船。

⑤利名客：求名逐利之人。

⑥浪萍风梗：浪中浮萍，风中草梗，皆比喻游子行踪不定的生活。

⑦个人：那人。

[点评]

这是一首冬日早行而怀归之词，上片即景生情，下片直抒感慨，表达了游子漂泊生涯中的苦闷情绪。起句"别岸扁舟三两只"，是谓经过一夜的孤舟露宿之后，扁舟离岸，又开始了一天的行程。"三两只"，说明启程之早，江上船稀。"葭苇"句，从听觉角度写游子之所感，芦苇萧萧，寒风渐渐，衬托江乡的荒寒景象。"沙汀"句，写洲渚边的宿雁被早行之舟惊起，破烟穿空而去。"溪桥"句，令人联想起晚唐温庭筠《商山早行》诗中"鸡声茅店月，人迹板桥霜"之名句，天西残月与桥上晨霜同一洁白，同样也暗示了早行。这两句对仗工整，写景清疏，是中晚唐绝句之佳境。"渐渐"句，写曙色渐开，天已渐晓，可见时间的推移和游子已经过一段行程，从而结束早行之景的描绘。"路遥"句，承上启下，"路遥山远"是概括行旅，"多行役"是引发感慨。"往来"三句，写江上行舟、岸上车马渐渐增多，在游子看来，这些苒苒匆匆的来往之人，都和自己一样，为了区区名利，而不得不辗转飘零，同一悲慨。这是借他人酒杯，浇自己胸中块垒的写法，微透自己"踵常途之役役"（韩愈《进学解》）的苦闷，晨景虽佳，对于早行之人来说，却全是虚设而已。下片"一望乡关"二句，承上由写景转入抒情，厌倦羁旅，自然生出归思，遥望故乡，千里阻隔，烟水茫茫，情何以堪，因此恨不能肋生双翼，立即飞回。这里用"心生羽翼"来形容，比喻新奇。从中可以想见其归乡心情的迫切。然而双翼终不可得，归乡之念终属虚幻，这种欲归而不得归的感受最是令人肠断。"愁云"两句，亦是对句，一写离情渺渺，两地牵萦，一写时序代谢，日月相催。遂逼出"岁华都瞬息"一句，客途寂寞，对于年光的流逝最易惊心。年光逼人，而自己却仍浪迹天涯，欲归不得，更令人平添无数的感慨。"浪萍风梗诚何益"，谓自己身世如水上浮萍、风中断梗，飘荡不定，把握不了自己的命运，于是深感这种毫无结果的漫游终是徒劳无益。词意悲苦凄凉。"归去来"三句，谓不如早日踏上归途，免使闺中佳人，日日相忆。柳永的许多羁旅词，都喜欢大段铺叙与远方佳人的思忆之情，或是写游子如何思佳人，或是设想佳人如何思念自己，两面对写，以反映旅途的愁苦和思归之意。这首词却只是在结处稍稍一点，对此不作过多的铺写，反倒是显得不冗不蔓，有画龙点睛之妙。此词以白描和铺叙见长，情景相生，纡徐婉曲。语言平易贴切，特别是上下片中的两个对偶句，精警而富于概括力。虽然与柳永同类之作相比,在意境与结构上稍乏新意,并无太多的过人之处,但尚不失为一篇法度谨严、平实稳妥的作品。

浪淘沙

　　梦觉、透窗风一线,寒灯吹息。那堪酒醒,又闻空阶,夜雨频滴。嗟因循①、久作天涯客。负佳人、几许盟言,便忍把、从前欢会,陡顿翻成忧戚②。　　愁极。再三追思,洞房深处,几度饮散歌阑③,香暖鸳鸯被,岂暂时疏散④,费伊心力⑤。殢云尤雨⑥,有万般千种,相怜相惜。　　恰到如今,天长漏永⑦,无端自家疏隔⑧。知何时、却拥秦云态⑨,愿低帏昵枕,轻轻细说与,江乡夜夜,数寒更思忆⑩。

[注释]

①因循:沿袭不改,此指照旧。

②陡顿:立刻。翻成:转成。忧戚:忧愁。

③阑:尽。

④岂:岂有。疏散:指分离。

⑤费伊心力:使她劳心费力,此指挂念焦虑。

⑥殢(tì):纠缠不清。殢雨尤云:形容男女亲昵欢合。

⑦漏永:形容夜长。

⑧无端:无缘无故。自家:自己。疏隔:指离别。

⑨秦云态:形容所爱者的风姿体态。

⑩数:点数,计算。

[点评]

　　此调实为《浪淘沙慢》，与南唐李煜《浪淘沙》之双调词截然不同，后来周邦彦也作有两首《浪淘沙慢》，但句读与此词又颇有差异。清代万树《词律》和《钦定词谱》诸书，均以此词为双调词，自"愁极"以下为第二片。不过现存柳词诸本皆作三叠，本书从之。词写久羁江乡，与佳人遥隔之苦。第一片写酒醒梦觉、空忆前欢的忧戚之情。以"一线"二字，形容"透窗风"，十分精致，写出了风之寒厉和穿透力。它不仅吹熄了孤灯，也将人从梦中吹醒，将醉意吹散。然而在愁人心中，梦中、醉里尚能暂时忘忧，一旦醒来，现实的愁苦更为浓重。何况又闻空阶夜雨，点点滴滴，都在离人心头。这几句将情、事、景融为一体，以下则以"嗟"字领起一番感叹，而这感叹又出之以自责悔恨的口吻，显得敦厚柔婉。"久作天涯客"，即是杜甫所谓"万里悲秋常作客"（《登高》）之意，此乃多愁多恨的真正根源。正是由于此，才会辜负了与佳人的山盟海誓，以致"欢会"化为"忧戚"。第二片，先以"愁极"总束上文，再以"追思"转入往事，"再三"二字并非虚设，而是恰切真实地体现了思念之频、思念之深、思念之切。追想当年，闺楼绣房之中，与佳人"相对坐调笙"（周邦彦《少年游》），杯酒清歌，携手同欢，共入鸳被，可谓如胶似漆，形影不离，何尝"暂时疏散"，让她挂念焦心？云雨缠绵，风情万种，恩爱相怜，千般不尽。这段回忆，可谓香艳绮丽至极，但出之以真情至意，故转觉自然而然，且展现了人间儿女情深的纯美境界。"几度饮散歌阑"句，清代胡薇元《岁寒居词话》中说："阑乃阕之误。"则此句为押韵之句，不过细细品来，"阕"字似乎的确"不若阑字近理"（近人夏敬观批《乐章集》），故本书仍作阑字。第三片，"恰到如今"，折回现实。"天长漏永"，可见当初欢情，隔绝之久。"无端"句仍是自责自悔之语，负疚之意显然。"知何时"以下，设想将来，与佳人相依相偎于香帐之中、红绵枕上，细说自己此时江乡寒夜的思忆之情。这很明显是化用李商隐《夜雨寄北》诗中"何当共剪西窗烛，却话巴山夜雨时"句意，都是由现在设想将来如何回忆现在，笔势盘旋曲折，耐人寻味。有的研究者认为柳永这类词流露出情趣不高、格调低俗的缺陷，这主要是就第二片而言的。不过对于艺术作品的评价，不只是要看它写了什么，更要看它是如何写的。此词将羁旅之情与相思之苦拍合一气，虽有绮艳之语，却无轻薄之态，而是出语朴厚，一往情深。或追念往昔的缠绵，或抒发现今的愁苦，或设想将来的欢会，以时空的转接为线索，虚实相形,跌宕有致。这种大段的铺叙是最见功力之处,应该说,它还是一篇较为优秀的作品。

阳台路

楚天晚。坠冷枫败叶,疏红零乱①。冒征尘、匹马驱驱,愁见水遥山远。追念少年时,正恁凤帏②,倚香偎暖。嬉游惯。又岂知、前欢云雨分散。　　此际空劳回首,望帝里③、难收泪眼。暮烟衰草,算暗锁、路歧无限④。今宵又、依前寄宿⑤,甚处苇村山馆⑥。寒灯畔。夜厌厌⑦、凭何消遣。

[注释]

①疏红:指稀疏的枫叶。
②恁:如此。凤帏:绣有凤凰图饰的帷帐。
③帝里:指京城。算:料想。
④路歧:即歧路。
⑤依前:依旧。
⑥甚处:何处。苇村山馆:水村山庄。
⑦厌厌:此指寂静貌。

[点评]

此词为宦游途中寄慨身世之作。起处三句,大笔勾勒,一派暮秋景象。"冷"、"败"、"疏"三字,都带有强烈的衰残色彩。一"坠"字,暗示了秋风凄冷之感和飘零狼藉之态。寥寥数笔,便描摹出天地间萧瑟肃杀之意,体现了柳永词写景状物的功力。同时这三句也定下了全词伤感愁苦的感情基调。"冒征尘"三句,写羁旅途程。"匹马",见其孤独无侣,寂寞无聊。"驱驱",见其驱驰无定,前程未卜。"水遥山远",谓途程的漫长迢递,永无休止,以"愁见"引出,可知其山川跋涉,不堪辛劳之苦。词意至此,展现了一个在秋风中踽踽独行的天涯游子形象。"追念"以下,更深入其内心加以描述。对现实境遇的厌倦,引发了对美好往事的追忆:当初居于汴京时,年少风流,倜傥不群,千金一掷,买笑追欢,那是何等的豪兴;凤帏鸳帐,倚香偎暖,又是何等的温馨旖旎。"嬉游惯"一句,即是对这种放浪不羁生活的总结。随即却说"又岂知",笔锋一转。"前欢云雨分散",这既是指与佳人的分拆离散,同时也是指少年情事的一去不返,只能于记忆中追寻矣。下片以"此际"领起,"空劳回首",承上"追念",说明"事如春梦了无痕",根本无法寻觅。"望帝里"句,则是写在明知无望的情境下,仍然不可抑止的恋恋之意,因为京城已经成为过往美好生活的象征,与孤单凄苦的现实相比,往日种种情事,显得愈发令人怀念。故"难收泪眼",情难自禁,涕泪交零。"暮烟"二句,是对将来的展望,现实既是如此令人忧伤,而将来也仍不过是阻隔重重,"路歧何限",前途依旧一片渺茫。通过昔日、现实、将来的对比,以昔日的美好反衬现实的痛苦,又以将来的黯淡迷蒙对这种痛苦进行加倍的深化,以时空的转换组织词意。类似的手法,虽在后来周邦彦词中发挥得炉火纯青,但追源溯始,却当推柳永为先声。"今宵"以下,是思前想后已毕,万般无奈之辞。"又"、"依前",可见日日如此,宿于"苇村山馆",独对"寒灯"无寐,漫漫长夜,不知如何挨过。一天的风尘只能在逆旅静夜之中独自去品味、去咀嚼。自伤自怜、自艾自怜之意呼之欲出。末句的反问语气也加强表达了内心愁苦的难以排遣。词句虽浅易而意境却深沉,抒情虽直抒胸臆,以尽露为快,却又情态可感,真挚动人。此词明显是柳永中年以后的作品,词人所写的羁旅词,往往把羁旅愁情与对远方佳人的思念合写,如《八声甘州》中"想佳人、妆楼颙望,误几回天际识归舟"等语,即是典型的例子。但这首《阳台路》却稍有不同,它是把往昔的情事与现实的愁苦对写,所谓"倚香偎暖",并非是指某个特定的对象,而完全是词人少年风流生活的象征。柳永在《长相思》词中说:"名宦拘检,年来减尽风情。"《少年游》词亦谓:"狎兴生疏,酒徒萧索,不似去年时。"词人的心已经老了,生活和宦途的艰辛带给他太多的疲惫。因此,我们在这首词中所强烈体味到的,也就是那种浓郁的沧桑之感和悲凉之慨,这是中年人所独有的,而且更是像柳永这样落魄江湖、无法掌握自身命运的中年人所独有的。

留客住

偶登眺①。凭小阑、艳阳时节,乍晴天气,是处闲花芳草②。遥山万叠云散,涨海千里,潮平波浩渺。烟村院落,是谁家绿树,数声啼鸟。　　旅情悄③。远信沉沉,离魂杳杳。对景伤怀,度日无言谁表④。惆怅旧欢何处,后约难凭⑤,看看春又老⑥。盈盈泪眼,望仙乡⑦,隐隐断霞残照。

[注释]

①登眺:登临眺望。

②是处:处处。

③旅情:羁旅情怀。

④谁表:向谁表白倾诉。

⑤后约:将来重会的约期。

⑥看看:转眼。

⑦仙乡:借指旧欢的居处。

[点评]

南宋张津《乾道四明图经》卷七曾记载:"晓峰场,在县西十二里。柳永字耆卿,以字行,本朝仁庙时为屯田郎官。尝监晓峰盐场,有长短句,名《留客住》,刻于石,在廨舍中。后厄兵火,毁弃不存,今词集中备载之。"可知此词是柳永监晓峰(今属浙江定海)盐场时所作,词中所抒发的亦是羁旅情怀和相思之苦。上片全是写景,将春日美景写得生意盎然。"偶登眺",是总冒,上片所述之景皆为登眺所见。"偶"字,略露百无聊赖之意。"凭小阑"三句,概写春光。"艳阳时节",点明时令。"乍晴天气",是春日特有的气候特征,常日春风萧萧,春寒料峭,终于迎来了一个艳阳高照的晴日,正是踏青登眺的绝好时候。但见处处百花争奇斗艳,姹紫嫣红,青绿的芳草鲜翠欲滴。"闲"字,很有一种悠然自得的神态,暗示着人心境的闲适。"遥山"三句,是远景,四面背山面海,故先写层叠远山的高耸晴空,"云散",暗承"晴"字,显示山色的明朗青翠。而另一面则是波涛万汇的东海,春潮涌动,碧海辽阔,浩渺无垠。"万叠"、"千里"、"浩渺",这都是极力拓展词境的关键字眼,山海相映,气象万千。唐人诗"潮平两岸阔,风正一帆悬",固然精妙,但那毕竟还只是写江水的浩渺,柳永这两句展现的却是沧海的壮阔,气魄自然要大得多。在词中描写大海涨潮的浩渺景象,此首是北宋词中仅见之作。"烟村"三句,复又从细处落笔,目光收近,见"烟村院落",炊烟袅袅。绿荫丛中,传出一声声春禽的鸣啭,可谓"枝头春意闹"。上片的景物描写,无论是动是静,是远眺是近观,都表现出浓郁蓬勃的春意和怡然的情致。但如此美景,对于他乡游宦之人来说,尽管可能使他的心情暂时从忧郁中得到片刻的解脱,但终究是无法真正排遣心灵深处的寂寞和无奈,反而对景伤春。因此下片所抒之情,与上片的景物传达出来的情致就截然相反,侧重写伤怀之感了。欢快之景成为忧伤之情的反衬,这在柳永词中也是习见的手法。"旅情悄"三字,立全篇之骨,良辰美景,尽成虚设,徒自惹人愁绪。"远信"二句,写与所思佳人音讯隔绝,间关万里,一别音容两渺茫。"惆怅"三句,写春光转眼将逝,自己亦青春不再,种种"旧欢",一切美好的往事,未知何处,只能在梦中去追寻、去咀嚼。而再会之"后约",更是无凭无据,难有定准,怎能不对景伤怀? 这也就是"旅情悄"的具体内涵。心灵被这种愁绪所占据,身又是天涯游宦的孤独之身,此情此心,又向谁去倾诉呢? 真可谓悲哀已至极处。"盈盈泪眼"三句作结,"仙乡",暗用刘、阮入天台山遇仙故事,这里指所思佳人的住所,说明对方是歌伎的身份。"隐隐断霞残照",以景结情,亦虚亦实,既是想像中"仙乡"杳杳之情事,又是"登眺"所见之实景,从上片的"乍晴天气"到此刻的"断霞残照",点出时间的推移,可见这位游子自早至晚,已在高处遥望凝伫了整整一日,在黯然销魂的情绪中又度过了一天的光阴,而愁绪却依然无休无止、无法排遣。语句含蓄而神情毕见。此词以情与景的反差增强了它的感染力,结构严谨而脉络分明,真实地再现了游子孤独寂寞的情思。

戚　氏

晚秋天。一霎微雨洒庭轩①。槛菊萧疏,井梧零乱惹残烟②。凄然。望江关③。飞云黯淡夕阳间。当时宋玉悲感,向此临水与登山。远道迢递,行人凄楚,倦听陇水潺湲。正蝉吟败叶,蛩响衰草,相应喧喧④。孤馆度日如年。风露渐变,悄悄至更阑⑤。长天净,绛河清浅,皓月婵娟⑥。思绵绵。夜永对景⑦,那堪屈指,暗想从前。未名未禄,绮陌红楼,往往经岁迁延⑧。　　帝里风光好,当年少日⑨,暮宴朝欢。况有狂朋怪侣,遇当歌、对酒竞留连。别来迅景如梭⑩,旧游似梦,烟水程何限。念利名、憔悴长萦绊。追往事、空惨愁颜。漏箭移、稍觉轻寒。渐呜咽、画角数声残。对闲窗畔,停灯向晓,抱影无眠。

[注释]

①庭轩:庭院里的长廊。

②惹:招惹。

③江关:江河关山。

④蛩:蟋蟀。喧喧:混杂声。

⑤更阑:更尽,指夜深。

⑥绛河:指银河。婵娟:美好貌。

⑦夜永:夜长。

⑧迁延:徜徉,流连自在。

⑨少日:年少之日。

⑩迅景:迅速而过的光阴。

[点评]

　　《戚氏》为柳永创调,全词二百一十二字,在词调中是除《莺啼序》之外最长的一体,可谓长篇巨制。词分三叠,抒写行役羁旅,刻画驿馆愁思。篇幅虽然庞大,但用笔极有层次。上片由秋日黄昏之景引入旅思。"晚秋天"二句,点明晚秋时令,微雨初过,庭轩寂静。"槛菊"三句,是庭院之景,秋雨梧桐,西风寒菊,花残叶落,点缀着荒寒的孤馆。而残烟凄迷,漠漠如织,一片"凄然"。"望江关"二句,写庭外远景,正是"关河冷落"、"残照当楼",一抹孤云在夕阳的映衬下,显得愈发暗淡。"当时"二句,用宋玉悲秋之典,其《九辨》中说:"悲哉!秋之为气也,萧瑟兮,草木摇落而变衰。憭栗兮若在远行,登山临水兮送将归。"千古而下,会心如一。"远道"三句,写孤身行役,内心凄苦,陇头流水潺湲不绝,而游子早已倦闻这幽咽之鸣。"正蝉吟"三句,承前"倦听",仍从所闻着笔。"蝉吟"、"蛩响",亦是"倦听"之声,但它们又与游子内心凄感相应。一个"应"字,活画出蝉鸣蛩响彼此呼应的秋声,言愁步步深入,词笔极其细致。第二片"孤馆"三句,承上启下,时间由薄暮推移至夜深。"度日如年",苦况可想。"风露渐变",秋已更深,人愈难堪。"悄悄",是孤寂之状。"长天净"四句,写长空云净,银河清浅,皓月澄鲜,清光如练,引动游子思绪绵绵。"夜永"三句,承"思绵绵",转入对旧日情事的追念。"未名未禄"三句,即是"从前"旧事,想当初,虽无功名利禄,却富浪子情怀,红尘紫陌,绮帐灯昏,经岁经年,流连忘返。种种情事一一涌上心头,故第三片换头,即承以对狂放不羁的少年生涯的回忆。"帝里",指繁华富庶、风光无限的汴京,而自己亦正值青春年少,风流放浪,"暮宴朝欢",况且还有一班意气相投的"狂朋怪侣",歌宴酒席,尽情征逐,流连不已。明代沈际飞曾评此数句说:"插字之妥,撰句之隽,耆卿所长。'未名未禄'一段,写我辈落魄时怅怅靡托,借一个红粉佳人作知己,将白日消磨,哭不得,笑不得。"(《草堂诗余别集》)以下"别来迅景如梭"一句,陡然跌落,"旧游似梦",把京华旧事,一笔勾销。词意起伏动荡,开合有致。"烟水程何限",写别后飘然一身,江湖羁旅,烟水茫茫,前途未卜,何等凄凉。笔力千钧,神完气足。"念利名"二句,是全篇主意,身被名缰利锁所牵绊,心则又不可遏制地追念"往事",因此只能"空惨愁颜"。"漏箭移"以下,又回复至此时夜景,夜已渐深,寒气渐浓,那堪又传来数声若隐若现、若断若续的画角哀鸣。窗前一灯孤照,照人愁影,床前天涯倦客,又是整夜无眠矣。以此作结,沉郁警动,声情激越,写尽了孤馆独处的况味。此词音律谐婉,句法活泼,章法尤其显得层次分明,舒卷自如。近人蔡嵩云《柯亭词论》曾对此作了具体分析:"'晚秋天'一首,写客馆秋怀,本无甚出奇,然用笔极有层次。初学词,细玩此章,可悟谋篇布局之法。第一遍,就庭轩所见,写到征夫前路。第二遍,就流连夜景,写到追怀昔游。第三遍,接写昔游经历,仍落到天涯孤客,竟夜无眠情况。章法一丝不乱。惟第二遍自'夜永对景'至'往往经岁迁延',第三遍自'别来迅景如梭'至'追往事空惨愁颜',均是数句一气贯注。屯田词,最长于行气,此等处甚难学。"此词虽体制繁复,却声情并茂,凄怨感人,当时甚至有"离骚寂寞千年后,戚氏凄凉一曲终"(王灼《碧鸡漫志》)的说法,充分说明了它在当世的流传之广及其感染人心的力量。

轮台子

一枕清宵好梦,可惜被、邻鸡唤觉。匆匆策马登途,满目淡烟衰草。前驱风触鸣珂①,过霜林、渐觉惊栖鸟。冒征尘远况②,自古凄凉长安道。行行又历孤村③,楚天阔、望中未晓。　　念劳生,惜芳年壮岁④,离多欢少。叹断梗难停,暮云渐杳。但黯黯魂销,寸肠凭谁表。恁驱驱、何时是了。又争似、却返瑶京⑤,重买千金笑。

[注释]

①前驱:驱马而行。鸣珂:马勒上的装饰品。

②远况:远行的景况。

③行行:行而又行,驱驰不已。

④芳年:妙龄。壮岁:壮盛之年。

⑤却返:回返。瑶京:指京城。或云指佳人所居之秦楼楚馆。

[点评]

　　这首词在《乐章集》中是一篇颇为典型的羁旅行役之作。晚唐温庭筠《商山早行》诗云:"鸡声茅店月,人迹板桥霜。"此词也写早行,意境仿佛似之,但形容刻画得更为深透。词中提到"楚天",有可能是由汴京到淮南江浙一带的旅途中所作。上片写旅途景物与况味。"一枕"二句,谓好梦被邻鸡唤醒,可见宿于逆旅之中。所谓"好梦",自是在梦中与佳人相会,"镇相随,莫抛躲"之类的情事,正值两情欢悦之时,陡然惊醒,那种惋惜与惆怅之意,自是不可胜言。"匆匆"以下,写旅途情景。"满目淡烟衰草",首先便营造出客途的凄清气氛。"触鸣珂"、"惊栖鸟",语非泛设,都是以动衬静,以少许之声响见出大环境的寂静无声。晏几道《临江仙》词云:"客情今古道,秋梦短长亭。"古往今来,多少失意之人在此路上征尘仆仆,驱驰不已,自己亦未能幸免而已。以感慨收束上片。上片是情自景出,而下片却是景自情显。"行行"二句,谓行役之久,"孤村",谓旅途之寂寞。"望中未晓",写远处楚天,迷蒙一片,也暗含有前途渺茫之意。据南宋胡仔《苕溪渔隐丛话》后集卷三九引《艺苑雌黄》:词人张先见此词,谓"既言'匆匆策马登途,满目淡烟衰草',则已辨色矣,而后又言:'楚天阔,望中未晓。'何也?柳何语意颠倒如是?"在上片已能看清景物,到下片反说"未晓",自是矛盾之处。因此有人解释说,清晨的曙色由近向远展开,故望中远处尚未晓,亦是一说。实际上文人之辞,大可不必太过较真,姑妄言之,姑妄听之,亦无不可。"念劳生"以下,直抒感慨。先反复两面兼说:一为飘荡之游子,一为京城之佳人。"芳年",属佳人,"壮岁",指游子,而皆归于"离多欢少"。"断梗",复指游子,"难停",可见漂泊无定准。"暮云"句,再写佳人,盖用江淹《拟休上人怨别》诗"日暮碧云合,佳人殊未来"之意。故黯然魂销,寸寸柔肠,一腔深情,却无人倾诉。"何时了",厌倦行旅之意显然,把羁旅之情说至极处。"又争似"兜转,表达归京的渴望,希望能与佳人相伴,重享追欢买笑的快乐生活。这种心情在柳词中颇为普遍,由劳倦而转思逸乐,亦是人之常情,似乎不必指责其情趣的低俗。此词上片叙事,下片寄怀,结构上平平无奇,但它和柳永一般羁旅词注重写景不同,全词景物描写并不是特别多,而且几乎都是倦游之情的陪衬,主要是运用了以情、事带出景物的手法,这在柳永词中也是不很常见的,值得注意。

彩云归

蘅皋向晚舣轻航①。卸云帆、水驿鱼乡。当暮天、霁色如晴昼,江练静、皎月飞光。那堪听、远村羌管②,引离人断肠。此际浪萍风梗③,度岁茫茫。　　堪伤。朝欢暮宴,被多情、赋与凄凉。别来最苦,襟袖依约④,尚有余香。算得伊、鸳衾凤枕,夜永争不思量。牵情处,惟有临歧⑤,一句难忘。

[注释]

①蘅皋:长满杜蘅的水边。舣(yǐ):拢船靠岸。轻航:犹言轻舟。

②羌管:羌笛。

③浪萍风梗:喻漂泊不定。

④依约:隐约。

⑤临歧:指分别之际。

[点评]

此词为舟行途中怀人之作。上片写漂游感慨。"蘅皋向晚",点明天色已暮,"舣轻航"、"卸云帆",点明泊舟洲渚。在经历了一天的行程之后,游子又暂泊于苇村山驿,又迎来了一个旅途中的黄昏。"当暮天"二句,描写江上暮色如画。"霁色",说明是微雨之后,晚霞残照,天清澄朗。"江练"句化用谢朓《晚登三山还望京邑》诗中的名句:"余霞散成绮,澄江静如练。"形容江水之明净安详。"皎月飞光",暗示时间的推移,游子已在暮色中凝伫移时了,皎洁的月色与澄静的江水互为映衬,上下交光,正是江乡秀丽之景。而此时远远传来的"羌管"幽幽之声,顿时牵动了游子的自伤漂泊之意和相思之情,词意顿生曲折。这两句是全篇之枢纽,由景入情,也是词意波澜起伏之处。"此际"句承上,点明漂泊生涯。"度岁茫茫",既是实写时光的飞逝,更是游子内在的心理感受,因为飘零生涯中,对于时光的流淌是尤其敏感的。下片抒写相思。"堪伤"二字一领,以下种种皆是"堪伤"之事、"堪伤"之情。"朝欢"二句,今昔对照,当初是暮宴朝欢,两情相惬,无限旖旎,如今却是独处江乡,凄凉落魄。"别来"三句,全从虚处下笔,不说如何相思,却说只因襟袖上佳人所留的脂粉余香,时时牵惹起游子内心的愁苦。想像奇特,情思缠绵。这和南宋吴文英的名句"黄蜂频扑秋千索,有当时,纤手香凝",有异曲同工之妙。"算得"二句,从对方角度落笔,写对方如何思念自己,这还是虚写。"牵情处"三句作结,写当初分手之时的"一句",最是"牵情"、最难忘怀,这仍然是虚写,盖此"一句"究竟是何言语,也并未说明,留下了充足的想像空间,让读者去猜测、去回味。这首词的结构以上景下情的传统方式展开,并无太多新意。写景用雅句,而抒情用俗语,这种下字运意上的雅俗并陈,也是柳词中常见的手法。而此词最特殊的地方是对情感的抒发全是从虚处来写,下片除了"堪伤"二字,是直抒胸臆之语以外,其他四层都是盘旋曲折地从不同角度虚写相思之意,直至篇终,始终不落实地,但就在这种虚写中,情感的真挚反而表达得更加淋漓尽致。这种离合吞吐之笔在柳词中并不多见,在后来周邦彦的词中则是发挥得炉火纯青了。

夜半乐

　　冻云黯淡天气①，扁舟一叶，乘兴离江渚②。渡万壑千岩，越溪深处③。怒涛渐息，樵风乍起④，更闻商旅相呼，片帆高举。泛画鹢⑤、翩翩过南浦。　　望中酒旆闪闪⑥，一簇烟村，数行霜树。残日下，渔人鸣榔归去⑦。败荷零落，衰杨掩映，岸边两两三三，浣纱游女。避行客、含羞笑相语。　　到此因念，绣阁轻抛，浪萍难驻⑧。叹后约丁宁竟何据⑨。惨离怀，空恨岁晚归期阻。凝泪眼、杳杳神京路⑩。断鸿声远长天暮。

[注释]

①冻云：指将要下雪时凝聚的云层。

②渚：水中沙洲。

③越溪：此指若耶溪，在浙江会稽若耶山下，据说是西施浣纱处，亦名浣纱溪。

④樵风：《后汉书》卷三十三《郑弘传》引《会稽记》云，郑弘上山砍柴，拾得一箭，还给了前来寻找的神人。问何所欲，郑弘说在若耶溪上运柴很艰难，希望早上溪上吹南风，傍晚吹北风。后果然如愿。后世称若耶溪之风为樵风，又叫郑公风。这里有顺风之意。

⑤鹢（yì）：一种水鸟。古人常把它画在船头。后世以"画鹢"指代船。

⑥酒旆（pèi）：酒旗。

⑦榔：船后靠近船舱的横木。捕鱼时，以木椎敲击，声如击鼓，鱼听见后便不敢

动,可以顺利捕捞。

⑧绣阁:闺阁,这里实指闺阁中的佳人。浪萍:随波翻转的浮萍,比喻漂泊无定。

⑨丁宁:即叮咛。何据:无据,无定准。

⑩神京:指北宋都城汴京。

[点评]

　　这首词分为三片,描写了在会稽附近的一次舟行,以抒发羁旅之感。第一片写道途的经历。此句点明时令和出发时的天气:冻云酿雪,初冬的天色略显暗淡。"扁舟"二句,即写离岸启程,笔致潇洒飘逸。以下叙述行程,"渡万壑"二句,谓小舟于激流险滩、奇岩危濑之间,转折急下,以见舟行之远。"怒涛"三句,则波平浪静,风顺人意,风中隐隐传来远处商旅相呼之声,此谓舟行所遇。"片帆"二句,写一帆高挂,乘风疾驶。"泛"、"翩翩"等字眼,都可见出舟行的轻快急速,而词人独立船头,怡然自得的情状,以及同样轻快的情绪也如在眼前。第二片顺承,写途中见闻,描景如画。"望中"二字,领起全片,所有景致皆自"望中"生发。小舟此时由溪山深处转到江村,只见高挑的酒旗在风中飘闪,村落被炊烟所缭绕,村处点缀着几排霜残叶落的枯树,这是远景;在落日映照的江面上,渔人们结束了一天的劳作,在渔歌和鸣榔声中缓缓而归,这是近景。以下更由远及近,细致描摹。"败荷"、"衰柳",皆是秋冬之际的典型物象,但就在如此衰阑萧瑟的氛围中,陡然出现了岸边两两三三的浣纱游女,令人眼明,"避行客"句则写出了她们的羞容娇态。这和周围景物的凄凉、时令的荒寒形成反差极大的对比,使整片的写景灵动生色。但同时这些无忧无虑的少女又牵动了旅途中人的愁绪,让他想起了远方的意中佳人。由此,词意很自然地过渡到了第三片的去国离乡之感。"到此因念"一领,承上启下,触景生情,既怀念闺中佳人,又自伤漂泊无定,当初离别之时,虽有叮咛相嘱、早日归来的约定,但现在终究是无法兑现了。"惨离怀"二句继续铺写,时至岁暮,归期难卜,只能空自抱憾,这是从时间角度而言;"杳杳神京",归途遥远,只能凝泪长望,这是从空间角度而言。结句以景结情,长天空阔,暮色苍茫,离群的孤雁掠过,凄厉的鸣叫声渐去渐远,欲托雁足传书,亦无可能,同时孤雁的形象无疑也是词人自身孤独寂寞心境的象征。此片前段急管繁弦,针脚细密,后段则疏荡浑灏,纯以神行。

　　沈祖棻《宋词赏析》中曾说这首词所用字句,"都与浙江有关,足见作者用词的细密,若是囫囵看过,未免有负他的匠心"。用典的浑成而贴切的确是此词的一大特点,这在上片中体现得尤其明显。如"乘兴离江渚"句中的"乘兴",虽是常见语,实则自有出处,《世说新语·任诞》中记载东晋王子猷居山阴,忽忆好友戴安道,遂连夜冒雪乘船前往剡溪寻访,一夜方至,却造门不前而返,人问其故,曰:"吾本乘兴而来,兴尽而返,何必见戴?"这就是著名的"访戴"故事,它的发生地山阴、剡溪都在本词所描写的会稽附近。下面"渡万壑千岩"一句,同样也是化用了《世说新语》中顾恺之称赞会稽山水的名言:"千岩竞秀,万壑争流,草木蒙笼其上,若云兴霞蔚。"此外,第二片中的"浣纱游女",也让读者联想到当年同在若耶溪中浣纱的美女西施。铺叙的细腻是本词另一个主要特点。这首词无奇文,无僻语,纯以精致而有序的铺排来展现。例如第二片"渔人鸣榔归去"以下,与王维《山居秋暝》诗中的名句"竹喧归浣女,莲动下渔舟",场景极为类似,同样也带有浓厚的田园风味,是词中较早出现的对田园风光的描写。二者相较,一繁一简,对比鲜明,王诗只用五个字来表达的意思,柳词却用了三句十八字,然而并不觉其琐屑冗重,这就是因为它表现得更透彻、更深入、更细腻。同样,第三片中的"绣阁"二句,意思已足,而"叹后约"以下全是渲染铺叙,随着感情的变化,愈发曲折细密。全词骨气清劲,大开大阖,是柳永长调中大手笔之作。

安公子

长川波潋滟①。楚乡淮岸迢递,一霎烟汀雨过②,芳草青如染。驱驱携书剑。当此好天好景,自觉多愁多病,行役心情厌。　　望处旷野沉沉,暮云黯黯。行侵夜色③,又是急桨投村店。认去程将近,舟子相呼,遥指渔灯一点。

[注释]

①长川:当指淮河。潋滟:水光波动之状。

②一霎:一会儿,表示时间短暂。烟汀:烟雾笼罩的汀洲。

③行侵:渐近。

[点评]

　　此词当是柳永漂泊于江淮一带时的作品,所写的仍是逆旅中的愁苦之情。一部《乐章集》中,这类词数量颇多,但让后人惊异的是,篇篇都很能经得起讽咏,并不令人觉得雷同乏味。这首词上片由景入情,下片却全写行程,并没有花太大的篇幅去描写愁绪而愁绪自见,这是与其他词稍有差异之处。起处四句写景,"长川"即指淮河,"波潋滟",是春水盈盈之状。"楚乡淮岸",点明地点,"迢递",点明羁旅。"一霎"二句,写水中沙洲和岸边青草,春雨染春草,既写出了江南春雨的滋润,又写出了芳草的青翠欲滴。白居易《早春忆微之》诗中虽有"沙头雨染斑斑草,水面风驱瑟瑟微"之句,但白诗尚有春寒之意,而柳词却给人以优美清新、心旷神怡的感受,取景虽一,韵味却别。如此好春,本应拂花寻柳,怡赏春色,但在落魄游子的心中,却全是一片凄苦之意,以下便着重抒发这种哀情。王夫之《姜斋诗话》中说:"以乐景写哀,以哀景写乐,一倍增其哀乐。"即是通过情与景失去平衡所造成的巨大张力,来刺激读者的心灵,这种反衬手法往往能收到更好的表情达意的效果。"驱驱"句,总括漂泊生涯,落拓江湖,书剑无成。"当此"二句,以"好天好景"对"多愁多病",即是反衬之笔。虽有良辰美景,怎奈间关跋涉、身不由己,根本无心赏玩,只能轻易辜负大好春光了。随即逼出"行役心情厌"一句,总束上片,极有分量,表现了主人公厌倦烦躁的神态。下片续写"行役",但时间已是薄暮。"望处"二句,以"沉沉"、"黯黯"表明时间的推移,由上片的白昼到下片的黄昏,同时也预示着游子前途渺渺、归期难卜的命运。这又是从正面以景见情的手法。"行侵夜色",时间进一步推移,已至夜晚时分,亦是投宿之时了。"又是"二字,见出行役途中,宿于荒郊野店,已是屡屡如此,虽然经惯,但还是禁不住厌倦之情,或有意或无意地通过"又是"二字显现了出来。"认去程"三句,以平淡之语写至深之情。或认为"去程"是指这次行役的终点,不确。实则"去程"就是去"村店"之程,只不过是旅途中的一驿而已。"渔灯一点"，可见距村落不远。但是就算到了村落旅舍之中，又能如何呢？恐怕最多不过是倒头大睡而已，甚至禁不住这单栖况味而整夜无眠，也未可知。明日又将起程，不知何处才是终点。这个结句和柳永另一首《安公子》词上片结句："停画桡、两两舟人语。道去程今夜，遥指前村烟树"十分相似，语气虽同一平淡，但似乎此词之中，悲凉凄苦、空虚落寞的氛围更浓郁一些。

引驾行

红尘紫陌，斜阳暮草长安道，是离人、断魂处，迢迢匹马西征。新晴。韶光明媚，轻烟淡薄和气暖①，望花村、路隐映②，摇鞭时过长亭。愁生。伤凤城仙子③，别来千里重行行。又记得临歧，泪眼湿、莲脸盈盈④。　　消凝。花朝月夕⑤，最苦冷落银屏。想媚容、耿耿无眠，屈指已算回程。相萦。空万般思忆，争如归去睹倾城⑥。向绣帏、深处并枕，说如此牵情。

[注释]

①和气：清和温暖之气。
②隐映：为草木所掩映。
③凤城仙子：相传秦穆公女弄玉吹箫而凤降其城，因号曰丹凤城。后世称京城为凤城。这里以凤城仙子指代京城中所恋之歌伎。
④莲脸：比喻女子红艳娇媚的脸容。盈盈：仪态美好貌。
⑤花朝月夕：代指良辰美景。
⑥倾城：倾国倾城的佳人，形容女子的美貌。

[点评]

这首《引驾行》属仙吕调，与柳永另一首属中吕调的《引驾行·虹收残雨》词，在音律和断句上都有些差异。此词写漂泊游子在途中思念京城佳人之情，抒发羁愁。上片自"红尘紫陌"至"新晴"，与"韶光明媚"至"愁生"，句法全同，有点类似于"双拽头"之调，这使得词的声势更加开阔张扬，利于铺写。起首二句，写"长安道"。唐代刘禹锡《元和十年戏赠看花诸君子》诗云："紫陌红尘拂面来，无人不道看花回。"后世借指京城之道，这里用其字面，指"长安道"。柳永曾行役至陕西渭南一带，如其《少年游》词即云："长安古道马迟迟。"这条"长安道"至宋代自然再也没有了大唐盛世时的那种热闹喧嚣，故柳永笔下的"长安道"皆是一派萧索氛围。此词中的"斜阳暮草"，渲染的也是同一种气氛。这种萧索之感不仅来源于怀古之思，更主要的是来源于游子的孤独行役生涯，故"离人"、"断魂"、"迢迢"、"匹马"、"西征"等一连串带有强烈情感色彩的词汇，纷至沓来，仿佛令人目不暇接，这正是柳永最为擅长的、浓墨重彩的铺排手法。"新晴"以下，转说气候。时令是"韶光明媚"的春天，春光殆荡，"轻烟淡薄"，正是"暖风醺得游人醉"之时。举目遥望，花树隐隐，村落宛然，主人公摇鞭寻路，"时过长亭"。然而就是这路边的"长亭"，陡然引发了游子的离思。古代驿路边，每隔数十里即设一长亭，供行人歇脚休息。但"长亭"，又是送别之所，长亭折柳的意象，已是离别的代名词，具有了深沉的文化内涵和丰厚的感情含蕴，最能唤起旅途中人的无限愁情。故下面即承以"愁生"二字，由对春景的描绘，转入对离思的抒写，而"长亭"向"愁生"的过渡，使这种转折显得十分自然，可谓针脚细密，筋脉流畅。"伤凤城仙子"以下，是"愁生"的具体内容。游子所思佳人是汴京城中的一位歌伎，一别之后，千里遥隔，自己行役不已，更是相思不已。"重行行"，用《古诗十九首》中"行行重行行，与君生别离"之句，而"生别离"，自然又让人联想起"悲莫悲兮生别离"之语，词意悲切。"又记得"二句，追溯分携时佳人莲脸含愁、泪眼盈盈的情景，因为这个恋恋不舍的场景，正是游子在旅途中千般思忆、最难忘怀的一幕。下片承以对佳人苦况的揣想，别离之后，她定然也是孤单寂寞，日日销黯凝伫，独自伤神。每逢良辰美景，对花对月，内心必定分外凄凉。而最让人难以忍受是便是漫漫长夜，银屏冷落，鸳被空展，夜夜无眠。或许自离别之日起，就已经在掰着指头，算着自己的回程之期吧。这一段设想，真切动人，如在眼前,颇显温存。"空万般思忆"二句,是说万千思念,俱属空幻,解不了相思之渴,排不掉愁绪之深。只有早日归去,与佳人重逢,才是惟一的慰解之方。"向绣帏"二句,翻进一层设想,写将来归京之后,与佳人同衾共枕,将向她细细诉说自己此刻对她的魂梦牵萦。这自是对李商隐《夜雨寄北》诗中"何当共剪西窗烛,却话巴山夜雨时"之句的翻用,由现在设想将来如何重忆现在。不过所有这些究竟还只是设想而已,对于落拓潦倒、飘零无定的游子来说,只能是一种未知是否真能实现的期望和心愿罢了,这种设想越温馨、越热烈,内心的愁绪只会愈发强烈,这才是此词真正要表达的悲苦之意,也是游子悲剧命运之所在。

八声甘州

　　对潇潇①、暮雨洒江天,一番洗清秋。渐霜风凄紧,关河冷落②,残照当楼。是处红衰翠减③,苒苒物华休④。惟有长江水,无语东流。　　　不忍登高临远,望故乡渺邈⑤,归思难收⑥。叹年来踪迹⑦,何事苦淹留⑧。想佳人、妆楼颙望⑨,误几回、天际识归舟。争知我、倚阑干处⑩,正恁凝愁。

[注释]

①潇潇:形容风雨急骤。

②关河:泛指江山。

③是处:处处。红衰翠减:指红花绿叶的凋残枯萎。

④苒苒:同冉冉,缓慢状。物华:美好的景物。

⑤渺邈:遥远状。

⑥归思：指游子思乡之情。

⑦年来：近来。

⑧淹留：久留，指久客他乡。

⑨颙（yóng）望：凝望，盼望。

⑩阑干：即栏杆。

[点评]

这是柳词中抒写羁旅情怀的一篇名作。通篇贯穿着一个"望"字。上片是登楼凝眸的望中所见，无论风光、景物、气氛都笼罩着浓郁的悲秋情调，触动着人们的归思。起句劈空而来，俊爽无匹，气魄极大，直有牢笼天地的气象。"霜风"三句，以"渐"字领起，在深秋萧瑟寥廓的景象中，表现久滞异地的游子之怀，苍茫浑厚，意境高远。宋赵令畤《侯鲭录》卷七中载苏轼的话："世言柳耆卿曲俗，非也。如《八声甘州》云：'霜风凄紧，关何冷落，残照当楼。'此语于诗句不减唐人高处。"能使得鄙薄柳词的苏轼也不禁叹赏，可见这三句的艺术魅力。"是处"以下，转写眼前风光，悲秋亦复悲己。江水东流，不管花落叶残，亦不管人心中的愁绪，故无语，故无情，故愈悲。上片景中生情，下片则写望中所思，直抒胸臆。"不忍"，复又"难收"，委婉曲折，见出思归之情的起伏翻腾。"叹年来"二句，自问自叹，自怜自伤。"想佳人"二句，从对面落笔，由自己的望乡想到闺中佳人的望归，缠绵缱绻。这里借用了谢朓《之宣城出新林浦向板桥》诗中的名句："天际识归舟，云中辨江树。"同时又吸收了温庭筠《梦江南》词中的意境："梳洗罢，独倚望江楼。过尽千帆皆不是，斜晖脉脉水悠悠。肠断白蘋洲。"想像佳人对自己的迟迟不归已生怨恨了，把本来的独望写成双方关山遥隔的千里相望。结句呼应篇首，申诉自己欲归未得、思念不已之情，但又用"争知我"，从对方设想来写自身，似乎在遥遥相望中互通衷款，显得尤为曲折动人。这种设想细微体贴，化实为虚，见出对佳人的关切和知心，人未归而心已归，是深一层的写法，以更见归思之切。

《甘州》本是唐代边地乐曲，属高调，五代毛文锡《甘州遍》中云："美人唱，揭调是《甘州》。"揭调即是高调。此调凡八韵，故名《八声甘州》，据说当年表演时，每唱一韵，即彩声如雷，一曲终了，喝彩八次。这也可见出此词声韵之美与词意之佳。清代陈廷焯《词则》眉批中谓此词："情景兼到，骨韵俱高。无起伏之痕，有生动之趣。古今杰构，耆卿集中仅见之作。"这个评价并不过分。从声韵上来看,这首词中双声叠韵等联绵字用得很多,双声如"清秋"、"关何"、"冷落"、"当楼"、"渺邈"、"踪迹"、"颙望"等,叠韵如"长江"、"无语"、"阑干"等,这些特殊的字声,增强了曲调的亢坠抑扬,时而嘹亮,时而悲咽,以声写情,表现心绪的起伏不平。而章法的细密、意绪的开阖动荡,铺叙展衍等艺术技巧,尤其受到后人的推崇。另外,此词在语言上,既有"霜风"三句这样极为雅化的句子,也有"想佳人、妆楼颙望"这样的俗语,虽然有后人认为"佳人妆楼四字连用,俗极,亦不检点之故"(陈廷焯《白雨斋词话》卷五),实际上,雅俗并陈而能俗不伤雅、雅不避俗,这正是柳永词的特色。

竹马子

　　登孤垒荒凉,危亭旷望①,静临烟渚②。对雌霓挂雨③,雄风拂槛④,微收烦暑。渐觉一叶惊秋⑤,残蝉噪晚,素商时序⑥。览景想前欢,指神京,非雾非烟深处⑦。　　　向此成追感,新愁易积,故人难聚。凭高尽日凝伫。赢得销魂无语。极目霁霭霏微⑧,暝鸦零乱⑨,萧索江城暮。南楼画角,又送残阳去。

[注释]

①危亭:高亭。

②烟渚:烟雾笼罩的洲渚。

③雌霓:《尔雅注》:"虹双出,色鲜盛者为雄,雄曰虹;暗者为雌,雌曰霓。"雌霓指双虹中颜色较浅淡的一条,又名副虹。

④雄风:宋玉《风赋》:"清清泠泠,愈病析酲,发明耳目,宁体便人。此所谓大王

之雄风也。"此指清爽之风。

⑤一叶惊秋：指秋天始至。《淮南子》："见一叶落而知岁时之将暮。"

⑥素商：指秋天。商为五音之一，古人认为商音对应秋天。

⑦神京：指汴京。非雾非烟：《史记·天官书》："若烟非烟，若云非云，郁郁纷纷，萧索轮囷，是谓卿云。卿云见，喜气也。"故后世以"非烟"、"卿云"来形容祥云。

⑧霏微：迷蒙貌。

⑨暝鸦：暮归之鸦。

[点评]

　　《竹马子》之调，首见于《乐章集》，当为柳永创调。此词为抒写离情别绪之作，格调沉郁苍凉。或据下阕中"江城"、"南楼"之语，谓作于湖北武昌，从词中所述景物风光来看，不是没有可能，但现存柳永行迹中并无关于武昌的记载，这种说法目前也只能是一种假设。作于南方倒是可以肯定的，而怀念的对象则是汴京城中的一位歌伎。上片由景入情。起处三句，写登临之地。残壁废垒之上，一座孤亭，"旷望"，可见视野的开阔。"荒凉"、"危"、"旷"等，都是与人物心境有关、经过精心挑选的字眼。"静临烟渚"，写亭下洲渚，笼于风烟之中，见出孤亭之高和环境的静寂。"对雌霓"三句，写天气。"雌霓"本指色泽稍暗的彩虹，在这里只是为了和下面的"雄风"相对，实际上就是指彩虹。"雄风"，用宋玉《风赋》之语，指清凉雄健之风。这两个对句，工整流丽，气韵清健，给人以开朗阔远之感。"微收烦暑"，是"雨"和"雄风"给人的感受，夏日的炎威已渐渐消减，说明这是夏末秋初之时。故而下面"渐觉"三句，就很自然地转写初秋的节候。"渐觉"二字一顿，"一叶惊秋，残蝉噪晚"，从个人感受中写出了由夏入秋的时序变化过程，前者是视觉形象，后者是听觉形象。"素商时序"，则是上述感受的总括。时令虽只是残暑，但情感氛围却似乎在向深秋靠拢，这也体现了词人心理的一种趋向。"览景"句是一篇之枢纽，"览景"二字，收束上文对景物时令的描写，"想前欢"三字，则引入了情感的抒发过程。于是前述望秋先殒之叶和残蝉凄苦之鸣，就都具有了人格含意，仿佛也成为作者自身命运的一种象征了。"前欢"，既指京城中的佳人，也是指两情相悦的种种欢情往事，而无论是人、是事，对于漂泊江南的游子来说，都如同"神京"那样遥远朦胧、可望而不可即，皆成过眼云烟了。上片过拍这三句，写得曲折委婉，言近旨远。下片"向此成追感"，紧承"想前欢"而来，"新愁易积，故人难聚"二对句，精警无匹。"新愁易积"，暗示着故人难忘、旧愁难排；"故人难聚"，暗示着别离愈久而新愁愈发连绵不断。往复回环，很具有情感表达的深度。"凭高"二句，远承上片之登临，近承下片之"追感"，以"尽日凝伫"之动作体现了"销魂无语"的神情，"赢得"二字，更是无限苍凉感慨之意。"极目"以下五句，以景结情，内心凄苦既无法言表，极目望去，又是一派萧索的秋暮景象，暮霭、归鸦、角声、残阳，这些物象所具有的萧索悲苦的情调，正与主人公销魂痛苦的精神状态相合，游子落寞孤独之情尽显无余。故不得不像柳永另一首《曲玉管》词中所说的那样，"每登山临水，惹起平生心事，一场消黯，永日无言，却下层楼"了，此词更衬以悲咽的画角之声和残阳如血之景，把"销魂"之意写到了极处。此词起、结二处俱是写景，上下片之间抒情。或由景生情，或融情入景，情与景的衔接十分紧密，转接妥帖自然，结构富于变化而意脉流贯。词中的情感抒发也基本上都是虚写，并没有像其他词那样，对于往事或佳人作过于具体的描绘，只是侧重从自己的角度渲染离情和痛苦，因此也显得格调清朗不俗，甚有雅致。

迷神引

一叶扁舟轻帆卷。暂泊楚江南岸。孤城暮角①，引胡笳怨②。水茫茫，平沙雁③、旋惊散。烟敛寒林簇，画屏展④。天际遥山小，黛眉浅⑤。　　旧赏轻抛⑥，到此成游宦。觉客程劳，年光晚。异乡风物，忍萧索⑦、当愁眼。帝城赊⑧，秦楼阻，旅魂乱。芳草连空阔，残照满。佳人无消息，断云远。

[注释]

①暮角：指暮色中传来的画角声。

②胡笳：胡人卷芦叶而吹者谓之胡笳，其声哀怨。

③平沙：平旷的沙原。

④画屏展：喻山水景物如画。

⑤黛眉：青眉，喻远山。

⑥旧赏：故知，指意中佳人。

⑦忍：即怎忍。

⑧赊：远。

[点评]

　　这也是一首羁旅词，大概是柳永宦游江南一带时所作。起处"一叶"二句，点明舟行夜泊。"一叶"、"扁舟"、"轻帆"三个词，都似乎暗示着行旅的孤单。"帆卷"，谓舟人收卷风帆，准备停泊，故下句便云"暂泊"，既是"暂泊"，说明只是暂且止宿，明日仍将舟行，又隐约暗示着旅途的劳顿和游子心理上的疲倦。"孤城"以下，直至上片终了，全是以铺叙之笔描写楚江暮景。"孤城"二句，写岸边孤城中传来阵阵暮角悲吟和胡笳的幽怨之声，引动羁旅之人凄黯的情绪，从而奠定了后面景物描写的基调，处处都流露出飘零凄凉之意。江水茫茫，平沙落雁，旋又惊散，这惊飞的孤雁不正是游子落拓天涯、行踪无定的象征吗？"烟敛"二句，写寒林漠漠，暮烟如织，恍似屏上图画；"天际"二句，写天际空阔，遥山一抹，如同浅淡的青眉。景色虽然十分优美，但在"孤城"二句所营造的氛围笼罩之下，却增强了游子的愁怨和寂寞之感。这种层层铺叙、以景见情的手法，正是柳词长技。下片抒发宦游生涯的感慨。所谓"旧赏"，犹言故交、故知，自然就是指后面所提到的京都"佳人"，"轻抛"，可见游子始终沉浸于当年与佳人离别的痛苦离情之中，始终因"轻抛"而悔恨不已。一方面拘于功名，不得不辗转风尘、驱驰四方，另一方面又自心灵深处深感疲惫，渴望早日结束这种不安定的生活。这不仅是词中游子痛苦的根源，也是柳永自己和古代不少文人共同的心理。"觉客程劳"四句，由自己行役之苦的角度落笔。旅途劳顿之人，特别容易觉得岁月流逝之速，何况又是对此一片萧瑟的"异乡风物"，怎忍以悲愁之眼去当此萧索之景呢?"帝城"三句,则从忆人的角度落笔。举头见日而不见长安,帝城遥远而秦楼阻隔,前欢旧事,一一涌上心头,正因阻隔,故恍如前尘梦影,渺不可寻,自令旅人意乱神迷,愁闷无端。"芳草"四句作结,则伤怀念远,打并一气。芳草萋萋,遮程蔽路,绵延不绝。遥望远天,斜阳冉冉。这既是实景,使下片的抒情富于变化、摇曳多姿,同时又进一步暗示了"帝城赊,秦楼阻"之意。"佳人无消息,断云远",以实笔作结,显得非常凝重有力而又情意缠绵。柳永的许多双调羁旅词的结构,往往是上片以景起,至上片结尾处归到离情,下片先铺叙离情,结句又往往以景作结,形成情景相生、前后呼应的对称结构。这首词却稍有不同,上片全写景,不直接抒情,下片也仍然以情语作结,不写虚景。情景关系不是以结构布置,而是通过两者的内在联系来展现,显得简洁明晰而又意境含蓄,技巧是相当娴熟的。

塞 孤

一声鸡,又报残更歇①。秣马巾车催发②。草草主人灯下别③。山路险,新霜滑。瑶珂响④、起栖乌,金镫冷⑤、敲残月。渐西风紧,襟袖凄冽⑥。　遥指白玉京,望断黄金阙⑦。远道何时行彻⑧。算得佳人凝恨切。应念念,归时节。相见了、执柔荑⑨,幽会处、偎香雪⑩。免鸳衾,两恁虚设。

[注释]

①残更歇:指天将明。
②秣马:喂马。指准备出发。巾车:有帏盖的车子。

③草草:草率匆忙。

④瑶珂:马络头上的玉制饰物。

⑤金镫:马镫的美称。

⑥凄冽:凄清寒冷。

⑦白玉京、黄金阙:皆是道教神话中仙人所居之府,这里借指京城所思美人之所居。

⑧彻:尽。行彻:犹言走完。

⑨柔荑:本指初生的嫩茅,代指美人之手。《诗经·卫风·硕人》:"手如柔荑,肤如凝脂。"

⑩香雪:指美人肌肤。

[点评]

　　《塞孤》,又名《塞姑》。万树《词律》卷一谓《塞孤》即《塞姑》之遗名,"孤"乃"姑"之讹,并解为戍边者之闺人所唱,故名。《全唐诗》附词载唐无名氏"昨日卢梅塞口"一首,咏调名本意,为六言四句之声诗。而长短句体则始见柳永此词,入般涉调(黄钟羽)。此词描写荒寂冷落的孤独行旅,与调名可能也有一定的联系。

　　起句写鸡鸣声、更漏声,暗示天虽未明,而人已不得不行,"又报"二字,包含无可奈何之意,见出此种早行,已是惯经。"秣马"句承上,点明"催发",与逆旅主人草草作别之后,便又踏上了遥遥征途。"山路"句以下,写早行情况,"霜滑"、"栖乌"、"残月",都是形容"早"字,周邦彦的《少年游》中说:"马滑霜浓,不如休去,直是少人行。"那是在城中的夜晚,而在这清晨的山道中,自然更是荒寒凄凉了。"瑶珂"之响声、"栖乌"惊飞之声,也是以动衬静之法,即"蝉噪林愈静,鸟鸣山更幽"的效果。同时"瑶珂"、"金镫"的清冷感觉,与"栖乌"、"残月"所营造的凄清氛围亦若合符契、相生相发,进一步渲染了内心的早行之苦。"襟袖凄冽"句,遂直接点出心理情绪,引出下片的情感抒写。换头"遥指"二句,语似异而意实同,"遥指"即是"望断","白玉京"即是"黄金阙",说明所思佳人乃在京城汴梁,其身份大概也是青楼红尘中者。"远道何时行彻",一声慨叹,无限怅惘。"算得"三句,从对方角度设想,己则行行愈远,佳人则凝恨切切,正是"相去日以远,衣带日以缓",日日独倚望江楼,不知何处是归舟!"相见了"以下,则是对未来的美好想像,待得重见,定当执其纤手,偎香依暖,百倍温存,永不分离,再也别像如今这样,各自夜夜空守鸳被,任其虚设了。

此词上片写景,下片抒情,仍是传统的章法结构。不过正如王国维所说的"一切景语皆情语",景中有情,词意才会显得丰富,同样,情中有景,更可收点染之效。此词反复铺叙,而上下片之间的过渡又十分自然妥帖。另外,上片的大段描写,声色相形,节奏感很强,充分体现出柳永词工于写景的特色。

安公子

远岸收残雨。雨残稍觉江天暮。拾翠汀洲人寂静①,立双双鸥鹭。望几点、渔灯隐映蒹葭浦。停画桡②、两两舟人语。道去程今夜,遥指前村烟树。　　游宦成羁旅。短樯吟倚闲凝仁③。万水千山迷远近,想乡关何处。自别后、风亭月榭孤欢聚④。刚断肠⑤、惹得离情苦。听杜宇声声⑥,劝人不如归去。

[注释]

①拾翠汀洲:曹植《洛神赋》:"命俦啸侣,或戏清流,或翔神渚,或采明珠,或拾翠羽。"本指拾取翠鸟羽毛做首饰。这里借指女子春日踏青嬉游。

②画桡:指绘有画饰的舟船,这里不过是作为船的代称。

③樯:船上桅杆。

④孤:同辜,辜负。

⑤刚:正、恰。

⑥杜宇:即杜鹃鸟,古人认为其鸣声似言"不如归去",故往往闻杜宇而兴思归之

情。

[点评]

　　此词亦是一首抒发游宦他乡之羁旅愁情的作品。"远岸"二句,写江天雨过,天色已暮。雨已收,方觉"江天暮",则久雨之情状可以想见。因久雨而阻行程,故只能蛰居小舟之中,独自体味抑郁无聊之心情。"拾翠"二句,本写即目所见:汀洲寂寞,鸥鹭栖息。却虚写女子拾翠以作陪衬,以热闹衬冷清,又以鸥鹭之"双双"反衬自己的形单影只。景中已微露情绪,意味便长。"望几点"句,写夜色中的远处景物,几点渔灯,在苇荻岸边,若隐若现。"停画桡"以下,是近处所闻,写船家隔船问答之语,又通过他们的对话,勾勒隐约之中的"前村烟树",用笔洗练而生动,神情口吻如见。下片"游宦成羁旅"一句,是全词主旨,上片所铺写的景物,或隐或显,都在暗示此句,而有此一句,反观上片之设景,顿觉罩上了一层忧郁的色彩。同时下片的情感抒发也全都由此句生出。词人把这句放置于全词的中心位置,实为匠心独运之处。"短樯"句,写闲倚船樯,无聊远望,黯然神伤。"万水"二句,承"凝伫"而来,"万水千山",是眼中所见,"乡关何处",是心中所念。唐代崔颢《黄鹤楼》诗中"日暮乡关何处是,烟波江上使人愁",意境仿佛近似之。"自别后"以下,承接"乡关何处",集中抒写"离情"。"风亭月榭",是当年之欢乐,而如今独处孤舟,虽亭榭依然,但也只能空自辜负良辰美景、风月之夜了,更不用说当年携手同欢之人矣。句中有人,惆怅无尽。本是"离情"正苦之时,又闻声声杜宇之鸣,鸟本无知,却催归情切,正是"恨别鸟惊心",则人之不堪,自在言外。此词以"游宦成羁旅"和"离情苦"为全篇之主干,组织情语景语,用笔层层深入,尤其是下片的直抒离情,音节态度,跌宕生姿,情意深婉而笔力健拔。语言上则摒去香奁艳语和绚烂秾丽的色泽,以深挚之情出之以萧疏淡远之辞。清代邓廷桢《双砚斋词话》中谓此词"通体清旷,涤尽铅华",是很有见地的评价。

倾 杯

　　水乡天气,洒蒹葭①、露结寒生早。客馆更堪秋杪②。空阶下、木叶飘零,飒飒声干,狂风乱扫。当无绪、人静酒初醒,天外征鸿,知送谁家归信,穿云悲叫。　　蛩响幽窗,鼠窥寒砚,一点银釭闲照③。梦枕频惊,愁衾半拥,万里归心悄悄④。往事追思多少。赢得空使方寸挠⑤。断不成眠⑥,此夜厌厌,就中难晓⑦。

[注释]

①蒹葭:芦苇。

②秋杪:指暮秋、深秋。

③银釭(gāng):指灯。

④悄悄:忧愁貌。《诗经·邶风·柏舟》:"忧心悄悄。"

⑤方寸:指心,古人称心为方寸地。挠:扰挠。

⑥断:有肯定的意思。

⑦就中:内里。这里指长夜。

[点评]

　　《倾杯》,又名《古倾杯》、《倾杯乐》,摘自唐教坊大曲《倾杯》,本为舞席间所歌劝酒之词,唐代为齐言体声诗,其杂言体,首见敦煌曲《云谣集杂曲子》,至宋代演为慢词,以柳永所作为多,共八首。本词是一篇描写羁旅愁情之作。节候为深秋,时间为寒夜,皆是动人愁思的特定环境。上片着重写萧疏衰飒的秋景。起笔二句,化用《诗经·蒹葭》篇中"蒹葭苍苍,白露为霜"之语,以凄冷的笔调,渲染水乡秋色,同时暗示"所谓伊人,在水一方"的思忆之情,意境与字面水乳交融,看似平常轻易,实则颇见功力。"客馆"句,点明时令和自己的羁旅处境,独在异乡为异客,已是令人难堪,何况又值深秋时节,悲秋之意与客思之情交相生发。"更堪"二字,既是加倍写法,也体现了孤独凄凉的哀感。以上总体描摹之后,转入客馆近景,紧扣秋意,在狂风乱扫之中无奈飘零的木叶,无疑是他乡游子的化身,木叶飒飒之声与这篇愁肠百结之词也有着一定的象征联系。以"干"形容"声",是运用通感手法,以属于触觉的"干"来描述属于听觉的"声",使人不仅仿佛听见了风舞落叶之声,还似乎感触到了落叶枯黄之态,暗示着凛凛寒秋带给人的烦乱心绪和无端感慨。"当无绪"以下,由景入情,"人静酒初醒",说明前述秋景令人生愁,故欲借酒浇愁,然而时已夜深,酒已醒而愁绪依旧。其间已隐含着时间的推移过程。举头遥望,但见天边征鸿掠过,鸿雁虽能传书,但只是为他人传递归家之信,而自己欲归无由,征期未卜,听到大雁的"穿云悲叫",只是徒添怀乡之情而已,言外无限怅惘之意。下片由室外转到孤馆斗室之内,抒一己之哀。"蛩响"三句,细致描绘,"幽"、"寒"等字眼,都营造了一层凄冷的抒情氛围。对"蛩响"、"鼠窥"这些细小动态的关注,同时也传达了人物内心百无聊赖的心境。"银釭",本是带有暖意之物,然而用"一点"和"闲照"加以形容,则体现出光线的幽暗和室中的孤寂。"梦枕"二对句,形容辗转难眠的苦闷之状,"万里"句,点明"归心",见出思归之切。"往事"句虚点,所谓"往事",词中并未言明,或是归家之乐,或是相悦之情,与逆旅无聊相比,这些"往事"也愈发显得美好而难得,然而,"追思"愈久,失望亦愈深,不过是内心空自烦恼而已。"挠"字,极有味,将愁肠百结而又无可奈何的情状和盘托出,甚见锤炼之工。"断不成眠"三句作结,语气质直,全无修饰,"断不成眠",可谓斩钉截铁,是绝望语。"此夜厌厌,就中难晓",则又缠绵幽怨,是无奈语。漫漫长夜,象征着驱驰之苦;天晓难盼,象征着归期杳杳。意脉真挚沉痛。此词情景交融,展示了人物的内心活动和情感变化。虽无惊心动魄之句,但笔触细致曲折,意境深婉,是一篇以平实稳妥见长的作品。

倾 杯

　　鹜落霜洲①，雁横烟渚，分明画出秋色。暮雨乍歇。小楫夜泊②，宿苇村山驿。何人月下临风处，起一声羌笛。离愁万绪，闻岸草、切切蛩吟如织③。　　为忆。芳容别后④，水遥山远，何计凭鳞翼⑤。想绣阁深沉，争知憔悴损⑥、天涯行客。楚峡云归，高阳人散⑦，寂寞狂踪迹。望京国⑧。空目断、远峰凝碧。

[注释]

①鹜：野鸭。

②小楫：指小舟。以桨代指船。

③切切：形容声音凄厉细急。如织：也是形容声音的细密。

④芳容：此指佳人。

⑤鳞翼：指鱼雁，古人认为它们可以传书递信。这里就是代指书信。

⑥争知：怎知。

⑦楚峡：指巫峡。高阳：《高唐赋》中所谓阳台。这两句化用巫山云雨之典。

⑧京国：京城。

[点评]

　　柳永的羁旅行役之词，最擅长于描写秋景，这首词也是一首以秋天景物为背景的游子行吟之作，纡回曲折地反映了客愁之苦与怀人之情。上片着重写雨后夜泊之景。"鹜落"二句，对偶工整而意境清寒，一为江边汀洲之近景，一为天际征鸿之远景；一为翩然飞下，一为横空斜掠，显得堂堂正正，从容整练。清代谭献评这两句说："耆卿正锋，以当杜诗。"（《复堂词话》）就是指此而言的。"分明画出秋色"，即是秋色如画的意思，但倒过来说，便觉得句度有力且韵味十足，平添了几分清冷的秋意。"暮雨"三句，写雨歇之后，小舟夜泊孤村，引出江上行客的形象，行客的满面风霜与秋江暮色相呼应，可见景为人设，渲染出天地间与人内心同一凄清寂寞的感受，音节亦清峭谐婉。"何人"二句，写闻曲生怨。李白《春夜洛城闻笛》诗云："此夜曲中闻折柳，何人不起故园情。"可见落魄江湖的游子是最禁受不住这幽怨笛声的。此刻主人公独坐在岸边孤舟之中，一轮皓月当空，几许清风徐来，风中陡然传来一缕缕或有或无的深沉哀怨的笛声，怎能不引发他心中的旅愁和思归之情呢？故而逼出"离愁万绪"一句，点出全词主旨。随即又转而以岸边草丛中的蟋蟀鸣声继续烘托"离愁"，切切如织的蟋蟀声是那么的凄厉细急，似乎和人一样，也有着无穷的哀怨。后来姜夔的《齐天乐》中也说蟋蟀声是"哀音似诉，正思妇无眠，起寻机杼"，同样亦是以其衬托人的怨情。上片以景起，承以叙事，再以笛声和虫鸣声衬托离愁。特别是后段，语意吞吐回环，曲折委婉，大有传统词论家所谓温柔敦厚之意。下片承"离愁"，着重抒写对京城佳人的思忆。"为忆"三句，写思恋之深切。一别音容两渺茫，怎奈水远与山长。纵有如花彩笔，可写相忆情深，却无奈关山阻隔，鱼雁难通。"鳞翼"二字，遥承上片"雁横烟渚"句，自是触景生情之笔。"想绣阁"三句，从对方角度落笔，她深居绣阁之中，怎知自己已是厌倦漂流，为伊憔悴而苦恨难禁矣。这明显是从杜甫《月夜》诗中"遥怜小儿女，未解忆长安"二句化出，托意委婉，忠厚缠绵。"楚峡"三句，用宋玉《高唐赋》中巫山神女之典，暗示对方身份。"云归"、"人散"，都喻示着往昔欢乐之烟消云散，如今孑然一身，踽踽行役，独处孤舟，对月自伤，内心一片凄凉萧索和酸楚况味。"望京国"点醒词意，遥接"离愁万绪"句。末尾两句，以景结情。放眼望去，京华渺渺，惟有连绵不断的远峰，献愁供恨，蜿蜒而去。这里暗用了欧阳詹《初出太原寄有所思》诗中"高城已不见，况复城中人"的句意，复以蕴含深远、萧条清苦的秋山之景，加倍表达了相思之苦和怅惘之情，言虽有尽而意味深远。此词是典型的上景下情写法，脉络分明。而情致之婉笃诚挚，写景之精巧细密，景与情会，在《乐章集》中可谓是不可多得的佳作。

定风波

伫立长堤,淡荡晚风起①。骤雨歇、极目萧疏,塞柳万株,掩映箭波千里②。走舟车向此,人人奔名竞利。念荡子、终日驱驱③,争觉乡关转迢递④。　　何意⑤。绣阁轻抛,锦字难逢,等闲度岁⑥。奈泛泛旅迹⑦,厌厌病绪,迩来谙尽⑧,宦游滋味。此情怀、纵写香笺,凭谁与寄。算孟光⑨、争得知我,继日添憔悴⑩。

[注释]

①淡荡:舒缓状。

②箭波:喻湍急的波流。

③驱驱:即驱驰奔走。

④争觉:怎觉。这里是用反问以加重语气。迢递:遥远。

⑤何意:为何。

⑥等闲:随便。

⑦泛泛:漂浮貌。

⑧迩来:近来。谙:熟悉。

⑨孟光:东汉梁鸿妻。鸿贫,为人佣工,每至家,孟光为之具食,举案齐眉,后世传为美谈。孟光也成为贤妻的典范。

⑩继日:日复一日。

[点评]

从这首词下片所用"孟光"的典故来看,当是宦游途中思乡忆家、想念妻子之作,这在柳永大量的描写与歌伎交往的词中,倒不是很常见的。上片主要抒写宦游情怀。起句"伫立长堤",是游子形象的展现,"淡荡"以下四句,是伫立所望之景色。这是一个秋日的薄暮时分,骤雨初歇,一望萧索,岸边的杨柳与水中湍急的波流互为掩映。勾勒出一幅萧瑟凄清的秋色图,暗示了游子凄凉落寞的心境。"走舟车"以下四句,由景入情,是游子面对这片秋色时心中之所思。"人人奔名竞利",与柳永《归朝欢》中"往来人,只轮双桨,尽是利名客"句意相同,都是游子在宦游途中产生的人生感慨,自己与那些"往来人"一样,都是为了区区功名利禄,而不得不奔走道途,驱驰不已,离故乡越来越远。唐代崔颢的《黄鹤楼》诗中"日暮乡关何处是,烟波江上使人愁"之句,正可以恰当地表达游子此刻的心情。下片将羁愁与思乡之情打并一气。"何意"二字一领,是虚转之笔,由游子情怀转入对家中妻子的思忆。"绣阁轻抛",是后悔当初的轻易分别,"锦字难逢",是别后音信不通的烦恼,"等闲度岁",是悔意与烦恼交织而产生的惆怅心理。"奈泛泛"两句,是对"等闲度岁"的进一步铺写,"奈",也即是怎奈的意思,用反问句以加强语气。"迩来"二句,总结以上种种情绪,皆以一"宦游滋味"概括之,而此滋味对于游子来说,已是尝遍。"此情怀"二句,从己方落笔,分两层来说,这种情怀,"剪不断,理还乱",难以用文字表达,此为第一层,而即使能够写成"香笺",也无人代寄,终是不能使亲人了解自己的心情,这是第二层,同时也呼应了上文的"锦字难逢"句意。"算孟光"二句,以对妻子心情的悬想作结,从对方落笔,正因为音信不通,锦字难逢,故而无法让对方知道自己此时的相思之情,更见不到自己日复一日增添的憔悴之态了。此词以写情为主,景为情设,结句也不像一般词那样注意以景结情,而是以带有悲剧氛围的感慨作结。本是简单的思乡忆亲之意,在柳永笔下却写得繁复曲折,层层转下,抒情直露而笔法多变,正是柳词长技。

四时节序

灯月阑珊嬉游处

倾杯乐

　　禁漏花深,绣工日永,蕙风布暖①。变韶景、都门十二,元宵三五,银蟾光满②。连云复道凌飞观③。耸皇居丽,嘉气瑞烟葱蒨④。翠华宵幸⑤,是处层城阆苑。　　龙凤烛、交光星汉。对咫尺鳌山开羽扇⑥。会乐府两籍神仙,梨园四部弦管⑦。向晓色、都人未散⑧。盈万井、山呼鳌抃⑨。愿岁岁,天仗里、长瞻凤辇⑩。

[注释]

①禁漏:即宫中之漏。漏为古代一种计时器。蕙风:即和风。

②韶景:春日美景。三五:农历十五,此指正月十五元宵节。银蟾:比喻月亮。相传月中有蟾蜍,故云。

③复道:高楼间架空的通道。飞观:飞阁,高阁。

④葱蒨:本指草木茂盛,此指气象旺盛。

⑤翠华:天子之旗,这里指代皇帝。幸:帝王所至谓之幸。

⑥鳌山:宋时元宵夜放花灯,叠成山状的巨形彩灯,名鳌山。

⑦乐府:指教坊。两籍:宋代的东西两教坊。参见点评中所考。神仙:指教坊中的乐工歌伎。梨园:唐玄宗创设教坊,其中的乐工号皇帝梨园弟子,故后以梨园指教坊等掌俗乐的机构。四部:宋代教坊分大曲、法曲、龟兹、鼓笛四部。

⑧向:接近。此句谓天已渐晓。

⑨万井:形容京城地域之广、人口之多。山呼鳌抃:山呼是古代臣对君祝颂的礼节。鳌抃为鳌戴山抃的缩写,上古传说东海仙山皆由巨鳌承载。抃,本指两手相

击。此处指欢欣拥戴。

⑩天仗:皇帝的仪仗。瞻:观看。凤辇:皇帝的车驾。

[点评]

　　这是一首描写京城元宵盛景的作品,不过和下一首以大开大阖的如椽巨笔,极力铺叙汴京的富庶和都人争闹元宵的繁华场面有所不同的是,此词侧重写宫廷盛况和皇帝出巡与民同乐的场景。起句"禁漏花深",即点到宫禁,先写花发,喻示着春天来临。"绣工",形容春色如锦上刺绣,花团锦簇。"日永",谓白日渐长,正是春来节候。"蕙风"句,写春风骀荡,和气送暖。这三句无非是写春到人间,却以宫禁为特殊的背景,从百花、春色、春风分三层来写,可见柳词铺叙之细腻。"都门"三句,拍合到元宵佳节。旧长安城一面三门,四面共十二门,故云"都门十二",实际上宋代汴京已不止十二门,这里是用来借指皇帝所居的宫城。因此"连云"以下五句直至上片结句,都是在描写宫城的壮丽。在清亮的月光下,复道连云,凌空高耸,雄伟壮丽。这两句有可能是受到杜牧《阿房宫赋》中"复道行空,不霁何虹"句的启发,不过也未必是实用其典,毕竟用奢丽豪华的阿房宫来比拟本朝的皇宫,并不是很恰当的。"嘉气"句,谓佳气旺盛,暗含有对繁荣太平、国运长久的祝福之意。"翠华"句,写到皇帝出巡,玩赏天上月色和人间灯火。"层城阆苑"本来都是神话中的地名,汉代张衡《思玄赋》中说:"登阆风之层城兮,构不死而为床。"后世常用来指代宫苑,如南朝庾肩吾《山池应令》诗中亦云:"阆苑秋光暮,水塘牧潦清。"下片续写皇帝赏灯情景。"龙凤烛",自然是皇家物品,"交光星汉",谓烛光与星汉争光,既是元宵之景,也是皇家气象。"对咫尺"句,写观赏鳌山彩灯,"会乐府"二句写鳌山前弦管歌舞之盛。"两籍",或谓指官妓与民妓,或谓指郊祀之神太一和后土,皆不确。据宋赵昇《朝野类要》卷一以及孟元老《东京梦华录》卷二所载,北宋分东、西两教坊,"两籍"即指此而言。"四部",或谓指唐玄宗时教坊四部:龟兹部、大鼓部、胡部、军乐部。或谓指金石丝竹四类乐器,亦皆误。据《宋史·乐志》、陈旸《乐书》以及《宋会要》职官二二所载,北宋教坊分四部:大曲部、法曲部、龟兹部、鼓笛部,柳词中的"四部"分明是指本朝典章,不必远引唐朝典实以证。这两句历来理解多有讹误,故稍加辨明。关于宋代皇帝元夕观灯的盛况,可以参见以下几段记述。《大宋宣和遗事》载:"皇都最贵,帝里偏雄。皇都最贵,三年一度拜南郊。帝里偏雄,一年正月十五日夜。州里底唤作山棚,内前的唤作鳌山。从腊月初一日直点灯到宣和六年正月十五夜。为甚从腊月放灯,盖恐正月十五日阴雨,有妨行乐,故谓之预赏元宵。怎见得,有一只曲儿唤作《贺圣朝》:'太平无事,四边宁静狼烟杳。国泰民安,漫说尧舜禹汤好。万民矫望,景龙门上,龙灯凤烛相照。听教杂剧喧笑,艺人巧……'。"而《东京梦华录》说得更为详细:"正月十五元宵,大内自岁前冬至后,开封府绞缚山棚,立木正对宣德楼。游人已集,御街两廊下,奇术异能,歌舞百戏,鳞鳞相切,乐声嘈杂十余里……西北悉以彩结山,上皆画神仙故事,或仿市间卖药卖卦之人。横列三门,各有彩结、金书、木牌。中曰都门,道左右曰左右禁卫之门,上有大牌曰:'宣和与民同乐'。彩山左右以彩结文殊、普贤跨狮子、白象,各于手指出水五道,其手摇动。用辘轳绞水,上登山尖高处,用木柜贮之,逐时放下如瀑布状。又于左右门上,各以草把缚成戏龙之状,用青幕遮笼,草上密置灯烛数万盏,望之蜿蜒如双龙飞走。"后来南宋时在临安(今杭州)依然沿用了这些风俗,如《乾淳岁时记》云:"元夕二鼓,上乘小辇,幸宣德门,观鳌山。山灯凡数千百种,其上伶官奏乐,其下为大露台,百艺群工,竞呈奇技,缭绕于灯月之下。"周密在《武林旧事》中也有更细致的记载。"向晓色"二句,写天虽渐晓,而依然人山人海,可见已是彻夜之游。万众欢腾,山呼万岁的景况,如在眼前。结句以祝愿收束,在这类带有应制性质的作品中自是常见,但同时也反映了百姓对盛世的热切颂扬和对太平安乐的企盼,还是很有时代特征的。此词曾传入宫禁,叶梦得《避暑录话》卷下云:"永初为上元辞,有'乐府两籍神仙,梨园四部弦管'之句,传入禁中,多称之。"宋代范镇曾说仁宗四十二年太平,一于柳词见之,像这类词就是典型的代表。

迎新春

　　嶰管变青律①,帝里阳和新布。晴景回轻煦②。庆嘉节、当三五③。列华灯、千门万户。遍九陌④、罗绮香风微度。十里然绛树⑤。鳌山耸⑥、喧天箫鼓。　　渐天如水,素月当午⑦。香径里、绝缨掷果无数⑧。更阑烛影花阴下⑨,少年人、往往奇遇。太平时、朝野多欢民康阜。随分良聚⑩。堪对此景,争忍独醒归去。

[注释]

①嶰(xiè)管句:古时以乐律与时令相配,箐管是定乐律之器,青律是春天之律。此句谓冬去春来。帝里:京城。阳和:指春光。

②景:通"影",阳光。轻煦:微暖。

③三五:指农历正月十五元宵节。

④九陌:指京城街陌。

⑤然:"燃"的本字。绛树:本为神话中仙树,此指挂有彩灯的树。

⑥鳌山:见《倾杯乐·禁漏花深》词注⑥。

⑦当午:谓时至午夜,素月当空。

⑧绝缨:刘向《说苑》中记载,战国时楚庄王宴群臣,灯烛忽灭,有人因醉在暗中拉扯侍宴的美人之衣,被美人扯断了冠缨(系帽之带),美人求楚王燃灯以找出绝缨之人。楚王不欲辱士,遂令群臣皆自断其缨,然后上灯。尽欢而罢。后三年,楚与晋战,其人奋死退敌,以报楚王。掷果:刘义庆《世说新语》载,晋潘岳美容姿,每出行,妇人以果掷之满车。这里用这两个典故形容男女调笑嬉闹。

⑨更阑：夜深。康阜：安康富庶。

⑩随分：随处。

[点评]

　　这首词通过对汴京元宵之夜繁盛景况的描写，展现了北宋全盛时期物康民阜的社会风貌。起笔从节序的更替写起，以乐律的转换暗示阳春的来临，"新布"、"轻煦"，都见出初春。这种明媚和煦的气氛既笼罩着整个京城，也笼罩着整首词篇。"庆嘉节"句，点明时节正当元宵，以下遂侧重写元宵灯节的繁盛。宋时民俗，一年佳节中，最重元宵，从正月十五至正月十八，放灯三夜，官府也组织各种庆典，教坊梨园弟子各呈绝艺。其中最重要的便是鳌山彩灯，往往早在元宵来临之前，便奉旨起立鳌山，皇帝还要在正月十三或十四日夜提前预赏彩灯，十五日夜则上自皇宫下至寻常百姓，家家上灯，万人空巷，尽情游乐。此词中"列华灯"以下，描写的便是当时这种空前的盛况。先写彩灯之多，"遍九陌"句，谓赏灯游人之众，罗绮满目，异香袭人。"十里"句，谓十里长街，火树银花，即是辛弃疾《青玉案》词中"东风夜放千花树"的景象。"鳌山"二句，写鳌山附近，人山人海，鼓乐喧天。把灯节的氛围推到高潮，使人身临其境，深受感染。下片"渐天如水"二句，暗示时间的推移，见出夜虽已深而都人游兴不减。同时词笔由上片的总写佳节盛况转而描写游人的活动。"绝缨掷果"两个典故，形容游人不拘常礼，纵情嬉乐之状。"更阑"，意味着夜已更深，这两句写少年男女的幽期密约、风流韵事。此时的幽静与前面的喧闹适成对照，同时也富于浪漫色彩。"太平"二句，是总结，也是点题，点明时代的升平昌盛和朝野上下、四民百姓的安康富庶。结句拍到自身，抒发感叹：对此随处可遇的良聚佳会、好天好景，怎能不沉醉其中，怎忍独自归去呢？此词以都城元宵佳节的盛况为中心，笔法多变，既有总写，又有具体描绘，层层铺述而又一气贯注，"承平气象，形容曲尽"（陈振孙《直斋书录解题》），成功地再现了当时元夕热烈的氛围和京城富丽的气度。

归去来

初过元宵三五。慵困春情绪①。灯月阑珊嬉游处②。游人尽、厌欢聚③。　　凭仗如花女④。持杯谢、酒朋诗侣。余酲更不禁香醑⑤。歌筵罢、且归去。

[注释]

①慵困:指倦怠。

②阑珊:衰落、零落。

③厌:满足。

④凭仗:凭借、靠。

⑤余酲:余醉。酲:指酒醉后神志不清。香醑(xǔ):美酒。

[点评]

　　和前两首描写元宵佳节重在全景式地勾勒京城盛况不同,此词却是从个体的角度,主要写与繁华热闹相对的寂寞慵困的情绪。起句"初过元宵三五",点明节序,让人立即联想到"东风夜放花千树"的景象。然而下面却马上就承以"慵困春情绪"一句,把想像中的元宵之景一笔抹倒,代之以倦怠烦闷而又百无聊赖的心理氛围。"灯月"二句,再回过头来略写外面游人欢聚的景况。这样就使短短几句之中,顿生起伏动荡,试把"慵困"句移至"厌欢聚"句之后,便觉不如人意了。这正是柳永所擅长的以慢词写小令的笔法。下片"凭仗"二句,谓无心赏玩,亦无心再饮。可见并非寂寞无侣,只是因为内心有所牵萦而已,但仍出之以淡淡的"余酲更不禁香醑"一句,谓隔夜酒醉未醒,不堪再纵情而饮了。"歌筵罢、且归去"，以落寞情怀作结，但又不失气度潇洒，颇有一点"我醉欲眠君且去，明朝有酒还复来"的神韵。从全词流露的情绪来看，词中的这位主人公，因内心的"慵困"而宁愿独自咀嚼寂寞，但究竟内心所牵系者为何物，是远方佳人，还是飘零意绪，还是无法说清的闲愁，却始终不肯明言，留下了许多想像的空间让读者去猜测。语虽直露而意犹未尽，在一定程度上显现了小令和慢词的过渡性特征。

剔银灯

何事春工用意①。绣画出、万红千翠。艳杏夭桃，垂杨芳草，各斗雨膏烟腻②。如斯佳致③。早晚是④、读书天气。　　渐渐园林明媚。便好安排欢计⑤。论槛买花⑥，盈车载酒⑦，百琲千金邀妓⑧。何妨沉醉。有人伴、日高春睡。

[注释]

①何事：为何。春工：对春天拟人化的称呼，指春意化物之工。

②斗：指争奇斗艳。膏：滋润。

③如斯：如此。

④早晚：何曾。

⑤欢计：指赏春游嬉的计划。

⑥论槛买花：指按照槛边的需要大批大批地买花。

⑦盈车：满车。

⑧百琲：指成串之珍珠，珠五百枚或十贯为一琲。这里也不过是泛指而已。

[点评]

此词写春日风光，以写景的旖旎秀丽见长。起处"何事春工用意"，出之以一问句，便生情致。"绣画"句亦是总写春景如画、万紫千红。"艳杏"三句，作具体描摹，"艳杏"，让人联想起柳永的另一篇名作《木兰花慢》中"艳杏烧林"之语，而"夭桃"自然也是用《诗经》中"桃之夭夭，灼灼其华"的句子，"垂杨芳草"句中则是一片青翠之色，一红一绿，都是色彩鲜明修饰字眼。它们在雨露烟雾的滋润下，争奇斗艳，渲染了气息浓烈的春日氛围。"早晚"二字，或作迟早解，或作时候解，皆不甚确，在这里的意思应是"何曾"，表示反问，何曾是读书天气，则意味着春光如此美好，自然不应闭户读书，而应该出游赏春，才算是不负春色。下片"渐渐"二句，承接上片结语，既不读书，便应"安排欢计"。"论槛"三句，是对"欢计"的具体描述。买花，或论朵，或论束，这里却说"论槛"，造语奇特而有味。"盈车"二句，也颇有一点李白诗中"美酒尊中置千斛，载妓随波任去留"(《江上吟》)的意趣，皆可见兴致之高。"何妨"句，从结构上来讲，是收，谓不妨沉醉春风。"有人"句，则是放，"何妨"的原因正是有佳人为伴。这首词的意趣并不算很高，可以说不过是小文人的一种生活情趣体现，赏春便是醇酒妇人，总归眼光狭窄了一些。但它在景物气氛上的渲染之工，却仍然是值得欣赏的。

长寿乐

繁红嫩翠。艳阳景，妆点神州明媚①。是处楼台②，朱门院落，弦管新声腾沸。恣游人、无限驰骤③，骄马车如水④。竞寻芳选胜，归来向晚，起通衢近远⑤，香尘细细。　　　太平世。少年时，忍把韶光轻弃。况有红妆,楚腰越艳⑥,一笑千金何啻⑦。向尊前、舞袖飘雪,歌响行云止⑧。愿长绳、且把飞乌系⑨。任好从容痛饮⑩,谁能惜醉。

[注释]

①神州:指京城。

②是处:处处。

③无限:这里有无拘无束的意思。

④车如水:即车如流水,谓车马众多,往来不绝。

⑤向晚:近晚,临晚,指黄昏。通衢:四通八达之道路,这里指京城的街道。

⑥楚腰:指女子的纤腰。参见《斗百花·满搦宫腰纤细》词注①。越艳:指西施。这里都是用来泛指美女。

⑦何啻:何止。

⑧歌响行云止:用响遏行云的典故。参见《昼夜乐·秀香家住桃花径》词注②。

⑨飞乌:古代传说太阳中有三足神乌,故云。这里指代太阳。

⑩任好:犹言便好,即好。

[点评]

　　这首词写春光,同时也写出了赏春的兴致,具有浓郁的市民生活风味。起句"繁红嫩翠",谓花已渐繁,草色葱绿,正是春光的体现,用在篇首,醒人耳目。"艳阳景"二句,景通影,指阳春时分和煦的日光,将京城内外装点得一片明媚。短短三句,便把春日氛围烘托得热闹非凡。"是处"句以下,则是从游人活动的角度继续铺叙这种氛围,和柳永其他一些写春光的词着重写郊野踏青不同,此词关注的是京城中的气氛。处处楼台,家家院落,皆是歌吹沸天。新声,即是新创制之曲,正如柳永《木兰花慢》词中所云:"风暖繁弦脆管,万家竞奏新声。"这是赏春的环境背景,"恣游人"二句,直接写赏春的盛况,但见车如流水,马如游龙,游人们寻芳赏翠,无拘无束地驰骤于街市巷陌之中。"竞寻芳"四句,是薄暮时分的景况,由"艳阳景"到"向晚",暗示了时间的推移,说明已是整天的狂欢。游人已归,留下香尘满路,又是从细节处描写这种盛况。上片写春天来到引发人的游春兴致,下片则抒发感慨,这种感慨仍是由游春而来。"太平世"三句总写,时当盛世,人属少年,正应及时行乐,怎忍把如此美好的时光轻易辜负?"况有"三句递进一层,谓何况有倾城佳人为伴,令少年人一掷千金,追欢买笑,这何尝不是"韶光"的一种体现。"向尊前"二句,写佳人丰采,"舞袖"句写其舞姿,长袖飘飘,恍如白雪飞旋;"歌响"句写其歌喉,精美清亮,直欲响遏行云。在这种欢乐时分,真希望能有长绳系住西行的太阳,让时光永驻,让欢乐永存。这正是一个开怀痛饮的时候,何妨一醉呢! 这首词所表达的意思其实也并不复杂,用两句话就可以概括:上片写春光美好,下片写及时行乐,但却层层转下,细细道来,便令人觉得委婉曲折、意蕴丰厚,这就是所谓铺叙之工的体现了。这种把握韶光、及时行乐的心理,正是典型的市民心态的表现,对他们来说,建功立业太遥远,修身养性太清苦,享受现世的欢乐才是最实在的。因此对柳永的这类词,便不能仅仅从传统的文人士大夫的审美情趣出发,去指责其中强烈的世俗气息,而应把它作为对当时一类阶层人们的心理表达来观照,去体验和认识时代及社会心理的变化给文学带来的影响。

古倾杯

冻水消痕①,晓风生暖,春满东郊道。迟迟淑景②,烟和露润,偏绕长堤芳草。断鸿隐隐归飞,江天杳杳。遥山变色,妆眉淡扫。目极千里,闲倚危樯迥眺③。　　动几许④、伤春怀抱。念何处、韶阳偏早。想帝里看看⑤,名园芳树,烂漫莺花好。追思往昔年少。继日恁⑥、把酒听歌,量金买笑⑦。别后暗负,光阴多少。

①冻水消痕:指河冰融化,冰痕消解。

②淑景:指春日美景。

③危樯:高桅。迥眺:远眺。

④几许:多少。

⑤帝里:京城。看看:转眼。

⑥继日:日复一日,日日。恁:如此。

⑦量:计量。

[点评]

　　这是一首在舟行羁旅途中的伤春之作。起处"冻水"三句,写春回大地的景况,河冰已解,春风殆荡,暖意熏人,天地间一片春色。"迟迟"三句,作具体描绘,"迟迟"二字,出自《诗经》中"春日迟迟"之句,春天来到,白日渐长。在轻和的淡烟笼罩下,在雨露的滋润中,长堤芳草,越发青翠葱茏。"偏绕"二字,有的版本作"偏染",亦可通,且与"偏绕"一样,皆甚有情致。"断鸿"二句,写归雁随春飞回,江天无限空阔。然而"断鸿"指的是离群的孤雁,这个意象,也微微流露出一些羁旅之意,这孤鸿也可以看做是漂泊游子的化身,于是在融和春景中,便透出了几缕自伤之意,但这里并没有马上就接着去渲染此意,而是掉转笔锋,再写春色:天际的远山,随着春天来到也改换了新妆,以女子的淡扫蛾眉,来比拟初春的山色,十分形象。"目极"二句,是收束之笔,将上片春景的描摹交代干净,这些风光都是舟中游子的远望所见,"闲倚"句上承"断鸿"的意象,同时也下启随后的抒感。故下片起句便直接说"动几许、伤春怀抱",点到伤春的主题。此词可能是柳永漫游江南一带的作品,江南春早,故云"念何处、韶阳偏早",而由此又联想到了京城中的情景,引发游子的羁旅愁情。"想帝里"三句,谓京城之中,转眼也将是莺歌燕舞,花发新枝,一片烂漫春光。按照通常的写法,似乎下面应该接着抒发何时才能归去赏玩京城春色的感慨,然而"追思"三句,却溯入当年情事,谓自己年少之时,每逢如此大好韶光,定是日日尊前酒满,朝朝歌筵流连,一掷千金,买笑追欢,那是何等快意风流的生活。如此跳转,使得词意便有了波折,随后再以今昔对照结束全词,前面说得十分热闹,"别后"二句,却陡折入现今的落拓凄凉境地之中,大好光阴,只能轻掷辜负而已。对比鲜明,而无限羁愁也就不言而喻了。此词描写细腻,结构精致,感情真挚而仍注重表达的委婉,在柳词中是很值得玩味的一篇。另外,此词在音律上也非常细致,如下片"动几许、伤春怀抱"和"念何处、韶阳偏早"二句,不仅"抱"、"早"二字是词律要求的押韵处,"许"、"处"二字也是隔句协韵,体现了音律上的精审细密。

内家娇

　　煦景朝升①,烟光昼敛,疏雨夜来新霁。垂杨艳杏,丝软霞轻②,绣出芳郊明媚。处处踏青斗草,人人眷红偎翠③。奈少年、自有新愁旧恨,消遣无计。　　帝里。风光当此际。正好恁携佳丽。阻归程迢递。奈好景难留,旧欢顿弃。早是伤春情绪④,那堪困人天气。但赢得⑤、独立高原,断魂一饷凝睇⑥。

[注释]

①煦景:春日和煦的阳光,这里指春天的旭日。景,同影。

②丝软:指柳枝袅娜。霞轻:喻杏花艳丽如霞。

③眷:留恋。

④早是:又作早为,早来,都是已是的意思。

⑤赢得:落得。

⑥一饷:表示时间之辞,或指时间短暂,或指时间长久,这里是长久的意思。凝睇:犹言凝伫,指凝神远望。

[点评]

　　此词也是一首羁旅途中的伤春之作。起处"煦景"三句,写清晨景色,夜雨新霁,煦日朝升,黎明时分的淡烟薄雾在阳光的照射下,渐渐散去。一片清倩之景。"垂杨"三句,选取了最富于春天色彩的两种景致来表现春意,一是在春风中婆娑袅娜、轻舞飞扬的柳枝,一是绚烂如朝霞的艳丽杏花,柳枝新嫩,故用"软"字来形容,杏花浅红,故用"轻"来形容,用语十分贴切。两种景致,已将春光描摹殆尽,故下句收束,总写郊野明媚如锦绣天成。以上都是纯粹的写景,"处处"二句,引入踏青游春之人,"眷红偎翠",既可以理解为对花红草翠之美景的留恋,自然也可以理解为才子佳人在春光引动下的情致缠绵。春光如此美好,心情本应轻快,然而对于浪迹天涯的游子来说,却反而牵动了其"新愁旧恨",涌上心头,无法排遣,无法消解,这就是以乐景衬哀情的反跌手法。上片由景入情,由明媚的春光写到游子的"新愁旧恨",下片则承接这种"新愁旧恨",直抒感慨。首先由此地的春光联想到京城之风光,再想到如果自己不是在外漂泊,也定当在京城中与佳人为伴,共同赏春,那是多么温柔旖旎的风光。"阻归程"句又一笔兜转,非常冷静而清醒地意识到归路迢迢,欲归无计,这正是游子痛苦的根源。"奈好景"二句,的确是无奈之语,所谓"好景",既实指眼前春光,又是暗指当年与"旧欢"相聚的美好时日。"早是"二句,谓心绪不佳,天气困人。"但赢得"二句,勾勒出一幅孤独的游子凝神远望之图,以具有强烈画面感的描写作为全词的结束。这几句都属于清代刘熙载所谓点染手法,"阻归程"句是点明主旨,然而分三层尽情铺叙,一是无奈的感叹,一是对景伤怀,一是虽伤怀仍忍不住长久伫立,淋漓尽致地表达了游子的伤感情怀。全词不仅写景精细,用笔尤其婉曲多变,最能体现柳词铺叙展衍的表现手法。

夜半乐

艳阳天气,烟雨风暖,芳郊澄朗闲凝伫①。渐妆点亭台,参差佳树。舞腰困力②、垂杨绿映,浅桃秾李夭夭③,嫩红无数。度绮燕、流莺斗双语。　　翠娥南陌簇簇④,蹑影红阴⑤,缓移娇步。抬粉面、韶容花光相妒。绛绡袖举。云鬟风颤,半遮檀口含羞⑥,背人偷顾。竞斗草⑦、金钗笑争赌。　　对此嘉景,顿觉消凝⑧,惹成愁绪。念解佩⑨、轻盈在何处。忍良时、孤负少年等闲度。空望极、回首斜阳暮。叹浪萍风梗知何去⑩。

[注释]

①澄朗:澄清明朗。凝伫:凝神久立。

②舞腰:喻指风中的柳枝。

③夭夭:形容茂盛而艳丽。

④簇簇:聚集成群。

⑤蹑影红阴:行于花阴之中。

⑥檀口:形容女子之口。

⑦斗草:古代女子的一种游戏。

⑧消凝:指魂销愁凝。

⑨解佩:刘向《列仙传》卷上载郑交甫在江汉之湄逢江妃二女,不知其为神女,悦而请其佩,二女遂解佩与之,郑交甫怀之,走数十步,佩已不见,回视二女,亦不

见。此以代指所爱女子。

⑩浪萍风梗：喻漂泊无定之生涯。

[点评]

　　这是一首长达一百四十五字的慢曲长调，词凡三叠，曲尽形容出春日风光和羁旅情怀。第一片与第三片皆为写景，只不过一写自然美景，一写婀娜佳人而已。柳词写自然景物，常以铺排细致而见长，此词亦是如此。发端三句，是笼罩前两片的总体概括。"艳阳"，点时令，"烟细风暖"，是人的直观感受，"澄朗"，是全景式的印象。以下景语，由"凝伫"生出，都是"凝伫"之人眼中所见。一"渐"字，直贯而下，领起后七句，且十分精细体现了春色渐至人间的步伐。杨、柳、桃、李，这些"佳树"，或枝浓叶翠，或浅红微绽，簇拥装点着精美的亭台。而亭前树畔，绮燕双飞，流莺斗语，贴地争飞的娇影和呢喃软语的莺声，无不洋溢着春之气息，令人目不暇接。次阕写人，亦是"凝伫"者眼中所见之人。少女群从，踏青游嬉，"蹴影"二句，写其缓步行于花阴的举动，"抬粉面"句，谓其容颜秀丽，不仅"羞花"，且足令花生妒意。"绛绡"四句，写其娇态，是传神处，写出小女孩儿家那种欣喜、娇羞、天真之情。"竞斗草"二句，写其嬉戏之状。前两阕，极力描摹春天景况，春色烂漫，春意融融，然而第三片之抒情却笔意陡折。"嘉景"一收，将上文收束干净，"顿觉"一转，引出"愁绪"二字，古人云："以乐景写哀，以哀景写乐，一倍增其哀乐。"这首词中的前两片属"乐景"，实则是为后片的哀情作铺垫与反衬，情与景的强烈反差和失去平衡，反而能起到更为动人的效果。"念解佩"句，是"愁绪"之由来，"忍良时"句，是当下的无奈，结句"空望极"以下两句，是"愁绪"和无奈中的感慨，全词便在这一声浓重而悲凉的慨叹中结束，余音袅袅，似乎预示着漂泊生涯的无定无准、永无尽头。

　　这首词对景伤怀，以铺叙之笔展现漂泊羁旅之感，不过平心而论，它还不能算是柳词中的上乘之作。从结构上来看，一、二片写景写人，第三片抒情，仍不过是传统的上景下情的双调词结构，只是把景这一部分加以放大成两片而已。短小的令词或一般双调词采用这种结构，尚可不失工稳匀称，可收委婉含蓄之效，而长篇巨制的慢词仍是如此，便稍觉平板，不耐咀嚼了。就描写而言，对景物、对游春女子和内心愁绪的描绘，都是在平面上展开的，缺乏纵深感，过于平铺直叙。这和后来周邦彦词中，以时空之跳跃转接来组织词意的手法相比，就显得有些稚嫩了。另外,"舞腰"、"垂杨",未免累赘,"浅桃秾李",未免俗滥,词中的这种堆砌之辞,在一定程度上也影响了它的艺术感染力。俗,固然并不足以成为柳词之病,缺乏动人的感染力,却无疑是艺术作品的致命伤。我们选录此词,也正是希望读者能对柳词手法的得失及其表现,都有较为透彻的了解,培养正确评价艺术作品的眼光和见识。

木兰花慢

　　拆桐花烂漫①,乍疏雨、洗清明。正艳杏烧林,缃桃绣野②,芳景如屏③。倾城。尽寻胜去,骤雕鞍绀幰出郊坰④。风暖繁弦脆管,万家竞奏新声。　　盈盈⑤。斗草踏青。人艳冶、递逢迎。向路傍往往,遗簪坠珥⑥,珠翠纵横⑦。欢情。对佳丽地,信金罍罄竭玉山倾⑧。拚却明朝永日⑨,画堂一枕春酲⑩。

[注释]

①拆:绽裂,指花蕾绽开。
②缃桃:子叶桃。缃为嫩黄色。
③屏:屏风。此指屏风上的彩画。
④雕鞍:指马。绀(gàn):红青色。幰(xiǎn):马车的车幔。坰(jiōng):远野。郊坰,即指郊野。
⑤盈盈:本指姿态美好状,此指美女。
⑥簪:发簪。珥:耳环。
⑦纵横:指散落满地之状。

⑧金罍:指酒杯。罄:尽。玉山倾:《世说新语》中谓嵇康"其醉也,伟俄若玉山之将崩",后世遂以玉山倾或玉山倒形容酒醉。

⑨拚(pàn)却:甘愿。

⑩酲:病酒,醉酒。

[点评]

　　这是一篇以清明时分的郊野景况以描写对象,展示了北宋承平气象的作品。在唐代诗人眼中,"清明时节雨纷纷,路上行人欲断魂",然而在柳永笔下,却是一派旖旎春光和游春盛况。起笔五句勾勒景物,"拆"字有味,且极有力,元代沈义父《乐府指迷》中说:"第一句,不用空头字在上,故用'拆'字,言开了桐花烂漫也。"空头字,即虚字,用实字领起全篇,有劲挺的骨感。这也就是词家所谓"起处不宜泛写景,宜实不宜虚"(况周颐《蕙风词话》卷一)之意。"烂漫"二字,形容桐花的光彩,随即以"乍疏雨、洗清明"六字,点出节候特征,"洗"字也很见匠心,绘出清新温润的雨后景象。"艳杏"二句是铺叙,以画面感极强的鲜明色泽渲染春天的声势,笔酣墨饱。"芳景"句收束,"屏",指画有秀丽景色的屏风。此二十四字写景,也确有画中意味。自"倾城"以下,直至下片"珠翠纵横"句,贯通上下片的都是对都会仕女清明踏青之盛况的描述。倾城出游,万人空巷,探春嬉乐,人则摩肩接踵,车则络绎不绝,春风骀荡,弦管悠扬,新声新曲,耳不暇接。其中"倾城"三句平叙事实,"风暖"两句则又是铺叙,由此也可见柳永词也是十分讲究词意和层次的错落的。如果说,这段描写主要是从总体着眼的,随后的下片则转为富于象征意味的细节刻画:那些体态盈盈的盛装女子,欢笑着,嬉闹着,似有意、似无意地展现着她们清丽的容光和艳冶的神态,同时,她们掉落在路旁的"遗簪坠珥",不知道又牵起了多少年少人的遐想,而这一切又全都是在明媚春光的背景下,也就越发引起人的"欢情"了。词意转而拍合到自身,南朝谢朓的《入朝曲》中说:"江南佳丽地,金陵帝王州",故此"佳丽地"往往便成为金陵、苏州、杭州这些江南都会的代名词了,柳永此词虽未必能确指何处,但所写为江南春景是可以肯定的。如此春光,本就令人迷醉,怎能不畅怀酣饮呢?且醉,且醉,哪怕明朝画堂沉睡!或以为此数句仍是写踏春女子的欢饮,但"玉山倾"这个典故似从无用于女子者,故不取之。词意至此,已把游春盛况写到了极致。这种沉醉于享乐而忘怀一切的狂欢情绪,完全不是颓废空虚的体现,相反是对春天之美好、生活之欢乐的体验,词中洋溢流荡的是愉悦的人生情感,是生机盎然的春之旋律,而这正是富庶繁盛的太平气象。从结构上来看,此词和一般的双调词有所不同,它打通上下两片,以清明景象起,以个体情感体验终,中间大段则一气贯注地全力刻画游春之盛,笔势舒展,开合有致,铺陈始终,形容曲尽,颇有点类似于六朝小赋的表现手法,而这正是柳词善用"赋笔"的特点。在音律上,此词也是很耐玩味讽咏的,如"倾城"、"盈盈"、"欢情"三短句,俱押韵,近人蔡嵩云《柯亭词论》谓此三韵"均作一顿,极有姿致……最能发调",从词意来看,这三个短句也的确都是引发下文的关键之笔,所以前人说此词"得音调之正"(吴师道《吴礼部词话》),后来辛弃疾作《木兰花慢》四首,这三处都不押韵,在词律的精审上便不如柳永了。

西平乐

尽日凭高寓目①,脉脉春情绪。嘉景清明渐近,时节轻寒乍暖,天气才晴又雨。烟光淡荡,妆点平芜远树②。黯凝伫。　　台榭好、莺燕语。正是和风丽日,几许繁红嫩绿,雅称嬉游去③。奈阻隔、寻芳伴侣。秦楼凤吹④,楚馆云约,空怅望、在何处。寂寞韶华暗度。可堪向晚,村落声声杜宇⑤。

[注释]

①凭高寓目:登高远眺。
②平芜:平旷的原野。
③雅称:犹言正合、正应。

④秦楼凤吹：相传秦穆公有女名弄玉，萧史教其吹箫，遂结为夫妇。后二人吹箫引凤而去。这里和下句用巫山云雨之典一样，都表示情人间的欢会盟约。

⑤杜宇：参见《安公子·远岸收残雨》注⑥。

[点评]

　　这首词写清明时分登高怀人之情，较好地将节序之感与相思惆怅，结合在一起加以表现。柳永词善于在起笔处用概括性的句子，以笼罩全篇。有的是用写景之句，有的是用叙事之句，此词便属于后者。以"尽日"，见凭高寓目之久和凝伫之态，引出下文对清明节物的详尽描写，同时也暗示了主人公无聊无奈的心理。"脉脉"二字，表现了暮春时分春光极盛而又即将归去，所带给人之莫名的淡淡忧伤之感，此句亦是总括之笔。"嘉景"句，点明时令。"时节"二句，以虚带实，词人先没有直接地去描摹清明时节的具体物象，而是从大处、虚处着笔，以乍暖还寒和晴雨不定这类气候特征，着意渲染出暮春时分的总体神韵。而且这两句也传达了特定的节候对人心理的影响，晴雨固属天定，寒暖却是人的感受，其中包蕴着人内心起伏变化的情状，体现了词人感悟的敏锐和微妙。后来李清照《声声慢》中的"乍暖还寒时候，最难将息"，亦同一机杼、如出一辙。"烟光"二句，刻意营造出一种似近实远、虽有几分迷离却不朦胧晦暗的氛围，这主要是为了引出怀人之意，故下面就直接承以"黯凝伫"三字作为上片的收束。不过平心而论，总觉得这三字下得有些太重了，因为前面的景物勾勒引发的还只是一种较为轻淡的忧郁感，"黯凝伫"则让人联想起黯然神伤之情，所写之景与所抒之情之间，既非正面烘托，亦非反衬，因此显得不是十分协调，晏殊的"无可奈何花落去"，用在此处恐怕更合适些。下片首先继续以轻快的语调，描写色泽明丽的春光。风和日丽，叶嫩花繁，台榭旁，莺燕交语，实是踏青嬉游的好日子。然而"奈阻隔"句一转，由"嬉游"联想到"寻芳伴侣"，顿觉惆怅无穷，对此良辰美景，怎奈孤处单栖？所思佳人，远在天之涯，只能辜负此大好春光了。"秦楼"二句，可见对方的身份是主人公过去的恋人，"凤吹"，代指当初之偎香依暖、两情相悦，"云约"，指难以期许之后会。"空怅望"句，既指人隔千里，又有后约难凭之意。遂逼出"寂寞韶华暗度"一句，这是主人公发出的一声深沉叹息。结句以景结情，不仅是带有视觉形象的春日暮色之景，同时也包括声声凄厉的杜鹃鸣叫这种听觉形象，打并成一气。在古人耳中，随着人的身份和心境的差异，杜鹃鸟的鸣叫声听来也不尽相同,对于农妇来说,似在催人"布谷"或"播谷";而对于"独在异乡为异客"的游子来说,则更像是在鸣叫着"不如归去",故羁旅中人对于杜鹃鸟的叫声,往往有着迥异于常人的敏感,也更容易引发他们的思归之情。就总体而言,此词与柳永的许多作品一样,虽略显平实,无警句、亦无高远的境界,但情真景真,语尤真切,铺叙委婉,曲折尽致,体现了柳词一贯的特色,不失为一篇耐读之作。

女冠子

　　淡烟飘薄。莺花谢[1]、清和院落[2]。树阴翠、密叶成幄。麦秋霁景[3],夏云忽变奇峰、倚寥廓。波暖银塘,涨新萍绿鱼跃。想端忧多暇,陈王是日[4],嫩苔生阁。　　正铄石天高,流金昼永[5],楚榭光风转蕙[6]、披襟处、波翻翠幕。以文会友,沉李浮瓜忍轻诺[7]。别馆清闲[8],避炎蒸、岂须河朔[9]。但尊前随分[10],雅歌艳舞,尽成欢乐。

[注释]

①莺花:莺、花皆为春天特有的景物,因以代指春色。

②清和:俗称农历四月为清和月。宗懔《荆楚岁时记》:"四月朔为清和节。"

③麦秋:指农历四月。麦以四月始熟。《礼记·月令》:"孟夏之月……麦秋至。"

④端忧:处于忧愁之中。陈王:三国时曹植的封号。

⑤铄石、流金:形容天气炎热,能使金石融化。

⑥光风:指雨止之后使草木增光色的风。转蕙:指微风摇动蕙兰,传播芳香。蕙兰于春末夏初开花,故云。

⑦沉李浮瓜：将瓜、李浸于水中，取其凉意，食以去暑。

⑧别馆：别墅。

⑨炎蒸：指酷暑。河朔：指黄河以北地区。

⑩随分：随意。

[点评]

这是一首描写农历四月初夏景色的作品。起句"淡烟飘薄"，虚写景物。"莺花谢"，写莺歇花谢，说明春天的消逝，"清和院落"，点明时令已为初夏，是以景色衬托时令。"树阴翠"句，亦是初夏特有之景，树色由春天的青色转为翠绿，树荫也愈发浓密起来，如同撑开的帷幄。"夏云"句，出自东晋顾恺之"夏云多奇峰"之语，唐代诗人李益也有"石色凝秋藓，峰形若夏云"的诗句，但词中用上"忽变"二字，顿时显得更为灵动，表现了夏云形状变幻莫测的神奇景象，再以"倚寥廓"三字，勾勒天色的空阔无边。这两句是仰观遥望之景，"波暖"二句，则是俯视近观之物象，池塘水暖，新萍涨绿，鱼儿往来跃动，这可能是化用了唐代许浑《陪王尚书泛舟莲池》诗中"水暖鱼频跃"之句。"想端忧"三句，语出谢庄的《月赋》："陈王初丧应刘，端忧多暇，绿苔生阁，芳尘凝榭。"本来是说曹植在好友应瑒、刘桢死后，无复宴饮娱乐之乐，以致绿苔生而芳尘凝。这里是借用来指春天可以日日游从赏玩，而夏天炎热，无心出游，"嫩苔生阁"，说明往来人少。故下片换头即接以对苦热天气的描写。"正铄石"二句，语出《淮南子·诠言训》："大热，铄石流金，火弗为益其烈。"是形容天气炎热得可以将金石融化。"天高"，说明千里无云，骄阳似火；"昼永"，说明夏日漫长，一片酷暑。"楚樾"二句，融合了两个典故，《楚辞·招魂》："光风转蕙，氾崇兰些。"东汉王逸注："光风，谓雨已日出而风，草木有光色。转，摇也。氾，犹汎，摇动貌也。崇，充也。言天霁日明，微风奋发，动摇草木，皆令有光，充实兰蕙，使之芬芳而益畅。""楚樾"、"披襟"之语又是出自于宋玉的《风赋》，其中说楚王登台，有风自南来，楚王披襟而当之，曰：快哉此风！这里都不过是借用来指夏日的凉风而已。"以文会友"，是谓通过文字，结交朋友，语出《论语·颜渊》："曾子曰：君子以文会友，以友辅仁。""沉李浮瓜"，则出自于曹丕的《与朝歌令吴质书》："浮甘瓜于清泉，沉朱李于寒水。"后世成为消夏游乐的习语。这两句是表达欲与朋从游乐之意。"别馆"二句，谓不须远赴河朔以避酷暑，在此别馆之中，自有清凉世界。"但尊前"三句，接着说只须在此歌宴欢会之中，欣赏"雅歌艳舞"，这种欢乐便足以令人忘记天气的炎热。此词以细致的写景为主，在结尾处微露行乐之意，景色的渲染和意绪的表达都还比较周到。不过，全词典故用得实在太过繁杂，正如清代黄苏评柳永《望远行·长空降瑞》一词所云："用前人意思多，总觉少独得之妙句耳。"仿佛一个大脚村姑，极力模仿三寸金莲的走路姿势，反而更令人觉得她的扭捏作态。倒是最后"但尊前"几句，还有些柳词的自家面目。

女冠子

　　火云初布①。迟迟永日炎暑。浓阴高树。黄鹂叶底，羽毛学整②，方调娇语③。薰风时渐动④，峻阁池塘⑤，芰荷争吐⑥。画梁紫燕，对对衔泥，飞来又去。　　想佳期、容易成辜负。共人人⑦、同上画楼斟香醑⑧。恨花无主。卧象床犀枕⑨，成何情绪。有时魂梦断，半窗残月，透帘穿户。去年今夜，扇儿扇我，情人何处。

[注释]

①火云：夏日的赤云。

②学整：指学着整理羽毛。

③方调娇语：指黄鹂学语。

④薰风：指夏日的南风。

⑤峻阁：高耸的楼阁。

⑥芰荷：指荷花。

⑦人人：那人。

⑧香醪：美酒。

⑨象床：象牙床。犀枕：以犀角做装饰的枕头。这里都不过是床、枕的美称。

[点评]

　　这首词《全宋词》据《类编草堂诗余》卷四，定为柳永所作，不过明代沈际飞编《草堂诗余正集》卷六又以之为南宋康与之作，未知孰是，有待进一步的考索，本书仍暂收录为柳词。此词在对夏景的描写中抒发怀人之情。起处"火云"二句，总写夏日的炎热，云为"火云"，时为"炎暑"，长日"迟迟"，都是典型的夏天景致。以下分三层，具体描写了夏季的种种物态。"浓阴"四句，是第一层，写黄鹂的幼雏，躲在浓密阴凉的树丛中，学着整理羽毛，娇啭轻啼，宛如牙牙学语，写出了它的娇弱之态。"薰风"三句，是第二层，写南风渐起，楼阁下的池塘中，荷花争奇斗艳，竞相开放，虽只讲了荷花，但荷叶的亭亭玉立之状，也在人的联想中了。"画梁"三句，是第三层，写成双成对的紫燕，衔泥筑巢，"飞来又去"。整个上片的夏景描写，尽管内容很多，但不枝不蔓，从容整练，显示了极强的写景状物的功力。下片转而抒发情感，看来是一位歌伎的口吻。"想佳期"句亦是总写，谓后约无凭，佳期易负。"共人人"句，回溯当年同上画楼、共斟美酒之乐。"恨花无主"，又折回如今，"花"，在这里也即是指代自己，"花无主"，指自己的孤独无依。"卧象床"二句，写独宿空闺，情绪低沉。"有时"三句，写虽然有时能在梦中与情郎相会，但梦醒之后，面对"半窗残月，透帘穿户"的凄凉景象，更是情何以堪，泪难自禁。"去年"三句，设想奇特，谓去年此时，能有情郎以扇替自己驱暑，而如今"情人何处"！"扇儿扇我"，指代的是与情郎相聚时的种种欢乐，却只用这一种情事来概括，和夏日氛围相扣。这里或许隐隐含有以弃捐之扇自拟的意思，但也不必过于坐实。这首词如果将上下片分来看，应该说还是一篇写景细致、抒情真挚的作品，不过合起来看，似乎便有点上下片脱节的感觉，景与情之间，缺乏有机的联系，不知读者以为如何？

玉山枕

骤雨新霁。荡原野①、清如洗。断霞散彩,残阳倒影,天外云峰,数朵相倚。露荷烟芰满池塘,见次第②、几番红翠。当是时③、河朔飞觞,避炎蒸,想风流堪继。　　晚来高树清风起。动帘幕、生秋气。画楼昼寂,兰堂夜静,舞艳歌姝④,渐任罗绮。讼闲时泰足风情⑤,便争奈、雅欢都废。省教成⑥、几阕清歌,尽新声,好尊前重理⑦。

[注释]

①荡:荡涤。
②次第:接着,这是有连绵不断的意思。
③当是时:犹言当那时,指过去。
④姝:美女。
⑤讼闲:指没有官司。时泰:时世清平。
⑥省教成:曾教成。
⑦好:这里有正好的意思。理:此指弹奏演唱。

[点评]

这首词描写的是夏末秋初的景色。起处"骤雨新霁"二句,写骤雨过后,原野清润,碧空如洗。这和前面几首纯粹写夏日炎炎的词就有些不同了。"断霞"四句,写望中远景,明丽如画。"断霞"、"残阳",点明薄暮,"倒影",借远处斜阳,暗示近前的池塘,和下文相应。"云峰",即是"夏云多奇峰","数朵相倚",将夏云之状写得灵动而秀丽。"露荷"二句,写近处的荷塘,荷花绽红,笼于薄雾之中,荷叶翠绿,几点晶莹的残雨如露珠滚动,红绿相映,连绵不绝,很有一点"接天莲叶无穷碧,映日荷花别样红"的意境。"当是时"三句,由眼前之景展开联想,回溯到当年河朔之地的诗酒风流,以引起下片。换头"晚来"二句,写秋风夜起。"画楼"四句,写歌舞之地,一片沉寂,歌儿舞女,都已消歇。"兰台",或谓指地名,在今湖北钟祥市。未免理解得太实在了,这里与"歌楼"相对,只不过是代指歌舞之地而已。"任"字,在这里当作"不任"、"不胜"解,谓歌儿舞女们因秋风已生,天气转凉,而添秋装,故不胜轻纱薄雾的罗绮矣。"讼闲"二句,谓时世清平,正是享受"风情"欢乐之时,怎奈雅会幽欢"都废",心情颇为怅惘。"雅欢"二字,通行本作"雅歌",但与后文"清歌"意思重复,故据曹元忠校记改为"雅欢"。"省教成"三句,表达期望,欲重开欢宴,让歌女们演唱自己教给她们的"新声""清歌"。此词上片写景清丽精美,从词意来看,有可能是柳永在南方一带任地方官时所作,故下片中略微流露出一丝落寞之意。

二郎神

炎光谢①。过暮雨、芳尘轻洒②。乍露冷风清庭户,爽天如水,玉钩遥挂③。应是星娥嗟久阻④,叙旧约、飙轮欲驾⑤。极目处、微云暗度,耿耿银河高泻⑥。　　闲雅⑦。须知此景,古今无价。运巧思、穿针楼上女⑧,抬粉面、云鬟相亚⑨。钿合金钗私语处⑩,算谁在、回廊影下。愿天上人间,占得欢娱,年年今夜。

①炎光:指夏日骄阳。谢:消歇。

②芳尘轻洒:即轻洒芳尘的倒文,指雨润轻尘。

③玉钩:如钩的弦月。

④星娥:指织女。

⑤飙轮:御风而行之车。指织女所乘的仙车。

⑥耿耿:星光明亮状。

⑦闲雅:闲静幽雅。

⑧运巧思句:古代风俗,妇女们于七夕之夜,结彩楼,穿七孔针,陈瓜果于庭中,向天上的织女乞求巧手、巧智,称为乞巧。

⑨云鬟:指女子如云的发鬟。亚:低垂。

⑩钿合句:白居易《长恨歌》云:"惟将旧物表深情,钿合金钗寄将去……七月七日长生殿,夜半无人私语时。"本指唐玄宗与杨贵妃的爱情故事,这里借指七夕之夜的男女相约。

[点评]

这是一首咏叹七夕的节序词,节序词和咏物词一样,既要求著题,又须有生发的余地,此词即是将这两者巧妙结合,将澄洁的意象与美好的祝愿融为一体。上片着眼于天际,选择了黄昏微雨、凉露清风、新月薄云、碧天银汉等一系列物象,集中突出秋夜的高爽。而七夕又是牛郎织女鹊桥相会的佳期,于是在写景之中,很自然地引入了这个美丽动人的传说。"天如水"一句,暗用唐代杜牧的《秋夕》诗:"天街夜色凉如水,卧看牵牛织女星",已是微透牛、女故事,"星娥嗟久阻"二句则直说,切入正题,"飙轮欲驾",可见久别之情切。以下通过隐蓄不发的象征手法加以暗示,"微云暗度",写织女赴约;"银河高泻",谓鹊桥重逢。实景与神游交织,虚实动静,互为映衬。下片则着眼于人间,"闲雅",一声感慨。"须知"二句,虽直率,却深透。何以酬此无价之夜?以下即分写妆楼上、庭院中穿针乞巧的女子和回廊月影下私语定情的情人们。结句以"愿天上人间,占得欢娱,年年今夜"收束全篇,以朴素之语传达出真挚的祝愿。所谓"欢娱",既是"愿天下有情人皆成眷属"的美好祝福,同时也何尝不是对此朗月清风之秋宵的赞赏。一般的七夕之作,常常以牛郎织女故事为中心,如《古诗十九首》中"迢迢牵牛星"一诗,即重在表达对牛郎织女"盈盈一水间,脉脉不得语"之悲剧命运的伤感;后来秦观的名作《鹊桥仙·纤云弄巧》一词,则以"两情若是久长时,又岂在朝朝暮暮"来颂扬爱情的坚贞。而柳永此词却一反七夕之作中常见的感伤情调,天上的仙子和人间的普通小儿女在词中具有了相通的情感,以意象的层层推移展现了对天上人间共通的幸福情景之遐想。这首词尽管语句较为清雅,与柳永其他的俗词有所不同,但其中的情趣和格调却纯粹是人间化的,这从一个方面也说明了柳永词贴近市井民间的气息和创作姿态。

应天长

　　残蝉渐绝。傍碧砌修梧^①,败叶微脱。风露凄清,正是登高时节^②。东篱霜乍结。绽金蕊^③、嫩香堪折。聚宴处,落帽风流^④,未饶前哲^⑤。　　把酒与君说。恁好景佳辰,怎忍虚设。休效牛山^⑥,空对江天凝咽。尘劳无暂歇。遇良会、剩偷欢悦^⑦。歌声阕。杯兴方浓^⑧,莫便中辍^⑨。

[注释]

①碧砌:碧石台阶。修梧:修长的梧桐树。
②登高时节:古代重阳(农历九月九日)时有登高的风俗。
③金蕊:指金黄色的菊花蕊。
④落帽风流:据《晋书》卷九八《孟嘉传》载,大将军桓温于九月九日设宴于龙山,招幕僚共饮。时孟嘉任桓温的参军,宴中风吹帽落,嘉不觉,仍饮。桓温使左右

勿言,欲观其举止。良久,嘉如厕,温令取还之,并命孙盛作文嘲之,置于嘉座上。嘉返,见文,即著文答之,文辞甚美,四座嗟叹。此事被后人视为名士风流之举。"龙山落帽"也成了与重九登高相关的著名典故。

⑤未饶:未逊。前哲:前贤。

⑥牛山:春秋时齐国山名。《晏子春秋·内篇谏上》:"(齐)景公游于牛山,北临其国城而流涕曰:'若何滂滂去此而死乎。'艾孔、梁丘据皆从而泣,晏子独笑于旁。""牛山落泪"、"牛山沾衣"后来便成为登高伤怀的典故。

⑦良会:高会。剩偷:犹言多享。

⑧杯兴:即酒兴。

⑨中辍:中断,中止。

[点评]

　　这是一篇兴致浓酣的重九登高之作。起处由景物入手,勾勒秋日氛围。"残蝉渐绝",以物候见出时令,盖"寒蝉凄切"尚是初秋,而此时蝉声渐绝,自是秋色已深时的景象。"傍碧砌"二句,写梧叶飘黄,随风坠落,也是富于秋意的物态。"风露"句收束,蝉鸣叶落,都是凄清之景。但这几句写秋色,写得虽然凄清却并不凄惨,不是像宋玉悲秋那样一片萧瑟肃杀之气,而是一幅较为清淡闲远的秋容图,这和下文的情绪是相应的。"正是登高时节"一句,点到正题。以下用了两个典故,将眼前实景与往古风流联系起来。"东篱"二句,写黄菊,是重阳当令之物,而又令人联想到陶渊明的名句"采菊东篱下,悠然见南山",它使得东篱与黄菊从此有了天然的因缘,后来李清照《醉花阴》词中"东篱把酒黄昏后",也是用此意。东篱黄菊,傲霜而放。"金蕊",写其颜色和姿态,"嫩香",写其娇弱和幽香。"嫩香"二字,也很值得玩味,因为菊花的香味不像其他花卉那么浓郁,而是淡淡的幽香,有意去闻,未必能感觉得到,然而不经意之中,却往往"有暗香盈袖",因此古人常常以菊花比拟高洁孤傲的人品。"聚宴"三句,用孟嘉落帽之典,是兴致高昂的表现,所谓"未饶前哲",正是有着一股今更胜昔的豪情。上片由景物写到重阳高会,下片则全作议论劝慰之语。"把酒"句一领,领起下面的议论。良辰美景,不应虚设,不可错过。不必效法古人那样登高伤怀,因为伤怀本身,亦属空幻。"尘劳无暂歇"一句,是下片之骨。正因为尘世劳顿,无休无止,遇此"四美聚、二难并"的良会,何不多享欢悦、尽情纵怀呢?"歌声阕"三句,仍是劝酒之辞,伴此清歌,杯莫停辍! 从语气上来说,这似是对他人的劝慰,实则依旧是自劝自慰之语。从浓酣的兴致中,又隐隐透露出几许天涯飘零的悲凉之意,这正是词意的丰富处。此词下片如果在一般词人笔下,往往要借助景语稍加点缀渲染,而柳词却撇开景物,全作议论,层折而下,显得朴质浑成而又富于情韵,的确非大手笔不能办此。

玉蝴蝶

重阳

淡荡素商行暮①,远空雨歇,平野烟收。满目江山,堪助楚客冥搜②。素光动③、云涛涨晚,紫翠冷、霜巘横秋④。景清幽。渚兰香谢,汀树红愁。　　良俦⑤。西风吹帽,东篱携酒⑥,共结欢游。浅酌低吟,坐中俱是饮家流⑦。对残晖⑧、登临休叹,赏令节、酩酊方酬⑨。且相留。眼前尤物⑩,盏里忘忧。

[注释]

①淡荡:舒缓状。素商:指秋天。行暮:指将近暮秋。

②楚客:以宋玉自拟。冥搜:搜访及于幽远之处。这里是指向内心寻觅诗句。

③素光:秋光。

④紫翠:形容山色。霜巘:霜色中的远山。

⑤良俦:良朋好友。

⑥吹帽、东篱:并参见前词注释及点评。

⑦流:品流,流辈。

⑧残晖:残阳。

⑨令节:佳节。酩酊:大醉貌。

⑩尤物:指佳人。

[点评]

　　这也是一篇重九登高所作之词。上片写景,下片记事抒怀。整个上片以精细的词笔描绘了深秋重阳节时的凄清而又优美的景色。"淡荡"句,谓渐至深秋时节,点出时令。"远空"二句,写登高远望,雨歇烟收,一片空旷。"满目"二句,写江山清秀,引动了人的诗兴。"素光"以下,两个工整的对句,是对秋光的具体描摹,两句之中,有形有色,可感可触,精丽非凡,同时其凝练绵密与前面数句的疏旷也形成对照,这都是写景注重层次的体现。"景清幽"句,一收,似是总结之语,而下面又以两个对句放开来说,开合自如。沙洲上的兰草在秋风中渐渐凋谢,火红的枫叶似乎也在献愁供恨,这也是秋日水边的典型物象。虽然实际上描写的是衰阑之景,也用了"谢"、"愁"等字眼,但相对来说,"兰香"的嗅觉感受和"树红"的视觉感受更加突出,掩盖了萧瑟气象,而是一片"清幽"之景。下片写高会欢游情景。"良俦",点明高朋满座。"西风吹帽",用孟嘉落帽之典,"东篱",用陶渊明诗,都是重阳时的当令典故。"浅酌低吟"二句,写座上宾客,皆是诗酒风流之辈。"对残晖"二句,谓不必因落日残晖而感叹时光流逝,而应把握现在,如此佳节,何不酩酊大醉,以求尽兴呢? 这是化用了杜牧《九日齐山登高》诗中"但将酩酊酬佳节,不用登临恨落晖"二句,杜牧诗所用原典是用《晏子》所载齐景公牛山坠泪的故事(参见前词注释),也是一个与重阳节相关的典故。"且相留"句,以感慨稍作收束,"眼前"二句,写眼前有佳人歌词侑觞,樽中有美酒足以忘忧,高迈的兴致中也难免有一缕凄凉之意。全词以整练之语作结,既凝重深沉而又有余不尽。这首词在意思上与前一首相近,但结构意脉稍有不同,显得要工稳一些。前词以侧锋取妍,此词则以正锋见长。

雪梅香

景萧索,危楼独立面晴空①。动悲秋情绪,当时宋玉应同②。渔市孤烟袅寒碧③,水村残叶舞愁红④。楚天阔,浪浸斜阳,千里溶溶⑤。　　临风。想佳丽⑥,别后愁颜,镇敛眉峰⑦。可惜当年,顿乖雨迹云踪⑧。雅态妍姿正欢洽,落花流水忽西东。无憀恨⑨、相思意,尽分付征鸿⑩。

[注释]

①危楼:高楼。面:面对。

②宋玉句:宋玉《九辩》首句即为"悲哉!秋之为气也,萧瑟兮草木摇落而变衰",故后世常将悲秋之意与宋玉相联系,称之为"宋玉悲秋"。

③袅:烟缭绕上升貌。碧:指烟色。

④红:指凋落的红叶。

⑤溶溶:水流动貌。

⑥佳丽:美女。

⑦镇:长,久。敛:收敛,此指皱眉。眉峰:指女子之眉。

⑧顿:突然。乖:背离。雨迹云踪:用巫山神女之典。此句谓分别的突然。

⑨无憀:即无聊。

⑩分付:托付。

[点评]

此词是一篇登高怀远之作。词中有"楚天阔"之语,有可能是柳永浪迹荆湘时的作品。上片写登临悲秋的情景,下片写对远方佳人的思忆。起句"景萧索",劈空而来,笼罩全词,既为上片的景物描写定下了基调,也为下片的抒感抹上了浓浓的黯淡色彩。词人登上高楼,凭栏独立,遥望秋空,"萧索"之感,仿佛不假思索地便冲口而出,可见这是秋景给他的直观感受。此三字用在开篇,给人以深刻的印象,造成了十分强烈的抒情氛围。"动悲秋情绪"二句,用宋玉悲秋之典,亦是柳词惯用的手法。"渔市"以下,细笔摹写秋景。"渔市"二句是近景,写水边集市村落,一则孤烟袅袅,一则风卷残叶,都是一派萧索景象。"烟"当指村落中的炊烟,本是温暖的物象,词人却用冷色调的"碧"字来形容,已有冷落之意,似乎还嫌不够,再加上一个"寒"字。同样,枫叶本是红色,却加一"愁"字,这都是把人的感情色彩加到了自然景物之中,王国维所谓"一切景语皆情语",也即是指此而言的。"楚天"三句,是远景,景物开阔,笔势亦开阔,江流浩荡,斜阳浮动于波间,壮观无比。后来周邦彦《兰陵王》中的名句"斜阳冉冉春无极",造境与此句有相通之处,梁启超评周词的"绮丽悲壮"之语,移用以评柳永此句,也并不过分。下片写别愁,盖上片的悲秋情绪与下片的别愁,亦是相生相发。"临风"二字,转接,由对景转入沉思。"想佳丽"三句,从对方角度设想,想像她愁怀不展、愁眉深锁之状,语致缠绵体贴。"可惜"二句,追溯离别,"顿乖"二字,见出对别离匆匆的悔恨之意。"雅态"二句,承接"顿乖",谓正值两情欢洽之时,却不得不陡然分别,东西永隔,如已落之花、东逝之水。这两句以强烈反差之语,构成巨大的情感张力,渲染离恨之深、相思之切。末三句,以相思情意托付征鸿作结。亦见无奈,盖归期难卜,故不得不希望鸿雁能传书,稍慰相思,但雁信无凭,终无定准,结果如何,也是不可知的吧。此词上景下情,看似平铺直叙,然而写景抒情都极有层次,由近至远,虚实相间,或一气贯注,或曲折尽致,词意明白而细密。这种平淡无奇、不见技巧之作反倒是一般词人所难以企及的。

卜算子

　　江枫渐老①,汀蕙半凋②,满目败红衰翠。楚客登临③,正是暮秋天气。引疏砧④、断续残阳里。对晚景、伤怀念远,新愁旧恨相继。

　　脉脉人千里。念两处风情,万重烟水。雨歇天高,望断翠峰十二⑤。尽无言、谁会凭高意⑥。纵写得、离肠万种,奈归云谁寄⑦。

[注释]

①江枫:江边红枫。

②汀蕙:汀洲蕙草。

③楚客登临:用宋玉悲秋之典。以宋玉自拟。

④疏砧:稀疏的捣衣声。砧:捣衣石。

⑤翠峰十二:用巫山神女之典喻男女之情。巫山有十二峰,故云。

⑥会:理解,领悟。

⑦归云:这里是以巫山神女指代离去的情人。

[点评]

　　此词实为《卜算子慢》,和令词的《卜算子》有很大差异。它主要描写了游宦异乡的客子在暮秋时节登高怀人的情事。上片以景为主,景中有情;下片以情为主,而情中见景,这都是柳永词惯用的手法。起笔三句写景,是登临所见。渐老的江枫和半凋的汀蕙,一为"衰翠",一为"败红",交织出充盈视野的一片衰残景象。这和柳词名作《八声甘州》中"是处红衰翠减,冉冉物华休",在辞、意两方面都很类似,都是借写景烘托孤寂黯淡的氛围,暗寓悲秋之意。"楚客"二句,仍用宋玉悲秋之典,倒卷出"暮秋天气",正面点出时令。"疏砧"句,写登高所闻。衰残的秋色,已足令人伤感,何况又是日暮残阳的黄昏时分,更何况又听见远处传来隐约断续的捣衣之声。李白《子夜吴歌》中曾云:"长安一片月,万户捣衣声。秋风吹不尽,总是玉关情。"杜甫《秋兴》诗中也说:"寒衣处处催刀尺,白帝城高急暮砧。"可见他乡为客之人,每闻捣砧声,最容易引动羁旅愁绪。这也就引出上片结处"伤怀念远"之意。对此凄苦的暮秋晚景,难以排遣客途之愁苦寂寞,又想到远方佳人切盼归期,想到两情相悦时的种种温馨,遂不能不生"新愁旧恨",旧恨未消,新愁又起,相踵相继,汇合到了一处,让人"无计相回避"。这种由景入情的手法,为下片的抒情作了较好的铺垫。下片"脉脉"句,用《古诗十九首》"迢迢牵牛星"一首中"盈盈一水间,脉脉不得语"诗意,谓相距千里,阻隔重重,彼此"空有相怜意",却无相会之期。"两处风情"承"脉脉","万重烟水"承接"千里",进一步展开对凄苦情怀的描绘。"雨歇"二句,虚虚实实,既可以说是实景,即登临时天气的实况,雨过天晴,极目远望,所见惟有重重叠叠的山峰,正如晏殊《浣溪沙》所云:"满目山河空念远。"抒发了上片"伤怀念远"之意。同时,这两句也是虚笔,化用宋玉《高唐赋》中巫山神女入楚王之梦的典故,巫山有十二峰,故云。如李商隐《深宫》诗:"岂知为雨为云处,只有高唐十二峰。"雨散云收之后,伊人踪影自是渺不可寻了。这也暗示着远方佳人恐也是歌伎之类的身份。"尽无言"句,谓"无人会,登临意",自己满腔的凄苦孤独之情,竟无人可说,只能郁结于胸中,"永日无言,却下层楼"。"纵写得"二句,翻进数层。此番心意,无人领会,只能托诸书信,寄给能理解自己的佳人,这是一层;可离愁万种,又往往不知从何说起,这种况味,真是"怎一个愁字了得"!和心意相比,文字总是拙劣的,故云"纵写得",这是第二层;即使万种情怀真能化作满纸相思,可怎奈云归无定准,佳人此刻人在何处,亦不可知,就算雁能传书,又怎知寄往何处呢?这是第三层。或谓"归云"是谓"无人为乘云寄书之意",似乎并不完全准确。实则这里仍是用朝云暮雨之典,指所思的佳人,盖两者都是漂泊无定准的命运,客子是游宦他乡,驱驰不已,佳人则是"这人折了那人攀,恩爱一时间",同样是一种心灵上的漂泊。此词下片"一气转注,联翩而下"(清周济《宋四家词选目录序论》),写足了客子的痛楚与缠绵之意。情感浓厚而真挚,宛转而委曲。词笔既有流利畅达之处,如上片之写秋景,亦有凝重千钧之处,如结句的深情自问,可谓相得益彰。

诉衷情近

　　雨晴气爽,伫立江楼望处。澄明远水生光,重叠暮山耸翠。遥认断桥幽径[①],隐隐渔村,向晚孤烟起[②]。残阳里。脉脉朱阑静倚[③]。黯然情绪,未饮先如醉。愁无际。暮云过了,秋光老尽,故人千里。竟日空凝睇[④]。

[注释]

①断桥:或谓即指杭州西湖之断桥。不确,此处应为泛指。

②向晚:近晚,临晚。

③朱阑:即朱栏,指朱红色的栏杆。

④竟日:尽日,终日。凝睇:凝神远望。

[点评]

　　此词当为柳永漫游江南水乡时登高眺远、怀念京城故人所作。上片写景,下片抒情,是最为标准的双调词结构。起处"雨晴"二句,写登楼遥望。微雨初过,秋高气爽,江楼伫立,凭阑遥望。词的笔调也显得清新俊爽。"澄明"以下,是望中所见。"澄明"二句,对仗工整,一句写秋水澄明,在落照的映衬下,江波粼粼,闪映生辉;一句写远山苍翠,重叠高耸。这两句皆是远望之景,"遥认"三句则属中近之景,"断桥"、"幽径"、"渔村"、"孤烟",在薄暮时分的秋江背景中构成了一幅秋色平远的画面。整个上片的景色描写,也由此而勾勒出阔远萧疏、清淡优美的秋光图。虽略有凄清之感,却不显得过于压抑沉闷,与柳永其他词中的秋色景象有所不同。但即使如此,仍然免不了牵动游子的寂寞之悲和怀人之意,下片即据此抒写。"残阳里"一句,承接上片中"暮山"、"向晚"诸语,通过屡屡强调,突出暮景以游子情绪的影响。"脉脉"句,亦承上片的"伫立江楼",但更侧重写含情凝思之状,很自然地转入悲秋怀人意绪。"黯然情绪",是江楼凝伫之时人物的心态,江淹《别赋》中说:"黯然销魂者,唯别而已矣。"可见令游子黯然魂伤的正是无边无际的离愁,而这种离愁使人"未饮先如醉"!极写其沉浸于愁思之中而不能自拔的心理状态。"愁无际",一笔点明,似乎略显直露,不过也是柳词特色。"暮云过了,秋光老尽","暮",意味着一天将尽,"秋",意味着一年将尽,皆流露出强烈的向晚迟暮之感,而这种迟暮之悲又进一步强化了对故人的思忆。于是悲秋与怀人的主旨在这里融合为一,惟有"尽日空凝睇"而已,一个"空"字,蕴含着无限怅惘。此词脉络清晰,结构谨严,造语精致凝练。不过下片中除"未饮先如醉"一句颇有思致以外,总是略觉空泛,相对来说,上片含蓄俊逸的景物描写,便远比下片精彩了。

少年游

　　长安古道马迟迟①。高柳乱蝉嘶。夕阳岛外,秋风原上,目断四天垂。　　归云一去无踪迹②,何处是前期③。狎兴生疏④,酒徒萧索⑤,不似去年时。

[注释]

①迟迟:徐行貌。
②归云:指代离去的情人。

③前期：这里与"后约"意思相同，指与佳人重聚之期。

④狎兴：狎妓荡游的兴致。生疏：冷落荒疏。

⑤萧索：也是寂寞冷落的意思。

[点评]

　　此词以深秋时分长安道上的见闻，深寓离愁别恨和身世之感，当是柳永中年以后的作品。起句"长安古道马迟迟"，长安为汉唐旧都，长安道，本为繁华热闹之所，北宋时以汴梁为东都，以洛阳为西京，长安的政治地位和经济地位与前代都无法比拟了，长安道上，自然再也没有"车如流水马如龙"的盛况，徒成诗人吊古伤今之地。故"古道"二字，生发出强烈的沧桑之感。"马迟迟"，微逗情思，表现了一种若有深慨的思致。"高柳乱蝉嘶"，写物象，亦点时令。"乱"字，写蝉鸣之缭乱，"嘶"字，写蝉鸣之凄苦，正是典型的深秋况味。隐隐然也展现了词人心绪的烦乱和冷落萧疏。"夕阳"三句，大笔濡染，极力描摹出秋日郊野萧瑟之景。"岛外"，叶嘉莹先生认为长安道上安得有岛，当作"鸟外"。但如此理解，则与下句"秋风原上"不成对句，且"鸟外"二字似亦有不词之嫌，文字上也缺乏版本学依据，故不从之。也有人认为所谓"岛"，即指灞陵境内的白鹿原，又名灞陵原，或亦可从，当然也可完全作为虚拟而非实指来理解。前两句见出词人登高临远，夕阳渐隐，原上风高，苍野在落日的映衬下，辽阔无垠。在如此苍凉荒寒的背景下，一个失志落魄的游子形象显得是那么的身单影孤。于是情思汇心，逼出"目断四天垂"之句，极目望去，天幕垂落，何处是栖止之所？令人顿生向晚之归思。清代王士祯谓此句与周邦彦"楼上晴天碧四垂"、欧阳修"拍堤春水四天垂"等，都是从五代韩偓"泪眼倚楼四天垂"句化出，并谓柳词此句"意致少减"（《花草蒙拾》），实则就笔力的浑厚和情感的深度上来说，"目断四天垂"要远远高过其他数句。上片全从景物着笔，而物我一境，情景交融，感慨极深。下片"归云"二句，先写对于过往旧事的追思，所谓"归云"，兼指人事，既是当年偎香依暖的佳人，更是留存于心底的希望与欢乐，然而"一去无踪迹"，可见一切消逝，不可复返。此句或许是从白居易《花非花》中"去似朝云无觅处"句化出，但沉痛之意更为深郁。"何处是前期"，既指前途未卜，又指后约难凭，悱恻动人。"狎兴"三句，写如今的寂寥落寞之感。对于中年失意的词人来说，最难以消受的还不是孤寂的处境，而是心灵的苍老。酒朋狎侣，老大凋零，当年那种千金买笑、纵酒狂歌的冶游生活,更已冷落荒疏。少年失意,尚有"忍把浮名,换了浅斟低唱"的豪情气度,而中年之后,却完全陷入了衰老悲凉的意绪中,感情已无寄托之所。结句"不似去年时",语度萧然而寄慨万千,凄楚感人,是绚烂之极归于平淡的气象。柳永虽以慢词长调雄视一代,其实他的小令也极有开拓性。如此词即摆脱了晚唐五代以来婉转绸缪之态,将秋思的主题引入词中,极写触目伤怀的失意之悲、萧索之感。元代马致远被誉为"秋思之祖"的散曲名作《天净沙·秋思》:"枯藤老树昏鸦。小桥流水人家。古道西风瘦马。夕阳西下,断肠人在天涯。"清代陈维崧《点绛唇》词:"晴髻离离,太行山势如蝌蚪。稗花盈亩。一寸霜皮厚。赵魏燕韩,历历堪回首。悲风吼。临洺驿口。黄叶中原走。"与此词相比,虽然在意境上有同有异,各有擅长,但就格调的悲凉萧瑟、尺幅之中有千里之势的气魄而言,都可谓是一脉相承的。

少年游

　　参差烟树灞陵桥①。风物尽前朝②。衰杨古柳,几经攀折,憔悴楚宫腰③。　　　　夕阳闲淡秋光老,离思满蘅皋④。一曲阳关⑤,断肠声尽,独自凭兰桡⑥。

[注释]

①灞陵桥:又名灞桥,在长安东。《三辅黄图》:"灞桥在长安东,跨水作桥。汉人送客至此桥,折柳赠别。"

②风物:风光景物。前朝:前代。

③楚宫腰:本指女子的纤腰,参见《斗百花·满搦宫腰纤细》词注①。这里代指

柔软的柳枝。

④离思:即离情别绪。蘅皋:长满杜蘅的水边高地。

⑤阳关:指《阳关曲》,王维《渭城曲》:"劝君更尽一杯酒,西出阳关无故人。"后以之为送别曲,又名《阳关三叠》。

⑥兰桡:兰舟。桡:桨,此处代指舟船。

[点评]

　　这是一篇怀古伤今之作,词人以对前朝风物的凭吊,抒发感慨。词以景起,首句总括灞桥全景。暮色苍茫,烟树迷离,一片凄凄。宋代程大昌《雍录》记载:"汉世凡东出函关,必自灞陵始,故赠行者于此折柳为别。"题名李白所作的《忆秦娥》中"年年柳色,灞陵伤别"之句,即指此而言。但至宋代随着政治和经济重心的东移,长安的地位显著下降,灞陵这个客旅必经之地恐怕也再也没有了当年的繁盛,故下句即言"风物尽前朝"。汉唐鼎盛之时,此地客途往来,川流不息,而如今虽景色风物依然,人事却已全非。因此灞桥不仅是别离的象征,目睹了人间无数的悲欢离合,现在更成为沧海桑田、人世变幻的见证。这两句交织着自己的羁旅愁思和历史兴亡的感慨,时空的迷茫和悠远在此处融为一体,苍凉沉郁,笔力浑厚。"衰杨"三句,承"风物",从折柳送别这一最富代表性的灞陵风物着笔,描写人间离愁。后来周邦彦的《兰陵王》词中说:"长亭路,年去岁来,应折柔条过千尺。"这里也是写出灞陵柳之不堪攀折、憔悴衰残。而树犹如此,人何以堪?词人借伤柳加倍突出了人间别离的频繁、愁恨之深重,为下片抒写离情作了较好的铺垫。此词"上阕苍凉怀古,下阕伤离怨别"(近人俞陛云《唐五代两宋词选释》),"夕阳闲淡秋光老",词境凄清。"夕阳闲淡",见出黄昏的凄黯;"秋光老",见出秋容的萧瑟,游子的心灵愈发凄楚,遂引出满腹"离思",溢满蘅皋,以蘅皋之旷远形容离思之无穷无尽,以芳草之萋萋形容离思之绵延不绝。"一曲"二句,以清越苍凉之笔,从听觉的角度,将离思推向高潮。《阳关》为送别之曲,"断肠"为销魂之悲,极写人物的惆怅和哀感。结句"独自凭兰桡",陡然收煞,展现了游子独立斜阳,如醉如痴的生动形象,怀古伤今的感慨、孤身飘零的苦况,全蕴含在这个无言有泪的凄苦之境中。俞陛云所谓"阳关三句有曲终人远之思"的评语,也正是着眼于结句的内涵丰厚、有余不尽而又收束有力而言的。此词虽是怀古,但并不具体描写历史事实,亦不加丝毫议论,只是借助灞桥暮色、阳关哀曲等一系列物象情景,反复渲染,突出感情的波澜起伏,使人触景生情。吐属自然,含情绵邈。词境虽凄清,格调却高华不俗。故清代先著、程洪《词洁》中评曰:"屯田此调,居然胜场。不独'晓风残月'之工也。"可见柳词小令的成就,在某些方面的确并不在其慢词长调之下。

玉蝴蝶

望处雨收云断,凭阑悄悄,目送秋光。晚景萧疏,堪动宋玉悲凉①。水风轻、蘋花渐老②,月露冷、梧叶飘黄。遣情伤③。故人何在,烟水茫茫。　　难忘。文期酒会④,几孤风月⑤,屡变星霜⑥。海阔山遥,未知何处是潇湘。念双燕、难凭远信,指暮天、空识归航⑦。黯相望。断鸿声里,立尽斜阳⑧。

[注释]

①动:引动。宋玉悲凉:用宋玉悲秋之典,以宋玉自拟。
②蘋花:多年生浅水草本植物,夏秋间开小白花,亦称白蘋。
③遣:使,令。
④文期酒会:指文人饮酒赋诗之雅会。
⑤几孤:几度辜负。孤:同辜。风月:清风朗月,良辰美景。
⑥屡变:屡次变换。星:指岁星,又名太岁,即木星。因其十二年绕日一周,故古人以其经行之方位纪年,星变方位则岁移。霜:年年秋天霜始降,故亦用以指年岁。这里的星霜都是表示时间的推移,此句与上句皆意指过了好些年。
⑦归航:归舟。

⑧立尽斜阳：意谓在斜阳中伫立，直至日落。

[点评]

《玉蝴蝶》之调，分令词与慢词两类，令词见《花间集》所录晚唐温庭筠词及五代孙光宪词，慢词则首见于柳永此作，又名《玉蝴蝶慢》，属仙吕调（夷则羽）。这是一首怀人词，从下片"潇湘"等语来看，或为怀念湘中友人之作。

起笔"望处"二字，统摄全篇，词笔劲直，一气贯注。"雨收云断"是眼前之景，"凭阑"二句，写悄然独立，见秋色无边。"悄悄"二字，已含悲境，盖《诗经·邶风·柏舟》篇中即有"忧心悄悄"之语。"晚景"二句，从总体上写悲秋之感，引出宋玉《九辩》中"悲哉！秋之为气也，萧瑟兮草木摇落而变衰"以及"坎廩兮，贫士失职而志不平；廓落兮，羁旅而无友生"等情怀，柳永词中经常用宋玉悲秋之典，如《雪梅香》中的"动悲秋情绪，当年宋玉应同"、《戚氏》中的"当时宋玉悲感，向此临水与登山"等，大概《九辩》中的情绪与柳永宦途坎坷、羁旅漂泊的生涯有共通之处，容易引发感情的共鸣吧。"水风"、"月露"二对句，选取了秋天的典型物候，作精细的描摹，是对前文"萧疏晚景"的具体描绘和铺叙衍展，物象凡四：水风、蘋花、月露、梧叶，而所用的四个修饰性的词语：轻、老、冷、黄，则俱见匠心，是传神之处，交织构成了一幅精巧的画面，色泽清淡，氛围幽冷，恰当地渲染和点缀了秋意，同时也为下文抒写怀人之情作了充分的铺垫。故以下三句，遂直接折到怀人之感，点明全词主旨。"遣情伤"，一语喝断，总束上文。"故人何在，烟水茫茫"，就眼前景点染，百感交集，一片迷蒙，景象阔大浑厚，声情凝重而跌宕，笔力千钧。下片极写心中的抑郁。换头以"难忘"二字，插入回忆：当年"文期酒会"之上的种种赏心乐事，令人难忘。但稍稍一逗，旋即折回现实，既有波澜，又不黏滞，词笔空灵跳荡。"几孤"句，写文酒之疏，"屡变"句，写隔绝之久，以两个同义句，加倍强化离索之情。"海阔"二句，写隔绝之远，既是实指，同时也化用梁朝柳恽《江南曲》中"洞庭有归客，潇湘逢故人"之意，承接上片"故人何在"句。"念双燕"句，写音信无托，"指暮天"句，用谢朓《之宣城出新林浦向板桥》诗中"天际识归舟，云中辨江树"之语及温庭筠《梦江南》词中"过尽千帆皆不是"之境，极写归期无定之苦，都见出思念之切。"黯相望"，与起句相呼应。"断鸿声里，立尽斜阳"，以景结情，"断鸿"哀鸣，象征着朋友之离散，衬托了自己的孤独怅惘。与天边"断鸿"相对的则是夕阳残照之中，如醉如痴、久久伫立的词人形象,羁旅不堪之情见于言外。近代陈匪石《宋词举》卷下谓:"'尽'字极辣、极厚、极朴,较少游'杜鹃声里斜阳暮',尤觉力透纸背。盖彼在前结,故蕴藉;此在后结,故沉雄也。""可堪孤馆闭春寒,杜鹃声里斜阳暮"是秦观《踏莎行·雾失楼台》一词上片结尾处的名句,柳永此词末二句,没有秦观词那么凄厉,感情的深度和厚度上更不在秦词之下。苏轼曾说柳永《八声甘州》词中"渐霜风凄紧,关河冷落,残照当楼"三句,"不减唐人高处",其实本词上下片的末二句,在意境的浑厚和词情的韵味上,也完全当得起"不减唐人高处"的评语。

甘草子

秋暮。乱洒衰荷,颗颗真珠雨①。雨过月华生②,冷彻鸳鸯浦③。

池上凭阑愁无侣。奈此个、单栖情绪。却傍金笼共鹦鹉。念粉郎言语④。

[注释]

①真珠:即珍珠。
②月华:月光。
③鸳鸯浦:或据《明一统志》谓鸳鸯浦在慈利县治北。不甚确,这里只是泛指。
④粉郎:三国时人何晏俊美肤白,面如傅粉。故后世称美男子为"粉郎"。这里是指词中女子的情郎。

[点评]

此词写秋日薄暮时分的闺情,是《花间集》以来的传统题材,柳永虽以慢词为人所称,但这种小令,却也照样驾轻就熟,写得空灵妙绝。上片写闺中女子独自凭阑的寂寞情景。时令是秋天,本就令人平生伤感之意,何况又是秋日的黄昏,暮色苍茫,更何况又是秋暮之雨,更何况对此秋景的又是一位离愁女子,南宋吴文英词云:"何处合成愁,离人心上秋。"正谓此意。一层紧似一层,将人带入一片凄凉的氛围之中。"乱洒"二句,写秋雨,秋风秋雨愁煞人。"乱洒衰荷",让人联想起柳宗元《登柳州城楼寄漳汀封连四州刺史》诗中"惊风乱飐芙蓉水"之句,取意各异,造境则一。"颗颗真珠雨",写雨点如珠,跳荡飞溅。这两句既写出了风雨侵袭中,败荷零乱之状,又暗示了女子烦乱愁苦的心绪,这雨珠不也是颗颗都滴在离人心头吗?"雨过"二句,说明凭阑已久,从雨打败荷直到雨过月升,展现了她凭阑凝伫、寂寞无聊而黯然神伤的形象。"冷彻鸳鸯浦",不只是写雨过之后的空寂景象,同时以双栖双宿的鸳鸯因"冷彻"而惊散,喻指着自己与情郎的分携。下片"池上"二句,点明所愁之缘故在于"无侣"。"奈此个、单栖情绪",进一步写到孤枕难眠之苦。凭阑久立,直至黄昏月上,终是难解愁怀。而回屋之后,四壁悄然,一片空寂,自然更是难堪。鸾帐鸳被,皆是故物,而独宿单栖的境况,已经注定了又是一个无眠的漫漫长夜。"却傍"两句,是精彩之笔。闺中女子形单影只,惟有笼中鹦鹉为伴,这是一层意思;鹦鹉学舌,可解人之寂寥,这是第二层意思;而鹦鹉所学者为女子所念念不忘的"粉郎言语",故闻鸟语,如对情郎,聊以自慰自遣,这是第三层意思;然而鹦鹉毕竟不是情郎,鸟虽解语而不通人情,反令人平添凄凉伤感,这是第四层意思。词意如剥笋抽心,以精美的画面表达出复杂的况味,含蓄委婉,曲折动人。清代彭孙遹《金粟词话》中说:"柳耆卿'却傍金笼共鹦鹉,念粉郎言语',《花间》之丽句也。"这首小令确有《花间》词的韵味,用词华美,以环境的精丽反衬人物内心的幽怨,很像温庭筠《菩萨蛮》诸词。不过下片换头二句,放笔直说,不嫌直露,却又是柳词自家面目,体现了词体演进过程中新的趋势。

甘草子

秋尽。叶翦红绡①,砌菊遗金粉②。雁字一行来③,还有边庭信④。　飘散露华清风紧⑤。动翠幕、晓寒犹嫩⑥。中酒残妆慵整顿⑦。聚两眉离恨。

[注释]

①叶翦:犹言叶落。红绡:指枫树一类的红色树叶。
②砌菊:台阶旁的菊花。遗金粉:这里指菊花凋谢掉落。
③雁字:群雁飞时成行,或成"一"字,或成"人"字,故云。
④边庭:边关,边塞。信:音信。
⑤露花:指枝上的露珠。紧:急。
⑥嫩:这里指轻微。
⑦中酒:病酒,指因酒醉而身体不适。慵:懒。整顿:此指梳洗打扮。

[点评]

和上一首一样,此词也是以秋天为背景的闺情之作,只不过前词是秋天的薄暮,此词是秋晓,时间有所不同。起句"秋尽",点明时令亦是深秋,正是衰残的季节。"叶翦"两句,便写叶落花残的景象,或谓"叶翦"句是谓"叶子红得就像是从红绡上裁剪下来的一样",不确。"翦红绡"与下句"遗金粉"相对,这两句,一句写红叶飘落,一句写菊花凋残,都是深秋时节典型的衰残之景。"雁字"二句,写天边飞雁成行,南来过冬。而雁为候鸟,古代又有雁足寄书的传说,故下句云"还有边庭信"? 这样就由深秋景物的描写引入了离别怀人之情。但下片换头并没有直接承以对这种情感的抒发,而是再掉转笔锋,继续写秋景,"飘散"二句,写秋风。霜风凄紧,吹坠枝头露珠,吹动闺阁帘幕,令人顿生寒凉之意,虽然寒意尚属轻微,但对人内心的触动却十分强烈。"中酒"句写闺中女子百无聊赖的心情。"中酒",说明昨夜她曾经借酒浇愁,以致沉醉,清晨醒来,而宿酒未醒。"残妆",说明昨夜酒醉之后,来不及卸妆,便蒙头大睡了,故醒来而"残妆"犹在。"慵整顿",说明因愁绪而根本无心梳洗。七字分为三意,都是为了表现她内心的离情别绪,词笔十分精细。从意思上来说,也和温庭筠《菩萨蛮》词中"懒起画蛾眉,弄妆梳洗迟"相近,都是从《诗经》中"自伯之东,首如飞蓬。岂无膏沐,谁适为容"之句转化而来。经过这样层层铺垫之后,终于逼出最后结句"聚两眉离恨",直接点出离情,便显得十分凝重有力了。和前首相似,此词所继承的也是《花间》词的传统,注重在精细的景物描写中透露人物的心理,同时词中的委婉之句和直露之笔并存,兼而有之,两不相妨。

望远行

长空降瑞,寒风翦,渐渐瑶花初下①。乱飘僧舍,密洒歌楼,迤逦渐迷鸳瓦②。好是渔人,披得一蓑归去,江上晚来堪画。满长安,高却旗亭酒价③。　　幽雅。乘兴最宜访戴④,泛小棹、越溪潇洒。皓鹤夺鲜,白鹇失素⑤,千里广铺寒野。须信幽兰歌断⑥,彤云收尽⑦,别有瑶台琼树。放一轮明月,交光清夜。

[注释]

①渐渐:形容雪落之声。瑶花:比喻雪花。

②迤逦:连绵不断状。鸳瓦:即鸳鸯瓦,指互相成对的瓦。

③高却旗亭酒价:指城中酒价因雪寒而涨价。旗亭:酒楼。

④访戴:《世说新语》及《晋书》王徽之传均记载,王徽之居山阴,一夜大雪,忽忆戴安道,时在剡溪,即夜乘小船而往。经宿方至,造门不前而返。人问其故,答曰:"本乘兴而来,兴尽而反,何必见戴?"

⑤皓鹤二句:谓白鹤、白鹇在白雪的映衬下都黯然失色,实际上是衬托雪的洁白。

⑥幽兰:古琴曲名。宋玉《讽赋》云:"臣援琴而鼓之,为《幽兰》、《白雪》之曲。"这里虽用幽兰,实则暗指《白雪》。

⑦彤云:即同云,下雪时天空的阴云。

[点评]

此词乃写雪景雪情,韵致疏淡而清新潇洒。起句"长空降瑞",一"瑞"字笼罩全篇。以下具体描摹,"寒风"二句,写雪花"初下",不说风卷雪飘,却谓寒风剪出瑶花,便见情态,且有玲珑剔透之感。"乱飘"六句,化用唐郑谷《雪中偶题》诗:"乱飘僧舍茶烟湿,密洒歌楼酒力微。江上晚来堪画处,渔人披得一蓑归。""乱飘"、"密洒",见雪之愈下愈大。"僧舍"、"歌楼",清静之地与繁华之场同受沾溉。"迤逦"句,写雪覆鸳瓦,迷茫一片而渐不复可辨。随着雪的密集,词境也随之更加开阔,视野由城内转到城外江头,但见江雪弥漫,渔翁披蓑而归,活脱一幅寒江雪景图,故云"晚来堪画"。"满长安"二句,谓因雪而长安酒贵,从侧面写雪景,有旁见侧出之妙。下片"幽雅"二字一顿,是雪景带给人的直观感受。"乘兴"二句,是点染之笔,用王子猷访戴的风雅韵事,点缀雪夜清景。"皓鹤"二句,是谢惠连《雪赋》中的成句,以见白雪蔽野,浑然一色的壮观景象。"幽兰"二句,借《幽兰》以指《白雪》,又以曲中《白雪》代指现实中的飘雪,暗示雪止云散。再承以"瑶台琼榭"这个令人眼睛为之一亮的意象,如见广寒宫阙。结句"放一轮明月,交光清夜",月与雪映,雪月交光,词境清丽之至,几令人物我两忘,融于此清景之中。此词平实叙来,却极具潇洒之气韵。"初下"、"渐迷"、"广铺"、"收尽",四个词展现了冬雪的过程,也构成了全词的关键之笔,筋骨细密妥帖。如果要说不足的话,稍觉前人成句成意用得多了一点。除了上片的"乱飘"六句和下片的"皓鹤"二句外,起处的"浙浙"二字,也出于《雪赋》。掩袭之痕迹似乎过于明显,正如清人黄苏所云:"通首清雅不俗,第以用前人意思多,总觉少独得之

妙句耳。"(《蓼园词选》)

甘州令

　　冻云深^①,淑气浅^②,寒欺绿野。轻雪伴、早梅飘谢。艳阳天,正明媚,却成潇洒。玉人歌^③,画楼酒,对此景、骤增高价^④。　　卖花巷陌,放灯台榭^⑤。好时节、怎生轻舍^⑥。赖和风,荡霁霭,廓清良夜。玉尘铺^⑦,桂华满^⑧,素光里^⑨、更堪游冶^⑩。

[注释]

①冻云:冬天的寒云。

②淑气:和暖之气。

③玉人:指美貌的歌女。

④骤增高价:参见《望远行·长空降瑞》注③。

⑤放灯:指点花灯。

⑥怎生:犹言怎能。生为语助词。

⑦玉尘:喻雪。

⑧桂华:指月。

⑨素光:指月光。

⑩游冶:谓寻花问柳之冶游。

[点评]

　　这首描写的也是冬雪风光。和前词基本上以写景为主不同,此词上片写雪景,下片却转入行乐之意。"冻云"三句,写冬季的寒冷。云酿雪意,垂垂欲下,虽然春天已经不远了,但毕竟和气尚浅,不足以抵挡寒意,故云"寒欺绿野",天地间一片严寒。"欺"字,很明显是拟人化的手法。这是描写雪前之寒。"轻雪"句,便写到雪落,不过也不是暴风雪,而是"轻雪",而且和"早梅"一块飘落,句意间似乎就有了一些雅致飘逸的诗意。"艳阳天"三句,既可以理解为由"明媚"的"艳阳天"转成轻雪飘扬,也不妨理解为正因为是"轻雪",故天地间一片清亮明媚,如"艳阳天",总归是并不让人觉得阴沉压抑,而是境界高雅,令人生出"潇洒"的兴致。"玉人歌"三句,谓因雪寒而听歌对酒之人更多,故抬高了听歌之价、美酒之价,实际上仍是在衬托人的潇洒兴致。过片换头而不换意,意脉不断。"卖花"三句,先写城中巷陌台榭之间卖花放灯之景,衬出"好时节"三字,说明如此时节,正好游赏,怎能轻易放过?"赖和风"三句,写暖风南来,吹开雪云,雪止天晴。时间虽已是薄暮,但由于雪色的映衬,仍是一片明亮的"良夜"。"玉尘"二句,写雪色与月色交相辉映,也就是前面一首结句"放一轮明月,交光清夜"的意境。结句"素光里、更堪游冶",与前文"怎生轻舍"相应,仍是归结到行乐之意。古人写秋天之景,总兴起悲秋的情绪,而写冬天的景色,特别是雪景,却往往写得兴致高昂。柳永写冬景之词并不很多,而这两首写冬雪的词便都有这个特点。

承平赞歌

太平时朝野多欢

破阵乐

　　露花倒影,烟芜蘸碧,灵沼波暖①。金柳摇风树树,系彩舫龙舟遥岸。千步虹桥,参差雁齿,直趋水殿②。绕金堤、曼衍鱼龙戏③,簇娇春罗绮,喧天丝管。霁色荣光,望中似睹,蓬莱清浅④。　　时见。凤辇宸游,鸾觞禊饮⑤,临翠水、开镐宴⑥。两两轻舠飞画楫⑦,竞夺锦标霞烂⑧。馨欢娱,歌鱼藻⑨,徘徊宛转。别有盈盈游女,各委明珠,争收翠羽,相将归远。渐觉云海沉沉,洞天日晚⑩。

[注释]

①灵沼:传说是周文王在其离宫所建池沼,若神灵之所造。这里是借指汴京金明池。

②虹桥:指金明池中的仙桥。参差:长短不齐。雁齿:指仙桥雁柱如雁行排列。水殿:营建于水上的亭榭,此指金明池上的五殿。

③曼衍:同蔓延,本为巨兽名,状如狸,长百寻。后代仿为百戏节目,常与鱼龙并演,合称鱼龙曼衍。

④霁色:雨后清明之色。荣光:五色祥云。蓬莱:传说东海中三神山之一。此喻池中五殿。

⑤凤辇:指皇帝的车驾。宸游:指皇帝巡游。鸾觞:指酒杯。禊饮:古代于三月三日上巳节,有到水边饮酒、弄水以祛邪的风俗,称为修禊。

⑥镐宴:原谓周武王、周公旦在镐京宴饮,此指宋天子在金明池赐宴群臣。

⑦轻舠(dāo):本指刀形小船,这里即是轻舟的意思。画楫:指桨。

⑧锦标:参见下点评中所引《东京梦华录》的记载。

⑨馨:尽。鱼藻:《诗经·小雅》中的篇名,是一首赞美周天子的颂歌。这里代指群臣所制之颂圣歌诗。

⑩洞天:本指神仙所居的洞府,此借指游乐之地。

[点评]

　　这首词是一篇长达一百三十余字的长调,描绘了三月一日后君臣士庶游赏汴京金明池的盛况。据宋代孟元老《东京梦华录》卷七记载,每年三月一日,州西顺天门外开金明池、琼林苑,以供游赏。金明池在顺天门外街北,周围约九里三十步,是当时汴京名胜。此词以浓墨重彩之笔,勾勒出汴京气象开阔的都市风貌和社会风俗,是柳永都市词的一篇名作。起处三句写金明池的美景,花含清露,水映花影,烟笼平芜,柳条拂水,池水清澈,温煦明净,正是暖春气象,仿佛让人浴于春日的清新气息之中。苏轼曾云:"山抹微云秦学士,露花倒影柳屯田。""山抹微云",是秦观《满庭芳》中的名句,苏轼大概是觉得柳永和秦观的词,都有气格不高的毛病。后来南宋时张九成对策有"桂子飘香"之语,李清照曾嘲之云:"露花倒影柳三变,桂子飘香张九成。"虽然都颇有异辞,但至少说明柳永此词在宋代还是十分盛传的。"金柳"二句,承"蘸碧",渐由对自然风光的描述转入游赏之意。柳而曰"金",既是阳光明媚照映所致,也是为了衬托全词明丽的基调。树边所系彩船龙舟,争奇斗艳。"千步"三句,写金明池上的仙桥。《东京梦华录》载:"仙桥,南北约数百步,桥面三虹,朱漆阑楯,下排雁柱,中央隆起,谓之骆驼虹,若飞虹之状。五殿正在池之中心。"这三句即是实写仙桥凌波的气势。"绕金堤"四句,写金明池上游乐的场景。百戏杂陈,花样繁多。"簇娇春罗绮",指教坊歌舞乐妓,簇拥成群,奏起各种新声,歌吹沸天。将金明池上的热闹景象,写得绘声绘色,如在眼前。"霁色"三句,拓开词笔,写金明池的总体氛围,池上景色清明,祥云五色,上下交辉。而池中水殿,在词人的想像中,仿佛海上的蓬莱仙山。以此收束上片的景物描写。下片写皇帝游幸金明池之事。"时见"二字一顿,亦非虚设,因为君王只有时世清明、政事多暇,才可能时时临幸此地,这又从一个侧面表达了对太平盛世的歌颂,暗示着"太平也,朝野多欢"的意思。"凤辇"三句,写皇帝出游,赐宴群臣,所用的字眼和典故也都切合着皇家身份。"两两"二句,写君臣观看龙舟竞渡争标。《东京梦华录》中也记载了当时观争标的场景:"以旗招之,则诸船皆列五殿之东西,对水殿排成行列。则有小舟一军校执一竿,上挂以锦彩银碗之类,谓之标竿,插在近殿水中。又见旗招之,则两行舟鸣鼓并进,捷者得标,则山呼拜舞。"词中两句,也是写实之笔。所谓"霞烂",即指锦彩银碗等锦标,如云霞一般灿烂夺目。"馨欢娱"三句,写宴会上群臣作诗赞美天子,虽属颂圣之语,却无谀意,是身逢盛世之真实心情的流露。"别有"四句,转写士庶游赏情景。游春女子,芳洲拾翠,委钿遗珠,相偕兴尽而归。这几句是出自曹植《洛神赋》中"或采明珠,或拾翠羽"的描述,展现游春情态。"渐觉"二句,以黄昏暮色作结,暮云深远,池上的亭台殿阁渐渐笼罩在暮色之中,恍如神仙洞府。不像一般词中把暮色写得昏暗压抑,这两句展现的却是一片迷离景象,显得飘渺奇幻,空灵飞动,富于联想。此词声情顿挫,从容不迫,音调谐婉。章法结构严密,层次分明,以时间推移为经,以池上游春盛况为纬,条理一丝不乱,井然有序。词意繁密,多用对偶句,铺张扬厉,淋漓尽致地叙写了汴京金明池上的繁华景象,可谓是一篇微型的《汴都赋》。

透碧霄

月华边①。万年芳树起祥烟。帝居壮丽,皇家熙盛,宝运当千②。端门清昼③,觚棱照日④,双阙中天⑤。太平时、朝野多欢。遍锦街香陌⑥,钧天歌吹,阆苑神仙⑦。　　昔观光得意,狂游风景,再睹更精妍⑧。傍柳阴,寻花径,空惹弹篸垂鞭⑨。乐游雅戏,平康艳质⑩,应也依然。仗何人、多谢婵娟。道宦途踪迹,歌酒情怀,不似当年。

[注释]

①月华：月光。

②帝居：帝王之所居，指京城。熙盛：兴盛昌盛。宝运：指国祚，社稷之气运。当千：千倍于以往任何朝代。一说当历千年。

③端门：皇宫的正门。

④舳棱：宫阙上转角处的瓦脊。班固《西都赋》："设璧门之凤阙，上舳棱而栖金爵。"

⑤阙：指宫门前的门观。或谓指宫门外的华表一类。

⑥锦街香陌：对街陌的美称。

⑦钧天：指钧天广乐，古代神话中的仙乐。《列子·周穆王》："王实以为清都紫微，钧天广乐，帝之所居。"这里是借指京城中的管弦之声。阆苑：本为神话中西王母之所居，这里代指妓楼。

⑧精妍：精彩妍丽。

⑨鞋：低垂。辔：马缰绳。鞋辔，也就是垂鞭的意思。此句谓策马缓行，寻访旧踪，然而一无所获。

⑩平康：指平康坊，唐代长安坊名，为妓女聚居之地。艳质：指美貌的歌伎。

[点评]

　　此词当是柳永中年以后重至汴京所作，从不同的角度展现了当时帝都的繁华景象，同时也稍抒身世之感。上片写汴京的富盛。"月华边"二句是总写，"芳树"既虚指月中桂树，又可以理解为实写京城中的芳树。此二句写月光皎洁，祥烟缭绕，以这种吉祥的氛围衬托京城的盛况，以下即具体描摹。"帝居"三句，先从大处着笔，讴歌北宋王朝的强盛富庶。"帝居"即帝王之所居，指京城，但见千门万户，壮丽无前；宋代宫中，称皇帝为官家，这里的"皇家"，亦谓帝王之家。"皇家熙盛"，即是指国家昌盛。"宝运"，即国运、社稷之运，"当千"，或谓指千倍于往昔，或谓指千年，总归是祝愿国运长久，空前绝后的意思。"端门"三句，承接上文，既是续写"帝居壮丽"，又是对"皇家熙盛"的具体展现。天色晴朗，阳光明丽，宫门前，飞檐映日，双阙对峙而起，高耸云天，既展现了宽博的王者之气，又是国家威严的象征。从这几句描写中，似乎可以领略到词人那种身逢其盛的强烈自豪感。"太平时,朝野多欢"一句,是上片之主旨,柳永在《迎新春》词中也有"太平时,朝野多欢民康阜"之句,当是词人的真实感受。这里虽是"朝野"并举,实则上文方是"朝",以下转写"野",从市井民间的角度继续铺叙盛世景况。"遍锦街"三句,字面上是写京城巷陌繁花似锦,游人如织,歌吹沸天,人似神仙。但"锦街香陌"在这里有着特定的含义,即指秦楼楚馆、歌舞繁华之所,而所谓"阆苑神仙",也就是指那些貌美如花的歌伎,唐宋时以女仙代指女妓是习见之辞。只有作这样的理解,才能和下片的词意对应起来,同时这些娱乐场所的繁华正是京城富庶的体现,正是太平盛世景象。如此盛况,对于多年在外漂泊、而今故地重游的词人来说,自然"别有一番滋味在心头",因为这里处处都有着自己当年的"狂踪旧迹",故不能不触景动情,顿生兴尽悲来之感,上下片之间词意的转接十分自然妥帖。下片先以一"昔"字引出回忆,联想到旧日的纵情欢游,风光无限,但也只是微微一逗,并不展开叙述具体的人事,词意含蓄。随即又折回现在,淡淡地说"再睹更精妍",一个"更"字,流露出一丝物是人非的伤感。"傍柳阴,寻花径",亦实亦虚,既是实写其漫步徘徊于柳阴之下、花径之间,试图寻访旧日欢乐的痕迹,同时又是借指其问柳寻花,"访邻寻里,同时歌舞"(周邦彦《瑞龙吟》),但"空恁"二字,表明结果都是一样,全归于徒然,旧人旧事,皆如前尘梦影,无迹可寻,自是无奈口吻。"乐游雅戏"三句,亦同前引周邦彦词中所谓"惟有旧家秋娘,身价如故"的意思相仿佛,谓此地仍有娇艳风流之人、纵游欢会之事,似乎一切都和过去一样。实际上是说真正不一样的是自己的心情。"仗何人"四句,是下片主旨,亦是全篇结穴。经过多年仕宦在外的飘零生涯,自己再也没有当年的那种"歌酒情怀",只能辜负佳人美意了。这几句语意苍老,饱含人世沧桑,而出语平淡,的确是中年人的口吻,具有很强的感染力。柳永中年以后,一官所系,驱驰四方,尝尽羁旅愁情,因此每每当他回忆当年旧事时,总免不了生出无限惆怅之意。而当此故地重游之际,更是平添了数重悲凉之感,像他的《少年游》中"狎兴生疏,酒徒萧索,不似去年时"、《长相思》中"又岂知、名宦拘检,年来减尽风情"等词句,实际上与此词一样,表达的都是同一种感受。

看花回

　　玉城金阶舞舜干①。朝野多欢。九衢三市风光丽②,正万家、急管繁弦。凤楼临绮陌,嘉气非烟③。　　　　雅俗熙熙物态妍④。忍负芳年。笑筵歌席连昏昼,任旗亭⑤、斗酒十千⑥。赏心何处好⑦,惟有尊前。

[注释]

①城:台阶。舞舜干:传说大舜创干羽之舞,属文德之舞,表示修阐文教,不复征伐。干:盾。此句颂时清政和。

②九衢:指京城中四通八达的道路。三市:指京城的街市。

③凤楼:指京城中的秦楼楚馆。绮陌:指京城中的街道。嘉气:吉祥的瑞气。非烟:《史记·天官书》:"若烟非烟,若云非云,郁郁纷纷,萧索轮囷,是谓卿云。卿云见,喜气也。"故后世以"非烟"、"卿云"来形容祥云。

④雅俗:风雅之士与流俗之人。这里泛指京城中各色人等。熙熙:人拥挤的样子。物态:风物景色。妍:妍丽。

⑤旗亭:酒楼。

⑥十千:十千钱。

⑦赏心:此指称心快意。

[点评]

　　此词描写宋代汴京城中春日繁盛的景况,词中流露出身逢盛世的强烈自豪感,也表达了当时具有普遍性的流连芳景的社会情绪。起句"玉墀金阶舞舜干",先从朝廷写起,"玉墀"与"金阶"为对文,皆指宫廷中的台阶。这是借用大舜帝的典故来歌颂当时崇尚文治、时世清平的局面。"朝野多欢"一句,承上启下。柳永词中经常写到"太平也,朝野多欢"的意思,说明这是一种发自内心的真切感受。前面"舞舜干",是讲"朝"之"多欢","九衢"句以下,则是讲"野"之"多欢"。所谓"风光丽",既是讲京城道路街市的整齐壮丽,同时主要还是指人文风光,即京城的富庶。"万家急管繁弦",极写京城中歌吹沸天的乐舞之盛。"凤楼"句写秦楼楚馆的热闹,或以为"凤楼"指皇宫中的楼阁,不确,因为宫楼不可能"临绮陌"。"嘉气非烟"句总束,写充溢于京城中的祥瑞之气。下片换头"雅俗"句,谓京城中人来人往,风物景色十分妍丽,这还是承接上片而来继续描写。"忍负芳年"一句,则另起一意,拍合到流连芳景、及时行乐之意。芳年如此,韶光如此,怎忍轻负?正应"笑筵歌席连昏昼",即昼夜行乐的意思。"任旗亭"句,显示出高昂的兴致,让人联想起曹植的"归来宴平乐,美酒斗十千"(《名都篇》),以及李白的"金樽清酒斗十千,玉盘珍馐值万钱"(《行路难》)等名句。而"旗亭"二字,又自然与唐代王昌龄、高适、王之涣等人的"旗亭画壁"故事联系在一起(参见薛用弱《集异记》),因此这里表达的是文人诗酒风流的雅事。结句"赏心何处好,惟有尊前",古人以良辰、美景、赏心、乐事为四美(谢灵运《拟魏太子邺中集诗八首序》),如王勃《滕王阁序》中云所"四美具,二难并",这里却不但说尊前歌酒之欢,超过四美,而且"惟有尊前"是最为称心快意之事,这样就把欢快之意写到了极处。此词上片铺叙京城风光景况,下片着重写处于这种环境中人的心态,词笔潇洒放逸,的确是所谓太平盛世之歌。

柳初新

东郊向晓星杓亚①。报帝里②、春来也。柳抬烟眼，花匀露脸，渐觉绿娇红姹。妆点层台芳榭。运神功③、丹青无价。　　别有尧阶试罢④。新郎君⑤、成行如画。杏园风细⑥，桃花浪暖，竞喜羽迁鳞化⑦。遍九陌⑧、相将游冶⑨。骤香尘⑩、宝鞍骄马。

[注释]

①星杓：又称斗柄，即北斗七星柄部的玉衡、开阳、摇光三颗星。亚：指低垂。

②帝里：京城。

③神功：指大自然的造物之功。

④尧：上古的尧帝。阶：台阶。这里以"尧阶"代指本朝宫殿。试罢：科举考试完毕。

⑤新郎君：唐宋时称新科进士为新郎君。

⑥杏园：园圃名，在长安大雁塔南。唐代时与慈恩寺相接，在曲江池西南。科举考试结束后，朝廷设宴于曲江池，供新科进士们宴游。这里可能是代指汴京的琼林苑。

⑦羽迁：即羽化。道士成仙曰羽化，喻其白日飞升，若生羽翼。鳞化：鱼龙变化。这里的羽迁鳞化都是喻指新进士身份的变化，从此步入仕途，如同升天成仙。

⑧九陌：指京城的街道巷陌。

⑨相将：相共，相随。

⑩骤：指马奔驰。香尘：芳香的尘土。

[点评]

　　此词描写的是宋代春季进士放榜之后的游宴情景。唐诗中描写这类情况的作品很多，著名者如朱庆余的《近试上张水部》："妆罢低眉问夫婿，画眉深浅入时无"，是借新妇初妆喻示自己在放榜之前稍带不安的心情。而孟郊的"春风得意马蹄疾，一日看尽长安花"，则完全是写中举之后的欢快轻松。可能是由于宋代的进士科第不像唐代那么艰难，因此宋词中这类题材非常少，从这个角度来看，柳永此词便也弥足珍贵了。从词中语气来看，似乎还不是柳永自己中举之时的作品，主要是描写当时新进士们游宴于京城之中的热闹场景。起处"东郊向晓星杓亚。报帝里、春来也"二句，是交代时令。上古时人以北斗斗柄在昏晓时所指的方向来确定季节，斗柄指东则为春天，这里讲京城东郊见斗柄低垂，正是春天来到的象征。古代科举考试于前一年秋天举行地方上的乡试，入选者于次年二三月到京城参加省试和殿试，故进士放榜都在春季。"柳抬"以下五句，即具体描摹京城春色。柳叶初生，细长如眼，称为柳眼。此谓烟雾笼罩着的细嫩柳叶，用"抬"字，自是拟人手法的运用。下句"花匀露脸"描写花瓣上的朝露，也是同样的笔法。春意渐浓，"层台芳榭"都为春色所"妆点"。"丹青"指图画，是形容春色如画，然而画有价而春"无价"，则春光的动人自可想像。上片写春色，下片则是写新进士的游宴。"别有"三句，谓新科进士，簪花游街。"杏园"三句，写琼林苑的赐宴。而叙事之中且见美景，"杏园"既是实写，又是形容"艳杏烧林"之景。三月桃花开放，天气转暖，故云"桃花浪暖"。唐宋时进士地位甚高，获高第者往往升迁迅速，仕途通达，故云"竞喜羽迁鳞化"。"遍九陌"二句作结，谓其不仅在郊外游赏春色，而且相随至京城的通衢巷陌、秦楼楚馆之中冶游寻欢，驰起香尘满路，这倒的确是唐宋时的风俗。此词结构匀称，叙事从容，描景如画，虽然说不上什么特异之处，但体现了柳词一贯的风格，何况题材颇有认识价值，因此还是值得一读的。

望海潮

　　东南形胜,三吴都会①,钱塘自古繁华。烟柳画桥,风帘翠幕,参差十万人家②。云树绕堤沙。怒涛卷霜雪,天堑无涯③。市列珠玑④,户盈罗绮竞豪奢。　　重湖叠巘清嘉⑤。有三秋桂子,十里荷花。羌管弄晴,菱歌泛夜,嬉嬉钓叟莲娃⑥。千骑拥高牙⑦。乘醉听箫鼓,吟赏烟霞。异日图将好景⑧,归去凤池夸⑨。

[注释]

①形胜:地胜优越便利。三吴:指吴兴、吴郡、会稽,杭州为三郡都聚之所。
②参差:大约,将近。或谓指楼阁高低不齐,不确,详见王瑛《诗词曲语辞例释》。
③天堑:此指地势险要的钱塘江。
④市:指杭州的街市。
⑤重湖:指西湖。因其有里湖、外湖之分,故云。叠巘:指西湖边重叠的山峰。清嘉:清新秀丽。
⑥嬉嬉:嬉戏游戏之状。钓叟:渔翁。莲娃:采莲女子。
⑦高牙:指牙旗。本是帅臣的仪仗,这里实指知州游湖。
⑧异日:他日。图:绘。
⑨凤池:即凤凰池,本指魏晋时的中书省,宋时指宰相任事的中书门下政事堂。这两句乃祝愿之语。

[点评]

　　此词写杭州的繁盛和西湖的佳丽,体现了柳永以赋法为词的优长,可谓是一以词体写就的一篇杭州赋。起笔三句擒题,叙钱塘形势之胜,俯瞰东南,纵览今古,从时空两方面拓展了词境,气势博大开阔。"烟柳"以下,直至"钓叟莲娃"句,皆描状都市之盛庶,以如椽之笔勾勒出一幅全景式的画面。先以"参差十万人家",总写杭州之物阜民康,随即分写城外的钱塘江潮和城内的市肆,一以见枕潮坐汐,壮阔汹涌,一以见商业繁荣,士民殷富。铺排有序,层次井然。下片前半段专咏西湖,"重湖"句,写湖山全景,清丽无比;"三秋"二句,写四时风光,夏荷秋桂,与湖光山色交织;"羌管"二句,写湖中的昼夜笙歌;"嬉嬉"句,写湖中人物,渔翁羌管,莲娃菱歌,人与景相映成趣。从四个方面写尽了西湖的美景,有总叙,有分写,经纬严密,虚实相间,充分体现了慢词胜于小令的曲尽形容的表现能力。其中"三秋桂子,十里荷花"二句,一写桂子飘香之久,与"叠巘"相应;一写荷花种植之盛,与"重湖"相应,参错交织,极见匠心。据说"此词流播,金主亮闻歌,欣然有慕于'三秋桂子,十里荷花',遂起投鞭渡江之志"(南宋罗大经《鹤林玉露》卷一三),可见在一个多世纪之后,此词仍有如此广泛的影响力。"千骑"以下,一般都据《鹤林玉露》及杨湜《古今词话》诸书,认为是对当时两浙转运使孙何的称美之语,并谓柳永与孙何为布衣之交。但据吴熊和先生考证,此词必为投赠杭州知州之作,但孙何仕履中并无"知杭州"、"帅钱塘"之事,且两浙转运使治所在苏州,而非杭州,另外两人年龄也相距悬殊(孙何任两浙转运使时,柳永才十四岁),故此词当与柳永《早梅芳·海霞红》词一样,都是投赠给杭州知州孙沔的,时为至和元年(1054)二月至嘉祐元年(1056)八月之间,此词即作于至和元年中秋府会之际(参见吴熊和《柳永与孙沔的交游及柳永卒年新证》一文,见《吴熊和词学论集》)。《宋史》孙沔本传说他"跌荡自放,不守士节"、"淫纵无检",还曾因"喜宴游女色",坐废多年,这种放浪淫佚的生活作风,倒是与柳永十分相似,这或许即是他们二人能成为"布衣之交"的缘由之一吧。

早梅芳

上孙资政

　　海霞红,山烟翠。故都风景繁华地①。谯门画戟②,下临万井③,金碧楼台相倚。芰荷浦溆,杨柳汀洲,映虹桥倒影④,兰舟飞棹,游人聚散,一片湖光里。　　汉元侯,自从破虏征蛮,峻陟枢庭贵⑤。筹帷厌久⑥,盛年昼锦⑦,归来吾乡我里。铃斋少讼⑧,宴馆多欢,未周星⑨,便恐皇家,图任勋贤,又作登庸计⑩。

[注释]

①故都:此指杭州,五代时为吴越国都。

②谯门:即谯楼,古代建筑在城门上用来瞭望的城楼。画戟:一种兵器。古代官门及显贵之家,门前列画戟为饰,或用作仪仗。

③万井:指千家万户。

④浦溆:指水边。虹桥:状若彩虹的拱桥。

⑤汉元侯:汉家诸侯之长。这里借指本词投赠的对象孙沔。峻陟:迅速被提拔进用。枢庭:指枢密院,是宋代最高军事机构。贵:贵显。

⑥筹帷:是"运筹帷幄之中"的省文,指军旅生涯。

⑦盛年:壮年。昼锦:《史记》卷七《项羽本纪》:"富贵不归故乡,如衣绣夜行,谁知之者。"反过来"昼锦"即是指官高爵显而归。

⑧铃斋:即铃阁,将帅所居之处。少讼:没有诉讼之事,说明所辖之地政事清平,社会安定。

⑨周星:指经年,一年。

⑩皇家:指朝廷。图任:打算任用。勋贤:勋臣贤材。登庸:本指任用人才,唐宋时特指拜相。

[点评]

　　此词从内容上来看,是作于杭州,投赠给知杭州的某官的。词题"上孙资政",各本《乐章集》皆无,此自明代陈耀文《花草粹编》辑出。吴熊和先生《柳永与孙沔的交游及柳永卒年新证》(见《吴熊和词学论集》)一文经过详细考辨,断定此"孙资政"是指孙沔,孙沔于至和元年(1054)二月,自枢密副使以资政殿学士出知杭州,故此词即是孙沔到任就职之后进呈的,与前选《望海潮》词当作于同时,足以成为定论。此词上片倾力描写杭州的繁华。起处三句,从外围落笔,钱塘江由杭州东流入杭州湾,汇入东海,故云"海霞红";杭州西面有南、北高峰等群山环绕,故云"山烟翠",皆是眼前所见的本地景物,"故都"句点明"繁华"之意。以下"谯门"三句,先写城观的壮丽威武,再写城中的千家万户、"金碧楼台",见出杭州的熙盛富庶。"芰荷"三句,勾勒西湖边的美景,荷花盛开,杨柳低拂,长虹跨水,映于碧波之中。"兰舟"三句,描写西湖上游人玩赏的景况,兰舟往来,波心荡桨,游人或聚或散,总在湖光影里,这种清丽秀逸的境界,即使是再精妙的画笔也描摹不出。下片便转而表达投赠之意了。"汉元侯",或谓是指三国时魏将张既,未免有胶柱鼓瑟、高叟论诗之嫌,这里不过是泛誉而已。"破虏征蛮,峻陟枢庭贵",据吴熊和先生考证,也是写实之笔。宋仁宗皇祐四年(1052)五月,广源州蛮首领侬智高起兵反宋,破邕州(今广西南宁),建大南国,自称仁惠皇帝。宋仁宗以孙沔为广南安抚使,率军与狄青一起平定了广南。宋滕元发有《孙威敏征南录》一卷,专记其事。由于这次军功,皇祐五年(1053)五月,狄青被任命为枢密使,孙沔则升任枢密副使。柳词中这两句就是称颂孙沔的这段经历。"筹帷"三句,谓孙沔厌倦久于军旅,因此来做杭州知州。实际上据宋史孙沔本传,孙沔之所以外任杭州,主要是因为仁宗张贵妃死后,追封为温成皇后,命孙沔宣读封册诏文。孙沔以其不合礼制,抗命不从,遂请求外放,是具有抵制意味的骨鲠之举。"铃斋"二句,赞誉其政事清简。"未周星"四句,是预祝孙沔不入将再次擢升,出将入相,荣膺重任。事实上,两年后孙沔便由资政殿学士迁为资政殿大学士,这都是不轻易授予的殊荣,说明宋仁宗对孙沔还是相当器重的。词在唐宋时不仅是一种文学载体,更主要是一种文化样式,除了文学功能之外,还有着相当丰富的文化功能。例如此词就是一篇迎接新知州的颂辞,除了它本身所具有的文学特性之外,它作为社会交往工具的功能便更多地体现了词的文化特性。

双声子

晚天萧索,断蓬踪迹,乘兴兰棹东游①。三吴风景,姑苏台榭②,牢落暮霭初收③。夫差旧国④,香径没⑤、徒有荒丘。繁华处,悄无睹,惟闻麋鹿呦呦⑥。　　想当年、空运筹决战⑦,图王取霸无休⑧。江山如画,云涛烟浪,翻输范蠡扁舟⑨。验前经旧史⑩,嗟漫载、当日风流。斜阳暮草茫茫,尽成万古遗愁。

[注释]

①萧索:萧条冷落。断蓬:古人常以断根飘飞的蓬草比拟漂泊不定的游子。兰棹:桨的美称。此即指舟船。

②三吴:说法不一,据《水经注》,指吴兴(今浙江湖州)、吴郡(今江苏苏州)、会稽(今浙江绍兴)。姑苏:即苏州,因城西南有姑苏山而得名。

③牢落:稀疏。

④夫差:春秋时吴王,曾争霸诸侯,后为越王勾践所攻,国灭身死。其都城旧址在姑苏,苏州市郊有灵岩山,传说夫差宫殿即在此处。

⑤香径:即采香径,在灵岩山上,据说是当年吴国宫女采花之径。

⑥麋鹿呦呦(yōu):呦呦是鹿鸣之声。吴国大夫伍子胥曾谏夫差拒绝越王勾践

求和,夫差不听,子胥愤言:"臣今见麋鹿游姑苏之台也。"意谓必将亡国,吴国宫殿不久也将变为废墟。

⑦运筹:谋划。

⑧图王取霸:指春秋时吴国与越国争霸。

⑨翻输:反不如。范蠡:越国大夫,曾协助勾践灭吴,据说他功成身退,泛舟游于五湖,避免了杀身之祸。

⑩验:验证。前经旧史:前代的经籍史书。

[点评]

这首词当是姑苏怀古,嗟叹吴王夫差亡国之事。柳永词中固有不少香艳旖旎之作,但在江湖漂泊的羁旅中,也写了不少饱含人生感慨的作品,而咏史怀古也正是人生感慨的一个侧面。此词远早于王安石的《桂枝香·金陵怀古》和苏轼的《念奴娇·赤壁怀古》,这些怀古名作,在词史上无疑有其一席之地。

起句所谓"东游",当指由汴京沿汴河东行,由大运河南折至苏州。宋人常把从江南、江淮一带入京称为"西游"、"西征",反过来则称之为"东游"。"晚天",点明时令,同时渲染萧瑟的气氛。"断蓬",点明游子的身份,颇有压抑牢骚之意,但"乘兴"一语,却笔势兜转,似乎来到江南名胜之地后,心境也随之开朗了一些,故下文的咏叹也更开阔寥远。作者没有去写苏州城内的繁华热闹,而是把笔触伸向城外那些冷落荒凉的历史陈迹:吴王故宫、采香旧径,当年的欢歌喧闹、西施的绝代容颜,早已远远隐去而"悄无睹",耳中恍惚真的听见了一片哀哀鹿鸣之声,仿佛在印证着当年伍子胥的预言,"如说兴亡斜阳里"。由远及近,由目见到耳闻,层层铺叙中,深沉的吊古伤今之意随景而出。上片写景,下片则承以咏事,进一步拓开词境。一"空"字领起"运筹决战,图王取霸",以见雄图霸业,亦不过如争名竞利一般,在滔滔江水之前,同归虚幻,倒是那功成身退的范蠡,反可以独享放浪江湖的轻松和逍遥。结句景与情会,浑茫一片,甚有开阔清劲之致。

此词在声律上很值得注意,调名《双声子》,张先《子野词》中有《双韵子》一词,当皆指多以双声叠韵入词的曲子。本词双声叠韵,层见间出,反复运用,贯彻始终,可以说是一首名副其实的双声叠韵之曲。词中双声计有"萧索"、"踪迹"、"棹东"、"牢落"、"繁华"、"惟闻"、"决战"、"翻输"八处,叠韵计有"晚天"、"蓬踪"、"乘兴"、"姑苏"、"暮初"、"有丘"、"无睹"、"呦呦"、"想当"、"图取无"、"验前"、"漫载"、"茫茫"、"尽成"十四处。全词二十三句,仅有六句未有双声叠韵。王国维《人间词话》中说:"词之荡漾处多用叠韵,促节处多用双声,则其声铿锵可诵,必有过于前人者。"这说明适当地运用双声叠韵,可以增强诗词的声律之美。柳永词中不少名句,都与双声叠韵有关,如《八声甘州》:"渐霜风凄惨,关河冷落,残照当楼。"其中"凄惨"、"关河"、"冷落"、"残照"、"当楼"都是双声。《竹马子》:"登孤垒荒凉,危亭旷望。"其中"荒凉"、"旷望",都是叠韵。《迷神引》:"芳草连空阔,残照满。佳人无消息,断云远。"其中"空阔"、"消息"是双声,"残满"、"断远"是叠韵。作为精通音律的词人,柳永在这些方面的贡献还没有得到系统的总结和概括,是应该引起重视和进一步加以研究的。另外,柳永还有一首《西施·苎萝妖艳世难偕》词,是专咏西施的,有兴趣的读者可以参看。

临江仙

　　鸣珂碎撼都门晓^①,旌幢拥下天人^②。马摇金辔破香尘。壶浆盈路^③,欢动一城春。　　扬州曾是追游地^④,酒台花径仍存。凤箫依旧月中闻。荆王魂梦^⑤,应认岭头云。

[注释]

①珂:马勒上的一种佩饰。
②旌幢:用作仪仗的旗帜。天人:道德或才貌出众之人,此指有德政的高官。
③壶浆:"箪食壶浆"的省文,指用竹篮盛着饭,用瓦壶盛着浆水来迎接。《孟子·梁惠王下》:"箪食壶浆,以迎王师。"后喻热烈的欢迎。

④追游:追欢游乐。

⑤荆王:楚王。春秋战国时楚国又称荆国。这里是用楚王梦中与巫山神女相会的典故。

[点评]

这首词很明显也是一首投赠之作,赠主官职当是扬州知州。从词意来看似是欢迎知州赴任时所作。起句"鸣珂碎撼都门晓",谓这位知州从京城出发。宋代官员上任前,例须赴京城面见皇帝后,再从京城启程赴任。"旌幢"句,谓其到达扬州,以"天人"来形容,既是指其由京城而来,也是称誉对方的德政。"马摇"三句,写知州进入扬州城后,百姓沿路欢迎的盛况。"欢动一城春",写得十分热闹,也勾勒了扬州的繁华景象。从下片"扬州曾是追游地"一句来看,可能对方这次是第二次来到扬州做官或者过去在扬州生活过,当年曾在此追欢游乐,如今想必"酒台花径仍存"。"凤箫声动,玉壶光转",一切都是当年旧迹。"荆王"二句,谓不仅酒台花径、凤箫明月依旧,那和着箫声轻歌曼舞的佳人恐怕也还无恙吧。有人认为下片是转而从作者自己的口吻来写,但这和全词的文意不合,而且以"荆王"自比,似乎也不太合适,应该还是理解为对赠主风流才情的赞誉,这样或许更通顺一些。薛瑞生《乐章集校注》谓下片中的"荆王"是指汉代被封为荆王的刘贾,并据此推定赠主为刘敞。似无确证,且有过于穿凿之嫌,本书不取其说,暂存疑于此,以俟详考。

如鱼水

轻霭浮空,乱峰倒影,潋滟十里银塘①。绕岸垂杨。红楼朱阁相望。芰荷香。双双戏、溆鹚鸳鸯②。乍雨过、兰芷汀洲③,望中依约似潇湘。　　风淡淡，水茫茫。动一片晴光。画舫相将。盈盈红粉清商④。紫薇郎⑤。修禊饮⑥、且乐仙乡。更归去，遍历銮坡凤沼⑦，此景也难忘。

[注释]

①潋滟：水波动荡之貌。银塘：对湖泊池沼的美称。

②鸂鶒(xī chì)：水鸟名，或以其形大于鸳鸯而色紫，称为紫鸳鸯。

③兰芷：兰草与芷草，皆为香草名。

④红粉：胭脂与铅粉，古代女子的化妆品，此代指美女。清商：指清商乐，这里代指音乐。

⑤紫薇郎：本作紫微郎，唐代对中书郎的别称。

⑥修禊饮：参见《破阵乐·露花倒影》词注⑤。

⑦銮坡：即金銮坡，唐德宗时曾迁学士院于金銮坡，后遂称翰林学士院为銮坡。凤沼：即凤池、凤凰池，参见《望海潮·东南形胜》词注⑨。

[点评]

　　此词是一首投赠之作，惟具体人地不详，但词中用了很大的篇幅来描写湖山美景。薛瑞生《乐章集校注》定此词为宝元元年(1038)三月在颍州(今安徽阜阳)所作，投赠的对象是吕夷简，虽属推测，不过可供参考(见其书177页—178页)。全词自起句"轻霭浮空"至下片"盈盈红粉清商"句，都是景物风光的描写，"紫薇郎"以下才流露出投赠的意思。"轻霭"三句，写湖光山色：轻云飘过，水波动荡，四周山峰倒映在湖水之中。所谓"银塘"，薛书谓即指颍州西湖，长三里，广十里。欧阳修曾作《采桑子》组词，都是咏叹颍州西湖的，在宋代亦属名胜之地。"绕岸"以下，从容铺写，先写岸边垂杨，再写水旁的"红楼朱阁"、水上的荷花送香、成双成对地在水中嬉戏的"鸂鶒鸳鸯"，一片春意浓酣的景象。"乍雨过"三句，写微雨过后，长满兰芷的洲渚，分外秀丽，远远望去，依稀隐约之中，宛如潇湘。薛书谓颍州"有颍、汝二水于境内会入淮河，与潇、湘二水会于零陵相似"。下片换头仍继续铺叙，不过描写的角度由纯粹写景，转而铺写湖上宴游之盛。微风轻淡，湖水茫茫，天容水色，"一片晴光"。湖上无数画舫相随而行，舟中不仅有盈盈美貌的红粉佳人，更随着微风不断传来音乐之声以及她们美妙的歌喉，令人产生无限遐想。写景至此，自然之景与宴游之景皆已繁盛无比，以下遂转入投赠之意。"紫薇郎"，是对赠主的称誉，大概对方曾任中书郎一类的官职，薛书谓吕夷简曾于明道元年（1032）任中书侍郎，故云。"修禊饮"二句，含有与民同乐的意思，同时也是暗示讼事清简、政通人和、时世太平，长官才有如此的兴致。"更归去"三句，是祝愿的话语，但说得颇为巧妙，不是直接说祝愿对方早日归京、升迁高职，而是说待其归京遍任翰林学士甚至宰相之后，想必也难忘如此佳景、如今的兴致，表面上还是在讲此地的游宴之乐，实际上已经表达了善颂善祷的意思。这和《望海潮》词中"异日图将好景，归去凤池夸"，手法如出一辙，也是古代文人在写投赠之作时最惯用的手法。此词中的描景之语、叙事之语以及颂扬之语，头绪颇多而层次井然，用语则俗中见雅，从容不迫，委婉尽致，不失为一篇工稳之作。

一寸金

上蜀刺史

井络天开，剑岭云横控西夏①。地胜异、锦里风流，蚕市繁华②，簇簇歌台舞榭。雅俗多游赏，轻裘俊、靓妆艳冶③。当春昼，摸石江边，浣花溪畔景如画④。　　梦应三刀，桥名万里⑤，中和政多暇。仗汉节、揽辔澄清，高掩武侯勋业，文翁风化⑥。台鼎须贤久⑦，方镇静、又思命驾⑧。空遗爱⑨，两蜀三川，异日成嘉话⑩。

［注释］

①井络：《河图·括地象》："岷山之精，上为井络。"井，指井星，二十八宿之一，对

应蜀地。剑岭：指剑阁县北之大小剑山，位于川陕之间，中有剑阁，势为天险。控：控制。西夏：宋时党项羌所建国名，享国一百五十余年，先后和辽、金与宋对峙。

②锦里：地名，在今成都市南，后人以锦里泛指成都，又称锦官城。蚕市：买卖蚕具的集市。蜀地古以蚕市著称。

③轻裘：轻暖的裘皮衣。此为"轻裘肥马"的省言，代指俊美的少年。靓妆：漂亮的打扮。

④摸石江边：据《月令广义》记载，"成都三月有海云山摸石之游，求子，得石者生男，得瓦者则生女。"浣花溪：又名百花潭，在成都西，流入锦江。蜀人于四月十九日游于此，谓之浣花日。

⑤梦应三刀：《晋书》卷四二《王濬传》载："濬夜梦悬三刀于卧室梁上，须臾又益一刀，濬惊觉，意甚恶之。主簿李毅再拜贺曰：'三刀为州字，又益一者，明府其临益州乎？'"后王濬果然被任命为益州刺史。益州，即今成都。桥名万里，万里桥在成都市南，跨锦江上。三国时蜀费祎出使吴国，诸葛亮于此设宴送行，祎叹曰："万里之路，始于此桥。"因以得名。

⑥仗汉节：此指奉旨赴任。揽辔澄清：《后汉书》卷六七《范滂传》载范滂被任命为清诏使，按察冀州，"滂登车揽辔，慨然有澄清天下之志。及至州境，守令自知臧污，望风解印而去。"武侯：指诸葛亮，蜀建兴元年，封为武乡侯。文翁：汉代庐江舒人，景帝末年，任蜀郡守，仁爱好教化，选择人才至京师受学，又在成都市中设立官学，招属县子弟入学。是古代教化地方的典范。风化：指教育感化。

⑦台鼎：古代称三公宰相为台鼎。须：等待。

⑧命驾：启程。

⑨遗爱：是古代用来称颂官员政绩的话。

⑩两蜀：古代分蜀地为东蜀与西蜀。三川：指嘉陵江、岷江、泸江等蜀地的几条大江。异日：他日，指将来。

[点评]

　　这首词各种《乐章集》的版本亦无题注，惟明代陈耀文辑《花草粹编》录此词有"上蜀刺史"之题，因以据补。词中所写为成都风物，所用典故又都与成都有关，故必为投赠给益州知州之作，与题中"上蜀刺史"是一致的。刺史本是汉唐时官名,这里是借指宋代的知州。薛瑞生《乐章集校注》谓所投赠的对象是蒋堂（见其书 93 页），虽无确证，但可供参考。起笔先从蜀地形胜写起，这和《望海潮》词"东南形胜"的写法类似,谓益州地势高峻,山川纵横,形势险要。四川向来号称天府之国,乃四塞之地,在唐代是中央朝廷的战略后方,屡次长安一被攻破,皇帝便逃到四川避难。到了宋代,同样也是受到朝廷高度重视的地区,镇守四川的往往都是元老重臣。因为它的西南可以控制大理、吐蕃,而向东北出剑阁抵陕西、甘肃一带,便是当时防御西夏的前线地区,地理位置上有十分重要的战略意义。这里讲益州的形胜,也是为下文对长官的歌颂埋下伏笔。"地胜异"以下,都是描绘蜀地的富庶繁华和特有的社会风俗。先写锦官城中热闹的蚕市,再写城中丛列的"歌台舞榭",以"簇簇"来形容,可见其多,则游人的繁盛便也可以想见,故下句云"雅俗多游赏",再写游赏之人,有着轻裘、乘肥马的俊美少年,有盛装的艳丽娇娆之佳人。"当春昼"三句,写蜀地风俗,浣花溪边,游人如织,风景如画。下片全写投赠之意。"梦应"三句,连用两个与益州有关的典故,表现了万物和谐,政治清明,四境无事的太平景象。"仗汉节"三句,是恭维之语,不仅把对方比为东汉著名的气节之臣范滂,甚至说其勋业可以超过诸葛亮,教化之功可以超过文翁。"台鼎"三句,是祝愿之语,谓朝廷久待贤才,定当以宰相之位相召,因此刚把蜀地治理好,便又准备启程回京了。"空遗爱"三句,透过一层,谓对方所遗留下来的造福当地之惠政,他日必将成为流传于"两蜀三川"之间的"嘉话"。对方可能是刚刚到任,词中便把其升迁离任之后的种种"遗爱"都设想好了,话说得可是真漂亮,不知是否能把对方拍得晕晕乎乎的。这首词看上去的确是有些谀意,不过这也是古代文人的通病,用不着为此专门责难柳永。另外,宋代官员若想得到升迁,必须有一定数量和一定分量的推荐书,才能改官。柳永大量的投赠之作,应当与此有关,词中多说些吹捧之语,也便在所难免了。

玉蝴蝶

　　渐觉芳郊明媚,夜来膏雨^①,一洒尘埃。满目浅桃深杏,露染风裁^②。银塘静、鱼鳞簟展,烟岫翠、龟甲屏开^③。殷晴雷^④。云中鼓吹,游遍蓬莱。　　徘徊。隼旟前后,三千珠履,十二金钗^⑤。雅俗熙熙^⑥,下车成宴尽春台^⑦。好雍容、东山妓女^⑧,堪笑傲、北海尊罍^⑨。且追陪。凤池归去^⑩,那更重来。

[注释]

①膏雨:指滋润土壤百谷的甘霖。

②风裁:春风裁剪。

③鱼鳞簟:一种细密如鱼鳞的竹席。岫:远山。龟甲屏:绘饰龟甲纹状的屏风。

④殷:雷声。

⑤隼旟(sǔn yú):绘以隼鸟图案的旗帜,是古代行军所建之旗。这里指知州的仪仗。三千珠履:《史记·春申君列传》记载,春申君有门客三千人,其上客皆蹑珠履。这里指门客之盛。十二金钗:喻歌女众多。

⑥雅俗熙熙:参见《看花回·玉城金阶舞舜干》注④。

⑦下车:古代称官员初到任曰下车。

⑧东山妓女:东晋谢安少有重名而不肯出仕,尝隐于会稽东山(在今浙江上虞西南),每游宴,必以妓女从。后世以之为风流雅事。

⑨北海尊罍:北海指汉献帝时北海相孔融。尊罍:指酒杯。孔融善文章,喜交游,尝叹曰:"坐上客恒满,樽中酒不空,吾无忧矣。"

⑩凤池:即凤凰池,原指中书省。此代指宰相之职。

[点评]

　　这首词也是一篇投赠之作,投赠的对象是某地知州,惟具体的人、地则不能确定。上片描景,下片写知州出游,流露对赠主的颂扬之意。起句"渐觉芳郊明媚",写春回大地,郊野清润明媚。"夜来"二句,写昨宵雨过,洗去尘埃,一片清新气象。"满目"二句,写桃杏盛开,花色或浓或浅,如雨露染成,如春风裁剪。"银塘"二句,一句近景,写池塘微波涟漪,如细密的鱼鳞簟,同时鱼鳞闪烁,亦是银塘中的实事,用语十分贴切。下句远景,写望中烟雾笼罩中的峰峦,如龟甲屏风。"殷晴雷"三句,是写歌吹沸天的盛况,鼓乐笙箫,如晴雷震响,声彻云天,令人恍如游于蓬莱仙境。下片以"徘徊"领起,所谓"徘徊"并不是"忧心徘徊"之意,而是雍容、从容的意思。以下便是对知州出游场面的描述,仪仗威严,门下贤客众多,歌女盛装随行。唐宋时地方州府皆有官辖歌伎,称为官妓,主要是在官府的各类娱乐场合表演,这是当时的一种特殊文化制度。"雅俗"二句,谓高雅的士流与一般的民众都尽兴成欢,而知州自上任以来便日日宴饮。语出《老子》:"众人熙熙,如享太牢,如登春台。"这自然是对知州政事清简、无为而治的颂扬之语。"好雍容"二个工整的对句,分别用了谢安与孔融的典故,来表达此时宾主的意气高扬、怡然自得,不逊古人。最后"且追陪"三句,祝愿对方早日回到朝廷,加官晋爵,出将入相。宋代人对于京官之职的重视远远超过地方职任,凡是祝愿之语都希望是回京,故这里说"那更重来",亦是此意。可见尽管此词意思平常,但除了描写铺叙之工以外,还可让后人了解当时的社会心理和习俗,其价值就不仅仅限于文学方面了。

人间三度见河清

送征衣

　　过韶阳①。璿枢电绕,华渚虹流,运应千载会昌②。罄寰宇、荐殊祥③。吾皇。诞弥月,瑶图缵庆,玉叶腾芳④。并景贶、三灵眷祐,挺英哲、掩前王⑤。遇年年、嘉节清和,颁率土称觞⑥。　　无间要荒华夏,尽万里、走梯航⑦。彤庭舜张大乐,禹会群方。鸾行。望上国,山呼鳌抃,遥蓺炉香⑧。竞就日、瞻云献寿,指南山、等无疆⑨。愿巍巍、宝历鸿基⑩,齐天地遥长。

[注释]

①韶阳:犹言韶华、韶光,指春天美好的时光。

②璿枢:指北斗之第一星天枢和第二星天璇。华渚:长满花草的沙洲。上古传说黄帝之母见大电光绕北斗枢星,照郊野,感而孕,遂生黄帝。又说少昊帝之母女节,见星如虹,下流华渚,既而梦接意感,生少昊。这都是用来祝贺皇帝降生的典故。运:国运。会昌:指昌盛繁荣。

③罄:尽。荐:聚集。殊祥:特殊的吉祥。

④诞:语助词。弥月:满十月孕期。《诗经·大雅·生民》:"诞弥厥月,先生如达。"本是赞美周朝始祖后稷,此处用以赞美皇帝。瑶图:皇图。缵:继。玉叶:犹言金枝玉叶,指皇族。

⑤景贶:即嘉贶,指天帝赐福。三灵:天、地、人之灵。眷祐:眷顾祐助。挺:突出超群。英哲:英明圣哲。前王:前代君王。

⑥清和:指农历四月。颁:赏赐。率土:犹言四海之内。称觞:举杯庆贺。

⑦无间:无论,指无区别。要荒:指边远地区。华夏:指中国。走梯航:指登山航海而来。

⑧彤庭:即朝廷。因宫殿楹柱多漆以朱红色,故云。大乐:指上古舜帝命夔所制的《韶乐》。禹会群方:大禹曾会聚各路诸侯。鹓行:指朝班。朝官之行列,如鹓鹭般井然有序,故云。上国:附属国对宗主国的称呼。山呼鳌抃:参见《倾杯乐·禁漏花深》注⑨。爇(ruò):点燃。

⑨就日、瞻云:代指觐见皇帝。《史记》卷一《五帝记》称赞帝尧说"就之如日,望之如云"。南山:古人以为长寿的象征,称为南山之寿。等:等同。

⑩巍巍:高大貌。宝历:国祚、国运。鸿基:指帝王的基业。

[点评]

这首词很明显是为仁宗皇帝祝寿之作。据《宋史》卷九《仁宗纪》,宋仁宗生于大中祥符三年(1010)四月十四日,称为乾元节,也就是上片"嘉节清和"句之所指。此词上阕多用符瑞之典,下阕主要称颂政和民丰,朝野同庆。起句"韶阳"指春光,"过韶阳",则是点明四月。"璿枢"三句,用黄帝和少昊帝的典故,来指代仁宗降生时,并谓其适逢国运昌盛之时。"罄寰宇"二句,谓举国皆生祥瑞。"吾皇",指仁宗。"诞弥月",用后稷之典赞颂仁宗。"瑶图"二句,都是说皇图有继,普天同庆。"并景贶"二句,谓天帝赐福,三灵眷顾佑助,而皇帝之英明圣哲,超越了前代君王。"遇年年"二句,谓每年乾元节时,举国上下,四海之内,都举杯庆贺。宋代遇元宵或皇帝生日等重大节日,往往有"赐酺"之礼,即赏赐食物给百姓,这里的"颁"即指此。上片最后二句,已经讲到了祝寿之意,下片则承接,全就此意发挥。"无间"二句,写天下一统,无论是边远的蛮荒小国还是中原大地,都沉浸在喜庆的气氛中,不远万里,梯山航海,来京城祝寿。"彤庭"二句,写朝堂的庆祝典礼,在庄严的雅乐声中,群臣整齐地站列,向皇帝山呼万岁,鳌戴山抃,燃香祝寿。"竟就日"以下,是祝寿之辞,祝皇帝寿比南山,万寿无疆,祝大宋王朝的基业与天地一般长久。应制祝寿之作,基本上都必须以繁富的典故和喜庆的氛围来构筑,因此从文学的角度来看,应该说是谈不上什么太大价值的。但是既然词的这种文化功能在唐宋时是一种客观存在,那么就不能仅仅以文学价值来衡量它。北宋一代,仁宗朝的确是最为繁盛太平之时,柳永的这些词当然有颂圣称谀的一面,但也不能说不是当时人们盛世心理的一种自然流露。

玉楼春

　　昭华夜醮连清曙①。金殿霓旌笼瑞雾②。九枝擎烛灿繁星③,百
和焚香抽翠缕④。　　香罗荐地延真驭⑤。万乘凝旒听秘语⑥。卜
年无用考灵龟⑦,从此乾坤齐历数⑧。

[注释]

①昭华:一种玉制的管乐器。据说是西王母献给舜帝的。醮:古代一种祷神的祭
礼。清曙:清晨。

②霓旌:五色旗。

③九枝:一杆九枝的花烛。

④百和:即百和香,由多种香料合成的香。翠缕:指青翠的香雾。

⑤香罗:指华丽的罗帛。荐:铺。真驭:仙人的车驾。

⑥万乘:指皇帝。旒:帝王冠冕前后悬垂的玉串。凝旒谓玉串停止不动,指肃穆
恭敬之态。

⑦卜年:以占卜来预测享国的年数。考灵龟:古代用火燔龟甲取兆,以预测吉凶。

⑧乾坤:指天地。齐:等齐。历数:历运之数,指王朝的国运。

[点评]

　　这首词与下选三首《玉楼春》、五首《巫山一段云》,据吴熊和先生《柳永与宋
真书"天书"事件》一文(见《吴熊和词学论集》)考证,都与宋真宗时的"天书"事
件有关。宋真宗景德四年(1007)十一月,真宗自言梦见神人,告以当降"天
书"——《大中祥符》三篇。次年正月三日,汴京左承天门上奉迎"天书",其实是

与宰相王钦若等合谋人为预置的,上面写着"赵受命,兴于宋,付于恒(真宗名赵恒),居其器,守其正,世七百,九九定"。所缄"天书"为黄字三幅,都是对真宗称赞和告谕之语,遂改年号为大中祥符元年。六月,"天书"再降于泰山醴泉亭,真宗遂于十月东上泰山,举行封禅大典。大中祥符四年(1011)二月,又西幸汾阴,亲祀后土。同时还在京城与各地大修宫观。当时奉为皇家庆典,士大夫或奏祥瑞,或献颂赋。柳永的这些词便是歌颂这一事件的。此词起处"昭华"二句写金殿设坛,通宵夜醮,皇帝亲临道场祈祷。真宗笃信道教,景德四年(1007)十一月,自言夜梦神人之后,即于乾元殿建黄箓道场,结彩坛九级,斋醮一月,以后更成为经常之举。这里所用的词语当然都是祥瑞之辞。"九枝"二句,是对这次祭祀场景的铺叙,烛光灿若繁星,香雾不绝如缕。下片即是对于这次隆重而神秘事件的描写,"香罗"句,写仙驾降临,"万乘"句,写真宗恭听仙尊的秘训。"卜年"两句,是祝祷之词,谓不须借灵龟占卜,仙人已有秘训,从此国运与天地同样永久了。据吴熊和先生考证,词中的这次祭祀即是大中祥符五年(1012)十月二十四日的一次斋醮,地点为宫中的延恩殿。而所谓"真驭"指的便是被尊为赵宋圣祖的赵玄朗,所谓"秘语"在次月由真宗亲撰的《圣祖临降记》宣示中外。事见《宋史》卷一四〇《礼志七》。故此词所述宫中夜醮,以及"延真驭"、"听秘语"等情节,并非柳永凭空虚构或虚辞夸饰,都是实有其本事的,是根据真宗御撰的《圣祖临降记》来写这首词的,作词时间当是大中祥符五年(1012)。

玉楼春

凤楼郁郁呈嘉瑞①。降圣覃恩延四裔②。醮台清夜洞天严③,公谳凌晨箫鼓沸④。　　保生酒劝椒香腻⑤。延寿带垂金缕细⑥。几行鹓鹭望尧云^⑦,齐共南山呼万岁。

[注释]

①嘉瑞:即祥瑞。

②降圣:指降圣节,真宗以十月二十四日赵玄朗降延恩殿日为降圣节。覃恩:广布恩泽。四裔:四方边远之地。

③醮台:祈神的祭台。洞天:本指神仙洞府,此指道场。

④公谯:朝廷摆设的宴席。

⑤保生酒:保生是保护并使其生存的意思,真宗为赵玄朗上尊号为"圣祖上灵高道九天司命保生天尊大帝",简称"保生天尊",保生酒的命名即本于此。椒香:指酒的香味。

⑥延寿带:指"金缕延寿带"。金缕:指"金丝续命缕"。

⑦几行鹓鹭望尧云:参见《送征衣·过韶阳》词注⑧及注⑨。

[点评]

　　这首词与前词同属一组,描写夜醮的次日举行庆典之事。"凤楼",这里代指宫殿,"呈嘉瑞",则是暗示圣祖降临。真宗在"天书"事件中,下诏颁布了若干举行庆祝的节日,以正月三日"天书"降日为天庆节,六月六日"天书"再降为天贶节。在这次"降圣"延恩殿后,又诏以七月一日赵玄朗降生为先天节,十月二十四日降延恩殿日为降圣节,并诏在京师建景灵宫以奉圣祖,天下府、州、军、监天庆观增置圣祖殿。降圣节与天庆节、先天节,同称为三大节日,诸州官吏要置道场散斋致斋。降圣节所奉之礼,较天庆节尤为隆重。"休假五日,两京诸州前七日建道场设醮,假内禁屠辍刑,听士民宴乐,京师张灯一夕。"(李焘《续资治通鉴长编》卷七九)词中次句即是指此事。"醮台"句描写降圣时的情景,"公宴"句,写夜醮之后的次日清晨,真宗盛宴宫中,接受朝臣的称贺。下片即写群臣庆贺之盛。词中的"保生酒"、"延生带"、"金缕",都是降圣节时所奉礼仪中所特有必备之事。《宋史·礼志十五》记载了降圣节的礼仪:"中书、亲王、节度、枢密、三司以下,至驸马都尉,诣长春殿进金缕延寿带、金丝续命缕,上保生寿酒。改御崇德殿,赐百官衣,如圣节仪。前一日,以金缕延寿带、金涂银结续命缕、彩丝续命缕,分赐百官,节日戴以入。礼毕,宴百官于锡庆院。"大中祥符六年(1013)六月,真宗还下诏"先天节、降圣节,令天下以延寿带、续命缕、保生酒,更相赠遗"。直到仁宗即位后,这些诏令才被废止。最后"几行"二句,写群臣觐见上寿的情景。都可谓是当时时事的实录,其作年当与前词相同。

玉楼春

皇都今夕知何夕^①。特地风光盈绮陌^②。金丝玉管咽春空^③,蜡炬兰灯烧晓色^④。　　凤楼十二神仙宅^⑤。珠履三千鵷鹭客^⑥。金吾不禁六街游^⑦,狂杀云踪并雨迹^⑧。

[注释]

①皇都:京城。

②特地:特别。盈:满。绮陌:指京城巷陌。

③咽:这里形容吹奏之声。

④烧晓色:指灯燃至天明。

⑤凤楼、神仙宅:此指锡庆院,详见下点评。

⑥珠履三千:本指门客众多,参见《玉蝴蝶·渐觉芳郊明媚》注⑤。这里指群臣。

⑦金吾:即执金吾,掌管京城治安的官职。古代夜间宵禁,这里说"不禁",是形容京城彻夜欢腾的盛况。六街:本指长安城中的左右六街,此指汴京街道。

⑧狂杀:犹言狂绝。杀,是形容极甚之辞。

[点评]

这首词与前面两词的背景相同,都与"天书"事件有关。初读此词,以为咏上元灯节,但上元年年举灯,久成惯例,为何用"今夕何夕"发端,令人颇感突兀。接云"特地风光","特地"二字,亦堪玩味。尤其下阕"凤楼"、"鹓鹭"二句,均非上元词中常见的民间游宴,而是专指宫中赐宴与百官集会。这种京师张灯与朝官宴集伴随在一起的"特地风光",正好是真宗所定的天庆、降圣节的庆祝场面。李焘《续资治通鉴长编》卷七〇记大中祥符元年(1008)十一月,"诏以正月三日天书降日为天庆节,休假五日,京师于上清宫建道场七日,宰相迭宿。罢日,文武官、内职皆集,赐会锡庆院。是夕,京师张灯。"又《宋史·礼志十六》:"大中祥符元年十一月二十五日,诏天庆节听京师然(燃)灯一昼夜。六年四月十六日,先天、降圣节亦如之。"柳词所述,就是大中祥符间这种节日的张灯与宴集,故有"今夕何夕"与"特地风光"之语。"金丝"二句,即是描写京城中歌吹沸天、张灯结彩的盛况。下阕写文武官赐宴于锡庆院。锡庆院在宫城之南,本是宋太宗任京兆尹时的府邸,大中祥符元年(1008)以后,就作为圣节醵宴百官的场所,因名锡庆院。"凤楼"句是谓锡庆院楼阁高耸华丽,如神仙洞府,"珠履"句是谓群臣列集,熙熙雍容之状。"金吾"二句,是自己的口吻,谓风光如此,而又逢"金吾不禁",京师解严,尽可狂游狎妓,纵情欢赏。柳永写这类作品时,还忘不了提及欢游之事,可见对一般民众来说,这的确就是太平盛世的表现了。

玉楼春

星闱上笏金章贵①。重委外台疏近侍②。百常天阁旧通班③,九岁国储新上计④。　　太仓日富中邦最⑤。宣室夜思前席对⑥。归心怡悦酒肠宽⑦,不泛千钟应不醉⑧。

①星闱:借指朝廷。闱:本指皇宫帝门。笏:朝笏,一名手板,古代大臣上朝时执于手中,有事则书于其上,以备遗忘。金章:指金鱼袋与章服,是古代大臣的官服及佩饰。

②外台:宋代三司监院官带御史衔者,号外台。这里是指代御史、谏官等。近侍:指宦官。

③百常:常是古代的一个度量单位,这里喻"天阁"之高。天阁:指宫中楼阁。或谓指天章阁,无确证。旧通班:汉代以来称太尉、司徒、司空三公为通官。此云"旧通班",代指元老重臣。

④国储:国家的粮食储备。上计:指各地上报的岁入。

⑤太仓:京师储粮的大仓。中邦:指京城。最:第一。

⑥宣室:汉代未央宫的正室。前席:移前座席。对:交谈。汉文帝曾于宣室召见贾谊,夜深而不倦,屡屡前席而不觉。

⑦酒肠宽:指开怀畅饮。

⑧千钟:极言其多。

[点评]

　　这首词也是一首颂圣之作,所颂即为真宗,是对宋真宗时物阜民康、时世清平的赞颂。"星闱"句写百官上朝参见皇帝。"金章贵"是代指百官鹓鹭成行的雍容盛况,或谓金章指重要的奏章,甚误。"重委"句,是颂扬皇帝信任御史、谏官,能从谏如流,同时能疏远近侍宦官。这也就是儒家传统的"亲君子,远小人"之意。"百常"句,谓当朝大臣,都是老成持重的元老重臣,辅佐皇帝将天下治理得井井有条。"九岁国储",有人误以为是指储君后来的宋仁宗赵祯,赵祯为真宗第六子,天禧二年(1018)九岁时被立为皇太子。实则此句是指国家的粮食储备足供九年之需。《礼记·王制》云:"国无九年之畜,曰不足。"《淮南子·主术训》云:"夫天地之大,计三年耕而余一年之食,率九年而有三年之畜,二十七年而有九年之储。"柳词即用其意,与下片换头"太仓日富"句相应。真宗太中祥符年间,连岁丰稔,李焘《续资治通鉴长编》卷七四记大中祥符三年(1010)八月,"诏近臣观书龙图阁,上阅《元和国计簿》。三司使(宋代掌管天下财赋的长官)

丁谓进曰:'唐朝江淮岁运米四十万至长安,今乃五百余万,府库充盈,仓库盈衍。'上曰:'民俗康阜,诚赖天地宗庙降祥,而国储有备,亦自计臣(指财政官员)宣力也。'"九月,"江淮发运使李溥言:今春运米六百七十九万石,诸路各留三年支用。"大中祥符三年、五年六月,诸州言岁丰谷贱,咸请博籴。真宗命内藏库出钱百万贯,用于和市。这些资料,也可以为柳永此词提供佐证。"宣室"句是用汉文帝与贾谊的典故,颂扬皇帝思贤若渴,重用人才。"归心"二句,与前词一样,在最后归结到自身,谓自己心情怡悦,正应宽怀畅饮,一醉千钟,语气中流露出强烈的欣悦感,这正是自感处在太平盛世中的人才能体会到的真切感受,因此柳永的这些应制颂圣之作并非是没有价值的。

巫山一段云(五首)

其 一

六六真游洞①,三三物外天②。九班麟稳破非烟③。何处按云轩④。　昨夜麻姑陪宴。又话蓬莱清浅⑤。几回山脚弄云涛。仿佛见金鳌⑥。

其 二

琪树罗三殿①,金龙抱九关②。上清真籍总群仙③。朝拜五云间④。　昨夜紫微诏下⑤。急唤天书使者。令赍瑶检降彤霞⑥。重到汉皇家⑦。

其 三

清旦朝金母①，斜阳醉玉龟②。天风摇曳六铢衣③。鹤背觉孤危④。 　　贪看海蟾狂戏⑤。不道九关齐闭⑥。相将何处寄良宵。还去访三茅⑦。

其 四

阆苑年华永①，嬉游别是情。人间三度见河清②。一番碧桃成③。 　　金母忍将轻摘。留宴鳌峰真客④。红龙闲卧吠斜阳⑤。方朔敢偷尝⑥。

其 五

萧氏贤夫妇①，茅家好弟兄②。羽轮飙驾赴层城③。高会尽仙卿④。 　　一曲云谣为寿⑤。倒尽金壶碧酒。醺酣争撼白榆花⑥。踏碎九光霞⑦。

[注释]

（其一）

①六六真游洞：六六三十六，即指道家所谓神仙所居的三十六洞天。

②三三：三三得九，即指道家所谓九天，《淮南子》谓九天是指钧天、苍天、变天、玄天、幽天、昊天、朱天、炎天、阳天，或谓九天是指九重天。物外：指尘世之外。

③九班：指九仙。据《云笈七签》，九仙是指上仙、高仙、大仙、玄仙、天仙、真仙、神仙、灵仙、至仙。麟稳：传说仙人多骑麒麟，故云。破非烟：指踏着祥云。非烟：《史记·天官书》："若烟非烟，若云非云，郁郁纷纷，萧索轮囷，是谓卿云。卿云见，喜气也。"故后世以"非烟"、"卿云"来形容祥云。

④云轩：云中之轩车，是神仙所乘的车驾。

⑤麻姑:仙女名,建昌人,修道于牟州东南姑余山。葛洪《神仙传》谓其能掷米成珠,自言已见东海三为桑田,向到蓬莱,海水又浅了一半。相传三月三日西王母寿辰,麻姑在绛珠河畔以灵芝酿酒,为王母祝寿,称为麻姑献寿。蓬莱:东海三神山之一。

⑥金鳌:传说负载东海三神山的巨鳌。

（其二）

①琪树:神话中的玉树。罗:环绕。三殿:神仙所居之殿。

②金龙抱九关:谓金龙守护天门。九关:指九重天门,极言其深。

③上清:道家以玉清、上清、太清为三清,皆仙人所居之府。真籍:指神仙之籍。总:这里有统领的意思。

④五云:五色祥云,仙人所乘之云。

⑤紫微:星座名,三垣之一,为天帝之座。

⑥赍(jī):送与,馈赠。瑶检:玉检,此指天书。彤霞:象征祥瑞的云霞,即"天书使者"之所乘。

⑦汉皇家:代指宋王朝。

（其三）

①金母:即西王母,号九灵太妙龟山金母。

②玉龟:指酒器。

③铢:古代的计量单位,二十四铢为古一两。六铢衣:佛经中谓忉利天衣重六铢,言其轻而薄。后泛指轻薄的衣物。

④鹤背:仙人乘鹤而行,故云。孤危:孤而高危。

⑤海蟾:或谓指道家南宗之祖刘海蟾,或谓海蟾指月中蟾蜍。狂戏指刘海蟾撒金钱之戏。

⑥不道:犹言未料。

⑦三茅:指三茅君。茅山,又名句曲山,在今江苏。相传汉代茅盈、茅固、茅衷三兄弟曾修炼于此,后一齐成仙。

（其四）

①阆苑:神仙居所。

②河清:黄河水清,古代有黄河千年一清的说法。

③碧桃:指神话中西王母的蟠桃,蟠屈三千里,三千年一结果。

④鳌峰:指巨鳌所负载的东海三神山。真客:仙人。

⑤厖(máng):多毛犬。

⑥方朔:东方朔,汉武帝臣。《说郛》引《汉孝武故事》云东郡送一短人,长五寸,衣冠俱足,东方朔谓其因偷吃西王母的蟠桃而被谪遣人间。又传说东方朔曾偷服汉武帝的长生不死之药。这里是把这两个典故合并到一块来用。

(其五)

①萧氏贤夫妇:指萧史和弄玉。《列仙传》载萧史善吹箫,能作凤鸣。秦穆公以女弄玉妻之,并为其建凤凰台。后二人乘凤凰仙去。

②茅家好弟兄:指三茅君,见前词注。

③羽轮:仙人所乘之飞车。飙驾:御风而行之车。层城:西王母所居,据说在昆仑山上。

④高会:高雅的聚会。仙卿:仙人。

⑤云谣:即《白云谣》。相传周穆王与西王母宴饮于瑶池之上,王母谣曰:白云在天,道里悠远,山川间之。将子无死,尚能西来。故云。为寿:祝寿,祝福。

⑥白榆花:传说天庭中有白榆树。古乐府《陇西行》云:"天上何所有,历历种白榆。"后遂以白榆为仙境之物。

⑦九光霞:指五彩缤纷的云霞。九光为道家习用之辞。

[点评]

柳永这五首《巫山一段云》是作于同时的一组词,故本书稍变体例,合在一起加以简注和点评。北宋皇帝中尊崇道教的,前有宋真宗,后有宋徽宗。真宗制造的"天书"事件,是依托道教的神权系统、道经教义及斋醮仪式来推行的,所以东封西祀之余,又于大中祥符七年(1014),特奉"天书"到亳州太清宫亲祀老子,给老子加上了"太上老君混元上德皇帝"的尊号。道教势力越发膨胀,神仙之说日益盛行。这五首《巫山一段云》,皆为神仙之辞。宋词中咏道家游仙的作品,虽时有所见,但柳永这五首词,明白地提到了"天书""重到"之事,肯定与真宗"天书"事件有关。东汉许慎《说文解字》中说:"真,仙人变形升天也。"唐宋时每称仙为"真"。第一首"六六真游洞"中"真游"一词,就是在"天书"降世后流行开来,并赋予特殊含义的。大中祥符五年(1012)赵玄朗"降圣"延恩殿后,真宗特地将延恩殿改名为"真游殿",后又亲自撰写了一篇《真游颂》。真宗卒后,其塑像奉于景灵宫,亦称为奉真殿。柳词用"真游"之语,就反映了这种时代特征。第二首很明显是说玉帝下诏,"天书"重降之事。按大中祥符元年(1008)正月三日,"天书"初降于左承天门南鸱尾上。四月一日,再降于大内功德阁(后定此日为天祯节)。六月六日,复降于泰山醴泉亭。据说"天书"降时,云五色见,俄黄气如凤驻殿上,和词中所述都是吻合的。词云"重到汉皇家",显然再寄企盼之意。第四首中"人间三度见河清"之语,也是记实之笔。"天书"降世后,各地纷纷奏报祥瑞,其中首推黄河水清。据李焘《续资治通鉴长编》卷七四记载,大中祥符三年(1010)十一月,"陕州言宝鼎县黄河清。遣官致祭,群臣称贺。"十二月,"宝鼎县黄河再清。经略制置副使李宗谔以闻。上作诗,近臣毕贺。"当时年仅二十岁的晏殊亦献上了《河清颂》。柳词即据此而发。宋真宗除了曾制撰《大中祥符颂》和《真游颂》赐天下道藏外,还于大中祥符六年(1013)六月,亲自作《步虚词》六十首,付道门以备法醮。《乐府解题》云:"《步虚词》,道家曲也。备言众仙缥缈轻举之类。"柳词的这五首《巫山一段云》,就其内容来说,也就是《步虚词》。当时京师与各地道场按时斋醮,先天节、降圣节、承天节诸节日又盛行宴集;这些场合都需要演奏道曲,这些道曲还需要配上新的乐辞。在这些节日之前一个月,京师就召集乐工先行练习。柳永的这五首词,就适用于这类场合,或许它们就是为道门法醮与诸节宴庆而作的,其作年当与真宗御撰《步虚词》约略同时。唐代刘禹锡、韦渠牟等诗人,都作过五律或七绝的《步虚词》。宋真宗的六十首《步虚词》,早已失传,不知何体。柳永所作,则是最先用词体写的《步虚词》了。清代李调元《雨村词话》卷一中说:"诗有游仙,词亦有游仙。人皆谓柳三变《乐章集》工于闺帐淫媟之语、羁旅悲怨之辞。然集中《巫山一段云》词,工于游仙,又飘飘有凌云之意,人所未知。"又说第五首结处"醺酣争撼白榆花,踏碎九光霞"二句,"真不食烟火语"。近人郑文焯在其手批《乐章集》中也说:"此五阕盖咏当时宫词之类,而托之游仙。唐诗人常有此格,特词家罕见之。"都指出了这五首游仙词的性质,但没有与当时史实联系起来,进一步追溯下去。经过吴熊和先生《柳永与宋真书"天书"事件》一文的详细考辨之后,这个问题终于得以澄清了。

御街行

圣寿

燔柴烟断星河曙①。宝辇回天步②。端门羽卫簇雕阑,六乐舜韶先举③。鹤书飞下,鸡竿高耸,恩霈均寰宇④。　　赤霜袍烂飘香雾⑤。喜色成春煦⑥。九仪三事仰天颜⑦,八彩旋生眉宇⑧。椿龄无尽⑨,萝图有庆⑩,常作乾坤主。

[注释]

①燔柴:古代一种祭天的重要礼仪。把玉帛、牺牲同置于积柴之上,焚之,以烟气上达于天。星河:银河。

②宝辇:皇帝的车驾。回天步:指天子还宫。

③端门:皇宫南面的正门。羽卫:天子的仪仗。六乐:上古的六大乐:《云门》、《大咸》、《大韶》、《大夏》、《大濩》、《大武》(见《周礼·地官保氏》)。舜韶:即《大韶》,是舜帝之乐,又称《舜韶》。举:作,此指演奏。

④鹤书:悬于木鹤中的赦书。鸡竿:饰以金鸡的七尺高竿,专为皇帝下赦书时所用。恩霈:此指大赦天下的恩泽。均:此指遍及。

⑤赤霜袍:一种华贵的礼服。烂:谓富丽灿烂。

⑥春煦:春日和暖的阳光。

⑦九仪:或谓指公、侯、伯等九种爵级,或谓指司受职、受服、受位等九种礼仪的官员。三事:指三公。这里都是代指群臣百官。天颜:天子的龙颜。

⑧八彩:《春秋元命苞》云"尧眉八彩",这里是对君王的谀颂之辞。

⑨椿：椿树，是长寿的象征。《庄子·逍遥游》："上古有大椿者，以八千岁为春，八千岁为秋。"

⑩萝图：语出《淮南子》，本指罗列图籍以为席蓐。后以萝图指皇图，是与皇家吉庆有关的典故。

[点评]

　　此词题作"圣寿"，自是为皇帝祝寿之词。而词中言及"燔柴烟断"与"宝辇回步"，也打上了"天书"事件的时代烙印。宋代在汴京南熏门外设泰坛（又名圜丘），祭礼昊天上帝。三年一享，在冬至日举行，称为南郊。皇帝亲临祭祀，称为亲郊。宋真宗于咸平二年（999）始行郊礼，此后三年一郊，皆遵旧仪不变。"天书"降世后，便每次都奉"天书"以行，仪式也格外隆重。同时由于"天书"降世，真宗在通常三年一享的郊礼之外，还举行了两次盛大的祭天活动，以行恭谢之礼。一次是大中祥符元年（1008）十月在泰山举行的封禅大典，另一次是天禧元年（1017）正月，"天书"降世十周年之际，举行了一系列庆典，包括改年号，诣玉清昭庆宫上玉皇大天帝圣号宝册，奉"天书"升太初殿，行宣读"天书"之礼，而以奉"天书"合祭天地于南郊为庆典的高潮。柳永的这首《御街行》就是专为这次南郊盛典所作的颂辞。燔柴祭天本属郊礼常仪，而用以入词，当推柳永为首创。词中记述了南郊礼数之隆，满朝庆贺之盛，完全符合真宗时期尤其是天禧元年（1017）郊礼的实况。南郊本于冬至日举行，这一年特改为正月十一举行，词中有"喜色与春煦"之语，正可作为有力的证据。郊礼约分为三个阶段，一是在祭天的前一日，皇帝出京，斋于南郊之青城，次日，奉"天书"合祭天地，等到火燎半柴，即礼毕，乘辇回宫。二是御正阳门宣德楼，大赦天下。三是群臣称贺，上尊号宝册。此词即按其次第叙述。上片"燔柴"两句，写祭天与车驾还宫。"端门"句以下，言还京御宫殿正门，奏乐，大赦天下。真宗时南郊赦免最宽，天禧元年这次郊礼后，常赦所不原者，咸除之。赏赐也极为丰厚，并且大量捐免赋税，词中"恩霈均寰宇"句，即指此而言。下片写在宫中接受群臣称贺。真宗祭天时常服通天冠、绛纱袍，所谓"赤霜袍烂"，就是绛绡袍，或谓指百官的朝服，不确。最后"椿龄"三句，则与《玉楼春》词两结"从此乾坤齐历数"、"齐共南山呼万岁"一样，都是向皇帝称颂献寿的套话。全词所述，就是郊礼的三个阶段依次进行的过程，两者亦一一相符。天禧元年（1017），宋真宗正好六十大寿，同时又是"天书"

降世十周年之时,柳永作这首《御街行》以献颂,就正合其时了。真宗时这几次大典,皆有人靠献颂而取得科第,对于坎坷不遇而又急于求仕的柳永来说,正是一次难得的机遇,前选《玉楼春》诸词与本首就都属于这种情况,可惜的是,这个机会仍然没有给柳永带来转机和好运,一直到仁宗即位后,柳永才中举得官。

醉蓬莱

渐亭皋叶下①,陇首云飞,素秋新霁②。华阙中天③,锁葱葱佳气。嫩菊黄深,拒霜红浅④,近宝阶香砌。玉宇无尘,金茎有露⑤,碧天如水。　　正值升平⑥,万几多暇⑦,夜色澄鲜,漏声迢递。南极星中,有老人呈瑞⑧。此际宸游⑨,凤辇何处,度管弦清脆。太液波翻,披香帘卷⑩,月明风细。

[注释]

①亭皋:水边高地。

②素秋:秋天的别称。

③华阙:指壮丽的宫阙。中天:谓高耸天半。

④拒霜:木芙蓉花的别名。

⑤金茎:汉武帝时在宫中做铜柱仙人,上有承露盘。

⑥升平:太平。

⑦万几:同万机,指皇帝日理万事。

⑧南极二句:南极星,又名老人星、寿星。老人星现,象征祥瑞。

⑨宸游:皇帝出游。

⑩太液：太液池，本汉唐时宫中池沼名，此为泛指。披香：指披香殿，汉代宫殿名，这里也是以汉指宋。

[点评]

　　这是一首赞美帝王、歌咏升平之作。词由景起，首二句全用梁朝柳恽诗成句"亭皋木叶下，陇首秋云飞"，写秋色渐深。柳永对这位本家的诗句或有偏好，在其《曲玉管》词中也照搬了一句"陇首云飞"，不过这两句写秋日景象，确实精彩。"素秋新霁"句，正面点出时令，秋高气爽，景物宜人。"华阙"二句，写宫阙壮丽，高耸入云，锁住了郁郁葱葱的皇家祥瑞之气。庾信《黄帝云门舞曲》云："嘉气恒葱葱。"杜甫《北征》云："佳气向金阙。"柳词句意或本此。"嫩菊"三句，从细微处着笔，写宫内秋色。南宋胡仔《苕溪渔隐丛话》引《艺苑雌黄》说："'嫩菊黄深，拒霜红浅'，竹篱茅舍间，何处无此景物？"认为这两句并不适合于描写宫廷气象。似乎有点过于苛求了，虽然嫩菊、拒霜不乏山林疏野之气，但菊之黄、拒霜之红与华美的"宝阶香砌"，还是相衬得宜的。"玉宇"三句，重在写气氛，以三个对句，写出了皇宫内外洁净静谧的秋日景象，同时也预示着太平安定、朝野多欢，为下片写君王夜游宫苑作了铺垫。"正值"二句，写时世太平，政事清闲。"夜色"二句，写皇帝夜游的环境，当然这是揣摩之词。"南极星中"两句，写星象之呈瑞，也是衬托"升平"二字，同时暗祝皇帝之多福多寿。"此际"以下，正式点出夜游，太液池畔、披香殿里，月明风轻，一片管弦清丽，如天上仙乐，词也就以这种轻快的氛围作结，颇有余音袅袅的韵味。关于此词的本事和作年，宋代王辟之《渑水燕谈录》卷八云："柳三变，景祐末登进士第。少有俊才，尤精乐章。后以疾，更名永，字耆卿。皇祐中，久困选调。入内都知史某，爱其才，而怜其潦倒。会教坊进新曲《醉蓬莱》，时司天台奏老人星见，史乘仁宗之悦，以耆卿应制。耆卿方冀进用，欣然走笔，甚自得意，词名《醉蓬莱慢》。比进呈，上见首有'渐'字，色若不悦。读至'宸游凤辇何处'，乃与御制真宗挽词暗合，上惨然。又读至'太液波翻'，曰：'何不言波澄？'乃掷之于地。永自此不复进用。"北宋皇帝，临文每多忌讳，"太液波翻"的"翻"字，含义与"危"、"乱"、"倾"、"覆"、"崩"诸字相近，当然触犯了仁宗的忌讳，要改以平和吉利的"澄"字。嘉祐元年（1056），仁宗一度病危，不能临朝，长达半年，七月一日始引对群臣。词中的"渐"字及"玉辇宸游何处"一句，亦不吉祥，引发了仁宗病后惧祸畏死的心理。古时"大渐"就是指病剧将死。"玉辇"句亦暗示人君的仙逝。据吴熊和先生《柳词三题》一文(见《吴熊和词学论集》)考证,所谓"入内都知史某",即指入内侍省都知史志聪,是仁宗最为宠幸的宦官。老人星见,是朝廷祥瑞。据《宋会要辑稿》,仁宗一朝,老人星见的记录共十五次。吴文经过详细考证,推定此词作于至和三年(1056)八月。可惜柳永不知道应制词还要避开忌讳之辞,因没有掌握仁宗晚年的心理特点,深犯其忌,因而遭到斥责。这首《醉蓬莱》可以说是柳永一系列应制词的尾声,此后就再也没有应制之作了。不过清代经学家焦循在其《雕菰楼词话》中,从音律的角度对此词倒有一番妙解,值得一看:"柳屯田《醉蓬莱》词,以篇首'渐'字与'太液波翻'的'翻'字见斥。有善词者问,余曰:词所以被管弦,首用'渐',以字起调,与下'亭皋落叶,陇首云飞'字字响亮。尝欲以他字易之,不可得也。至'太液波翻',仁宗谓不云'波澄',无论'澄'字前已用过。而'太'字为徵音,'液'为宫音,'波'为羽音,若用'澄'字商音,则不能协,故乃用羽音之'翻'字。两羽相属。盖宫下于徵,羽承于商,而徵下于羽。'太液'二字,由出而入,'波'字由入而出,再用'澄'字而入,则一出一入,又一出一入,无复节奏矣。且由'波'字接'澄'字,不能相生。此定用'翻'字。'波翻'二字,同是羽音,而一轩一轾,以为俯仰。此柳氏深于音调也。"宋代词乐至清代早已失传,如今更是绝学,焦循之说虽未必尽合柳词原意,倒也不失为善说词者。

人生感慨

游宦区区成底事

鹤冲天

　　黄金榜上①。偶失龙头望②。明代暂遗贤,如何向③。未遂风云便④,争不恣狂荡⑤。何须论得丧⑥。才子词人,自是白衣卿相⑦。

　　烟花巷陌,依约丹青屏障⑧。幸有意中人,堪寻访。且恁偎红翠⑨,风流事、平生畅。青春都一饷⑩。忍把浮名,换了浅斟低唱。

[注释]

①黄金榜:即金榜,指科举考试之后揭晓的榜文。

②龙头:又称龙首,是状元的别称。

③明代:政治清明的时代。古时多用来称颂身处的时代。遗贤:遗弃贤才。如何向:即如何,怎么办。向,语助词。

④风云便:比喻人生机遇。这里指登科夺魁,青云直上。

⑤争不:怎不,为何不。

⑥论得丧:计较得失。

⑦自是:本是。白衣卿相:五代王定保《唐摭言》中说:"不由进士者谓之白衣公卿。"本指未经过科举考试而出任公卿宰相者,这里借指无卿相之位,然而名望并不在卿相之下的"才子词人"。

⑧烟花巷陌:指妓女所居之青楼楚馆。丹青屏障:绘有彩画的屏风。

⑨恁:这样。偎依:偎依。红翠:描红着绿的女子,代指歌伎。

⑩青春:代指美好的年华。都:只。一饷:这里指片刻。

[点评]

　　这是一篇狂傲之词,也是一篇牢骚之词。它是柳永参加进士考试落第之后抒发感慨的作品,对于了解柳永的生活经历与创作道路,有比较重要的作用。起句直接点明落第的事实,但口气很大,一个"偶"字,已露出狂气,而且开口即说"龙头",直是以状元自我期许。下面的"明代暂遗贤"一句也很值得玩味,既然真的是圣明时代,又怎么会遗弃贤才呢? 语中或隐有反讽、怨望之意。"暂"和"偶"字一样,都是见出其自负心态的字眼。"如何向",引出下文的转折:现实既已如此,机遇一旦落空,那么为何不纵情狂荡呢? 这实际上是他在失望之余走向的另一极端,试图无拘无束地去享受流连坊曲的放荡生涯。"何须"句以下,本是自我安慰兼自我解嘲之语,却被他写得如同恃才负气的宣言一般,很有点惊世骇俗之意。下片则具体叙写其"恣狂荡"的生活,混迹烟花巷陌,寻访意中佳人,偎红依翠,暖玉满怀。这种风流美满的生活,是平生快事。以下三句,和上片结句互相呼应,"青春"句一点,拈出青春短暂,年华易逝之意。忍,即怎忍。浮名,即指功名利禄。斟,斟酒,唱,唱曲。浅斟低唱,即是前文所说的"偎红依翠"的"风流事",结句意谓:怎忍用世间的浮名去换取浅斟低唱的风流狂荡生涯呢? 在他心目中,两者地位的轩轾不言而喻。此词全用赋体,直陈胸怀,无所依托。结构分明,条理清晰。语言直露浅显,酣畅淋漓,非常"本色"。

　　宋人吴曾《能改斋漫录》卷一六记载了一则关于本词的轶事:"仁宗留意儒雅,务本理道,深斥浮艳虚薄之文。初,进士柳三变,好为浮冶艳歌之曲,传播四方,尝有《鹤冲天》词云:'忍把浮名,换了浅斟低唱。'及临轩放榜,特落之,曰:'且去浅斟低唱,何要浮名。'"柳永于是自称"奉旨填词柳三变",词名益振。柳永这首词上达天听,从中也可见柳词的巨大影响。不过作为皇帝来说,看到这种词,的确会有所不满。唐代孟浩然据说也是因为"不才明主弃,多病故人疏"的诗句,得罪了唐玄宗,故终身与仕途无缘。这首词的前几句,与孟诗如出一辙。不过从此词中也可以看出柳永性格的两面性,他之所以发出这种否定功名、沉浸入世俗生活的牢骚之语,正是来源于对功名富贵的向往与热衷,自称"白衣卿相",不正说明了对卿相地位的羡慕吗? 否则柳永何苦要汲汲于科举考试呢? 事实上柳永后来也的确中举出仕了,这种心态在古代文人中是十分常见的。尽管如此,"忍把浮名,换了浅斟低唱",这个表达了对传统价值观念之悖离的名句,以其叛逆而稍带颓废的气质,仍然成为后世不少失意文人的重要精神资源。

传花枝

　　平生自负,风流才调。口儿里、道知张陈赵①。唱新词,改难令②,总知颠倒。解刷扮③,能嗔嗽④,表里都峭⑤。每遇著、饮席歌筵,人人尽道。可惜许老了⑥。　　阎罗大伯曾教来⑦,道人生、但不须烦恼。遇良辰,当美景,追欢买笑。剩活取百十年,只恁厮好⑧。若限满⑨、鬼使来追,待倩个、掩通著到⑩。

[注释]

①道:指"拆白道字",用拆字法将一字拆开成为一句话。是宋元时流行的一种文字游戏。

②难令:或指拗口难唱的曲调。

③解:懂得。刷扮:不详。或谓指修饰打扮,似不确。

④嗔嗽:不详。嗔:同喷,吐出。嗽:吮入。或谓指养生之术即气功,或谓指唱歌时的运气功夫,疑皆不确。

⑤峭:峭丽,道丽而美。

⑥许:如此。

⑦阎罗大伯:指阎罗王。

⑧剩:尽。取:语助词。厮:相。

⑨限满：大限已满，谓人的寿命已到期限。

⑩倩(qiàn)：请，使，派。掩通：通风报信之人。著：同"着"，即"到"。著到：即是
"到"，重复言之以合格律。

[点评]

这首词是《乐章集》中表现浪子情怀的一篇代表作，也可以看做是一部市民
理想的颂歌。虽然由于词中大量运用了当时的口头俗语，有些词句的意思如今
已不甚明晰，但总体上那种傲视功名、放荡不羁、风流自负的气度是相当明显的。
上片重点在描述所谓"风流才调"，起笔二句，极有分量，充满自信，奠定了全词
的基调。以下即具体铺衍"风流才调"的内涵。"口儿里"二句，是讲其善于拆
字，富于捷才。"唱新词"三句，谓其词曲创作方面的才华，"总知颠倒"，是形容
其对词曲的精熟。"解刷扮"三句，意思不甚清楚，有人认为是说其注意容颜的
修饰，懂得养生的气功，故而身心健美，风度翩翩。但这和前后句意似乎不很协
调。窃以为"刷扮"、"喷嗽"，都是表演技艺的一种，或许"刷扮"是指类似于画脸
谱的舞台化装，"喷嗽"是指类似于后来戏曲中的道白、做科等舞台技艺，这三句
是谓其能上台表演各类人物形象。但这也只是一种猜测，并没有文献和语言学
上的依据，故此不妨存疑待阙。总归这三层都是从不同的角度来渲染他倜傥不
群的"风流才调"。"每遇着"四句，则一方面表达旁人对他的称羡，另一方面也
体现出对他"许老了"的惋惜之情。前面说得如此热闹，这里却一句便推倒了，
风流本是年轻人的事，尽有才调，怎奈老矣。这种对比和反差，却带来了颇为强
烈的幽默感。同时这一句也逗起下片，整个下片在意脉上皆是由一"老"字生发
而出。"阎罗"句一引，称阎罗王为"大伯"，也明显是插科打诨之辞。连阎罗王
都说人生无须烦恼，应当尽情地享受良辰美景，追欢逐乐。人生不过百年，即使
活足了百年，也没有什么比得上才子佳人相依相伴之乐，又何苦在意寿限的长短
呢？看透人生则能善处人生，故一旦阳寿期满，阎罗王派出的鬼使来追命，亦不
必过于忧心忡忡，随顺而去便是了。不过只希望能在鬼使来到之前，派个通风报
信之人先告诉自己，好有所准备，了结尘缘。宋代一位和尚曾对黄庭坚说，黄词
中的俚词艳句太多，死后当堕入拨舌地狱。而此词中的这位才子却丝毫不以下
地狱为意，反而嬉笑打诨，纵情调谑。这其中体现了市民阶层追求现世和当下幸
福的人生理想。

文学史上表现浪子情怀最著名的作品,无疑是元代戏曲家关汉卿的散曲[南吕]《一枝花·不伏老》,他自称"我是个普天下郎君领袖,盖世界浪子班头",又说:"我是个蒸不烂煮不熟捶不匾炒不爆响珰珰一粒铜豌豆……我也会围棋会蹴鞠会打围会插科,会歌舞会吹弹会咽作会吟诗会又陆。你便是落了我牙歪了我嘴瘸了我腿折了我手,天赐与我这几般儿歹症候,尚兀自不肯休!则除是阎王亲自唤,神鬼自来勾;三魂归地府,七魄丧冥幽。天哪,那其间才不向烟花路儿上走!"很明显,这套散曲在精神上与柳词有一脉相承的联系。都可谓是对传统社会价值体系的带有叛逆性的宣言,这当然和柳、关二人长期流连于市井和青楼的生活经历是分不开的。不仅如此,柳永的这类词与后来的金元散曲杂剧在语言和表现手法也存在一定的传承关系。清代况周颐《蕙风词话》云:"柳屯田《乐章集》为词家正体之一,又为金元以还乐语所自出。"近人夏敬观《手评乐章集》中也说柳永的"俚词袭五代淫哇之风,开金元曲子之先声。"他们都指出了柳词多用俗语、"铺叙展衍,备足无余"(李之仪《姑溪居士词跋》)、"细密而妥溜,明白而家常"(刘熙载《艺概》)等特征,与金元剧曲奔放流利、明快轻巧、淋漓尽致等艺术追求,在本质上是相通的。就此词而言,那种昂扬而又诙谐的情调,在金元散曲中同样也可以找到许多类似性质的作品,只不过体现得更加激荡和强烈而已。

看花回

　　屈指劳生百岁期[①]。荣瘁相随[②]。利牵名惹逡巡过[③],奈两轮、玉走金飞[④]。红颜成白发,极品何为[⑤]。　　尘事常多雅会稀[⑥]。忍不开眉。画堂歌管深深处,难忘酒琖花枝[⑦]。醉乡风景好,携手同归。

[注释]

①屈指:掐指计算。劳生:辛劳奔波的人生。百岁期:百年时间。
②荣瘁:犹言荣辱穷达,此指仕途上的得志和失意。相随:相继。
③利牵名惹:被名利所羁绊。逡巡:徘徊彷徨。
④两轮:指日轮与月轮。玉:玉兔,代指月亮。金:金乌,代指太阳。
⑤极品:最高的官品。
⑥尘事:世俗的事务。雅会:高雅美好的欢会。
⑦酒琖:即酒盏,酒杯。花枝:指艳丽的女子。

[点评]

　　这首词也是一篇抒发宦途感慨之作,上片全是议论,下片表达的是由议论转生的人生态度。起笔"屈指劳生百岁期"一句,便是饱经沧桑之语。杜甫诗云"劳生共几何,离恨兼相仍"(《陪章留后饯嘉州崔都护》),讲的还只是离愁别恨这种具体的情怀,而柳词却直指整个人生,人生不过百年,转眼即逝,如此奔波劳碌,所为何事? 这也就是古人"生年不满百,常怀千岁忧"诗意的反用。"荣瘁相随",颇有"祸福相倚"之意,得之后必有失,荣之后自有辱,仕途的荣辱和人生的得失本就如此,非人力所可改变,也不必太过执迷。"利牵"二句,谓宦途中人,都被区区名利所牵绊,一生便在欲进不进、迟疑不决的徘徊彷徨中白白流过,怎奈它日月飞逝、光阴迅速呢?"红颜"二句,是说等到红润的脸色和乌黑的头发都被鸡皮鹤发所代替之时,纵使官封极品,爵高禄厚,可是又有多大的意思呢? 人生苦短,而宦途中的人生不仅尤其短暂,而且还须劳心苦命,因此下片就全写珍重眼前欢乐之意。"尘事常多"四字,便把上片所述一笔带过,所有的奔波和贵显,都不过是世俗之事而已,只有眼前的"雅会"才是最真实、最值得把握的。"忍不开眉"句,是谓对此"雅会",怎忍不放松心情,解开愁眉呢?"画堂"二句,谓尊前美酒与堂上欢歌的佳人都令人难以忘怀。"醉乡"二句,是谓醉乡之中,别有一番境界,不妨与佳人携手同归。实际上整个表达的就是及时行乐之意。上片中所述的宦途感慨,在古代文人那里是十分常见的,但他们更多的是由仕途失意而想到归隐山林田园,还是遵循"达则兼济天下,穷则独善其身"的古训。

然而在柳永词中所展现的,却是一种带有强烈市民气息的人生态度,这就是士大夫理想与市民阶层理想的不同,柳永这一类词的价值和新意,也就在于反映了这种新的理想,提供了一种新的参照系和观照方式。

尾　犯

晴烟羃羃①。渐东郊芳草,染成轻碧。野塘风暖,游鱼动触,冰澌微坼②。几行断雁,旋次第、归霜碛③。咏新诗,手捻江梅④,故人赠我春色。　　似此光阴催逼。念浮生、不满百。虽照人轩冕⑤,润屋珠金⑥,于身何益。一种劳心力⑦。图利禄,殆非长策。除是恁、点检笙歌,访寻罗绮消得⑧。

[注释]

①羃:同幂,本指覆食之巾,这里是笼罩、覆盖的意思。
②澌:指河冰融化流动。坼:裂。
③次第:依次。霜碛:严霜所笼之沙碛。
④江梅:江南之梅。
⑤轩:轩车。冕:冕服。都是古代卿大夫的车服,这里代指高官。
⑥润屋珠金:极言金珠财富之多。《礼记·大学》中有"富润屋,德润身"的话。这里代指厚禄。
⑦一种:这里有"同样"、"全是"的意思。
⑧除是:除非是。恁:如此。点检:查检,此指品赏。罗绮:代指歌伎佳人。

[点评]

此词是羁旅途中引发的人生感慨。上片写春色渐至的景况，下片则纯抒慨叹。"晴烟"句，写春日晴烟，笼罩大地。"渐东郊"二句，写芳草萋萋，渐成轻碧，正是早春景象。"野塘"三句，继续描写早春，微风送暖，塘中游鱼上下，触动水面，河中冻冰融化，坼裂成块，顺流而下。景色的描写非常细腻。"几行"二句，写大雁随春归来。这两句既是写眼前实景，同时又暗示了雁足传书的典故，以引起下面几句的故人相忆之情。"咏新诗"三句，是化用南朝刘宋时陆凯赠范晔的诗句："折梅逢驿使，寄与陇头人。江南无所有，聊赠一枝春。"按照柳词通常的写法，情与景在上片结句汇合，下片便就此情进行渲染，抒发相忆之深或羁愁之苦，在前面所选的羁旅词中我们可以看到很多这样的例子。然而此词下片却另生新意，完全是抒发人生感慨，在结构和词意上都很有特色。"似此"一句，是由上片的春日景况，联想到岁序如流，时光荏苒，而触动内心的思绪。"念浮生"句是继续渲染，人生不过百年，正应珍惜，何苦像自己如今这样奔波劳苦呢？"虽照人"三句，是从反面来说，谓即使得享高官厚禄，"于身何益"？意思已经很明白了，但作者似乎还嫌不够，再加一句"一种劳心力"，全是劳心苦力而已，层层紧逼，是对"于身何益"的加倍说明。"图利禄"句，是总结性的话，所谓"长策"，是指好的计策办法或打算，此句谓贪图荣华富贵，恐怕总归不是人生的终极追求。那么人生应该如何呢？或者说应该以什么样的姿态去面对人生呢？作者所开的药方是"点检笙歌，访寻歌舞"，实际上也就是及时行乐的代名词，把握眼前的欢乐是最实在的。这与柳永另一首《如鱼水》词下片所云如出一辙："浮名利，拟拚休。是非莫挂心头。富贵岂由人，时会高志须酬。莫闲愁。共绿蚁、红粉相尤。向绣幄，醉倚芳姿睡，算除此外何求。"像词中这种对于人生苦短、时光匆促的忧虑，在魏晋时人那里早就有所表达，如《古诗十九首》中的"生年不满百，常怀千岁忧"、"人生寄一世，奄忽若飙尘"等等，从时代背景来看，魏晋时人所真正忧虑的还是那种处于乱世之中，不能把握自己的命运甚至生命而引发的人生痛苦。而柳永词中的这种忧虑，更多的还是在个人的漂泊生涯和仕途不得志的命运中生发出来的，两者看似相类，实则有着本质上的不同。因此所采取的人生态度也便有了很大的差异，魏晋时人或佯狂避世如阮籍、刘伶，或归隐田园如陶渊明，而柳永所处的太平盛世，使其产生在繁华的都市和歌儿舞女之间寻求心灵慰藉的人生追求。虽然都是在说及时行乐,但魏晋人的话语背后有大痛苦在,而柳词中的痛苦相对来说就要浅得多了。从这个角度,我们正可以看出两个时代的巨大差异,以及这种差异对文人命运及心态的巨大影响。

满江红

暮雨初收,长川静、征帆夜落。临岛屿、蓼烟疏淡,苇风萧索。几许渔人飞短艇,尽载灯火归村落。遣行客、当此念回程,伤漂泊。

桐江好[1],烟漠漠[2]。波似染,山如削。绕严陵滩畔[3],鹭飞鱼跃。游宦区区成底事[4],平生况有云泉约[5]。归去来[6]、一曲仲宣吟[7],从军乐。

[注释]

[1]桐江:即富春江。在今浙江桐庐县北,合桐溪叫桐江,即钱塘江中游自严州至桐庐一段的别称。源自天目山,流入浙江。

[2]漠漠:密布貌。

[3]严陵滩:又名严滩、严陵濑。在浙江桐庐县南。因东汉光武帝时隐士严光字子陵曾在此隐居而得名。

[4]底事:何事,何故。

[5]云泉约:代指隐居之志。

[6]归去来:辞官归去,语出陶渊明《归去来兮辞》。

[7]仲宣:东汉建安时期文人王粲,字仲宣,曾作《从军行》五首。

[点评]

这是柳永宦游于桐江一带时的作品,桐江在今浙江中部,是钱塘江自建德至桐庐一段的别称,此词或许即是他任睦州(今浙江建德)推官时所作,以清丽的词笔描绘了桐江附近的清秋美景,同时也抒写了自己仕途萧索、厌倦漂泊之感。上片起首三句,写雨后夜泊江边之状。暮雨潇潇,秋色无边,雨打孤篷,僻处舟中之人的心情自然可以想见。终于,雨收天晴,泊船江畔,澄静的江水与凄清的夜色起到了烘托人物心理的作用。"临岛屿"三句,写望中江边景色。水蓼与芦苇都是秋天繁盛开花的植物,水蓼疏淡,如同罩上了一层轻烟薄雾;阵阵苇风,带来丝丝凉意。景物朦胧,传达出凄清寥落的氛围。此为近处的静态之景,下面"几许"二句,则是远望中的动感鲜明之景,暮色渐深,渔人急桨如飞,匆匆向村落中归去。不说尽载一天的收获,而是谓"尽载灯火",则突出了晚间渔灯闪烁之状,写景入神。这几句动静相形,从正反两面衬托了整个环境的静寂,极富意境之美。同时,又是景中见情之句,盖渔人归家的急迫心情,完全体现在"飞"字之中,这就更加体现了漂泊者的孤独和凄苦,于是逼出了"遣行客"三句,正是上述晚景触动了行人的归思,令其自伤自怜,渴望结束这种羁旅行役的生涯,意中无限惆怅。情景融合无间,针脚十分细密。下片起首六句,一气呵成,急管繁弦,句短调促。先以四个短句,从烟、波、山三个方面直接描写桐江情景。梁朝的吴均在《与朱元思书》中也曾对此有过类似的刻画,谓其间的"奇山异水,天下独绝",写烟则是"风烟俱净,天山共色,从流飘荡,任意东西";写水则是"水皆缥碧,千丈见底",写山则是"夹岸高山,皆生寒树,负势竞上,互相轩邈,争高直指,千百成峰",形容曲至。而柳永此词中的三句,则以简约见长,特别是"染"、"削"二字,形象地表达了波光之柔碧和山势之清峻。"绕严陵滩畔"二句,则引入本地典故,通过对严光这个著名隐士的追缅,略抒怀古之意。再以"鹭飞鱼跃",概括环境的清幽和鱼鹭的自适情趣,而这种自适情趣正是隐者之乐的体现。这几句状景细致入神,又微露对隐者生涯的羡慕之情,为下文作铺垫,是全词的精彩之处,南宋黄昇《唐宋诸贤绝妙词选》卷五中亦谓"换头数语最工"。"游宦"二句,紧承"严陵",是由对先贤的缅怀转而拍合到自身的命运。自己驱驰行役,奔走飘荡,一事无成,对此美景,自然兴起归隐之思,故云"平生况有云泉约",本就早有归隐于云山泉石之间的志向,而游宦之苦更加使这种渴望变得无比强烈。因此结句便连用两个典故来抒发这种想法，一是陶渊明的《归去来兮辞》，其首句为"归去来兮，田园将芜，胡不归！"词意本此。另一个典故是用王粲的《从军行》，王粲有《从军行》五首，多"述军旅苦辛之辞"（吴兢《乐府古题要解》）和征人对故乡的怀念，柳词中的"仲宣吟"、"从军乐"皆指此，王诗首句为"从军有苦乐"，词中的"从军乐"实指"从军苦"。此词最后以隐居之志作结，看似潇洒飘逸，实则言外有无限酸辛，表达了漂泊生活带来的怅惘愁怨和怀乡思归之情。全词委婉曲折，荡气回肠，结构严谨，在当时就是一篇天下传诵的名作。北宋释文莹《湘山野录》卷中记载："范文正公（按：指范仲淹）谪睦州，过严陵祠下。会吴俗岁祀，里巫迎神，但歌《满江红》，有'桐江好，烟漠漠，波似染，山如削。绕严陵滩畔，鹭飞鱼跃'之句。公曰：'吾不善音律，撰一绝送神。'曰：'汉包六合网英豪，一个冥鸿惜羽毛。世祖功臣三十六，云台争似钓台高。'吴俗至今歌之。"可以想见当时人们对此词的喜好。

凤归云

向深秋，雨余爽气肃西郊。陌上夜阑，襟袖起凉飙①。天末残星，流电未灭②，闪闪隔林梢。又是晓鸡声断，阳乌光动③，渐分山路迢迢。　　驱驱行役，苒苒光阴④，蝇头利禄，蜗角功名⑤，毕竟成何事，漫相高⑥。抛掷云泉⑦，狎玩尘土，壮节等闲消⑧。幸有五湖烟浪，一船风月，会须归去老渔樵⑨。

［注释］

①凉飙：凉风。

②流电：指残星的流光。

③阳乌：指太阳。古代神话中谓太阳中有三足金乌。

④苒苒：光阴流逝的样子。

⑤蝇头：喻细小之物。蜗角：《庄子·则阳》："有国于蜗之左角者曰触氏，国于蜗之右角者曰蛮氏，争地而战，伏尸数万。"这两句表示功名利禄的微不足道。

⑥高：这里有称美、夸耀的意思。

⑦云泉：代指隐居生涯。狎玩：安习而戏弄。尘土：这里指名利场。

⑧等闲：这里有轻易的意思。

⑨会须：会当、应当。渔樵：代指隐居生活。

[点评]

　　这首词是在羁旅途中的抒怀之作。起句"向深秋"，点明节候时令。"雨余"句，写总体氛围，一般写深秋的词，常渲染秋天的萧瑟肃杀，而此词却着意展现微雨过后、秋高气爽的景象，虽是羁旅，却不衰阑。"陌上"以下，直至上片终句，皆写夜行情景。"夜阑"，即夜深，而游子仍在道途中踽踽独行，寒风渐起，天边残星如电，在林梢头微微闪烁。"晓鸡"二句，说明经过一夜的行程，已是黎明时分，远处山村传来隐约鸡鸣，一抹曙色渐渐明晰，照亮了迢迢的山路。柳永词中写过日行、早行，但纯粹写夜行的只此一首，同样是写得不枝不蔓，从容不迫，铺叙景物极见层次，体现出柳词写景体物之功。下片抒写感慨，主要表达由于羁旅宦游之苦所引发的归隐之情。"驱驱"二句，写在仆仆风尘中，大好年华白白流淌，岂不可惜！"蝇头"二句，化用古语，表达了对功名利禄的轻视，苏轼《满庭芳》词谓"蜗角虚名，蝇头微利"，说的也是同样的意思。故下文云"毕竟成何事，漫相高"，功名利禄，不过如此，根本没有什么值得夸耀的。这既是对醉心功名之人的婉讽，其实也是自嘲。自己"驱驱行役"，不也正是为了这微不足道的功名吗？然而知易行难，一方面自嘲，一方面又不得不奔走风尘，这正是古往今来无数文人共同的心理矛盾。"抛掷"三句，仍写自己为功名所误，当年的奇才壮节都在这种奔忙中轻易地消磨殆尽了。"幸有"三句，以自我期许作结，谓"五湖烟浪"依旧，"一船风月"无碍，定当早赋归来，终老渔樵。当然这也只是文人的感慨而已，未必真能实现，包括柳永在内的大部分文人，有哪个是真能急流勇退、淡泊名利的呢？当他们仕途不顺利的时候，总是借隐居之志，寻找心灵的慰藉和心理平衡,官运亨通之时,可没几个人会这样想的。不管怎样,在这些作品中,毕竟提供了一种高远的、超出世俗的人生理想,哪怕做不到,它也终究是美的。

过涧歇近

淮楚。旷望极,千里火云烧空①,尽日西郊无雨。厌行旅。数幅轻帆旋落,舣棹兼葭浦②。避畏景③,两两舟人夜深语。　　此际争可④,便恁奔名竞利去。九衢尘里⑤,衣冠冒炎暑⑥。回首江乡,月观风亭,水边石上,幸有散发披襟处⑦。

[注释]

①火云:夏日的赤云。
②舣棹:泊舟。兼葭浦:长满芦苇的水边。
③畏景:此指炎热的阳光。景,同影,指日光。
④争可:怎可。
⑤九衢:此指京城。
⑥衣冠:指缙绅者。
⑦散发披襟:披发敞胸,代指疏放无拘的隐士生涯。

[点评]

这也是一篇行役途中的作品,但和柳永一般的羁旅词不同的是,它既不是以当年在京城生活的安逸放浪来反衬现实的羁愁,也不是以对远方佳人的相思来反衬漂泊之苦,而是表达了对自由旷放的人生境界的羡慕和追求,反过来也就是对自己"奔名竞利"生涯的否定,人生的无奈和苦况自在其中。这种特殊的角度在柳词中是独一无二的。起句"淮楚"点明舟行所至之地。"旷望极"三句,是远望之景,侧重写夏日的炎热。"千里火云烧空"的意象,在前人诗句中屡屡出现,如岑参《送祁乐归河东》诗:"五月火云屯,气烧天地红。"白居易《别行简》诗:"岂是远行时,火云烧栈热。"李商隐《送崔珏往西州》诗:"一条雪浪吼巫峡,千里火云烧益州。"柳永综合前人句意,熔出此句,气魄更大,夏日的炎威更盛。"厌行旅"三句,写泊舟江岸。"避畏景"二句,从白天写至夜深。整个上片以平实的叙事为主,只有"厌行旅"一句,表达出了羁愁之意,但并不展开,至下片才直入主题。一天的炎暑过后,此时夜深天凉,由这种暑凉的对照,引发了词人的感慨,白天的炎热对应着"奔名竞利"的驱驰生涯,深夜的清静凉爽,对应着"散发披襟"的归隐生活。"九衢尘里",是借指京城中的扰攘喧嚣,那些冒着炎暑而奔走不已的衣冠缙绅,为了区区名利,真是何苦如此!不如在此江乡,无拘无束地享受着清风朗月。这种理想与现实的矛盾始终贯穿在中国古代文人的生涯之中。清代黄苏的《蓼园词选》从针砭时弊的角度对此词进行了详尽的分析,可供参考:"趋炎附热,势利熏灼,狗苟蝇营之辈,可以'九衢尘里,衣冠冒炎暑'二语尽之。耆卿好为词曲,未第时已传播四方。西夏归朝官且曰:'凡有井水处,即能歌柳词。'其重于时如此。尝有《鹤冲天》词云:'忍把浮名,换了浅斟低唱。'及临轩放榜,时人语之曰:'且去浅斟低唱,何要浮名。'是耆卿虽才士,想亦不喜奔竞者,故所言若此。此词实令触热者读之,如冷水浇背矣!意不过为'衣冠冒炎暑'五字下针砭,而凌空结撰成一篇奇文。先从舟行苦热,深夜舟人之语,布一奇景。忽用'此际'二字,直接点入'衣冠炎暑',令人不测。以后又用'江乡'倒缴,只一'幸'字缩住,语意含蓄,笔势奇矫绝伦。"

西江月

　　腹内胎生异锦①,笔端舌喷长江。纵教疋绡字难偿②。不屑与人称量。　　我不求人富贵,人须求我文章。风流才子占词场。真是白衣卿相。

[注释]

①胎生异锦:指腹内文章如锦绣。
②疋(pǐ):同匹。绡:指绢帛等丝织物。唐宋时绢帛在一定程度上有货币的功能。

[点评]

　　这首非柳永所作,它出自明代冯梦龙所编的宋元话本小说集《古今小说》中《众名妓春风吊柳七》一篇,当是后人拟作而托名柳永的。但其口吻和词意却与柳永的同类之作十分相像,故附录于此,供读者参考。《众名妓春风吊柳七》话本中说当朝宰相吕夷简六十大寿,命人以蜀锦二端、吴绫四端作润笔,求柳为作寿词,柳永作了一首《千秋岁》,余兴未尽,又写了这首《西江月》词,不料忙中出错,将两首词一块封篆带去了,“吕丞相拆开封套,先读了《千秋岁》调,倒也欢喜。又见《西江月》调,少不得也念一遍,念到‘纵教疋绡字难偿,不屑与人称量’,笑道:‘当初裴晋公修福光寺,求文于皇甫湜,湜每字索绢三匹。此子嫌吾酬仪太薄耳。’又念到‘我不求人富贵,人须求我文章’,大怒道:‘小子轻薄,我何求汝耶!’从此衔恨在心。柳耆卿却是疏散的人,写过词,丢在一边了,那里还放在心上。又过了数日,正值翰林员缺,吏部开荐柳永名字,仁宗曾见增定大晟乐府,亦慕其才,问宰相吕夷简道:'朕欲用柳永为翰林,卿可识此人否?'吕夷简奏道:'此人虽有词华,然恃才高傲,全不以功名为念。见任屯田员外,日夜流连妓馆,大失官箴。若重用之,恐士习由此而变。'遂把柳永所作《西江月》词诵了一遍。仁宗皇帝点头。早有知谏院官打听得吕丞相衔恨柳永,欲得逢迎其意,连章参劾。仁宗御笔批着四句道:'柳永不求富贵,谁将富贵求之。任作白衣卿相,风前月下填词。'柳耆卿见罢了官职,大笑道:'当今做官的,都是不误用字之辈,怎容得我才子出头。'因改名柳三变,人都不会其意。柳七官人自解说道:'我少年读书,无所不窥,本求一举成名,与朝家出力。因屡次不第,牢骚失意,变为词人,以文采自见,使名留后世足矣。何期被荐,顶冠束带,变为官人。然浮沉下僚,终非所好,今奉旨落放,行且逍遥自在,变为仙人。'从此益放旷不检,以妓为家。将一个手板上写道:'奉圣旨填词柳三变。'欲到某妓家,先将此手板送去,这一家便整备酒肴,伺候过宿。次日,再要到某家,亦复如此。凡所作小词,落款书名处,亦写'奉圣旨填词'五字,人无有不笑之者。"这本是小说家言,人物事件多有不合史实处,但其中如对柳永名三变的解释,还颇能揣摩词人心意,无妨姑妄听之。

咏物抒怀

天然淡泞好精神

黄莺儿

园林晴昼春谁主。暖律潜催^①，幽谷暄和^②，黄鹂翩翩，乍迁芳树。观露湿缕金衣^③，叶映如簧语^④。晓来枝上绵蛮^⑤，似把芳心、深意低诉。　　无据^⑥。乍出暖烟来，又趁游蜂去。恣狂踪浪迹，两两相呼，终朝雾吟风舞。当上苑柳秾时^⑦，别馆花深处^⑧。此际海燕偏饶^⑨，都把韶光与。

[注释]

①律：用竹管或金属管制成的定音仪器。阳者为律，阴者为吕，阴阳各六，合称十二律，是乐律的统称。古人以为吹律则温气至。这里的暖律是代指春天温暖的气候。

②暄和：温暖。

③缕金衣：即金缕衣，缀以金饰之衣。此喻黄莺的羽毛。

④簧：乐器中用以发音的簧片。如簧语是形容黄莺的鸣叫声。

⑤绵蛮：象声词，指鸟鸣声。

⑥无据：宋人俗语，犹言没来由。

⑦上苑：帝王之园圃。此泛指园林。

⑧别馆：别墅。此泛指楼阁。

⑨海燕：燕从海上来，故称之。饶：张相《诗词曲语辞汇释》谓：饶，犹添也，连也，不足而求增益也。即今所云讨饶头之饶。此二句意谓燕子把韶光让给黄莺，使其独占春光。

[点评]

　　这首词在各种版本的《乐章集》里,都是开篇第一首,虽未必就是柳永词的压卷之作,但在柳永之前,尚没有如此精致细腻的咏物词,从这点来看,称之为开风气之先的作品是不过分。词调《黄莺儿》亦首见于柳永词,当是柳永的创调,内容也即是咏黄莺,正如《钦定词谱》卷二四所云:"咏黄莺儿,取以为名。"起句"园林晴昼春谁主",有的版本作"谁为主",似乎显得直露了一些。此句谓园林晴好,春意浓酣,谁是此大好春色之主? 实际上是以一设问句引起下文。"暖律"二句,渲染春天节候,谓春来阳气上升,暗催百卉萌放,幽冷的山谷这时也开始变暖了。在如此阳和的背景下,所咏之物登场:黄鹂翩翩飞下,驻于芳树。点明之后,再以"观露湿"二句加以修饰,"观"字是领字,领起这两句,"露湿缕金衣"与"叶映如簧语"是两个工整的对句,谓枝上黄鹂正在清理被露水所沾湿的金色毛羽,同时在掩映的绿叶中又传来它婉转的清脆鸣声。颜色与声音相对,视觉形象与听觉形象相对,构成了一幅立体的图画。"晓来"二句,是承接"如簧语"之意,谓其鸣声似在倾诉着内心的"芳心深意",这又是以人拟鸟,以人情去揣摩"鸟意",古代咏物之作中这种立意和手法是较为普遍的,但各有巧妙不同。下片"无据"二字,显得十分突兀,不过也很醒目,它是对下面"乍出"二句的修饰,谓黄鹂似乎毫没来由地往来穿梭,破烟逐蜂。"恣狂踪浪迹",通行本都无"浪"字,这里依据赵元度校焦弱侯本改定。这三句仍然是用拟人的手法描摹黄鹂情态,前面所谓"乍出"、"又趁",正与人间的浪子相仿佛,故云"狂踪浪迹"。黄鹂成双成对,终日在风雾之中吟唱歌舞,园囿中的柳枝,楼阁边的花丛,都留下了它们的身影。"此际"二句,谓燕子虽然归来了,但却把韶光都让给黄鹂,遂使其独占了春色。这也是对首句"春谁主"之意的回应,使全词首尾意脉蝉联呼应。

　　清代黄苏《蓼园词选》中说:"翩翩公子,席宠承恩,岂海岛孤寒能与伊争韶光哉! 语意隐有所指,而词旨颖发,秀气独饶,自然清隽。"后面三句话讲得还是很到位的,但清代的词评家看到咏物词便忍不住要在其中找寻寄托之意,于是黄鹂成了受到恩宠之翩翩公子的象征,海燕成了孤寒士人的象征。实际上柳永词中何来寄托? 不过是一首纯粹的描写春日黄莺的咏物之作而已。对这类词甚至后来词人的一些咏物词,都还是抱着平实一点的心情去看更合适些,不必强作解人甚至厚诬古人。

木兰花

柳枝

　　黄金万缕风牵细。寒食初头春有味。殢烟尤雨索春饶①，一日三眠夸得意②。　　章街隋岸欢游地③。高拂楼台低映水。楚王空待学风流，饿损宫腰终不似④。

[注释]

①索：求。饶：添。

②三眠：蚕初生至成蛹，蜕皮三四次。蜕皮时不食不动，成睡眠状态。第三次蜕皮谓之三眠。这里谓"一日三眠"，是指细小如蚕的柳叶成长迅速。

③章街：章台街。汉长安街名。后世以之称代妓女之所居。这里是化用唐代韩翃与柳氏的故事。隋岸：即隋堤。隋炀帝开运河，于河两帝筑堤种柳。

④楚王二句：化用宫腰的典故。参见《斗百花·满搦宫腰纤细》注①。

[点评]

　　这是一首描写柳枝的咏物词。起处"黄金"句，写金黄纤细的柳枝在风中摇荡，"万缕"，形容枝叶的浓密。"寒食"句，谓时值寒食，而春天的情味愈显。"殢烟"二句，全用拟人笔法，本来是说烟雨笼罩柳树，却说柳枝与烟雨纠缠缭绕，仿佛在求添春色；本是说柳叶生长迅速，却说"夸得意"，仿佛在沾沾自喜。这就发掘出了柳树的情态。下片"章街"句，连用了两个典故，一个是"章街"，据《本事诗》载，唐代诗人韩翃有姬柳氏，经安史之乱，两人离散。后韩使人寄诗柳氏云:"章台柳,章台柳,昔日青青今在否。纵使长条似旧垂,也应攀折他人手。"是借柳喻人,而这里反过来借人喻柳。"隋岸",也是与柳相关的字面。"高拂"句,写楼边柳树映水成碧,而高低相形,自有情意。最后"楚王"二句,还是借人喻柳,谓楚王宫中的那些美女,即使"饿损"了"宫腰",又哪里能和真正的柳腰相比呢? 实际上,也就是比喻柳条的纤细而已。此词上片主要以不同的笔法实写春日柳枝的情态,下片化用了几个与柳有关的典故进行虚写,但虚实两方面又相互照应。格调虽不必高,但词笔词心都颇为细腻,还是有其自身特色的。

木兰花

杏花

翦裁用尽春工意①。浅蘸朝霞千万蕊。天然淡泞好精神②,洗尽严妆方见媚③。　　风亭月榭闲相倚。紫玉枝梢红蜡蒂④。假饶花落未消愁⑤,煮酒杯盘催结子。

[注释]

①春工:春天化物之工。
②淡泞:浅淡清澄。
③严妆:浓妆。
④紫玉:比喻杏枝。红蜡:比喻杏花的花蒂。
⑤假饶:纵使。

[点评]

　　此词咏杏花。杏花浅红而不浓媚,故词亦从其清淡的姿态发掘杏花之神韵。起处"翦裁"句,不过是说杏花得春而发育滋长,意思平常,但"用尽"二字却不平常,仿佛杏花得天独厚,受到"春工"的宠爱,而加倍赐予了它的娇娆。一开始就强调了所咏之物在春天之百草千花中的突出地位,古代文论家把这种手法称之为"尊题"。"浅醮朝霞千万蕊"句,是咏杏花的外在形态,浅红的朝霞与浅红的杏花互相衬托,花如朝霞,霞光映花,万千花蕊,霞光四射,一片红云,几乎不辨彼此,写得十分热闹。"天然"二句,则写出了杏花内在的神韵,与春天浓艳的夭桃、牡丹等相比,杏花更以其清淡天成而别具风采,仿佛是一位不施脂粉的美女,"洗尽严妆",素面朝天,反而更显现出了它的自然天成之美。下片"风亭"二句,则一句写神韵,一句写形态。"风亭"、"月榭"、"闲"等字眼,都透出一股迥出流俗的高雅之气。"紫玉"句,由花写到了枝、蒂,谓杏枝如紫色的美玉,杏蒂如红色的蜡烛,都可以说是杏花的陪衬,当然作为一首咏物词来说,此句的确是有些坐实而稍觉沉闷。但下面二句却又翻出一层新意,以虚想作结,谓纵使春天消逝,杏花凋落,也不必为之愁叹感伤,因为夏日来临之时,杏树也会"绿叶成阴子满枝",而这杏果正是人们佐酒的佳品。词中是用"催结子"这样一种倒折之笔来表达,便更显得情味曲折,风致宛然。可谓以虚为实、以退为进,把惯常的因花落而伤感之意,一笔抹倒,代之以杯盘荐果的欣然,把一首极易平淡的咏物词写得兴味盎然、生气勃勃。和后来南宋史达祖、王沂孙、张炎等咏物名家的作品相比,此词固然是缺乏兴寄、手法简单,但也没有他们那种繁缛琐屑的毛病,倒是更有活泼的生机。

木兰花

海棠

　　东风催露千娇面。欲绽红深开处浅。日高梳洗甚时忺^①，点滴燕脂匀未遍^②。　　霏微雨罢残阳院。洗出都城新锦段^③。美人纤手摘芳枝^④，插在钗头和凤颤^⑤。

[注释]

①忺(xiān)：愉快，惬意。

②燕脂：即胭脂。

③锦段：锦绣缎。此喻风光似锦。

④芳枝：指海棠花枝。

⑤凤：指女子发钗上所饰的凤凰。

[点评]

　　此词咏海棠。上片实写花姿，借人喻花，下片却另生一意，以人写花。起处"东风"句，写春风送暖，催开海棠，"千娇面"，即是以美人千娇百媚的容颜比喻怒放的海棠。"催"字，既见出春风化物之工，也显示了春天的拟人色彩，甚有情致，与前词咏杏花的"翦裁用尽春工意"一句，有异曲同工之妙。"欲绽"句，写海棠花开，颜色深浅不一，海棠花有淡红色的，也有白色的，此句正是写实之笔。"日高"二句，仍是借人喻花，以美人的日高懒起，迟迟梳洗，胭脂未匀，来比拟花的欲深还浅，浓淡不一，和前句正相呼应，可谓"淡妆浓抹总相宜"。上片主要写海棠花之色,下片则主要写海棠花的姿韵。"霏微"两句,写微雨过后,残阳斜照深院,天地间一片清润,都城里风光似锦,"洗"字用得十分清爽。"美人"二句,与上片"日高梳洗"之意也是互相呼应的,谓美人以纤纤素手,轻摘花枝,簪于鬓旁,凤钗袅袅,花枝微颤,正是"花面交相映",以人之美写出了花之美。此词意思并不复杂,格调也未必很高,但这种始终从侧面来描绘的手法和前后贯穿相应的结构却都很值得玩味。

受恩深

雅致装庭宇。黄花开淡泞①。细香明艳尽天与②。助秀色堪餐③,向晓自有真珠露④。刚被金钱妒⑤。拟买断秋天⑥,容易独步⑦。

粉蝶无情蜂已去。要上金尊⑧,惟有诗人曾许。待宴赏重阳,恁时尽把芳心吐⑨。陶令轻回顾⑩。免憔悴东篱,冷烟寒雨。

[注释]

①黄花:指菊花。淡泞:淡泊,形容菊花色调明净。

②天与:上天赋予。

③秀色堪餐:形容女子的美貌或花木的秀丽。

④向晓:临晓。

⑤刚:正。

⑥买断:买尽,占尽。

⑦容易:轻易。独步:此指独占。

⑧要:同邀。金尊:酒杯。

⑨恁时：那时。

⑩陶令：指东晋诗人陶潜，曾任彭泽令，故云。

[点评]

　　这是一首描写秋日菊花的咏物词，以体物工巧而见长。起处"雅致"二句，写庭宇旁菊花开放，是眼前景致。而所用的两个形容词"雅致"、"淡泞"，都非常贴切，移不到其他花木身上，古人称之为"著题"。"细香"句继续铺写，是渲染之笔，菊花洁净明丽，尤其是其淡淡的幽香，不俗不媚，最能见出"雅致"、"淡泞"的品格，也就是从这个角度，古人常以菊花比拟高洁的品行。"秀色堪餐"，字面上是出自西晋陆机的《日出东南隅行》诗中"秀色若可餐"句，实则也是暗用《离骚》中"朝饮木兰之坠露兮，夕餐秋菊之落英"之意，无形中更是抬高了菊花的品格。这两句是说晓色中的菊瓣，沾上了颗颗如珍珠的露滴，使菊花的秀色越发明艳。"刚被"句，据《菊谱》云：金钱菊，为菊之一种，九月末开深黄色花。这句本是形容菊花的色泽金黄如金钱，在写法却以虚为实，说菊之黄为金钱所妒，这样显得更有情致，词意也有波折。"拟买断"二句，谓菊花独占秋色。这是总束之句，将上片对于菊花的描写与秋天的特定氛围联系起来，以引起下片转生的新意。"粉蝶"三句，谓菊花开于秋季，既无浪蝶拈花，亦无狂蜂萦绕，蝶蜂俱为春日之物，故云"无情"、"已去"。惟一能欣赏黄菊的只有诗人，将其邀上"金尊"，倍加赞许。因此菊花亦通人意，非得等到"宴赏重阳"之时，才"尽把芳心吐"，这都是拟人之笔，揣摩菊花心事。最后"陶令"三句，先拉来陶渊明作为诗人的代称，盖陶氏有著名的"采菊东篱下，悠然见南山"之句，"轻回顾"，在这里有及早赏菊的意思，因为等到"冷烟寒雨"来袭之时，菊花也将纷纷凋落，憔悴于"东篱"之下，到那时可就再也不会有悠然之兴了。此词上片是实写，下片则全是虚写。实写之细致贴切自不待言，而最耐人寻味是下片的虚处传神之笔，空际盘旋而能有如许笔墨，这就靠的是柳永所擅长的铺叙手法了，层层转进，针脚细密，在咏物词中亦可谓别具一格之作。

瑞鹧鸪

天将奇艳与寒梅。乍惊繁杏腊前开。暗想花神、巧作江南信①,鲜染燕脂细剪裁②。　　寿阳妆罢无端饮③,凌晨酒入香腮。恨听烟坞深中,谁恁吹羌管④、逐风来。绛雪纷纷落翠苔⑤。

[注释]

①江南信:化用陆凯赠范晔诗事,参见《尾犯·晴烟蔌蔌》注④。

②燕脂:即胭脂。

③寿阳妆:即梅花妆。据说南朝宋武帝女寿阳公主卧于含章殿檐下,梅花落其额上,成五出之花,拂之不去,经二日,洗之乃落。宫女效之,称梅花妆,亦称梅妆。无端:这里指无尽,无休之意。

④羌管:羌笛。这里指汉横吹曲《梅花落》。

⑤绛雪:比喻飘落的红梅。

[点评]

此词咏红梅。起句"天将奇艳与寒梅",破空而来,颇有气势,艳而曰奇,可谓艳丽到了极点。"乍惊"句,是反衬烘托之笔,本是说红梅盛开,如春日烧林的艳杏,却倒过来说乍看之下,简直令人惊疑是杏花提前在腊月开放了。此亦是以虚衬实之法,使词意产生动荡跳跃之感。"暗想"二句,仍是以虚写实,纯以设想行文,谓梅花盛放正是花神所带来的江南春信,"鲜染燕脂",是形容梅花的红艳怒放之色。曰"巧"、曰"细剪裁",则是以花神之精心创制来展现梅花的艳丽。下片"寿阳"二句,紧扣花色,以美人醉酒后脸腮之上的红晕,来形容梅花的娇媚。词意至此，已把梅花的形色描写尽致，"恨听"二句，则顿生转折，转写梅花之凋落。以"恨"字领起，憾恨怜惜之意显然。谓烟坞中传来幽咽的羌笛之声，而所奏之曲正为《落梅花》，这同样是虚写，不过是说梅花将谢而已，但经过这一层渲染，便生情致。风传笛声，但同时这寒风亦在吹落梅花，故"绛雪纷纷落翠苔"矣。这首词从梅花的盛放写到梅花的凋谢，描摹工致，笔调灵活。虽然说不上是绝妙好词，但毕竟是宋词中较早的一篇咏梅的作品，对后来南宋大量的咏梅词而言，或有筚路蓝缕之功吧。

柳永简明年谱

　　柳永一生事迹隐晦不彰,正史无传,野史杂记所载又多属传闻异辞,相互抵牾,诗文基本散佚,词则除小部分外,大都无法准确编年,因此撰写一部详尽的柳永年谱,实际上是非常困难的。刘天文先生的《柳永年谱稿》(见《成都大学学报》1992 年第 1、2 期,以下简称《柳谱》。),在这方面作了可贵的尝试,其功甚巨。但其谱多以柳永的词作以及宋人词话作为依据,实际上柳永的很多词并非都是其个人经历和心态的反映,词中所描写的行迹不全可据,宋人词话中所云往往与史实不符,亦不足为据。另外《柳谱》在事实考订方面也还存在着一些不精审之处。本书所附简表,只是在近现代学者研究成果的基础上,将柳永事迹中可以确考者依年编排,小说家言和证据不足的揣测皆不阑入,确不可考者,即付诸阙如。由于体例是简表,因此只记事实,不多作引证。谨此说明。

　　柳永,初名三变,字景庄。后更名永,字耆卿。排行第七,故称"柳七"。因官至屯田员外郎,故世称"柳屯田"。致仕后赠官屯田郎中,故亦称"柳郎中"。祖籍河东(今山西永济),徙居崇安(今属福建)五夫里金鹅峰下。祖柳崇,字子高,五代时处士。父柳宜,字无疑,曾仕于南唐,任监察御史,入宋后,先后任山东雷泽、费县、任城令,通判全州,赞善大夫,官终工部侍郎。叔父五人:柳宣、柳寘、柳宏、柳寀、柳察,均有科第功名于时。兄二人,柳三复、柳三接,与三变合称"柳氏三绝"。

[宋太宗雍熙元年(984)] 1 岁

　　○父柳宜本年四十六岁。时在山东沂州任费县令。柳永或生于费县任所。(关于柳永的生年,学术界尚未有一致的看法,《柳谱》据唐圭璋等之说定于本年,虽所据材料有误,但在目前来说,这还是一个比较合理的推测,姑从之。)

　　○本年,和岘五十二岁。王禹偁三十一岁。苏易简二十七岁。寇准二十四岁。陈尧佐二十二岁。丁谓十九岁。林逋十七岁。杨亿十一岁。钱惟演八岁。

[宋太宗雍熙二年(985)] 2 岁

　　○在费县。《崇安县志》谓柳宜本年进士及第(今人对此记载多有怀疑)。

○本年,夏竦生。

[宋太宗雍熙三年(986)] 3 岁

○柳宜或于本年由费县移濮州任城令。柳永当偕往。

[宋太宗端拱元年(988)] 5 岁

○本年,李遵勖生。聂冠卿生。和岘卒,年五十六。

[宋太宗端拱二年(989)] 6 岁

○本年,范仲淹生。

[宋太宗淳化元年(990)] 7 岁

○柳宜本年由任城抵汴京,召试改官,得除全州(今属湖南)通判。王禹偁作《送柳宜通判全州序》一文送行。

○本年,张先生。

[宋太宗淳化二年(991)] 8 岁

○柳永当随父在全州。

○本年,晏殊生。滕宗谅生。

[宋太宗淳化三年(992)] 9 岁

○本年,张昇生。

[宋太宗淳化四年(993)] 10 岁

○本年,王益生。

[宋太宗淳化五年(994)] 11 岁

○本年,柳宜以赞善大夫调扬州。柳永当偕往。

○本年或明年,谢绛生。

[宋太宗至道二年(996)] 13 岁

○柳永当随父在扬州。

○是年柳宜年五十八,请僧神秀为其画像。十二月,王禹偁自滁州改知扬州,与柳宜相晤,作《柳赞善写真并序》。

[宋太宗至道三年(997)] 14 岁

○本年三月,太宗崩,子赵恒即位,是为宋真宗。

○是年柳宜由赞善大夫迁殿中省丞。后因真宗即位迁国子博士。此后柳宜事迹即无确切记载,《福建通志》谓其官终工部侍郎(对此亦有学者提出怀疑),但任职的具体时间和卒年则皆无可考。

○本年,苏易简卒,年四十。

○本年以后的十余年间,柳永行迹亦不显。《柳谱》谓本年柳永返崇安,此后五六年间,皆在崇安。并谓自咸平五年(1002)后,柳永离乡经杭州、苏州、扬州赴汴京应试,屡举不第,遂流寓汴京。这基本上都是揣测之词,并无确证。但柳永中年以前大部分时间在汴京度过,大致是可以确信的。

[宋真宗咸平元年(998)] 15岁

　　○是年,叔父柳宏登第。

　　○本年,宋祁生。贾昌朝生。

[宋真宗咸平四年(1001)] 18岁

　　○本年,王禹偁卒,年四十八。

[宋真宗景德四年(1007)] 24岁

　　○本年,欧阳修生。

[宋真宗大中祥符元年(1008)] 25岁

　　○正月,真宗与王钦若等合谋,制造"天书"事件,奉迎"天书"于京师左承天门,改年号为大中祥符。六月,"天书"再降于泰山醴泉亭,真宗遂于十月东上泰山,举行封禅大典。

　　○本年,苏舜钦生。韩琦生。赵抃生。刘几生。

[宋真宗大中祥符二年(1009)] 26岁

　　○是年,苏洵生。潘阆卒。

[宋真宗大中祥符五年(1012)] 29岁

　　○十月二十四日,真宗于延恩殿起道场祀圣祖赵玄朗,并自谓"圣祖临降",遂大举庆贺。

　　○本年或次年柳永当在汴京,作有《玉楼春》(昭华夜醮连清曙)、(凤楼郁郁呈嘉瑞)、(皇都今夕知何夕)、(星闱上笏金章贵)四词,歌颂"天书"及"圣祖临降"之事。

　　○本年,蔡襄生。韩绛生。

[宋真宗大中祥符六年(1013)] 30岁

　　○六月,真宗亲制《步虚词》六十首,付道门以备法醮。

　　○本年前后,柳永在汴京,作有《巫山一段云》(六六真游洞)、(琪树罗三殿)、(清旦朝金母)、(阆苑年华永)、(萧氏贤夫妇)五首游仙词,亦与"天书"事件有关。与真宗所撰《步虚词》同是为道门法醮与诸节宴庆而作的道曲。

　　○本年,李师中生。

[宋真宗大中祥符七年(1014)] 31岁

　　○本年,蔡挺生。

[宋真宗大中祥符八年(1015)] 32岁

　　○本年,王益柔生。

[宋真宗天禧元年(1017)]　　34 岁

　　○正月,适逢"天书"降世十周年,改元天禧,真宗诣玉清昭庆宫上玉皇大天帝圣号宝册,奉"天书"升太初殿,行宣读"天书"之礼,奉"天书"合祭天地于南郊。

　　○本年柳永在汴京,作有《御街行·燔柴烟断星河曙》一词,祝真宗六十寿辰,并描写了南郊盛况。

　　○本年韩维生。

　　○本年以后的十余年间,柳永行踪亦不能确考。《柳谱》谓其间先后漫游于江淮、关中、渭南、成都、湖湘等地,均属揣测。

[宋真宗天禧二年(1018)]　　35 岁

　　○兄柳三复进士及第。

[宋真宗天禧三年(1019)]　　36 岁

　　○本年,刘敞生。曾巩生。王珪生。司马光生。韩缜生。

[宋真宗天禧四年(1020)]　　37 岁

　　○本年,杨亿卒,年四十七。

[宋真宗天禧五年(1021)]　　38 岁

　　○本年,王安石生。吴师孟生。

[宋真宗乾兴元年(1022)]　　39 岁

　　○二月,真宗崩,赵祯即位,是为仁宗,时年十三,由刘太后垂帘听政。

　　○本年,郑獬生。强至生。

[宋仁宗天圣元年(1023)]　　40 岁

　　○本年闰九月,寇准卒于雷州,年六十三。

[宋仁宗天圣五年(1027)]　　44 岁

　　○本年,范纯仁生。章粢生。

[宋仁宗天圣六年(1028)]　　45 岁

　　○本年,王安国生。蒲宗孟生。徐积生。林逋卒,年六十一。

[宋仁宗天圣八年(1030)]　　47 岁

　　○晏几道约生于本年前后(夏承焘《二晏年谱》)。

[宋仁宗明道二年(1033)]　　50 岁

　　○三月,刘太后薨。仁宗亲政,诏改明年为景祐元年。

[宋仁宗景祐元年(1034)]　　51 岁

　　○正月,下诏特开恩科,并规定"进士五举年五十,诸科六举年六十;曾经殿试,进士三举,诸科五举;及尝预先朝御试,虽试文不合格,毋辄黜,皆以名闻。"

○是年,柳永与兄柳三接同榜登进士第,赐同进士出身。授睦州(今浙江建德)团练推官。

○本年,钱惟演卒,年五十八。

[宋仁宗景祐二年(1035)] 52 岁

○柳永在睦州。到任仅月余,知州吕蔚即具状荐举之,但侍御史郭劝以其与制不合,加以驳回。

○柳永在睦州期间,作有《满江红·暮雨初收》一词。

○本年,王安礼生。曾布生。

[宋仁宗景祐四年(1037)] 54 岁

○本年,苏轼生。许将生。丁谓卒,年七十二。

[宋仁宗景祐五年(1038)] 55 岁

○是年,改元宝元。

○本年,李遵勖卒,年五十一。王益卒,年四十六。

[宋仁宗宝元二年(1039)] 56 岁

○本年,苏辙生。谢绛卒,年四十五(一说四十六)。

[宋仁宗康定二年(1041)] 58 岁

○本年改元庆历。

○本年,舒亶生。

[宋仁宗庆历二年(1042)] 59 岁

○至迟到本年末前后,柳永已任泗州判官。

○本年,聂冠卿卒,年五十五。

[宋仁宗庆历三年(1043)] 60 岁

○五月,朝廷下诏举幕职、州县官充京朝官。

○柳永在汴京,然吏部不放改官。柳永遂诣宰相晏殊申诉,但未能得到援引。

○十月,朝廷又下诏对京朝官选人的进状进行复审。其后不久,柳永终于得以磨勘改为京官,升为著作佐郎。

○按宋代官制,改官后的京官必须先外任县令,柳永当也不例外。《余杭县志》卷一九职官表上载柳永曾任余杭(今属浙江)令。明代万历《镇江府志》卷三六引柳永之侄所作《宋故郎中柳公墓志》残文,谓柳永改官后曾任西京灵台(可能是指陕西渭南县)令。罗烨《醉翁谈录》庚集卷三谓柳永曾宰华阴(今属陕西)。《乾道·四明图经》卷七记载柳永尝监晓峰(在今浙江定海)盐场。但具体何时则都难以确考。《柳谱》一一坐实,并无确证。

[宋仁宗庆历四年(1044)]　61岁

　　○本年,王安石子王雱生。黄裳生。陈尧佐卒,年八十二。

[宋仁宗庆历五年(1045)]　62岁

　　○本年,黄庭坚生。

[宋仁宗庆历六年(1046)]　63岁

　　○本年末柳永当循资转为著作郎。

　　○本年,晁端礼生。

[宋仁宗庆历七年(1047)]　64岁

　　○本年,滕宗谅卒,年五十七。尹洙卒,年四十七(一作四十六)。

[宋仁宗庆历八年(1048)]　65岁

　　○本年,李之仪生。朱服生。刘弇生。

[宋仁宗皇祐元年(1049)]　66岁

　　○本年,柳永当循资转为太常博士。

　　○本年,秦观生。叶清臣卒,年五十。

[宋仁宗皇祐三年(1051)]　68岁

　　○本年,夏竦卒,年六十七。

[宋仁宗皇祐四年(1052)]　69岁

　　○本年,柳永当循资转为屯田员外郎。

　　○本年,贺铸生。陈师道生。范仲淹卒,年六十四。

[宋仁宗皇祐五年(1053)]　70岁

　　○柳永致仕退休。按北宋官制,致仕时转一官为屯田郎中。

　　○本年,晁补之生。

[宋仁宗至和元年(1054)]　71岁

　　○二月,孙沔以资政殿学士出知杭州。柳永在杭州作《早梅芳·海霞红》一词。

　　○中秋,柳永在孙沔府会中,作《望海潮·东南形胜》一词。

　　○本年,张耒生。

[宋仁宗至和二年(1055)]　72岁

　　○本年,晏殊卒,年六十五。

[宋仁宗至和三年(1056)]　73岁

　　○八月,老人星见。柳永在汴京,作应制词《醉蓬莱·渐亭皋叶下》,进呈给仁宗,但由于词中用语触犯了仁宗的忌讳,因而受到斥责。

　　○本年,周邦彦生。

○本年以后，柳永事迹即无见于载籍者，可能不久便身故了。柳永卒于润州（今江苏镇江），殁后境况凄凉，殡葬无着，棺木搁置于僧寺之中。直到二十余年后王安石之弟王安礼知润州时，才出资为柳永择地安葬，并由柳永的侄子撰写了墓志铭。

柳永有子名柳涚，官著作郎（《福建通志》）。有孙柳彦辅（黄庭坚《书赠日者柳彦辅》），彦辅或为其字。有侄名柳淇（《嘉庆·建宁府志》、《崇安县志》谓其官至太常博士）。

柳永亦善为诗文。叶梦得《避暑录话》卷三谓"永亦善为他文辞"，周辉《清波杂志》卷八谓："柳耆卿为文甚多，皆不传于世。"可见他的诗文在宋代就已散失了。今仅存《煮海歌》、《赠内臣孙可久》、《题中峰寺》三诗及断句二句，文则存《劝学文》一篇，疑非全璧。

河南文艺出版社部分诗词类图书

臧克家 主编

毛泽东诗词鉴赏·增订二版 大32开（精） 30.00元（已出）

季世昌 徐四海 主编

毛泽东诗词唱和 16开（精） 30.00元（已出）

陈祖美 主编

唐宋诗词名家精品类编（全套十种）

黄河之水天上来·李　白集 大16开（平） 46.00元（已出）

每依北斗望京华·杜　甫集 大16开（平） 42.00元（已出）

相见时难别亦难·李商隐集 大16开（平） 46.00元（已出）

烟笼寒水月笼沙·杜　牧集 大16开（平） 32.00元（已出）

万里归心对月明·唐代合集 大16开（平） 49.00元（已出）

一蓑烟雨任平生·苏　轼集 大16开（平） 46.00元（已出）

杨柳岸晓风残月·柳　永集 大16开（平） 39.00元（已出）

但悲不见九州同·陆　游集 大16开（平） 45.00元（已出）

壮岁旌旗拥万夫·辛弃疾集 大16开（平） 40.00元（已出）

云中谁寄锦书来·宋代合集 大16开（平） 46.00元（已出）

贺新辉 主编

元曲名家精品鉴赏（全套五种）

错勘贤愚枉作天·关汉卿集 （已出）

天边残照水边霞·白　朴集 （已出）

困煞中原一布衣·马致远集 （已出）

愿有情人都成眷属·王实甫集 （已出）

重冈已隔红尘断·元代合集 （已出）

广东中华诗词学会 编

中华新韵府·韵字袖珍版 128开（精） 6.00元（已出）

李中原 编

历代倡廉养操诗选 大32开（平） 18.00元（已出）

邓国光 曲奉先 编

中国历代咏月诗词全集 大32开（精） 50.00元（已出）

史焕先 主编

江水北上——"南水北调邓州情"诗歌作品选 16开（精） 38.00元（已出）

本社图书邮购地址：（450011）郑州市鑫苑路18号11号楼

河南文艺出版社　图书发行